LE RETOUR

Du même auteur
aux Éditions J'ai lu

Abyss, *J'ai lu* 2657

Le cycle d'Ender :
1. La stratégie Ender, *J'ai lu* 3781
2. La voix des morts, *J'ai lu* 3848
3. Xenocide, *J'ai lu* 4024
4. Les enfants de l'esprit, *J'ai lu* 5622

Terre des origines :
1. Basilica, *J'ai lu* 6937
2. Le Général, *J'ai lu* 7363
2. L'Exode, *J'ai lu* 7593

ORSON SCOTT CARD

TERRE DES ORIGINES

LIVRE QUATRIÈME

LE RETOUR

TRADUIT DE L'AMÉRICAIN
PAR ARNAUD MOUSNIER-LOMPRÉ

J'AI LU

Titre original :
HOMECOMING : EARTHFALL

A Shane Bell,
excellent ami,
excellent écrivain,
excellent homme

REMERCIEMENTS

Pour l'aide qu'ils ont apportée à la création de ce roman, je tiens à remercier :

Erin Absher, qui tenait bon la barre alors que la maison Card était en permanence sens dessus dessous, ce qui me permettait d'aller écrire les présentes histoires ;

Geoffrey Card, pour les trous dans les arbres qui conduisent aux tunnels souterrains ;

Mike Lewis et Dennis Child, pour la forme et la topographie des continents d'ici quarante millions d'années.

Clark et Kathy Kidd, pour votre table de salle à manger, la promenade à la plage avec une jambe cassée et pour avoir supporté quarante-huit soirées de conversation post-dînatoire ;

ceux qui ont participé à ma séance de brassage d'idées lors du symposium de science-fiction à la BYU, où nous avons mis ensemble au point le principe de la culture symbiotique entre les fouisseurs et les anges ;

Kristine et Kathy, pour leurs réactions à la lecture des pages fraîchement crachées par le fax ; et Geoff, parce qu'il a voulu savoir ce qui se passait ensuite ;

les citoyens de Hatrack River, mon quartier virtuel sur America Online, pour leurs critiques et leurs commentaires sur les précédents volumes et les chapitres du présent ouvrage au fur et à mesure que je les écrivais ;

Scott Allen, pour avoir réinstallé au moins six fois de suite de gros logiciels sur cinq ordinateurs différents ;

Kathleen Bellamy, pour avoir corrigé *l'Exode* juste avant que je ne commence d'écrire celui-ci, si bien qu'elle a pu me remettre en mémoire toutes les questions restées sans réponse ;

et surtout Kristine et les enfants (Geoffrey, Emily, Charlie et la petite nouvelle, Zina), qui rendent ma vie digne d'être vécue et mon travail digne d'être accompli.

RELATIONS GÉNÉALOGIQUES

Enfants nés à Basilica

Enfants de Rasa
avec Volemak, premier contrat :
Issib (Issya)
avec Gaballufix :
Sevet (Sevya)
Kokor (Koya)
avec Volemak, second contrat :
Nafai (Nyef)

Filles de Mouj et Soif
Hushidh (Shuya)
Luet (Lutya)

Enfants de Volemak
avec Hosni :
Elemak (Elya)
avec Kilvishevex :
Mebbekew (Meb)
avec Rasa :
Issib (Issya)
Nafai (Nyef)

Fils d'Hosni
avec Zdedhnoi :
Gaballufix
avec Volemak :
Elemak

Enfants nés pendant l'exode
(les filles sont en italique)

Hushidh et Issib
Dza (Dazya)
Zaxodh (Xodhya)
Dushah (Shyada)
Gonets (Netsya)
Skhoditya (Khodya)
Shyopot (Potya)

Luet et Nafai
Chveya (Veya)
Jatva (Jyat)
Motiga (Motya)
Izuchaya (Zuya)
Jumeaux { Serp (Sepya)
Jumeaux { Spel (Spelya)

Rasa et Volemak
Oykib (Okya)
Yasai (Yaya)
Tsennyi

Eiadh et Elemak
Protchnu (Proya)
Nadejny (Nadya)
(Nitsya) Yistina (Yista)
Peremenya (Menya)
Jivoya (Jivya)

Kokor et Obring
Krasata (Krassya)
Javaronok (Nokya)
Pavdin (Pavya)
Znergya (Gyaza)
Nodyem (Dyema)

Sevet et Vas
Vasnaminanya (Vasnya)
Umene (Umya)
Panimanya (Panya-Manya)

Dol et Mebbekew
Basilikya (Syelsika, Skiya)
Zalatoya (Toya)
Tihhi (Tiya)
Mujestvo (Mujya)
Iskusni (Skunya)

Shedemei et Zdorab
Padarok (Rokya)
Dabrota (Dabya)

PROLOGUE

Le maître ordinateur de la planète Harmonie n'était plus tout à fait lui-même ; ou plutôt, d'un autre point de vue, il l'était deux fois. Enfin, pour être tout à fait précis, il était à côté de lui-même, car il avait copié son programme principal et toute sa mémoire dans le complexe informatique du vaisseau *Basilica*. Si les questions d'identité individuelle avaient eu pour lui le moindre intérêt, déterminer lequel des deux exemplaires représentait sa véritable personnalité l'aurait conduit au bord de l'égarement. Mais, dépourvu de subjectivité, il s'était borné à constater que le programme du *Basilica* constituait la reproduction exacte de celui qui supervisait l'existence de l'humanité sur Harmonie depuis quarante millions d'années.

Il avait également constaté qu'à l'instant de leur séparation, les deux copies avaient commencé à diverger. Chacune avait sa propre mission. Le maître ordinateur du vaisseau stellaire *Basilica* devait s'occuper de l'appareil et de ses systèmes d'entretien de la vie jusqu'à l'arrivée à destination, sur la planète Terre. Là, il essaierait d'entrer en contact avec le Gardien de la Terre pour obtenir de nouvelles instructions et de l'aide ; puis il rebrousserait chemin afin de recharger le maître ordinateur d'Harmonie en informations et en énergie. Entre-temps, il se serait efforcé de maintenir ses passagers en vie et, si possible, de réinstaller une population humaine sur Terre.

La tâche du maître ordinateur d'Harmonie était à la fois beaucoup plus simple et beaucoup plus ardue. Plus simple, parce que c'était tout bonnement la continuation de ce qu'il faisait depuis quarante millions d'années : surveiller les humains de la planète afin de les empêcher de s'entretuer. Plus ardue, parce que ses constituants, dont la durée de vie avait déjà amplement dépassé les dix millions d'années prévues, se détérioraient chaque jour un peu plus, tandis que les hommes devenaient de moins en moins sensibles à son influence.

Le voyage prendrait presque un siècle dans chaque sens. A cause des effets relativistes, certains des humains à bord auraient l'impression qu'il ne s'était écoulé qu'une dizaine d'années avant leur arrivée sur Terre ; mais pour la plupart, le trajet se ferait en état d'hibernation et ils n'en garderaient que le souvenir d'un sommeil sans rêves et inhabituellement reposant, durant lequel ils n'auraient même pas vieilli.

Pour le maître ordinateur d'Harmonie, toutefois, ce laps de temps ne serait que ce qu'il était : du temps. Il ne s'impatienterait pas ; il ne compterait pas les jours. Il réglerait un signal sur la date la plus proche à partir de laquelle un retour était possible. Une fois le *Basilica* en route et jusqu'au déclenchement de l'avertisseur, le maître ordinateur d'Harmonie ne penserait pas un seul instant au vaisseau stellaire.

Mais celui du *Basilica* y penserait, lui. Et déjà il préparait ses plans pour mener à bien toutes ses missions.

PREMIÈRE PARTIE

SI JE M'ÉVEILLE AVANT DE MOURIR

1

UNE QUERELLE AVEC DIEU

Vusadka : site du débarquement des premiers humains sur la planète baptisée Harmonie. Leurs vaisseaux stellaires se posèrent ; certains colons en descendirent et semèrent dans les riches terres au sud de la zone d'atterrissage. Puis tous les autres sortirent, s'installèrent plus loin et abandonnèrent les vaisseaux.

Laissés à eux-mêmes, les appareils auraient fini par s'oxyder, se dégrader, se désagréger. Mais les humains de l'époque étaient prévoyants. Un jour, leurs descendants auraient peut-être besoin de ces machines. Aussi enfermèrent-ils le terrain d'atterrissage dans un champ de stase afin que ni la poussière portée par le vent, ni la pluie, ni la condensation, ni la lumière directe du soleil, ni les radiations ultraviolettes n'agressent les vaisseaux. L'oxygène, le plus corrosif de tous les poisons, fut éliminé du dôme par aspiration. Le maître ordinateur de la planète – nommé « Surâme » par les enfants de ces premiers colons – fut chargé d'écarter tous les humains de la grande île où reposaient les vaisseaux. Dans leur bulle protectrice, ceux-ci attendirent quarante millions d'années.

Mais aujourd'hui la bulle n'existait plus. L'air était redevenu respirable. Le site d'atterrissage résonnait à nouveau de voix humaines, et pas seulement de celles des adultes austères qui y étaient entrés les premiers : nombre de ceux qui couraient d'un vaisseau ou d'un bâtiment à l'autre étaient des enfants. Tous travaillaient avec acharnement à démonter les parties fonctionnelles de différents vaisseaux pour en remettre un seul en état de marche. Et quand l'appareil qu'ils avaient baptisé *Basilica* serait prêt, tous ses systèmes en service, entièrement chargé, ses réserves pleines, ils y monteraient une dernière fois et quitteraient ce monde où plus d'un million de générations de leurs ancêtres avaient vécu afin de retourner sur Terre, cette planète où la civilisation humaine avait vu le jour, mais où elle avait duré moins de dix mille ans.

Que représente la Terre pour nous ? se demandait Hushidh en regardant les adultes et les enfants travailler. Pourquoi nous donner tant de mal pour y revenir alors que c'est Harmonie notre foyer ? Les liens qui nous rattachaient à ce monde lointain se sont sûrement dissous depuis le temps !

Pourtant ils partiraient, parce que Surâme en avait décidé ainsi. Elle avait tordu, manipulé leurs existences à tous pour les amener précisément ici et maintenant. Souvent, Hushidh se réjouissait de l'attention que leur portait Surâme ; mais en d'autres occasions, l'idée qu'ils n'avaient pas le droit de diriger eux-mêmes leurs vies l'exaspérait.

Cependant, si nous n'avons pas de liens avec la Terre, nous n'en avons guère plus avec Harmonie, se disait-elle. Et elle seule était à même de constater que cette observation n'avait pas uniquement un sens figuré : toutes les personnes présentes avaient été choisies pour leur sensibilité particulière aux communications mentales de Surâme, mais, chez Hushidh, cette sensibilité prenait une forme singulière. Rien qu'en regardant les gens, elle percevait la force de leurs relations avec leur entourage. C'était comme une vision en état d'éveil : les liens se présentaient comme des cordes de lumière qui rattachaient un individu à ses proches.

Un exemple : Luet, sa jeune sœur, la seule parente par le sang qu'Hushidh eût connue pendant son enfance et son adolescence, et qui justement passait devant son abri ombragé, sa fille Chveya sur ses talons, en route pour apporter le déjeuner à ceux qui travaillaient sur les ordinateurs du vaisseau ; eh bien, toute sa vie, Hushidh avait considéré son lien avec Lutya comme la grande certitude de son existence. Ignorant qui étaient leurs parents, elles avaient été élevées gratuitement dans la célèbre école de Rasa, à Basilica. Toutes les inquiétudes, toutes les mauvaises passes, tous les doutes étaient alors supportables parce que Lutya existait, liée à elle par des cordes qui, pour n'être perceptibles qu'à Hushidh, n'en étaient pas moins solides.

Il y avait d'autres liens, naturellement. Hushidh conservait le souvenir net de sa souffrance à voir grandir celui qui rattachait Luet à son époux, Nafai, exaspérant jeune homme qui faisait parfois preuve de plus d'enthousiasme que de bon sens. Mais à sa grande surprise, le lien entre sa sœur et elle ne s'en était pas trouvé affaibli ; et quand à son tour elle avait épousé Issib, le frère de Nafai, ce lien s'était renforcé au-delà de ce qu'il était pendant leur enfance, chose qu'elle n'aurait pas cru possible.

Aujourd'hui, en regardant Luet et Chveya, Hushidh ne voyait donc pas seulement une mère et sa fille, mais deux êtres de lumière rattachés l'un à l'autre par une épaisse corde chatoyante. On n'aurait su imaginer lien plus fort. Chveya adorait aussi son père, Nafai, mais la relation entre les enfants et leur père était toujours un peu hésitante. Cela tenait à la nature de la famille humaine : auprès de la mère, les petits recherchaient protection et consolation, bref des fondations solides à leur vie ; auprès du père, au contraire, ils recherchaient la critique, espérant l'approbation, redoutant la condamnation. En conséquence, le père avait une importance égale à celle de la mère, mais aussi affectueux et protecteur qu'il soit, la relation avec lui restait marquée d'inquiétude, car il cristallisait toutes les angoisses d'échec de l'enfant. Certes, il existait des exceptions à cette règle ; mais Hushidh avait appris que dans la majorité des cas, c'était le lien avec la mère le plus fort et le plus lumineux.

Plongée dans ses réflexions, elle faillit passer à côté de l'essentiel. Ce n'est qu'au moment où Luet et Chveya disparaissaient dans le vaisseau qu'elle prit conscience d'une absence presque totale : celle du lien qui la rattachait à Lutya !

Mais c'était impossible ! Après tant d'années ? Et pourquoi maintenant ? Elles ne s'étaient pas disputées ! Elles étaient aussi proches que d'habitude, en ce qui concernait Hushidh. Ne s'étaient-elles pas toujours serré les coudes pendant les longues luttes qui avaient opposé l'époux de Luet à ses frères malintentionnés ? Qu'est-ce qui pouvait bien avoir changé ?

Hushidh suivit sa sœur dans le vaisseau et la trouva dans la timonerie où Issib, son propre époux, discutait avec Nafai du système d'entretien de la vie. Les ordinateurs n'intéressaient pas Hushidh : c'est la réalité qui la touchait, les individus de chair et de sang, pas les constructions artificielles à base de un et de zéros. Elle se prenait parfois à penser que si les hommes aimaient tant ces machines, c'était précisément parce qu'elles n'avaient pas de réalité. A l'inverse des femmes et des enfants, on pouvait les maîtriser de A à Z. C'est pourquoi elle se réjouissait secrètement quand elle voyait Issya ou Nyef se casser le nez sur un logiciel récalcitrant avant de mettre le doigt sur l'erreur de programmation. Et quand un de leurs enfants faisait lui aussi preuve d'entêtement, elle soupçonnait Issya de croire au tréfonds de lui-même qu'il suffisait de découvrir l'erreur dans la programmation du petit. Hushidh savait, elle, qu'il ne s'agissait pas d'une erreur, mais d'une âme qui s'inventait elle-même. Cependant, quand elle voulait l'expliquer à Issya, son regard devenait flou et il partait sans tarder se réfugier auprès de ses ordinateurs.

Aujourd'hui, toutefois, tout se passait sans trop de problèmes. Luet et Chveya disposèrent le repas pour les hommes. Hushidh qui n'avait rien de particulier à faire les aida ; mais ensuite, lorsque Luet parla d'aller appeler tout le monde à table, Hushidh fit mine de ne pas saisir l'allusion, pour forcer Luet et Chveya à battre elles-mêmes le rappel.

Issib avait beau être un homme et préférer parfois les ordinateurs aux enfants, il n'était pas idiot. Dès le départ de Luet et de sa fille, il demanda : « C'est à moi que tu voulais parler, Shuya, ou à Nyef ? »

Elle embrassa son époux sur la joue. « A Nyef, évidemment. Toi, je sais déjà tout ce que tu penses.

— Avant que je ne le sache moi-même, répondit-il, faussement contrit. Eh bien, si vous voulez parler seul à seul, c'est vous qui allez devoir sortir. J'ai du travail et il n'est pas question que je quitte la pièce où se trouve mon repas. »

Il ne mentionna pas le fait que tout déplacement lui coûtait un gros effort. Ses flotteurs fonctionnaient au voisinage des vaisseaux stellaires, si bien qu'il n'était pas coincé dans son fauteuil, mais les mouvements importants lui étaient néanmoins pénibles.

Nyef termina de taper une commande quelconque, puis il quitta son fauteuil et emmena Hushidh dans un couloir. « Qu'y a-t-il ? »

Hushidh ne tourna pas autour du pot. « Tu sais comment je perçois le monde, dit-elle.

— Les relations entre les gens, tu veux dire ? Oui.

— J'ai vu quelque chose de très inquiétant, aujourd'hui. »

Nafai attendit qu'elle poursuive.

« Luet est... euh... coupée. Pas de toi, ni de Chveya ; mais de tout le monde par ailleurs.

— Qu'est-ce que ça signifie ?

— Je l'ignore. Je ne lis pas dans la tête des gens. Mais je me fais du souci. Toi, par exemple, tu n'es coupé de personne ; tu es encore – ne me demande pas pourquoi ! – tu es encore rattaché par des liens d'affection et de loyauté à tes écœurants frères aînés et même à tes sœurs et à leurs pitoyables petits époux...

— Je vois que tu n'éprouves que du respect pour eux, fit Nafai d'un ton sec.

— Tout ce que je veux dire, c'est que Luet avait elle aussi ce même... comment exprimer ça ? ce même sentiment d'obligation envers la communauté tout entière. Elle se reliait avec tout le monde. Pas de la même façon que toi, mais avec les femmes, c'était peut-être encore plus fort. Non, c'était bel et bien plus fort. Elle s'était faite la responsable des femmes. Depuis qu'on avait découvert à Basilica son talent de sibylle de l'eau, c'était comme ça. Mais il n'y a plus rien.

— Serait-elle de nouveau enceinte ? Elle ne devrait pas, normalement. Aucune femme ne doit être enceinte au décollage.

— Ça n'y ressemble pas ; elle n'est pas retirée en elle-même comme les femmes qui attendent un enfant. » Hushidh était surprise que Nafai se fût souvenu de ce détail. Elle n'avait parlé qu'une fois, bien des années plus tôt, du fait que les liens des femmes enceintes avec leurs proches s'affaiblissaient parce qu'elles se centraient sur leur enfant. C'était tout Nafai, ça : pendant des jours, des semaines, des mois entiers, on avait l'impression d'un adolescent poussé en graine, empoté, toujours prêt à dire ce qu'il ne fallait pas au mauvais moment, aveugle aux sentiments des autres ; et tout à coup, on s'apercevait que rien ne lui avait échappé, qu'il remarquait et se rappelait pratiquement tout. Ce qui amenait à se demander si les jours où il se montrait grossier, ce n'était pas exprès. Hushidh n'avait pas encore réussi à trancher.

« Alors, de quoi s'agit-il ?

— Je pensais que tu pourrais me le dire, répondit-elle. Luet a-t-elle fait ces derniers temps une allusion indiquant qu'elle se séparait de tout le monde, sauf de toi et de vos enfants ? »

Il haussa les épaules. « C'est possible, mais alors je n'y ai pas fait attention. Je ne remarque pas toujours tout. »

Cette déclaration même rendit Hushidh soupçonneuse. Il remarquait tout, en réalité, et par conséquent il avait repéré quelque chose ; mais il refusait de lui en faire part.

« Je ne sais pas de quoi il s'agit, mais c'est un point de désaccord entre vous », dit-elle.

Nafai prit l'air vexé. « Pourquoi m'interroger si tu ne crois pas mes réponses ? »

Hushidh lança, exaspérée :

« Parce que j'espère toujours qu'un jour tu m'estimeras digne de partager tes secrets les plus intimes !

— Holà ! Mais on est bien énervée, aujourd'hui ! »

C'était quand il jouait les affreux jojos que Hushidh le haïssait le plus. « Il faudra tout de même que j'explique à Luet qu'elle a fait une grosse boulette en empêchant qu'on t'exécute le jour où tu as profané le lac des Femmes à Basilica !

— Je suis bien d'accord, répliqua-t-il. Ça m'aurait épargné le spectacle insoutenable de ta souffrance à m'avoir pour beau-frère !

— C'en est au point que je préférerais encore accoucher tous les jours ! »

Nafai lui fit un grand sourire. « Bon, je vais m'en occuper, dit-il. Franchement, j'ignore pourquoi Luet se couperait des autres, mais c'est dangereux et je vais donc y fourrer mon nez. »

Ainsi, il prenait ses avertissements au sérieux, même s'il ne voulait pas lui dire quel était à son avis le problème. Bah, elle ne pouvait pas espérer beaucoup mieux ; Nafai avait beau être le chef actuel de la communauté, il n'avait pas de talent inné pour ce rôle. C'était Elemak, son frère aîné, le meneur d'hommes de la colonie. Si Nafai détenait le pouvoir de gouverner, c'est uniquement parce que Surâme se trouvait dans son camp – ou plutôt, parce qu'il avait pris parti pour Surâme. L'autorité ne lui était pas naturelle, il ne savait pas toujours comment l'utiliser (ou ne pas l'utiliser) et il se trompait parfois. Hushidh ne pouvait qu'espérer qu'il ne ferait pas d'erreur cette fois-ci.

Potya devait avoir faim. Il fallait qu'elle rentre. Comme elle allaitait un nourrisson, on l'avait déchargée de la plupart des tâches qu'exigeait la préparation du voyage ; d'ailleurs, la date de départ avait été fixée en fonction de sa grossesse. Rasa et elle avaient été les dernières à tomber enceintes avant qu'on découvre l'impossibilité de traverser l'espace dans cet état : les produits chimiques et l'hypothermie qui maintiendraient la quasi-totalité des passagers en animation suspendue pouvaient avoir des effets désastreux sur un embryon. Le bébé de Rasa, une petite fille baptisée du nom un peu mièvre de Tsennyi, « trésor », était né un mois avant le troisième fils et sixième enfant de Hushidh. Celui-là, elle l'avait appelé Shyopot, c'est-à-dire « murmure », avec Potya comme diminutif affectueux. Il était arrivé au dernier moment, comme un mot soufflé par Surâme, le dernier chuchotis de son cœur avant qu'elle abandonne ce monde pour toujours. Issib avait trouvé ce nom curieux, mais nettement préférable à « trésor », preuve à leurs yeux que Rasa avait perdu tout sens du discernement et de la mesure. En tout cas, Potya l'attendait, il avait faim, les seins de Hushidh le lui disaient d'une façon pressante.

Mais en sortant du vaisseau, elle tomba sur Luet qui lui adressa un salut joyeux, apparemment inchangée, toujours aussi tendre et affectueuse. Hushidh eut envie de la gifler. Ne me mens pas ! Ne me fais pas croire que tout est normal alors qu'au fond de toi, tu t'es coupée de moi ! Si l'intimité que nous partageons n'est qu'un masque pour toi, plus jamais je n'en retirerai de plaisir !

« Qu'est-ce qui ne va pas ? demanda Luet.

— Qu'est-ce qui pourrait ne pas aller ? rétorqua Hushidh.

— Tu portes ton cœur sur ton visage, en tout cas en ce qui me concerne. Tu es en colère contre moi et j'ignore pourquoi.

— On en parlera plus tard.

— Mais quand ? Qu'ai-je fait ?

— C'est précisément ce que j'aimerais savoir. Qu'as-tu fait ? Ou qu'as-tu l'intention de faire ? »

Elle avait touché juste : les paupières qui s'ouvrent un peu plus, l'hésitation avant de manifester une réaction, comme si elle cherchait laquelle choisir... Hushidh savait désormais que Luet projetait quelque chose qui exigeait de sa part un retrait émotionnel de la communauté.

« Mais rien, répondit enfin Luet. Je suis comme tout le monde, Hushidh : j'élève mes enfants et je prépare le voyage.

— J'ignore ce que tu as derrière la tête, Lutya, mais ne le fais pas. Ça n'en vaut pas la peine.

— Tu ne sais même pas de quoi tu parles !

— Exact, mais toi, tu le sais. Et je te le répète : ça ne mérite pas que tu te coupes de nous. Ça ne mérite pas que tu te coupes de moi ! »

L'expression abasourdie de Luet n'était pas feinte, cette fois. A moins qu'elle n'eût joué la comédie depuis toujours. Mais non ; cette idée était insupportable.

« Shuya, dit Luet, tu l'as vu ? C'est vrai ? Je n'en savais rien, mais c'est peut-être exact, j'ai peut-être déjà tranché les liens avec... oh, Shuya ! » Et elle se jeta dans les bras de sa sœur.

Avec réticence (mais pourquoi ? se demanda-t-elle), Hushidh lui rendit son étreinte.

« Jamais ! sanglota Luet. Je ne ferai jamais rien qui puisse me couper de toi ! Je n'arrive pas à croire que je... Tu ne peux rien y faire ?

— Y faire ?

— Tu sais, comme ce que tu as fait aux soldats de Rashgallivak, le jour où il est venu chez tante Rasa pour enlever ses filles. Tu l'as privé de la loyauté de ses hommes et tu l'as mis à genoux en un clin d'œil. Tu ne t'en souviens pas ? »

Hushidh s'en souvenait très bien ; mais elle avait eu la partie belle, car ayant perçu l'extrême faiblesse des liens entre Rash et ses sbires, il lui avait suffi de quelques mots bien placés et d'une attitude théâtrale pour les remplir de mépris envers leur chef et les pousser à le lâcher sans attendre. « Ce n'est pas pareil, expliqua-t-elle. Je ne peux pas obliger les gens à m'obéir. J'ai pu dépouiller de leur loyauté les hommes de Rash parce qu'ils n'avaient pas envie de le suivre, de toute façon. Mais je suis incapable de recréer tes liens avec nous. C'est à toi de le faire.

— Mais je le veux !

— Commence par me dire ce qui se passe.

— Je ne peux pas.

— Et pourquoi ?

— Parce qu'il ne se passe rien.

— Mais il va se passer quelque chose, c'est bien ça ?

— Non ! répondit Luet d'un ton maintenant à la fois furieux et résolu. Ça n'arrivera pas ! Par conséquent, la discussion est close ! » Là-dessus, elle se précipita vers l'échelle qui menait au cœur du vaisseau, là où leurs compagnons étaient en train de se réunir pour le déjeuner.

C'était Surâme. Hushidh en était sûre, désormais. Surâme a donné à Luet un ordre qu'elle refuse d'exécuter. Et si elle accepte, elle se retrouvera coupée de tout le monde. De quoi s'agit-il ? Qu'est-ce que mijote Surâme ?

Et pourquoi en suis-je exclue ?

Pour la première fois de sa vie, elle se surprit à considérer Surâme comme une ennemie ; elle découvrit soudain qu'elle-même n'avait pas de liens de loyauté solides envers Surâme. De simples doutes avaient suffi à les dissoudre. Je ne sais pas ce que tu es en train de nous faire, à ma sœur et à moi, Très-Sainte, mais arrête tout de suite !

Elle n'obtint aucune réponse. Rien que le silence.

C'est Luet que Surâme a choisie pour une certaine mission et pas moi. De quoi s'agit-il ? Il faut que je sache ! Si le risque est trop grand, je dois m'y opposer !

Luet n'aimait pas le bâtiment où ils vivaient, tout en surfaces dures, lisses et mortes. Elle regrettait la maison de bois qu'ils avaient habitée huit ans durant dans leur petit village de Dostatok, avant que son époux ne découvre l'antique astroport de Vusadka. Et avant cela, elle ne se rappelait pas avoir vécu ailleurs que dans la demeure basilicaine de Rasa. Basilica, cité des femmes, cité de la grâce... Elle revoyait parfois avec nostalgie les brumes qui dissimulaient le lac sacré, les marchés pleins d'une foule bruyante, les rangées de maisons qui se poussaient entre elles pour surplomber les rues. Mais ici... Ceux qui avaient construit ces édifices les trouvaient-ils beaux ? Appréciaient-ils de vivre dans ces lieux morts ?

Pourtant, elle était quand même chez elle, parce que c'était ici que ses enfants se réunissaient pour dormir, pour manger, ici que Nafai rentrait tard le soir pour se pelotonner, épuisé, dans le lit à côté d'elle. Et quand l'heure viendrait de monter à bord du vaisseau baptisé *Basilica*, ce foyer-là lui manquerait aussi, sans doute ; elle garderait un souvenir ému de leur travail frénétique, des enfants surexcités, de leurs craintes sans fondement. Si elles étaient effectivement sans fondement...

Revenir sur Terre... qu'est-ce que cela signifiait, alors que les humains en étaient partis depuis quarante millions d'années ? Et ces rêves qu'ils ne cessaient tous de faire, rêves de rats géants apparemment doués d'une intelligence malveillante, songes d'espèces de chauve-souris qui semblaient amicales mais n'en étaient pas moins laides à faire peur ? Même Surâme ignorait ce qu'ils voulaient dire et pourquoi le Gardien de la Terre les envoyait. En tout cas, Luet retirait une impression générale de toutes ces images : ce n'était pas un paradis qui les attendait sur Terre.

Mais ce qui l'effrayait vraiment – elle et tous les autres, probablement – c'était le voyage proprement dit. Un siècle à dormir ? Et ils se réveilleraient sans avoir vieilli d'un seul jour ? On aurait dit un conte, comme celui de la petite pauvresse qui se piquait le doigt avec une dent de souris et s'endormait, pour découvrir à son réveil que toutes les femmes riches et belles qu'elle avait connues étaient devenues de grosses vieilles dames, tandis qu'elle était toujours la plus jeune et la plus belle. Mais toujours pauvre. Depuis son enfance, Luet avait trouvé curieuse la chute de cette histoire ; il devait sûrement exister une version où le roi la choisissait pour sa beauté au lieu d'épouser la plus riche pour s'emparer de ses propriétés. Mais cela n'avait rien à voir avec ses inquiétudes présentes. Pourquoi cette digression ? Ah oui ! Elle pensait au voyage, au moment où elle allait s'allonger dans le vaisseau et où le système d'entretien de la vie allait lui planter des aiguilles dans le corps pour la pétrifier le temps de la traversée. Comment savoir s'ils n'allaient pas mourir, tout bêtement ?

Mais ils auraient déjà pu mourir cent fois depuis que la situation avait commencé à se dégrader à Basilica ; et pourtant ils étaient arrivés jusqu'ici, guidés par Surâme, et pour le moment tout se passait à peu près bien. Ils avaient leurs enfants, ils se portaient bien, il n'y avait eu aucun décès ni même aucune blessure grave.

Depuis que Surâme avait confié le manteau du pilote stellaire à Nafai, même Elemak et Mebbekew, ses frères aînés qui n'avaient que la haine au cœur, se montraient relativement coopérants – alors que de notoriété publique l'idée d'aller sur Terre leur faisait horreur.

Dans ces conditions, pourquoi Surâme s'acharnait-elle à tout anéantir ?

Je m'acharne à vous sauver la vie, à ton époux et à toi. En ce lieu où Surâme se trouvait physiquement, Luet percevait sa voix beaucoup plus clairement qu'à Basilica.

« Le manteau du pilote protégera Nafai, murmura-t-elle. Et à son tour, il nous protégera.

Et quand il sera vieux ? Quand Elemak aura appris à ses fils à vous haïr, vous et vos enfants ? C'est de l'arithmétique élémentaire, Luet. Une fois que votre communauté se sera divisée – et elle se divisera, n'en doute pas –, d'un côté il y aura Elemak et ses quatre fils, Mebbekew et le sien, Obring qui a deux fils et Vas qui en a un. Quatre solides adultes et huit garçons. Et dans votre camp, qui ? Ton époux, naturellement. Mais qui sont ses alliés ? Son père, Volemak ?

— Il est vieux, murmura Luet.

Oui, trop. Et Issib est un frêle handicapé. Le seul homme qui reste, c'est Zdorab ; et comment savoir de quel côté il se rangera ?

— Même s'il rejoignait Nafai, ça n'y changerait pas grand-chose.

Tu vois donc le problème. En comptant tes quatre fils, les trois d'Issib et les deux de Volemak, ça ne fait malgré tout pas une grosse armée. Et de toute façon, Elemak ne va pas tarder à frapper, avant qu'aucun des enfants ne soit assez grand pour avoir du poids. Nous avons par conséquent quatre hommes robustes et brutaux contre un seul, qui n'est ni robuste ni brutal.

— A moins que Nafai ne parvienne à maintenir l'union entre tous.

Elemak attend son heure, c'est tout. Je le sais. C'est pourquoi tu vas convaincre Nafai de faire ce que je t'ai montré...

— Convaincs-le, toi !

Il ne m'écoute pas.

— Et pour cause : il sait que ton plan mènerait à la catastrophe ! Il entraînerait exactement les conséquences que tu prétends vouloir éviter !

Il y aura quelques grincements de dents, naturellement...

— Des grincements de dents ! Tu parles ! A l'arrivée sur Terre, on réveillera tous les adultes, qui s'apercevront alors que – petite boulette – Nafai et Luet ont bêtement oublié de se mettre eux-mêmes en animation suspendue et que – deuxième petite boulette – , par le plus grand des hasards, une dizaine d'enfants parmi les plus grands sont restés éveillés avec eux pendant les dix ans qu'a duré le voyage ! Tu comprends, ma chère Shuya, quand tu t'es couchée, ta fille Dza n'avait que huit ans, mais aujourd'hui elle en a dix-huit et elle est mariée avec Padarok, qui, pendant que j'y pense, a dix-sept ans, lui – désolés, Shedemei et Zdorab, mais nous savions que ça ne vous dérangerait pas si nous élevions votre garçon à votre place. Ah, et puis comme on avait ces gosses sous la main, on en a profité pour leur faire la classe, et maintenant ce sont des spécialistes dans tous les domaines nécessaires à la colonie. En plus, ils sont assez grands et forts pour travailler comme des adultes. Mais – troisième boulette – vos gamins à vous, Eiadh, Kokor, Sevet et Dol, ils n'ont rien appris ; ce sont encore de petits enfants qui ne peuvent pas servir à grand-chose.

Tu as étudié le plan sous toutes les coutures, je vois. Pourquoi ne comprends-tu pas qu'il est à la fois nécessaire et sans défaut ?

— Mais ils vont être furieux ! répondit Luet. Ils vont nous détester ! Volemak, Rasa, Issib, Shuya, Shedemei et Zdorab parce que nous leur aurons volé leurs aînés, et les autres parce que nous n'aurons pas donné les mêmes avantages à leurs enfants !

Ils seront en colère, mais mes vrais fidèles comprendront rapidement qu'il est essentiel d'avoir des enfants grands et forts de leur côté. Cela modifiera l'équilibre des forces physiques dans la communauté. Et cela vous permettra de rester tous en vie.

— Ils demeureront tous persuadés, si la communauté se divise, que c'est à cause de cet affreux méfait que nous aurons perpétré, Nafai et moi. Ils nous détesteront, ils nous en voudront et ils ne nous feront plus jamais confiance !

Je leur dirai que l'idée venait de moi.

— Et ils répondront que tu n'es qu'un ordinateur qui ne comprend évidemment pas les sentiments humains, alors que nous qui les comprenons aurions dû refuser de t'obéir !

C'est peut-être vrai. Mais vous ne refuserez pas.

— J'ai déjà refusé une fois ! Et je refuse encore aujourd'hui !

Ta bouche et ton esprit refusent, mais Hushidh a vu que dans ton cœur tu t'apprêtes déjà à m'obéir.

— Non ! » cria Luet.

« Mère ? » C'était Chveya, derrière la porte.

« Qu'y a-t-il, Veya ?

— A qui parles-tu ?

— A moi-même, dans un rêve. Ce ne sont que des bêtises. Recouche-toi.

— Père est rentré ?

— Il est encore au vaisseau avec Issib.

— Mère ?

— Va te recoucher, Chveya. Va vite. »

Elle entendit le bruissement des sandales de la petite qui s'éloignait. Qu'avait-elle entendu ? Depuis quand était-elle derrière la porte ?

Elle a tout entendu.

— Pourquoi ne pas m'avoir prévenue ?

Pourquoi parlais-tu tout haut ? Je perçois parfaitement tes pensées.

— Parce que quand je parle, j'ai les idées plus claires, voilà. Que manigances-tu ? De faire exécuter ton plan par Chveya ?

Etant donné que tu refuses d'en discuter avec Nafai, j'ai réveillé Chveya pour qu'elle entende ce que tu disais. Elle le lui rapportera.

— Tu ne pouvais pas t'adresser directement à Nafai ?

Il ne veut pas m'écouter.

— C'est quelqu'un de très avisé. C'est pour ça que je l'aime.

Il faut qu'on lui expose la situation sous un autre jour. Tu aurais été parfaite pour cette tâche. Mais Chveya fera l'affaire.

— Laisse mes enfants en dehors de ça !

Tes enfants sont des individus à part entière. A l'âge de Chveya, tu étais déjà reconnue comme la sibylle de l'eau de Basilica. Je ne me rappelle pas que tu te sois plainte de notre relation, à l'époque. Et lorsque Chveya s'est mise à recevoir des rêves du Gardien de la Terre, il me semble me souvenir que tu t'es plutôt réjouie.

— Dire que j'ai pu te considérer comme... comme une déesse !

Et comment me considères-tu, aujourd'hui ?

— Si j'ignorais que tu es un programme informatique, je dirais que tu es une vieille touche-à-tout répugnante !

Tu peux te mettre en colère contre moi si ça te fait plaisir. Ça ne me vexe pas. Je comprends, même. Mais il faut réfléchir à long terme, Luet. Comme moi.

— Ah oui ! Tu réfléchis à si long terme que c'est à peine si tu remarques les ravages que tu provoques dans nos existences, pauvres éphémères que nous sommes !

Ta vie a-t-elle été si terrible jusqu'à présent ?

— Disons qu'elle ne s'est pas déroulée comme prévu.

Mais a-t-elle été si terrible ?

— Tais-toi ; fiche-moi la paix ! »

Luet se rejeta en arrière sur le lit et chercha le sommeil.

Mais une pensée la hantait : Hushidh a vu que je n'étais plus reliée aux autres. Ça veut dire qu'inconsciemment j'ai déjà l'intention d'obéir au plan de Surâme. Dans ce cas, autant arrêter les frais et l'exécuter consciemment.

Mais alors, pour le restant de mes jours, ma sœur, tante Rasa et Shedemei me haïront et j'aurai entièrement mérité leur haine.

2

LE VISAGE DE L'ANCIEN

Tout le monde pensait que Kiti ferait le portrait de kTi, son autresoi, pour sa sculpture de l'année. Et de fait, c'était bien son intention, jusqu'au moment où il avait trouvé son argile au bord de la rivière et s'était attelé à en détacher des morceaux à l'aide de sa lance. Il n'y avait pas de jeune homme plus aimé que kTi au village, pas de plus désiré ; de son vivant, la rumeur disait qu'une des grandes dames allait le choisir pour époux et lui offrirait le mariage à vie, proposition extraordinaire pour quelqu'un de son âge. Si cela s'était réalisé, Kiti, en tant qu'autresoi de kTi, aurait partagé cette union. Après tout, puisqu'ils étaient identiques, kTi et lui, peu importait lequel engendrait tel ou tel enfant.

Mais en réalité, ils ne se ressemblaient pas, Kiti le savait bien. Certes, ils avaient le même aspect physique, comme chez toutes les paires-de-naissance ; étant donné que dans un quart des cas une paire complète parvenait à l'âge adulte, il n'était pas rare de voir deux jeunes gens semblables s'apprêter à se proposer aux dames du village et se faire accepter ou refuser en bloc. Ainsi, par coutume et par courtoisie, on manifestait à Kiti le même respect qu'à son autresoi ; mais tout le monde savait que c'était à kTi et non à Kiti qu'ils devaient leur réputation de ruse et de force.

Ce n'était pourtant pas très juste : souvent, quand ils volaient de conserve, occupés à surveiller un des troupeaux du village, à guetter des diables ou à chasser les corbeaux des champs de maïs, c'était Kiti qui disait : « Je parie qu'une des chèvres va essayer de partir de ce côté-ci » ou « Je ne serais pas étonné que les diables utilisent cet arbre ». Et à l'origine de leur exploit le plus célèbre, c'est encore Kiti qui avait dit : « Je vais m'installer sur cette branche en faisant semblant d'être blessé, et toi tu te mettras à l'affût au-dessus avec ta lance. » Mais quand les gens se racontaient l'histoire, on avait toujours l'impression que c'était kTi qui avait imaginé tout le plan ; et pourquoi irait-on penser autrement ? C'était toujours kTi qui agissait, kTi dont la hardiesse assurait la victoire ; Kiti, lui, suivait le mouvement, donnait un coup de main, sauvait parfois son autresoi, mais sans jamais prendre les décisions essentielles.

Pas question, naturellement, d'expliquer cela en public. Il n'y aurait pas plus grande honte que d'essayer de voler sa gloire à son autresoi. Et d'ailleurs, en ce qui concernait Kiti, la situation était parfaitement équitable : car si ses idées se révélaient excellentes, c'était quand même grâce à l'intrépidité de kTi qu'elles se réalisaient.

Comment en était-on arrivé là ? Kiti ne manquait pourtant pas de courage. N'accompagnait-il pas toujours kTi dans ses aventures les plus audacieuses ? N'était-ce pas lui qui avait dû rester immobile sur la branche, tremblant de tous ses membres, et faire semblant d'être blessé, tandis que de petits bruits dans son dos lui indiquaient qu'une trappe-à-diable s'était ouverte dans le tronc et qu'un monstre s'avançait précautionneusement le long de la branche ? Pourquoi personne ne comprenait-il que le vrai courage avait été de rester là, sans bouger, en espérant que kTi interviendrait à temps ? Mais on ne parlait au village que du plan héroïque de kTi, de la victoire de kTi sur le diable.

C'était mal de ma part de lui en vouloir ainsi, se disait Kiti. C'est pour ça que mon autresoi m'a été enlevé, que lorsque l'orage nous a surpris dehors, c'est kTi dont Vent a décroché les pieds et les doigts de la branche, kTi qui s'est fait emporter au ciel pour y voler avec les dieux. Kiti, lui, n'en était pas digne et sa prise sur l'arbre ne s'était donc pas relâchée avant le départ de Vent, comme si Vent voulait lui dire : Tu as été jaloux de ton autresoi, alors je vous ai séparés pour te montrer que sans lui tu n'es rien.

Voilà pourquoi Kiti avait l'intention de sculpter le visage de son autresoi, et pourquoi, finalement, il en fut incapable. Car représenter le visage de kTi, c'était représenter le sien, et dans sa profonde indignité, il ne l'aurait pas supporté.

Pourtant, il fallait bien qu'il réalise une œuvre. Déjà sa salive coulait à flot pour humidifier l'argile, la lécher, la lisser, donner une patine brillante à la sculpture achevée. Et s'il ne faisait pas le portrait de son autresoi, si peu de temps après la mort de kTi, ce serait un scandale. On croirait qu'il manquait d'affection naturelle ; les dames s'imagineraient qu'il n'aimait pas son frère et ne voudraient pas de sa semence dans leur famille. Il ne trouverait qu'une simple femme pour lui proposer l'union ; et lui, pris par la fièvre de l'argile, il accepterait avec empressement, elle porterait ses enfants et il passerait ensuite les années à les regarder en se disant que s'il avait engendré d'aussi vils rejetons, c'était parce qu'il n'avait pas pu se résoudre à sculpter le visage de son bien-aimé kTi.

Mais je l'aimais ! se répétait-il. De tout mon cœur, je l'aimais ! Ne le suivais-je pas partout ? N'ai-je pas remis plusieurs fois ma vie entre ses mains ? Ne l'ai-je pas sauvé à mon tour chaque fois que son impétuosité l'exposait au danger ? Et ne l'ai-je pas pressé de s'en aller : « Un orage arrive, trouvons un abri, il faut nous protéger, qu'importe que nous trouvions ce chemin-à-diable ce vol-ci ou le prochain, demi-tour, demi-tour ! » Mais il n'a pas voulu, il ne m'a pas plus écouté que si je n'existais pas, que si je n'étais rien, comme si je n'avais pas le droit de décider de ma survie, sans parler de la sienne !

L'argile s'assouplissait, s'agglomérait et commençait à se fluidifier entre ses doigts, mais c'étaient autant les larmes que la salive qui l'humectaient. O Vent, tu as pris mon autresoi et je ne trouve plus ses traits dans l'argile. Donne-moi une forme, ô Vent, si j'en suis digne ! O Maïs, si je dois t'apporter des filles pour s'occuper de tes champs, donne le savoir à mes doigts si mon esprit est éteint ! O Pluie, coule avec ma salive et mes larmes et fais vivre l'argile sous mes mains ! O Terre, mère au feu profond, rends mes os sages, car un jour ils te reviendront ! Permets-moi de tirer d'autres os, de jeunes os, des os d'enfants de ton argile, ô Terre ! Permets-moi de déposer de jeunes ailes entre tes mains, ô Vent ! Permets-moi de créer de nouvelles graines de vie pour toi, ô Maïs ! Laisse-moi te faire goûter de nouveaux buveurs d'eau, de nouveaux pleureurs, de nouveaux sculpteurs, ô Pluie !

Mais malgré ses supplications les dieux ne firent naître aucune forme sous ses doigts.

Les larmes l'aveuglèrent. Devait-il renoncer ? Devait-il s'envoler dans le ciel de la saison sèche, chercher un village éloigné qui voudrait d'un homme solide, sans espoir de revoir Da'aqebla ? Ou bien devait-il se laisser aller davantage au désespoir, lâcher l'argile qu'il tenait et rester là, sur la rive, à découvert, pour que les diables constatent qu'il n'avait pas de sculpture en lui ? Alors, ils l'emporteraient comme un nourrisson dans leurs cavernes et le dévoreraient vif, si bien que dans son agonie il verrait la reine des diables lui manger le cœur. C'est ainsi qu'il devait finir, au fond de l'enfer, parce qu'il ne méritait pas d'être emporté au ciel par Vent. Tout l'honneur reviendrait à kTi, qui n'aurait pas à le partager avec son ignoble autresoi.

Cependant, ses doigts s'activaient sans qu'il pût voir ce qu'ils façonnaient.

Et tandis qu'ils s'agitaient, il cessa de pleurer sur son indignité, car il s'était aperçu qu'une forme avait finalement pris naissance sous ses doigts. Elle lui était donnée d'une façon qu'il ne connaissait jusque-là que par ouï-dire. Enfant, quand il jouait à la sculpture avec les autres garçons, il était toujours le plus doué, mais jamais il n'avait senti les dieux s'emparer de ses mains. Ce qu'il façonnait alors ne provenait que de son esprit et de ses souvenirs.

Mais voici qu'il ignorait ce qui se créait par son intermédiaire, du moins au début. Pourtant, son chagrin s'apaisa bientôt, ses craintes disparurent, ses yeux s'éclaircirent et il vit. C'était une tête. Une tête étrange qui n'était ni celle d'une personne, ni celle d'un diable ni celle d'aucune créature que Kiti connût. Le front était haut, le nez pointu, sans poils, lisse, les narines ouvertes vers le bas. A quoi pouvait bien servir un tel museau ? Les lèvres étaient épaisses et la mâchoire extraordinairement puissante, le menton projeté en avant comme s'il disputait au nez le privilège de mener cet être en avant dans le monde. Les oreilles arrondies étaient plantées sur les côtés du crâne. Mais quelle créature suis-je donc en train de fabriquer ? Pourquoi pareille laideur naît-elle entre mes mains ?

Et soudain la réponse jaillit dans son esprit : C'est un Ancien !

Ses ailes se mirent à trembler cependant que ses mains continuaient, fermes et sûres, à sculpter les détails du visage. Un Ancien ! Mais comment le savait-il ? Personne n'en avait jamais vu. De temps en temps seulement, dans une caverne retirée, on découvrait une relique incompréhensible de l'époque où ils vivaient sur Terre. Da'aqebla, pourtant un des plus vieux villages, ne possédait que trois de ces reliques. Oserait-il dire aux dames que cette tête grotesque, difforme, était celle d'un Ancien ? Elles se moqueraient de lui ! Ou plutôt, elles s'indigneraient qu'il pût les imaginer assez stupides pour croire une affirmation aussi farfelue. Comment juger ta sculpture si nul n'a jamais vu ce que tu façonnes ? Tu aurais mieux fait de laisser ta glaise en boule informe et de dire que ça représentait un caillou de la rivière !

Malgré les doutes qui le tenaillaient, ses mains et ses doigts s'activaient toujours. Il sentait, sans savoir comment, qu'il devait y avoir des poils sur le ressaut osseux au-dessus des yeux, que la fourrure du crâne devait être longue, qu'il devait se trouver sous le nez une dépression qui menait à la lèvre. Et quand il eut fini, il ne comprit pas comment il le savait. Il contempla le résultat et en fut épouvanté : c'était laid, bizarre et trop grand. Et pourtant c'était ainsi qu'il le fallait.

Que m'avez-vous fait, ô dieux ?

Il était encore plongé dans la contemplation de la tête de l'Ancien quand les dames apparurent dans le ciel avant de piquer sur la berge. Ceux dont les sculptures avaient déjà été examinées se trouvaient un peu à l'écart. Kiti les connaissait tous, naturellement, et devinait sans mal à quoi ressemblaient leurs œuvres. Quelques-uns étaient mariés et, comme leurs dames étaient unies à eux pour la vie, leurs sculptures ne participaient pas au concours. D'autres étaient des jeunes, comme Kiti, qui proposaient leur travail pour la première fois – et d'après leur vague air de chien battu ils n'avaient pas produit l'impression espérée. Cependant, la fièvre de l'argile les tenait tous et c'est à peine s'ils le regardaient, lui ou sa sculpture : ils n'avaient d'yeux que pour les dames.

Elles examinèrent son œuvre en silence. Certaines se déplacèrent pour l'observer sous un autre angle. Kiti le savait : sa sculpture était d'une facture exceptionnelle et rien que par sa taille elle était audacieuse. La fièvre de l'argile bouillonnait en lui, toutes les dames lui paraissaient magnifiques et leur expression sceptique l'emplissait d'angoisse. Il n'avait plus qu'une envie : qu'elles le choisissent.

Enfin le silence fut rompu. « Qu'est-ce que ça représente ? » murmura une voix. Kiti en chercha l'origine ; c'était Upua, une dame qui ne s'était jamais mariée et qui, depuis quelques années, ne s'était même pas accouplée. Cela lui valait la réputation d'une prétentieuse des plus difficiles à séduire. Naturellement, il fallait que ce soit elle qui l'interroge devant tout le monde !

« C'est né tout seul entre mes mains, répondit-il, n'osant avouer ce qu'était réellement la sculpture.

— Tout le monde s'attendait que tu honores ton autre-soi », attaqua une autre dame, enhardie par la question dédaigneuse d'Upua.

L'épreuve suprême. Impossible de l'éviter. Mais oserait-il dire la vérité ? « C'était mon intention, mais alors j'aurais aussi sculpté mon propre visage et je n'en étais pas digne. »

Ces mots soulevèrent un brouhaha. Certaines dames trouvaient cette raison ridicule ; d'autres n'y voyaient qu'un mensonge ; d'autres enfin prirent le temps d'y réfléchir.

Pour finir, elles rendirent leur verdict. « Ce n'est pas pour moi. » « C'est laid. » « Très curieux. » « Intéressant. » Mais quel que fût le commentaire, elles s'envolaient l'une après l'autre en grands cercles dans le ciel, puis se dirigeaient vers les arbres les plus proches. Les hommes, sans doute fort réjouis du fiasco total de Kiti et de son soi-disant talent, allèrent les rejoindre.

Finalement, seuls restèrent sur la berge Kiti et Upua.

« Je sais ce que c'est », dit-elle.

Kiti n'osa pas répondre.

« Ça représente la tête d'un Ancien », poursuivit-elle.

Sa voix porta jusqu'aux autres, installés dans les branches. Ils l'entendirent et beaucoup émirent un hoquet ou un sifflement de stupéfaction.

« Oui, dame Upua, avoua Kiti, honteux de voir son outrecuidance étalée au grand jour. Mais cette sculpture m'a été donnée par l'entremise de mes mains. Ce n'est pas du tout ce que j'avais l'intention de faire. »

Pendant un long moment, Upua se tut ; elle fit plusieurs fois le tour de l'œuvre.

« Le jour est bref ! » jeta une des dames les plus influentes du haut de son perchoir.

Upua tressaillit et la regarda. « Pardonnez-moi, répondit-elle. Je voulais m'imprégner de cet objet, car c'est un grand présent que nous ont fait les dieux de nous permettre ainsi de contempler le visage des Anciens. »

Quelques rires fusèrent. Croyait-elle vraiment Kiti capable de sculpter ce qu'on n'avait jamais vu ?

Elle se tourna vers lui ; la fièvre de l'argile le submergeait tant, désormais, qu'il avait peine à se retenir de se jeter à ses pieds pour la supplier de s'accoupler avec lui.

« Epouse-moi », dit-elle.

Il avait mal entendu, sûrement.

« Epouse-moi, répéta-t-elle. Dorénavant et jusqu'à ma mort, je ne veux que des enfants de toi.

— Oui », répondit-il.

Depuis mille ans, aucun homme n'avait reçu pareil honneur. Se voir proposer le mariage dès sa première sculpture, et par une dame d'un tel prestige ? Dans l'assistance, beaucoup furent indignés, dames et hommes confondus. « C'est ridicule, dame Upua ! s'exclama une autre influente. Vous dépréciez l'institution du mariage en vous donnant à quelqu'un d'aussi jeune et pour une réalisation aussi grotesque !

— Les dieux lui ont fait don du visage d'un Ancien. Venez tous examiner encore cette sculpture. Nous resterons ici le temps de deux chants afin de graver le visage des Anciens dans notre mémoire et de pouvoir enseigner à nos enfants ce que nous avons vu aujourd'hui. »

Et parce que c'était la dame qui avait proposé le mariage et s'était vue acceptée en ce lieu même, les autres durent obéir à sa volonté durant deux chants. Ils étudièrent donc le visage de l'Ancien et ensemble Kiti et Upua entrèrent à jamais dans les légendes du village de Da'aqebla. Ils entrèrent aussi en union et Kiti, qui aurait jusque-là tremblé à l'idée d'être l'époux d'une si terrifiante dame, constata bientôt qu'elle faisait une femme aimante et tendre et qu'il n'éprouvait que du bonheur à vivre auprès d'elle en mari protecteur et attentionné. Certes, kTi lui manquait de temps en temps, mais plus jamais il ne pensa que Vent l'avait puni en ne l'emportant pas au ciel avec lui.

Or en ce premier jour, tous ignoraient ce que leur réservait l'avenir. On savait seulement que Kiti était le sculpteur le plus audacieux de tous les temps, et comme sa hardiesse lui avait valu de conquérir le cœur d'une dame, il remonta aussitôt dans l'estime générale. En vérité, c'était bien l'autresoi de kTi ; et si kTi avait disparu, son courage et son intelligence brûleraient désormais en Kiti jusqu'à ce que, l'âge venant, ils se muent en force et en sagesse.

Quand les deux chants furent passés et que la troupe des dames et des hommes se fut transportée jusqu'à l'œuvre suivante, des silhouettes sombres émergèrent de l'ombre des arbres. Elles aussi se mirent à tourner autour de l'étrange sculpture, puis elles finirent par l'emporter, malgré sa taille et son poids hors du commun, de même que son apparence énigmatique.

3

SECRETS

C'était sorti tout seul. Chveya n'avait pas l'intention de raconter à tout le monde ce qu'elle avait entendu derrière la porte de Mère, la nuit précédente. Elle savait garder un secret, même un secret sidérant comme le fait que Mère veuille faire grandir Dazya et la marier à Rokya pendant le voyage. Qu'est-ce que ça voulait dire ? Que Chveya devait épouser Proya, un truc comme ça ? Tu parles comme ce serait drôle ! Il vaudrait mieux que ce soit lui qui se marie avec Dazya : de cette façon, les deux qui aimaient le plus commander pourraient se commander l'un l'autre jusqu'à plus soif ! Pourquoi la propre mère de Chveya voulait-elle donner à Dazya le garçon le plus intéressant qui ne soit pas un de ses cousins germains ?

Chveya était encore plongée dans ses réflexions quand Dazya s'était mise à l'agonir d'injures à cause d'une bêtise quelconque – une porte ouverte alors que Dazya voulait qu'elle soit fermée, ou l'inverse ; Chveya avait alors lâché sans le vouloir : « Ah, ferme-la, Dazya ! De toute façon, tu vas épouser Rokya pendant le voyage, alors laisse-moi au moins m'occuper toute seule des portes ! »

Et ce n'était pas sa faute si Rokya passait justement avec son père, les bras chargés de panières pleines à congeler dans le vaisseau.

« Qu'est-ce que tu racontes ? dit Rokya. J'ai pas envie de vous épouser, ni l'une ni l'autre ! »

Mais ce n'est pas sa réaction qui inquiéta Chveya. C'est celle de son père, le petit Zdorab. « Pourquoi te demandes-tu qui va épouser Padarok ? lui fit-il.

— Ben... c'est juste qu'il n'est pas cousin avec moi ni rien, répondit Chveya en rougissant.

— Le mariage, elle ne pense qu'à ça ! » lança Dazya. Puis, toujours attentionnée, elle ajouta : « Elle est malade de la tête !

— Tu n'as que huit ans, dit Zdorab avec un sourire amusé. D'où te vient cette idée qu'il y aurait des mariages pendant le voyage ? »

Chveya serra fermement les lèvres et haussa les épaules. Elle n'aurait pas dû répéter ce qu'elle avait entendu à la porte de sa mère, elle le sentait bien. Si elle ne disait plus rien, peut-être que Zdorab, Rokya et Dazya oublieraient cette affaire, et alors Mère ne saurait jamais que sa fille était une espionne et une pipelette.

Elemak écouta Zdorab, impavide. Mebbekew ne resta pas aussi calme. « J'aurais dû m'en douter ! Ils ont l'intention de nous voler nos gosses !

— Ça m'étonnerait, dit Elemak.

— Tu l'as entendu, non ? Tu n'imagines quand même pas que Chveya aurait inventé toute seule cette idée de garder les enfants éveillés pour qu'ils grandissent pendant le voyage, non ?

— Je veux dire que ça m'étonnerait de Nyef qu'il choisisse de garder éveillés nos enfants à nous.

— Et pourquoi pas ? Il aurait dix ans devant lui pour les monter contre nous !

— Il sait que s'il me faisait ça, je le tuerais, répondit Elemak.

— Mais pas moi, et il le sait aussi, intervint Zdorab. Vous vous rendez compte : il en parle à sa fille, mais nous, il nous laisse dans l'ignorance totale ! »

Elemak réfléchit un moment. Ce genre de négligence était assez dans les manières de Nafai, mais il n'était pas tout à fait convaincu. « Ecoutez, il est possible que ce plan ne vienne pas de Nafai, mais de la mère de Chveya. La sibylle de l'eau regrette peut-être l'influence qu'elle possédait à Basilica.

— Peut-être qu'elle a envie de diriger une école, comme sa mère, dit Mebbekew.

— Mais que pouvons-nous y faire, de toute façon ? demanda Zdorab. C'est Nafai qui a le manteau du pilote ; c'est lui qui détient l'Index et qui commande le vaisseau. Comment l'empêcher de réveiller nos enfants et d'en faire ce qu'il veut ?

— Les réserves de nourriture ne sont pas infinies, répondit Elemak. Il ne pourra pas réveiller tout le monde.

— D'accord, mais réfléchis une seconde, dit Mebbekew. Imagine qu'à notre réveil, son fils Jatva soit un grand gaillard de dix-sept ans ? Nyef était grand à cet âge-là, tandis que nos enfants ne seront encore que des gosses. Et n'oublions pas les deux derniers de Père, Oykib et Yasai. Ni ton Padarok, Zdorab. »

L'archiviste eut un sourire triste. « Padarok ne sera jamais grand.

— Mais ce sera un homme. Ce n'est pas bête, comme plan ; il va leur farcir le crâne de ses idées pendant le voyage. »

Elemak hocha la tête. Tout cela, il l'avait déjà envisagé. « La question est donc : qu'allons-nous faire ?

— Rester nous-mêmes éveillés ! »

Elemak fit non de la tête. « Il a dit que le vaisseau ne partirait qu'une fois tout le monde endormi, à part lui.

— Alors ne partons pas ! s'exclama Mebbekew. Attendons qu'il décolle et ensuite ramenons nos familles à Basilica !

— Meb, as-tu déjà oublié que nous n'avons plus de fortune ? C'est une existence misérable qui nous attend à Basilica, si même on ne nous jette pas en prison ou qu'on ne nous tue pas à vue.

— Et le trajet de retour serait affreux avec de petits enfants, renchérit Zdorab. Sans compter que ni Shedemei ni moi ne souhaitons revenir à Basilica.

— Eh bien, suis Nafai ! dit Mebbekew. Fais ce que tu veux, je m'en fous ! »

Elemak écoutait Mebbekew avec mépris. Mais quel imbécile ! Zdorab leur avait rapporté les paroles de Chveya ; il n'avait jamais été des leurs jusque-là, mais à présent qu'on menaçait ses enfants, l'occasion se présentait de le détourner de Nafai pour de bon. Il ne resterait alors plus dans le camp adverse que Nafai, Père et Issib – en d'autres termes, Nyef, le vieux et l'infirme.

« Zdorab, dit-il, ce que tu nous apprends est très sérieux. A mon avis, il n'y a qu'une solution : faire semblant d'entrer dans le jeu de Nafai. Mais il doit exister un moyen de pénétrer dans l'ordinateur du vaisseau et de le régler pour qu'il nous réveille lorsque le voyage sera bien avancé ; à ce moment, Nafai croira tenir la situation en main et ne s'attendra pas à nous voir surgir. Les capsules d'animation suspendue sont à l'écart des quartiers d'habitation. Qu'en penses-tu ?

— Moi, j'en pense que c'est idiot ! intervint Mebbekew. Tu n'aurais pas oublié ce qu'il y a dans l'ordinateur de bord, par hasard ?

— Eh bien ? demanda Elemak à Zdorab. Cet ordinateur est-il identique au fameux Surâme ?

— Ma foi, en y réfléchissant, peut-être pas. Surâme n'a été mis en fonction qu'après l'arrivée des vaisseaux sur la planète. Il charge en ce moment une partie de sa personnalité dans les ordinateurs du bord, mais il ne connaît pas aussi bien le vaisseau que le matériel qu'il habite depuis quarante millions d'années.

— Sa personnalité ! releva Mebbekew avec mépris. Ce n'est jamais qu'une machine, quand même ! »

Elemak ne quittait pas Zdorab des yeux.

« Hum, reprit celui-ci, je ne sais pas. Mais je ne crois pas que les voyageurs de l'époque... enfin, ils n'ont pas remis leurs existences entre les mains de Surâme. Ça n'a commencé qu'à la génération suivante. Alors, peut-être que les ordinateurs du bord... »

Il s'interrompit. Elemak enchaîna :

« Oui, peut-être, si tu te montres assez astucieux.

— De fausses indications... dit Zdorab. Il existe un logiciel qui s'occupe de programmer les différentes phases du voyage, les corrections de cap, et cætera. Mais j'imagine que Surâme le vérifie souvent.

— Vois ce que tu peux faire, dit Elemak. Pour ma part, je ne suis pas très doué dans ce domaine. »

Zdorab se rengorgea, selon les prévisions d'Elemak. Comme tous les chétifs studieux et sans volonté, il était flatté du respect que lui manifestait un Elemak, quelqu'un de grand et de fort, un chef charismatique et dangereux. Qu'il était facile de le mettre dans sa poche ! Après toutes les années qu'il avait passées sous la coupe de Nafai, c'était même d'une facilité déconcertante. Patience ; mieux valait attendre et assurer ses arrières.

« Je compte sur toi, dit Elemak. Mais quoi que tu fasses, n'en parle à personne, pas même à moi. Qui sait ce que cet ordinateur peut entendre ?

— Comme par exemple tout ce qui s'est dit ici ce soir ! grinça Mebbekew.

— Ecoute, Zdorab, débrouille-toi au mieux. Il n'y a peut-être rien à faire, mais si tu peux agir, ce sera toujours plus que ce dont Meb ou moi sommes capables. »

Zdorab hocha la tête d'un air songeur.

Il m'appartient désormais, pensa Elemak. Je le tiens. Quoi qu'il arrive, Nyef l'a perdu, et tout ça parce que sa femme ou lui n'a pas su se taire devant leurs enfants ! Faible et tête en l'air, voilà Nafai. Faible, tête en l'air et inapte à commander.

Et s'il faisait le moindre geste pour nuire aux enfants d'Elemak, ce n'est pas seulement sa position d'autorité qu'il perdrait. Mais de toute façon ce n'était qu'une question de temps. Après la mort de Père, peut-être, mais un jour viendrait où toutes les insultes et les humiliations se paieraient. L'homme d'honneur n'oublie pas les mensonges, les tricheries ni les perfidies de son ennemi.

« Allons faire un tour », dit Nafai à Luet.

Elle lui sourit. « Pas encore assez fatigué ?

— Allons faire un tour », répéta-t-il.

Ils sortirent du bâtiment d'entretien où tout le monde habitait en commun et traversèrent le plan dur du terrain d'atterrissage. Puis il l'emmena, non vers les vaisseaux stellaires mais vers les bois, loin de toute compagnie.

« Luet... dit-il.

— Ah ! Nous avons un gros tracas sur les bras !

— Nous, je ne sais pas. Mais moi, oui.

— Qu'est-ce que j'ai fait ?

— J'ignore si tu as fait quelque chose. Mais Zdorab, lui, a entré une date d'éveil dans le calendrier du vaisseau.

— Et pour quoi faire ?

— Il a réglé le programme sur la moitié du trajet. Pour se faire réveiller, ainsi que Shedemei. Et aussi Elemak.

— Elemak ?

— A ton avis, pourquoi a-t-il fait ça ? demanda Nafai.

— Mais je n'en ai aucune idée !

— Bon, eh bien pourrais-tu y réfléchir une minute ? Tu ne saurais pas quelque chose qui pourrait te mettre sur la voie ? »

Luet commençait à s'énerver. « Qu'y a-t-il, Nafai ? Si tu as appris quelque chose, si tu veux m'accuser de je ne sais quoi...

— Mais j'ignore tout ! C'est Surâme qui m'a mis au courant pour le petit système de réveil de Zdorab. Et quand j'ai demandé le pourquoi de ce truc, il m'a répondu : *Interroge Luet*. »

Luet rougit. Nafai haussa les sourcils. « Ah ! dit-il. Ça devient plus clair ?

— C'est Surâme qui s'amuse avec nous.

— Tiens donc ?

— Ça n'a rien de nouveau. Elle n'arrête pas depuis le début.

— Ça t'ennuierait de m'expliquer en quoi consiste le jeu, cette fois-ci ?

— Il doit y avoir un rapport, mais je ne vois pas... ah, mais si ! Chveya m'a entendue ! »

Nafai se passa la main sur le front. « Bien sûr, tout s'éclaire. Mais Chveya t'a entendu faire quoi, par pitié ?

— Parler à Surâme, hier soir. A propos de... de ce que tu sais.

— Non, je ne sais pas !

— Tu veux rire !

— De moins en moins, je t'assure.

— Quoi, Surâme ne t'en a même pas parlé ? De son idée de garder les enfants éveillés pendant le voyage ?

— Mais c'est ridicule, voyons ! Les réserves ne sont pas suffisantes pour maintenir tout le monde éveillé ! Ça va durer dix ans !

— Je ne sais pas, gémit Luet. D'après Surâme, il y aurait de quoi nous permettre, à toi, moi et douze des petits, de rester éveillés la plus grande partie du voyage.

— Mais pour quoi faire ? Tout l'intérêt de l'animation suspendue consiste à nous éviter de nous ennuyer à mourir pendant dix ans ! Même moi, je n'ai pas l'intention de rester debout tout le temps. Et il faudrait que nos enfants passent dix ans – plus de la moitié de leur vie ! – à tourner en rond dans cette casserole ?

— Surâme ne t'en a jamais parlé... Ça me rend folle de rage ! »

Nafai la regarda ; il attendait visiblement une explication. Luet soupira. « Ne seraient concernés que nos enfants, en dehors des jumeaux, les aînés de Shuya,

Netsya comprise, le fils et la fille de Shedemei et tes frères Oykib et Yasai.

— Et pourquoi pas les plus petits ?

— Impossible. Ils ne peuvent pas passer les deux premières années de leur vie en gravité réduite.

— Ça ne peut pas marcher, dit Nafai. Même si tous les parents étaient d'accord, les enfants ne trouveraient personne de leur âge à épouser, à part les deux petits de Shedya. Les autres seraient frères et sœurs, cousins germains de double ascendance ou au mieux, comme Oykib et Yasai, simples cousins germains, et c'est déjà trop.

— Nyef, tout ça, je l'ai dit et redit à Surâme. C'est une aberration ; tu t'imagines que je ne m'en rends pas compte ? Hier soir encore, je me disputais avec elle à ce sujet, et c'est ce que Chveya a dû entendre.

— Il n'est pas nécessaire de parler tout haut à Surâme, Luet, remarqua Nafai.

— Eh bien, moi, c'est comme ça que je fais ! répliqua-t-elle d'un ton sec.

— Bref, toujours est-il que Zdorab a l'air de considérer qu'il doit se réveiller au milieu du voyage pour contrôler ce que je fais.

— Il est furieux, je suppose.

— Eh bien, il ne nous reste plus qu'une solution. » Nafai saisit Luet par la main et ils reprirent le chemin du bâtiment d'entretien.

Quelques minutes suffirent pour réunir tous les adultes dans la cuisine, autour de la grande table où ils prenaient leurs repas par équipes. Comme toujours, Elemak affichait une expression d'agacement rentré, tandis que Mebbekew ne cachait pas son hostilité. « Qu'est-ce que ça veut dire ? demanda-t-il d'un ton exaspéré. On ne peut même plus se coucher à des heures normales, maintenant ?

— J'ai une mise au point à faire qui ne peut pas attendre, dit Nafai.

— Allons bon, qu'est-ce qu'on a encore fait de mal ? fit son frère, sarcastique.

— Rien. Mais certains ici croient que Luet mijote quelque chose – ou plutôt non : vous croyez sans doute que c'est moi, maintenant que j'y pense – et je tiens à m'en expliquer franchement sans délai.

— S'expliquer franchement ! s'exclama Hushidh. Ça va nous changer ! »

Nafai ne tint pas compte de l'interruption. « Apparemment, Surâme essaye de persuader Luet de faire une grosse bêtise avec certains enfants pendant le voyage.

— Une bêtise ? » Volemak, le père de Nafai, avait l'air déconcerté.

« Une bêtise, répéta Nafai. Comme en maintenir certains éveillés.

— Mais ils s'ennuieraient à mourir ! » s'exclama Kokor, une des sœurs aînées de Nafai.

Sans répondre, il regarda chaque visage tour à tour. Il constata non sans plaisir que même Elemak, sûrement au courant de ce projet et conscient de toutes ses implications, paraissait un peu étonné de son intervention. « Je sais que certains d'entre vous ont eu vent de cette affaire avant moi. Et si j'en ai eu connaissance, c'est uniquement parce que Surâme a découvert le signal de réveil que tu as introduit dans le calendrier du vaisseau, Zdorab. »

Le bref regard, aussitôt détourné, de Mebbekew à Zdorab confirma que lui aussi connaissait l'existence du signal. Sans doute pensait-il même que le petit bricolage de Zdorab le réveillerait en même temps que les autres ; mais naturellement, Zdorab en savait toute l'inutilité. Si seulement Meb percevait le mépris dans lequel tout le monde le tenait ! Quoiqu'il dût quand même le sentir, pour se montrer aussi constamment agressif.

« Eh bien, Zdorab, poursuivit Nafai, c'est une bonne idée, je crois. Evidemment, Surâme a effacé ton signal, mais je vais en placer un autre. A mi-voyage, tous les adultes seront réveillés le temps d'une journée, pour que chacun puisse examiner ses enfants et constater qu'ils n'ont pas vieilli depuis le départ. Je ne vois pas meilleur moyen de vous garantir que Surâme n'y aura pas mis son nez. »

Volemak eut un petit rire. « Crois-tu vraiment pouvoir jouer au plus fin avec Surâme ? »

Luet intervint. « Surâme est très intelligente, mais ce n'est pas un être humain. Elle ne comprend pas ce qu'il nous en coûterait de rater l'enfance de nos petits. Quelle réaction auriez-vous, tante Rasa, si à votre réveil Okya et Yaya étaient devenus des adolescents de dix-huit et dix-sept ans ? Si vous aviez manqué toutes les années dans l'intervalle ? »

Rasa eut un mince sourire. « Je ne le pardonnerais jamais au responsable. Même si c'était Surâme.

— Voilà ; c'est ce que j'ai tenté de lui expliquer hier soir. Les sentiments humains lui échappent, parfois.

— Parfois ? murmura Elemak.

— Je... je parlais tout haut. J'étais seule dans ma chambre ; Nafai était encore au travail. Mais Chveya s'est relevée et elle a dû écouter un bon moment à ma porte avant de frapper.

— Comment ? La fille de la Sibylle écoute aux portes ? » s'exclama Meb, feignant d'être scandalisé.

Luet ne lui accorda pas un regard. « Chveya n'a pas compris ce qu'elle a entendu. Je m'excuse auprès de vous tous de l'émoi que j'ai provoqué. Je sais qu'avant ce soir certains étaient au courant du projet de Surâme et d'autres non, mais quand je l'ai appris à Nafai il y a quelques minutes, nous nous sommes dépêchés de venir ici et... et voilà.

— Demain, Zdorab pourra vérifier que le signal est réglé sur la mi-parcours. Pour qu'il ne nous réveille pas, il faudrait que Surâme l'annule pendant une de mes périodes de sommeil ; mais ça m'étonnerait, parce qu'à mon réveil suivant, je ranimerais tout le monde manuellement. Je vous le dis une fois pour toutes : personne ne fricotera avec le passage du temps. A notre arrivée, nos enfants auront le même âge qu'au départ. Le seul qui aura vieilli, ce sera moi, et croyez-moi, je n'ai pas envie de perdre plus de temps que le minimum nécessaire pour faire fonctionner le vaisseau en toute sécurité.

— Mais en fait, est-il vraiment utile que tu restes éveillé ? demanda Obring, le mari de Kokor, un petit faux jeton, de l'avis réfléchi de Nafai.

— Les vaisseaux n'ont pas été prévus pour être commandés par Surâme. D'ailleurs, son programme n'a été complètement écrit qu'après l'atterrissage de la flotte d'origine. Les ordinateurs du bord l'ont maintenant en mémoire, mais un programme unique ne peut pas commander tous les ordinateurs du vaisseau à la fois. C'est un système de sécurité fondé sur la redondance : il est impossible que tous les appareils tombent en panne en même temps. Par ailleurs, il y a certaines tâches dont il me faudra m'acquitter de temps en temps.

— Dont il faudra que quelqu'un s'acquitte, en tout cas, murmura Elemak.

— C'est moi qui porte le manteau, riposta Nafai. Et il me semble que cette question a déjà été réglée. Vous avez vraiment envie de relancer de vieilles querelles moisies ? »

Personne n'en avait envie, apparemment.

« Mon fils, dit Volemak, tu ne peux empêcher Surâme de faire ce qu'il sait être juste.

— Mais Surâme se trompe, répondit Nafai. Ce n'est pas plus compliqué que ça. Si je lui obéissais, cette fois, aucun d'entre vous ne me le pardonnerait.

— Exact, fit Mebbekew.

— Et moi non plus je ne me le pardonnerais jamais. L'affaire est donc close. Zdorab verra le calendrier demain et chacun pourra le vérifier avant le départ.

— C'est très aimable de ta part, dit Elemak. Nous dormirons mieux cette nuit, je pense, sachant que rien ne se trame dans notre dos. Merci de ta franchise et de ton honnêteté. » Il se leva.

« Non ! s'écria Volemak. Vous ne pouvez pas vous rebeller contre Surâme ! Personne ! Pas même toi, Nafai !

— Nafai et vous pouvez en discuter tout votre soûl, Père, s'interposa Elemak. Mais Eiadh et moi allons nous coucher. » Il quitta la table et sortit, le bras autour des épaules de son épouse. La plupart des autres l'imitèrent – Kokor et son mari, Obring, Sevet avec Vas et Meb avec sa femme, Dolya. Au moment de les suivre, Hushidh et Issib s'arrêtèrent pour échanger quelques mots avec Nafai et Luet. « Très bonne idée d'avoir réuni tout le monde comme ça, dit Hushidh. C'était très convaincant. Sauf qu'Elemak ne te fait aucune confiance ; la scène de ce soir l'a simplement persuadé que tu cherchais à l'embobiner.

— Bravo pour l'analyse en temps réel ! » glissa Luet d'un ton hargneux.

Nafai s'interposa vivement.

« Je te remercie, Hushidh. De toute façon, je ne m'attendais pas qu'il accepte tout ce que je dis les yeux fermés.

— Je voulais seulement que tu saches, reprit Hushidh, que la barrière entre Elemak et toi est plus solide et plus épaisse que tous les liens qui unissent notre communauté. D'ailleurs, c'est en soi une espèce de lien. Mais si tu croyais que la saynète de ce soir allait te gagner sa confiance, c'est raté.

— Et toi ? demanda Luet. Tu as été convaincue ? »

Hushidh sourit tristement. « Je te vois toujours coupée de tous sauf de ton mari et de tes enfants, Luet. Quand ça aura changé, je commencerai à croire aux promesses de ton époux. » Là-dessus, elle sortit. Issib sourit en haussant les épaules d'un air impuissant et la suivit sur ses flotteurs.

Zdorab et Shedemei restaient à la traîne. « Nafai, dit Zdorab, je veux te présenter mes excuses. J'aurais dû savoir que tu ne...

— Je comprends très bien, l'interrompit Nafai. Tout portait à croire que nous mijotions un mauvais tour dans ton dos. J'aurais agi comme toi, si j'y avais pensé.

— Non, répondit Zdorab. J'aurais dû t'en parler en privé. J'aurais dû essayer de comprendre ce qui se passait.

— Zdorab, je ne ferais jamais rien à tes enfants sans ton accord.

— Et je ne le donnerais jamais. Nous sommes le couple avec le moins d'enfants. Imaginer qu'on puisse nous voler leur enfance à tous les deux...

— Ça n'arrivera pas, dit Nafai. Je ne veux pas vous les prendre ; je veux seulement que le voyage se passe vite, sans incidents, et que nous établissions notre colonie sur la Terre. C'est tout. Je suis navré que vous vous soyez inquiétés pour rien. »

Un sourire détendit alors les traits de Zdorab. Mais Shedemei demeura de marbre. Elle lança un regard noir à Nafai, puis à Luet. « Je n'ai pas demandé à faire ce voyage, vous le savez.

— Sans toi, nous irions tout droit à l'échec, répondit Nafai.

— Il reste quand même une question, dit Luet.

— Non, Lutya, intervint Nafai. Est-ce que nous n'avons pas déjà...

— Il faut que nous ayons une réponse ! Quelle qu'elle soit ! Shedemei, il est évident pour toi, j'imagine, que vos deux enfants sont les seuls pour lesquels le problème de la consanguinité ne se posera pas.

— Naturellement, dit Shedemei.

— Mais pour les autres ? N'est-ce pas dangereux pour nous tous ?

— Il n'y aura pas de problème, je pense.

— Et pourquoi ça ?

— Le seul cas où l'union entre cousins est néfaste, c'est lorsqu'il existe un gène récessif pathogène. Les enfants risquent de recevoir le gène des deux parents à la fois et le mal s'exprime alors par un retard mental, une difformité physique, une maladie débilitante, et j'en passe.

— Et ça ne pose pas de problème, tu dis ?

— Avez-vous donc déjà oublié ? N'avez-vous rien appris à Basilica ? Surâme vous élève et vous croise tous depuis des centaines d'années ; tiens, tes parents, Luet : elle les a réunis alors qu'ils étaient séparés par un océan ! Elle a fait en sorte que tes molécules génétiques soient exemptes de toute pathologie. Tu ne possèdes pas le moindre caractère récessif nuisible.

— Mais comment peux-tu le savoir ?

— Parce que dans le cas contraire, il se serait déjà exprimé. Tu ne comprends donc pas ? Surâme a passé des années à croiser des cousins entre eux pour vous obtenir, vous qui êtes si sensibles à son influence. Les idiots et les infirmes potentiels sont déjà apparus et ont été éliminés par accouplements contrôlés.

— Pas tous », dit Rasa. Ils surent aussitôt qu'elle pensait à Issib, le frère de Nafai. Congénitalement démuni de grands muscles contrôlables, il n'avait jamais pu marcher ni bouger sans l'aide de flotteurs magnétiques ou d'un fauteuil aérien.

« En effet, murmura Shedemei. Pas tous, naturellement.

— Alors si mes enfants, par exemple, épousaient ceux de Hushidh... » Luet n'acheva pas sa phrase.

« Hushidh m'a déjà posé la question il y a des années, répondit Shedemei. Je pensais qu'elle t'en aurait parlé.

— Non.

— Le cas d'Issib n'est pas d'ordre génétique. Il s'agit d'un traumatisme prénatal. » La généticienne regarda Rasa. « Je suppose que tante Rasa ne se savait pas enceinte quand c'est arrivé. »

Rasa secoua négativement la tête. Personne ne lui demanda ce qu'innocemment elle avait fait à Issib encore dans l'utérus.

« Les gènes de vos enfants n'en seront pas affectés, reprit Shedemei. Vous pouvez les marier entre eux autant que vous voudrez. Si ça vous incite à laisser les miens tranquilles désormais, ça me convient tout à fait.

— Nous n'avions rien l'intention de faire ! s'écria Luet, indignée.

— En ce qui concerne Nafai, je veux bien le croire, parce qu'il nous en a immédiatement parlé.

— Mais moi non plus, je ne voulais rien faire ! insista Luet.

— Je crois que si, dit Shedemei. Et je crois que tu comptes encore obéir à Surâme. » Elle tourna les talons et sortit, suivie d'un Zdorab inquiet.

Dans le couloir, Elemak attendait l'ancien archiviste. Laissant Shedemei s'éloigner à grands pas, les deux hommes s'approchèrent l'un de l'autre. « Bravo pour la finesse d'exécution », dit Elemak.

Zdorab le regarda et sourit. « Oui, on ne peut pas dire que j'ai été très adroit. Surâme a immédiatement découvert mon système. » Et sur un clin d'œil, il accéléra le pas. Elemak resta en arrière et réfléchit. Soudain, il eut un mince sourire et enfila le couloir qui menait aux quartiers de sa famille.

A la cuisine, seuls Volemak et Rasa demeuraient en compagnie de Nafai et Luet. « Vous êtes des insensés, disait Volemak. Il faut vous plier aux ordres de Surâme.

— Obéir à Surâme, répliqua Luet, ce serait accepter à l'avance la séparation de notre colonie en deux factions irréconciliables et creuser ensuite la fracture au point qu'elle durera des générations.

— Eh bien, obéissez ! s'exclama Volemak.

— Ça ne sert à rien de discuter, intervint Nafai. N'est-ce pas, Mère ? »

Rasa soupira. « Il est des ordres auxquels on ne peut décemment pas se plier. Même pour Surâme.

— Il existe aussi des intérêts supérieurs, rétorqua Volemak.

— J'ai trois jeunes enfants, dit Rasa : Oykib, Yasai et ma petite fille adorée. Je poursuivrais d'une haine inextinguible quiconque me les prendrait. Même toi. » Son regard passa de Nafai à Luet. « Ou toi. » Puis ses yeux se posèrent sur son époux. « Ou vous. » Elle se leva et sortit.

Volemak se mit debout à son tour avec une mine peinée. « Vous verrez. On ne se moque pas impunément de Surâme.

— Il faudra bien qu'un jour Surâme prenne en compte nos sentiments », répondit Nafai.

Mais Volemak quitta la pièce avant d'entendre la fin de sa phrase.

Luet passa les bras autour de la taille de son époux et l'étreignit. « J'aurais dû t'en parler plus tôt, dit-elle ; mais je craignais que tu obéisses aveuglément à Surâme.

— Surâme me connaît mieux que toi, apparemment : il ne m'a strictement rien dit.

— Viens te coucher, mon époux.

— J'ai du travail à finir.

— Eh bien, nous partirons un jour plus tard.

— J'ai encore du travail. »

Elle soupira, l'embrassa et sortit.

Nafai se coupa une tranche de pain, la replia autour d'un podorochny un peu blet et y mordit à pleines dents tout en regagnant le vaisseau.

Tu es un petit malin.

C'est aussi mon avis, répondit Nafai en pensée.

Tout le monde croit que je ne t'en ai jamais parlé.

Et c'est vrai.

Ne pas m'écouter ne veut pas dire ne pas m'avoir entendu.

La question ne se pose pas : il ne se passera rien.

Si, parce qu'il le faut. Si tu ne m'obéis pas, tu te feras tuer, tout comme Luet.

Tu ne connais pas l'avenir.

Elemak s'emparera de tes enfants pour en faire des esclaves.

Il ne punira pas des enfants pour ce qu'ont fait leurs parents.

Il prétendra les adopter. Et c'est Eiadh qui les réduira en esclavage.

Ça n'arrivera pas.

Cela arrivera si tu ne t'entoures pas de six jeunes gens entièrement dévoués.

Et moi je te répète pour la millième fois que je ne ferai rien sans l'accord de leurs parents. Et je ne lèverai pas le petit doigt pour les convaincre. Je ferai même tout pour les dissuader.

Voilà une stratégie judicieuse, Nafai ; ainsi, ils ne pourront rien te reprocher quand ils regretteront de t'avoir donné leur accord.

Nafai secoua la tête. Ils n'accepteront jamais, dit-il intérieurement.

Tu sous-estimes mon influence.

4

PERSUASION

Shedemei alla voir les enfants pour la troisième fois de la nuit. Quand elle se recoucha, Zdorab était réveillé. « Excuse-moi, dit-elle. J'ai fait un rêve.

— Un cauchemar, tu veux dire. »

L'espace d'un instant, elle se méprit. « Tu en as fait un, toi aussi ?

— Non, répondit-il, vaguement agacé. C'était encore un de ces fameux rêves ?

— Non, non. Il ne venait pas du Gardien de la Terre, si c'est ce que tu veux savoir.

— C'est ça, avec chauves-souris et belettes à la clé.

— Des rats géants, pas des belettes. Et de toute manière, je n'ai pas ce genre de rêves ; dans les miens, je vois des jardins.

— Mais pas cette fois-ci. »

Elle fit non de la tête.

« Et tu ne veux pas m'en parler, je suppose ?

— Si, si tu y tiens. »

Il attendit. Elle finit par se décider.

« Zdorab, je... je nous voyais arriver sur Terre. Nous sortions tous du vaisseau ; toi et moi, inchangés, comme nous sommes aujourd'hui. Et puis j'ai vu deux jeunes gens, un garçon et une fille, que je ne connaissais pas. Lui était beau, fort, le visage clair et rayonnant de joie ; elle avait la peau plus sombre, mais un sourire éblouissant, elle riait et ses yeux pétillaient d'intelligence.

— Il avait dix-huit ans et elle seize, glissa Zdorab d'un ton aigre.

— Rokya et Dabya sont les deux seuls enfants que j'aurai jamais.

— Tu ne vas tout de même pas me le reprocher ? Après tant d'années ?

— Je ne fais de reproches à personne. C'est juste que... Je suis allée les voir, pour m'assurer qu'ils allaient bien. Qu'ils n'étaient pas en train de... de faire le même rêve.

— Et comment sais-tu que ce n'était pas le cas ? Tu les as réveillés pour le leur demander ?

— J'ignore de quoi ils rêvaient. Tout ce que je sais, c'est qu'ils sont terriblement jeunes. Et que je me fais une fête de voir ce qu'ils vont devenir, la semaine prochaine, le mois prochain, l'année prochaine... Mais j'ai compris aussi que...

— Quoi ?

— Je me suis rappelé comment ils étaient autrefois, tout bébés. Lorsqu'ils étaient encore au sein, leurs premiers pas, leurs premiers mots, quand ils ont commencé à jouer, à lire et à écrire... je me rappelle tout. Et ces enfants-là ont disparu.

— Ils n'ont pas disparu, ils ont grandi.

— Je sais, mais chaque période de leur vie disparaît. Ces années-là s'enfuient sans qu'on y puisse rien. Ils les dépassent, ils se débarrassent de leur enfance, et ils ne nous remercient pas de nous en souvenir. »

Zdorab secoua la tête. « J'ai constaté l'influence de cet ordinateur surdimensionné sur les gens, Shedemei. Tu n'as aucun désir de confier tes enfants à Nafai et Luet, et tu le sais. Ce sont eux-mêmes des enfants.

— Je le sais bien. Mais qu'est-ce qui est le mieux pour eux ? Et pour tout le monde ? Par le passé, certains ont donné leurs enfants à la guerre ; ils les ont sacrifiés pour de grands actes d'héroïsme.

— Et quand ils les ont perdus, ils les ont pleurés et n'ont plus jamais cessé !

— Mais tu ne comprends donc pas ? Nous ne les perdrons pas ! Ce sera comme si... comme si nous les avions mis en pension à l'école. C'était très courant à Basilica : on envoyait ses enfants faire leur éducation chez quelqu'un d'autre. Si nous y étions restés, c'est ce que j'aurais fait moi aussi. Ils ne seraient déjà plus chez nous, ni l'un ni l'autre, à l'heure qu'il est. Tout ce que nous manquerions, en réalité, ce serait les vacances avec eux. »

Zdorab se dressa sur un coude. « Comme tu le dis toi-même, ce sont nos deux seuls enfants. Je n'avais jamais imaginé en avoir. Je l'ai fait pour te rendre service, parce que tu es mon... mon amie et que tu en avais terriblement envie. Et si tu m'avais demandé, à l'époque de leur conception, si tu pouvais les abandonner, je t'aurais répondu : « D'accord, comme tu veux, ils sont à toi. » Mais aujourd'hui, ils ne sont plus seulement à toi ; je suis leur père, aussi incroyable que ça me paraisse, je les ai éduqués, élevés, aimés, et maintenant, je te le dis : je ne veux pas perdre une seule journée avec eux. »

Shedemei hocha la tête. « Moi non plus.

— Alors, oublie ces rêves, Shedya. Laisse le grand ordinateur, là-haut dans le ciel, tirer ses plans comme il l'entend. Ça ne nous concerne pas. »

Elle s'allongea dans le lit à côté de lui. « Oh mais si, ça me concerne !

— Et comment ? »

Elle lui prit la main et la serra. « A cause des absurdités que j'ai dites à propos des gènes, les récessifs qui s'expriment et tout le bataclan. »

Le lit trembla. Zdorab avait éclaté de rire.

« Ce n'est pas drôle !

— Tout était faux ?

— Je n'en sais absolument rien. Pour eux, en tant que spécialiste de la génétique, je sais de quoi je parle. Mais ils se trompent : personne n'est sûr de rien ; on sait faire la liste des génomes, mais chaque molécule génétique reste en grande partie indéchiffrée. On a longtemps cru qu'il ne s'agissait que de matériel sans importance, mais c'était une erreur ; j'ai au moins appris ça en travaillant sur les plantes. Ces parties inconnues sont simplement... endormies, en attente. Qui sait ce qui risque d'apparaître si on laisse des cousins se marier entre eux ? »

Zdorab se reprit à rire.

« Ce n'est pas drôle, répéta Shedemei. Mon devoir est de révéler la vérité à tous.

— Non. Sur la foi de ce que tu leur as dit, ils ne verront plus l'utilité d'adjoindre dans leurs expériences nos enfants aux leurs. C'est parfait. Laissons courir.

— Tu oublies Issib.

— Quoi, son problème serait génétique, finalement ?

— Non, là, je n'ai dit que la vérité. Mais comme il souffre, Zdorab ! Ce n'est pas bien de laisser d'autres enfants, d'autres parents vivre un tel tourment ; je ne peux... »

Zdorab soupira. « Tu te veux insensible, Shedya, mais en réalité, tu es plus tendre qu'un fromage au soleil.

— Merci pour l'analogie !

— Shedya, si ce que tu as dit était faux, comment cela t'est-il venu ?

— Je l'ignore. Les mots se sont présentés comme ça, d'eux-mêmes, parce qu'il fallait trouver quelque chose pour les détourner de nos enfants.

— D'accord. Autre question : Surâme leur parle, n'est-ce pas ?

— Constamment.

— Eh bien, que Surâme leur dise lui-même de ne pas laisser leurs enfants se marier entre eux. »

Shedemei resta songeuse un instant. « Je n'y avais jamais pensé, avoua-t-elle enfin. Je ne suis pas de celles qui s'en remettent aveuglément à Surâme. »

Zdorab poursuivit :

« Et comment sais-tu que ce n'est pas lui qui t'a inspiré tes paroles ?

— Oh, allons, ne dis pas...

— Je ne plaisante pas. Tu prétends que les mots se sont présentés d'eux-mêmes ; pourquoi ne seraient-ils pas venus de Surâme ? Qui sait s'ils n'exprimaient pas la vérité ?

— Moi, en tout cas, je n'en sais rien !

— Eh bien voilà ! Rien ne t'oblige à leur révéler quoi que ce soit ! »

Elle ne trouva rien à répondre. Il avait raison.

Un long moment, ils restèrent allongés côte à côte sans rien dire. Shedemei croyait Zdorab endormi quand il se mit à parler en un murmure presque inaudible. « Nous ne sommes pas seulement un père et une mère qui partagent la même maison et les mêmes enfants. N'est-ce pas ?

— Non, pas seulement.

— Jusqu'à quel point un mari doit-il désirer son épouse sexuellement pour que ses sentiments pour elle méritent le nom d'amour ? »

Elle répondit avec circonspection : « Je ne suis pas sûre qu'il faille faire intervenir la sexualité dans les sentiments.

— Je t'admire énormément. Ta façon d'être avec Rokya et Dabya me... me ravit l'âme ; et aussi ta façon d'enseigner, à tous les enfants ; et ta façon d'être avec... avec moi, ta tendresse envers moi.

— Et que pourrais-je faire d'autre ? Te battre ? Te crier dessus ? Tu es l'homme le plus insupportablement supportable que je connaisse. Tu ne fais jamais rien de travers.

— Sauf que je ne te satisfais pas. »

Elle haussa les épaules. « Je ne me plains pas.

— Mais pourtant je t'aime ! Je t'aime comme une sœur ; comme une amie. Et, plus qu'aucun des autres maris, comme...

— Comme une épouse.

— Oui. C'est ça.

— Et moi, je t'aime comme mon époux, Zdorab. Tel que tu es. Comme ça. » Elle roula sur le flanc, se tendit et l'embrassa sur la joue. « Comme ça », répéta-t-elle. Puis elle se retourna dos à lui et sombra bientôt dans le sommeil.

Les rêves se succédèrent de nuit en nuit durant les ultimes semaines avant le départ du *Basilica*. Et vers la fin, l'un après l'autre, les rêveurs allèrent trouver Nafai.

Hushidh vint la première lui annoncer que Surâme avait raison, que le fossé entre Elemak et lui ne se comblerait jamais et qu'il devait assurer ses arrières. « Et ne tiens pas non plus ta promesse, acheva-t-elle. Ne réveille personne à mi-parcours ; ce serait courir à la catastrophe que de nous retrouver tous ensemble dans un espace aussi réduit.

— Je te remercie de ta suggestion », répondit Nafai sans s'engager.

Hushidh se raidit.

« N'en tiens pas compte si tu veux ; c'est toi qui portes le manteau, après tout.

— Ne m'agresse pas. Tu es la grande sœur de Luet, pas la mienne.

— Et chacun sait quels beaux spécimens font tes grandes sœurs à toi ! »

Ils éclatèrent de rire à l'unisson.

« Dis à Luet, reprit Hushidh, que de l'instant où j'ai pris la décision d'obéir à Surâme et de vous confier l'éducation de mes quatre aînés pendant le voyage, les liens entre elle et moi sont revenus, aussi solides qu'avant. C'est peut-être elle qui a dressé cette barrière au début, mais c'est ma faute si elle n'a disparu qu'aujourd'hui.

— Je le lui annoncerai ; mais ce serait encore mieux si tu t'en chargeais toi-même.

— J'étais sûre que tu dirais ça ; c'est pour ça que je te déteste. » Elle l'embrassa sur la joue et sortit.

Puis Rasa et Volemak vinrent le voir ensemble. « C'est l'égoïsme qui nous poussait à te refuser nos fils. Ils sont nés tard, dit Rasa. Ce sera un moyen pour eux de rattraper leurs frères aînés. »

Volemak eut un mince sourire. « Cet aspect de l'affaire m'intéresse moins que Rasa. Comme toujours, elle fait plus attention que moi aux sentiments des autres ; pour ma part, je songe simplement à tout ce que nous avons laissé pour parvenir où nous sommes : quelle stupidité ce serait de renier Surâme maintenant ! La confiance, cela existe, Nafai ; ne risque pas la survie de toute la colonie, et surtout celle de ta propre famille, dans le seul but de protéger ton image de celui qui agit toujours comme il faut. »

Nafai entendait son père, mais ne trouvait aucune consolation dans ses paroles. « J'ai perdu cette image de moi-même lorsque j'ai séparé la tête de Gaballufix de ses épaules, Père. Il ne se passe pas un jour depuis sans que je le regrette. Fallait-il que je sois bête pour vouloir m'éviter une nouvelle source de culpabilité, n'est-ce pas ? »

Volemak ne répondit pas, mais Rasa intervint. « Eh bien, on donne dans la délectation morose ? Tu es encore jeune, Nafai, et tu t'imagines encore que l'univers gravite autour de toi. Mais le fait est que c'est faux. Surâme nous en a convaincus, la meilleure solution est de maintenir nos cadets éveillés pendant le trajet ; c'est désormais à toi de juger si tu auras le courage d'affronter la colère d'Elemak quand tout sera consommé.

— Et ça ne compte pas pour vous que je lui aie donné – que j'aie donné à tout le monde – ma parole de ne rien faire ?

— Je suis ton père, dit Volemak, et Rasa ta mère. Nous te délivrons de ton serment.

— Ça va sûrement calmer Elemak quand il l'apprendra ! »

Rasa eut un petit rire. « Voyons, Nafai ! Elemak est précisément le seul de la communauté à n'avoir pas cru un instant que tu tiendrais ta promesse. Et sais-tu pourquoi ? Parce que si la situation était inversée, il violerait sa parole sur-le-champ, et il le sait !

— Mais je ne suis pas Elemak.

— Oh si ! dit Volemak. Tu es exactement ce qu'aurait été Elemak s'il avait eu un tant soit peu de bonté au cœur. »

Nafai ignorait s'il venait de recevoir un compliment ou une gifle.

Après Hushidh, après Volemak et Rasa, c'est Issib qui se présenta ; comme d'habitude, il apportait non seulement les rêves que Surâme lui avait envoyés, mais aussi des idées pour aplanir les difficultés.

« Il faut que nous parlions », dit-il.

Nafai acquiesça.

« Je fais toujours des rêves.

— C'est Surâme, Issib. Je le sais, je fais les mêmes.

— Non, pas les mêmes, Nyef. Je vois mon fils aîné, Xodhya, qui sort du vaisseau...

— Comme moi, je vois Jyat...

— Et il me ressemble, à moi ; c'est ridicule, parce que de visage il tient surtout de sa mère, mais dans mon rêve, c'est moi. Sauf qu'il est grand et fort, qu'il a des bras, un torse... comme ceux d'un dieu. Comme ceux des statues qui entouraient l'orchestre, à Basilica.

— Naturellement. Surâme te manipule, c'est tout.

— Je sais. J'étais là quand nous avons commencé à lui résister, tu te rappelles ? On a fait ça ensemble.

— Je n'ai pas oublié.

— Nous avons prouvé qu'on n'était pas obligé d'obéir aveuglément à Surâme, n'est-ce pas ? Mais ensuite, nous avons décidé de l'aider parce que telle était notre volonté ; parce que nous étions d'accord avec ses buts.

— Et tant que j'étais d'accord, j'ai coopéré. Je pourrais d'ailleurs ajouter que je l'ai payé cher.

— Tu l'as payé cher ? Toi ? Avec le manteau du pilote stellaire ?

— Je l'échangerais à l'instant contre l'amour de mes frères.

— Moi, je t'aime, Nyef. Tu as pu en douter ?

— Non, je ne parlais pas de...

— Okya et Yaya aussi t'aiment. Ne sont-ils pas tes frères ? Ne suis-je pas ton frère ?

— Si, tous.

— Et à mon avis, tu te fiches royalement que Meb t'aime ou pas.

— D'accord, rien qu'Elemak. Je donnerais le manteau du pilote en échange du respect d'Elemak si je croyais pouvoir l'obtenir.

— Es-tu aveugle, Nyef ? Tu n'auras jamais droit à son respect.

— Parce que je n'en serai jamais digne.

— C'est grotesque ! » Issib lui rit au nez. « Tu es vraiment bouché, Nafai ! Si tu ne peux pas obtenir son respect, c'est précisément parce que tu en es digne !

— A l'école déjà, je détestais les paradoxes. Pour moi, c'est la conclusion à laquelle parviennent les philosophes quand...

— ... quand ils ont renoncé à réfléchir, je sais ; ce n'est pas la première fois que tu le dis. Mais là, il ne s'agit pas d'un paradoxe. Elemak te hait parce que tu es son puîné et qu'il sait, il le sait parfaitement, que Père te respecte et t'aime plus que lui. Voilà pourquoi il te hait : il sait qu'aux yeux de Père, tu vaux mieux que lui.

— J'aimerais bien.

— Tu sais que c'est vrai. Mais si tu laissais tout tomber, si tu renonçais à tout au profit d'Elemak, si tu te déchargeais du manteau, si tu reniais Surâme, crois-tu qu'il te respecterait pour autant ? Bien sûr que non, parce que pour le coup tu serais vraiment méprisable, une chiffe molle, un rien du tout !

— Ça va, tu m'as convaincu. Je garde le manteau.

— Le manteau n'est rien. Tu es déjà en train de faire bien pire. »

Nafai regarda son frère dans les yeux. « Dois-je comprendre que tu es venu me persuader de garder tes quatre aînés en éveil pendant le voyage, de les instruire, de les élever à ta place, de façon qu'à notre arrivée tu les trouves déjà presque adultes ?

— Pas du tout, dit Issib. Cette idée me fait horreur.

— Eh bien alors, quoi ?

— Garde-les auprès de toi, mais réveille-moi de temps en temps. Une fois par an, l'espace de quelques semaines. Laisse-moi enseigner à tous les enfants l'informatique, par exemple. Je suis le meilleur dans ce domaine.

— On n'aura pas besoin d'ordinateurs dans la nouvelle colonie.

— Alors, les mathématiques, la topographie, la triangulation. Je peux lire les mêmes ouvrages que toi et les expliquer aussi bien que toi. A moins que tu n'aies prévu de monter un laboratoire agricole à bord ? d'étudier la sylviculture, peut-être ? Quand est-ce qu'on embarque les arbres ?

— C'est vrai, je n'y avais jamais pensé.

— Surâme n'y avait jamais pensé, tu veux dire.

— Peu importe.

— Etablis un tour de rôle ; réveille Luet pour un moment, et lorsqu'elle se rendort, réveille-moi avec Hushidh, puis Père et Mère, quelques semaines à chaque fois. Comme ça, nous verrons les enfants grandir ; nous ne raterons pas tout. Et à l'arrivée sur Terre, ce seront devenus des hommes et des femmes prêts à t'épauler contre les autres. »

Nafai ne répondit pas tout de suite. « Ce n'est pas ainsi que Surâme a exposé son plan à Luet, dit-il enfin.

— Et alors ? Où est-il écrit que tu doives suivre pas à pas les plans de Surâme ? Tant que tu fais ce qu'il veut, la méthodologie importe peu, non ?

— Hushidh est d'accord ?

— Elle y viendra peut-être. Dans quelque temps.

— Je ne prendrai aucun enfant sans l'accord des parents.

— Ah oui ? Et les enfants eux-mêmes ? Tu vas leur demander leur avis, à eux ?

— Je devrais, dit Nafai. Ecoute, je vais y réfléchir, Issib. Peut-être que ce genre de compromis marchera.

— Tant mieux, parce qu'à mon sens Surâme a raison : si nous ne faisons rien, si nous ne te fournissons pas des jeunes gens robustes pour te soutenir au moment où nous débarquerons du vaisseau et où l'influence de Surâme s'affaiblira, tu seras un homme mort et moi aussi.

— Je vais y réfléchir », répéta Nafai.

Issib se dressa hors du fauteuil, se pencha vers la porte, puis s'y dirigea d'un pas léger, son poids presque entièrement supporté par ses flotteurs. A la porte, il se retourna.

« Encore une chose, dit-il.

— Laquelle ?

— Je te connais mieux que tu ne le crois.

— Ah ?

— Par exemple, je sais que Surâme t'a parlé de toute cette affaire bien avant que Luet casse le morceau.

— Tiens ?

— Et aussi que tu es d'accord avec cette idée depuis le début. Tu voulais seulement qu'elle ne vienne pas de toi. Tu tenais à ce que ce soit nous qui te convainquions ; ainsi, personne ne pourrait te faire de reproches par la suite, puisque tu as essayé de nous détourner du projet.

— Tu me crois vraiment malin à ce point ?

— Oui, dit Issib. Et moi, je suis assez malin pour avoir tout compris.

— Alors, c'est que je ne suis pas si futé que ça.

— Oh mais si ! Parce que je veux que tu mettes le plan en pratique, et que je ne pourrai jamais te faire le moindre reproche si le résultat ne me satisfait pas. Ta ruse a donc fonctionné. »

Nafai sourit d'un air triste. « Je regrette que tu n'aies pas entièrement raison.

— Ah ? Et où est-ce que je me suis trompé ?

— Du fond du cœur, j'aimerais mieux laisser tous nos enfants dormir pendant le voyage, parce que je préférerais qu'il n'y ait pas de divisions entre nous dans la nouvelle colonie, parce que je préférerais couronner roi mon frère Elemak et le laisser régner sur nous tous plutôt qu'il soit mon ennemi.

— Et qu'est-ce qui t'en empêche ?

— Sa haine de Surâme. Et quand nous arriverons sur Terre, il s'opposera pareillement à tout ce que le Gardien voudra nous voir faire. Il finira par tous nous détruire à cause de son entêtement. Il ne peut pas devenir notre chef.

— Eh bien, tu me rassures, dit Issib. Parce que si un jour tu commençais à penser qu'il doit nous diriger, là, il ne te raterait pas. »

Volemak, Rasa, Hushidh, Issib ; enfin, ce fut au tour de Shedemei et Zdorab de venir le voir, une heure à peine avant de s'endormir pour le voyage. « Je me refuse à faire réveiller nos enfants, dit Zdorab.

— Dans ce cas, je n'en ferai rien, répondit Nafai. D'ailleurs, je ne suis pas encore sûr que je vais en réveiller aucun.

— Oh si, tu vas le faire, intervint Shedemei. Et nous aussi, tu vas nous réveiller de temps en temps, pour contribuer à leur éducation. C'est ce qui est convenu.

— Et lorsque nous arriverons sur Terre et que nos enfants auront tous dix ans de plus que ceux d'Elya, de Meb, de Vasya et de Briya, vous affronterez leurs parents avec moi ? Vous leur direz que vous trouviez l'idée bonne ? Que c'est vous qui m'avez prié de le faire ?

— Jamais je ne dirai que je trouvais l'idée bonne, répondit Zdorab, mais je reconnaîtrai t'avoir demandé de l'appliquer.

— Ça ne suffit pas. Si ce n'est pas une bonne idée, pourquoi vouloir que vos deux seuls enfants en fassent partie ?

— Parce que si mon fils apprenait qu'il avait l'occasion d'arriver sur Terre déjà adulte et que je l'y ai fait débarquer enfant, il ne me le pardonnerait jamais. »

Nafai hocha la tête. « C'est une raison valable.

— Mais n'oublie pas, Nafai : le même principe s'applique aux autres enfants. Crois-tu que quand le fils d'Elya, Protchnu, s'apercevra que ton petit dernier, Motya, a soudain huit ans de plus que lui au lieu de deux de moins, crois-tu qu'il te le pardonnera, de même qu'à Motya ? La haine qui en ressortira sera inguérissable et perdurera de génération en génération. Chacun aura toujours le sentiment qu'on lui a volé quelque chose.

— Et ce sera exact. Mais ce qu'on leur aura volé ne l'aura été qu'après qu'ils l'auront refusé.

— Ça, ils s'empresseront de l'oublier.

— Mais, et toi ? »

Zdorab resta un moment songeur.

« S'il l'oublie, intervint Shedemei, je me charge de le lui rappeler. »

Zdorab lui adressa un sourire lugubre. « Allons nous coucher », dit-il.

Qu'ils dussent s'éveiller ou non durant le voyage, tous seraient endormis pour le décollage. La tension et la douleur qui accompagnaient ce moment étaient trop fortes pour être supportées consciemment. Les passagers baigneraient donc dans une mousse protectrice à l'intérieur des capsules d'hibernation.

Chaque couple se chargea de coucher ses enfants dans les chambres d'animation suspendue, les embrassa, puis referma les couvercles ; par les hublots, ils les regardèrent sombrer dans le sommeil drogué qui initiait le processus. Un peu inquiets, surtout les plus âgés qui comprenaient vaguement ce qui se passait, les petits étaient également excités et impatients. « Et quand on se réveillera, on sera sur Terre ? » ne cessaient-ils de demander. « Oui », répondaient leurs parents.

Après cela, Nafai conduisit les adultes à la salle de commandes et leur montra le calendrier où figurait la date d'éveil prévue pour la mi-voyage. « Vous pourrez ainsi tous voir vos enfants et vérifier que tout va bien pour eux, leur assura-t-il.

— Eh bien, maintenant, je peux dormir sur mes deux oreilles », répondit Elemak avec une ironie sèche.

Nafai surveilla la plongée de chacun dans le sommeil, puis il donna le feu vert aux ordinateurs du système d'entretien de la vie pour les endormir, les envelopper de mousse, puis les réfrigérer au point que leur organisme ne soit plus qu'à peine vivant. Alors seulement, il monta lui-même dans sa capsule et referma le couvercle sur lui.

Nul être humain ne vit le vaisseau s'élever sans bruit d'une centaine de mètres, puis d'un millier, jusqu'à l'altitude maximum qu'atteignait la poussée des magnétiques du terrain d'atterrissage. Alors les fusées de lancement se déclenchèrent, crachant des flammes vers le sol tandis que le vaisseau stellaire montait dans le ciel nocturne.

Loin de là, de l'autre côté de l'étroit bras de mer, des voyageurs sur la route des caravanes levèrent les yeux et aperçurent une étoile filante. « Mais elle monte, dit l'un d'eux. – Non, répondit un autre. Ce n'est qu'une illusion, parce qu'elle vient vers nous.

— Non, reprit le premier. Elle monte dans le ciel. Et elle va beaucoup trop lentement pour une étoile filante.

— Ah ouais ? s'esclaffa l'autre. C'est quoi, alors ?

— Je n'en sais rien. Mais je rends grâce à Surâme de nous avoir permis de voir ce spectacle.

— Et pourquoi ça ?

— Parce que, crétin, au bout de plusieurs millions d'années, on ne voit plus rien qui n'ait déjà été vu par d'autres une centaine, un millier ou un million de fois. Mais nous, nous avons assisté à quelque chose que personne n'avait jamais vu.

— Que tu crois !

— Oui, je crois.

— Et à quoi ça te sert de voir un prodige, si tu ne sais pas ce que tu as vu ? »

S'élevant toujours, le vaisseau stellaire *Basilica* sortit du puits gravifique de la planète Harmonie. Une fois qu'il fut suffisamment éloigné, les fusées s'éteignirent. Elles ne serviraient dorénavant plus qu'au moment où l'appareil devrait se poser sur un autre monde. Alors, une toile se déploya depuis les flancs du vaisseau, composée de fils si fins qu'ils en étaient invisibles, sauf lorsque la capture d'une molécule d'hydrogène ou d'une particule encore plus petite dans le champ d'énergie généré par la toile provoquait un aveuglant éclat sur les filaments. En ces instants, on pouvait la distinguer tout entière, telle une immense toile d'araignée qui aspirait la poussière de l'espace pour alimenter la progression de l'appareil. Le *Basilica* accéléra de plus en plus et finit par laisser loin derrière lui Harmonie, minuscule point de lumière indiscernable de ceux qui l'entouraient. Au bout de quarante millions d'années, des hommes avaient quitté sa surface et, contre toute attente, ils rentraient chez eux.

5

L'INDISCRET

À leur réveil, tous les enfants, à une exception près, se crurent arrivés sur Terre. C'est ce qu'on leur avait dit quand ils s'étaient étendus dans les capsules d'animation suspendue : Quand vous vous réveillerez, on sera sur Terre.

Toutefois, Oykib savait, lui, qu'il serait debout bien avant. Il ne s'étonna pas de la gravité anormale ni de l'incroyable sensation de légèreté et de puissance que lui donnait son corps, dont chaque pas le faisait bondir presque à toucher le plafond. C'était comme ça dans l'espace, quand au lieu d'une planète on n'avait que l'accélération du vaisseau pour se maintenir au sol. Et s'il avait eu encore le moindre doute, il aurait été bien vite dissipé, car tandis que Nafai et Luet rassemblaient les enfants dans la bibliothèque du bord – la plus grande salle du vaisseau, à part celle de la centrifugeuse – il perçut la voix faible de Surâme qui murmurait aux deux adultes : *Ce n'est pas une bonne idée. Ne leur laissez pas le choix. A cet âge, ils sont trop jeunes pour prendre une décision de cette importance. Leurs parents ont donné leur accord. Si vous leur dites qu'ils ont le choix alors que c'est faux, vous ne vous attirerez que leur rancœur.* Et cætera, et cætera.

Oykib entendait de tels fragments de conversations depuis sa plus tendre enfance, aussi loin qu'il pût remonter. Au début, c'était comme une musique, comme le vent, comme le bruit des vagues pour un enfant qui grandit au bord de la mer. Il ne s'en étonnait pas et n'y cherchait aucun sens. Mais peu à peu, vers quatre ou cinq ans, il s'était aperçu que des noms apparaissaient dans ce fond sonore, que s'y glissaient des idées qui ressortaient plus tard dans les discussions des grandes personnes.

Les voix restaient confinées dans son esprit, inaudibles donc de l'extérieur, mais il finit par associer certaines façons de penser avec certaines personnes. Il remarqua que parfois, quand il était avec Père et Mère, ou avec Nafai, Issib, Hushidh ou Luet, la conversation la plus distincte se tenait entre eux et quelqu'un d'autre. Par exemple, si Luet cherchait à régler une dispute entre Chveya et Dazya, il entendait quelqu'un dire : « Pourquoi ne tient-elle pas tête à Dazya ? Pourquoi recule-t-elle ainsi ? » Et quelqu'un d'autre – la voix la plus constante, la plus forte – répondait : *Elle ne bat pas en retraite, elle s'en tire très bien, sois patiente, elle n'a pas besoin de gagner ouvertement tant qu'elle est assurée de ton estime.* Il apprit ainsi qu'une intonation à la fois exigeante, passionnée et confidentielle signifiait qu'il entendait Luet ; les pensées plus calmes, plus sereines, mais aussi plus hésitantes appartenaient à Hushidh. Quant aux plus prosaïques, impatientes et critiques, c'étaient celles de Nafai.

Malgré tout, Oykib était longtemps resté trop jeune pour comprendre qu'il n'aurait pas dû surprendre ces conversations. Il n'en prit enfin conscience qu'avec les rêves, un des moyens de communication les plus efficaces à la disposition de Surâme. Un jour, Oykib était tout petit, Luet était venue parler avec Mère d'un rêve qu'elle avait fait. Quand elle eut fini, Oykib avait pépié : « Moi aussi, je l'ai fait, ce rêve ! » puis il avait répété ce qu'avait vu Luet.

Mère lui avait souri, mais il avait senti qu'elle ne le croyait pas. La deuxième fois que c'était arrivé, à propos d'un rêve de Père, elle l'avait pris à l'écart et lui avait expliqué avec douceur qu'il n'était pas obligé de prétendre recevoir les mêmes visions que les autres. Mieux valait ne raconter que ses rêves à soi.

Cette incrédulité l'avait vexé, et plus il grandissait, plus elle l'énervait. Pourquoi, alors que les adultes et Surâme ne cessaient de se parler, pourquoi partaient-ils tous du principe qu'à trois ou quatre ans il était incapable des mêmes communications ? Enfin, il en vint à considérer le problème sous un autre angle : les rêves ne lui étaient pas destinés, en réalité ; ils s'appliquaient à la situation de quelqu'un d'autre et nullement à la sienne. Les grands savaient donc pertinemment que Surâme ne lui avait pas envoyé ces rêves, parce qu'ils n'avaient aucun rapport avec sa vie. Et de fait, c'était exact : les rêves et les conversations mentales, tout était bien réel, mais cela ne le regardait pas.

Pourquoi Surâme n'a-t-il rien à me dire, à moi ? se demanda-t-il alors.

A l'âge de huit ans, Oykib avait depuis longtemps appris à garder pour lui les échanges qu'il surprenait. Peu disert et réservé par nature, il préférait se taire dans les grandes réunions, il prêtait l'oreille à tout et apportait son aide quand elle était nécessaire. Il comprenait bien mieux ce qui l'entourait qu'on ne l'imaginait, parce que d'une part il avait grandi en entendant les adultes parler de leurs problèmes avec un vocabulaire d'adultes et que d'autre part il percevait, parallèlement aux conversations « vocalisées », des fragments de dialogues intérieurs avec Surâme qui faisait des suggestions, s'efforçait d'influencer les humeurs et, de temps en temps, cherchait à détourner l'un ou l'autre de ses pensées ou de ses actes du moment. L'ennui, c'est que cela distrayait Oykib constamment, si bien qu'il avait du mal à formuler la moindre pensée personnelle tant son esprit était occupé à suivre ce qui se passait autour de lui. Quand, exceptionnellement, il ouvrait la bouche pour parler, il ne savait jamais vraiment s'il répondait à ce qui s'était dit à voix haute ou à des pensées qu'il avait indûment captées.

Sa réserve avait aussi une autre cause : il avait appris le sens du secret et de l'intimité et il devinait le mécontentement de ceux qui l'entouraient s'ils se doutaient jamais de ce qu'il savait. Ils seraient probablement furieux qu'un enfant de six, sept ou huit ans perçoive, note et engrange leurs plus secrètes pensées formées dans le sanctuaire de leur esprit, là où seul Surâme avait accès.

Parfois, le poids de tous ces secrets devenait intolérable ; c'est pourquoi il avait mis au point de petites discussions avec Yasai, son puîné. Il ne lui révélait jamais comment il avait appris ce qu'il savait ; il se contentait de lui dire : « Je parie que Luet est en colère parce que Hushidh n'empêche jamais Dazya de commander aux autres », ou « Père n'aime pas vraiment Nafai plus que ses frères ; c'est juste que Nafai est le seul à comprendre ce que Père fait et à pouvoir l'aider. » Oykib le savait, Yaya était ébloui par la fréquente exactitude de ses « intuitions » et aussi flatté d'être dans la confidence de son grand frère si plein de « sagesse » ; Oykib se sentait parfois dans la peau d'un menteur, de laisser ainsi Yaya croire à la finesse de son raisonnement. Mais ç'aurait été une erreur, il le pressentait, de révéler fût-ce à son petit frère qu'il percevait toutes les communications de Surâme. Yaya savait garder un secret, d'accord, mais un secret de cette importance finirait obligatoirement par lui échapper.

Oykib conservait donc son savoir pour lui-même. Le plus dur, ç'avait été quelques mois plus tôt, lorsque Nafai, parti dans les montagnes, avait franchi le périmètre et découvert les vaisseaux. A cette occasion, Oykib avait surpris des messages terrifiants : Luet implorant Surâme de protéger son époux, Surâme incitant quelqu'un au calme, *du calme, ne tue pas ton frère, tu ne pourras plus jamais te supporter si tu abats ton frère*. A ce moment, il avait acquis une connaissance assez précise de la communauté pour savoir qui projetait la mort de Nafai ; il aurait voulu pouvoir faire quelque chose, mais il en était incapable, paralysé qu'il était par un maelström mental de besoins, d'appétits, de cris, d'exigences, de supplications et de douleurs. Epouvanté, il était allé s'agripper à Mère, qui avait alors dit à Volemak : « Vous voyez comme les enfants sentent ce qui se passe sans le comprendre ? » Il avait eu envie de répondre : Mais je comprends très bien ! Elemak et Mebbekew veulent tuer Nafai et nous commander tous ! Je le sais parce que j'ai entendu Surâme essayer de les empêcher ! Je sais que Luet a très peur et vous aussi que Nafai se fasse tuer ! Je sais aussi que Surâme raconte plein de choses à Nafai, des choses importantes, des choses magnifiques, mais il est si loin que je n'en attrape que des petits bouts, et je sais que Nafai n'a pas peur du tout, lui, il est seulement très excité, il n'arrête pas de crier dans sa tête : « Je comprends, maintenant ! C'est donc ça ! Tout est clair, maintenant ! Oui ! » Mais Oykib ne pouvait rien expliquer. Il ne put que s'accrocher à sa mère jusqu'à ce qu'elle le repousse pour continuer son travail ; alors, il alla se confier à Yasai. « Je crois qu'Elya et Meb vont essayer de tuer Nafai aujourd'hui, quand il rentrera », dit-il, et Yaya ouvrit de grands yeux. « Mais Nyef ne s'inquiète pas, à mon avis, parce qu'il est en train de devenir si fort que personne ne peut lui faire de mal. »

Quand le drame s'acheva par l'humiliation d'Elemak et Mebbekew devant la puissance du manteau du pilote stellaire, Yaya fut plus que jamais empli de révérence pour les intuitions d'Oykib. Mais celui-ci était épuisé ; il n'avait pas demandé à en savoir si long. Et pourtant, tout au fond, il voulait en savoir plus. Il voulait que Surâme s'adresse à lui, personnellement.

Mais pourquoi lui parlerait-il ? Oykib n'était qu'un petit garçon, même pas fort et dominateur comme Protchnu, le fils d'Elemak, qui pourtant avait quelques semaines de moins que lui. Qu'est-ce que Surâme pourrait bien avoir à lui dire ?

Et aujourd'hui, assis au milieu des autres dans la bibliothèque du *Basilica*, Oykib savait exactement ce qu'on allait leur expliquer : il avait entendu Surâme en discuter avec les adultes avant le lancement et il l'entendait encore maintenant se disputer avec Luet et Nafai. Il avait envie de leur crier de se taire et d'agir ; mais il garda le silence et écouta patiemment les explications des deux grandes personnes.

Il n'aima pas leur façon de présenter la situation ; ils disaient la vérité, naturellement – pour ça, on pouvait compter sur eux, plus peut-être que sur aucun autre adulte – mais ils laissaient dans l'ombre quantité de vraies raisons. Ils ne parlèrent que d'une occasion merveilleuse pour les enfants d'apprendre tout un tas de choses dont ils auraient besoin une fois sur Terre pour faire fonctionner la colonie. « Et comme à notre arrivée vous aurez quatorze, quinze ou seize ans – voire dix-huit pour certains – vous pourrez accomplir des tâches d'adultes. Vous serez des grands, plus des petits. Mais, en même temps, vous ne verrez vos parents que de temps à autre pendant le voyage, parce que nous n'avons pas les moyens de maintenir simultanément plus de deux adultes en éveil. »

Oui, oui, tout ça, c'est vrai, songea Oykib. Mais si on parlait de votre petite école où il n'y aura qu'une dizaine d'entre nous ? Si on parlait de Protchnu qui n'aura toujours que huit ans à la fin du voyage alors que j'en aurai dix-huit ? Et de l'amitié entre, par exemple, Tiya, la fille de Mebbekew, et Shyada, celle de Hushidh ? Est-ce qu'elles resteront amies alors que Shyada aura seize ans et Tiya six ? Ça m'étonnerait. Alors, vous allez nous l'expliquer, ça ?

Mais il ne dit rien. Il attendit. Ils finiraient peut-être par y venir.

« Des questions ? demanda Nafai.

— Vous avez tout votre temps, dit Luet. Si vous préférez retourner dormir, vous pourrez le faire dans quelques jours ; rien ne presse.

— Est-ce qu'il y a des trucs amusants à faire dans le vaisseau ? » intervint Xodhya, le fils aîné de Hushidh. La question allait de soi, car les adultes avaient passé beaucoup de temps avant le décollage à expliquer aux enfants qu'il fallait qu'ils dorment, sans quoi ils s'ennuieraient à mourir.

« Il y en a beaucoup que vous ne pourrez pas faire, répondit Luet. Dans la centrifugeuse, vous pourrez vous habituer à la gravité terrestre, mais on ne peut y courir qu'en ligne droite. Pas question de jouer au ballon, de vous baigner ni de vous rouler dans l'herbe parce que nous n'avons ni piscine ni prairie et que, même dans la centrifugeuse, il ne serait pas commode de s'envoyer un ballon. Mais vous pouvez vous exercer à la lutte et, à mon avis, vous trouverez le coup pour jouer à chat ou à cache-cache en gravité réduite.

— Et puis il y a des jeux sur informatique, renchérit Nafai. Vous n'avez jamais eu l'occasion d'y jouer, puisque vous n'avez pas grandi au milieu des ordinateurs, mais Issib et moi avons trouvé pas mal de...

— Ceux-là, vous n'y jouerez pas souvent, intervint Luet. Il vaut mieux que vous ne vous y habituiez pas trop : sur Terre, nous n'aurons pas d'ordinateurs comme ceux du bord. »

Jouer à chat en gravité réduite... rien que cette perspective aurait emporté l'adhésion de la plupart des petits. Oykib sentit la colère monter en lui : on prétendait leur donner le choix alors qu'on ne leur présentait pratiquement que les bons côtés de la situation et aucun des mauvais.

En cet instant, il faillit protester, mais Chveya le prit de vitesse. « Tout dépend de ce que Dazya décidera, à mon avis. »

Dza se rengorgea, comme toujours persuadée de son importance à cause de sa position de première-née. Oykib était écœuré : jamais Chveya n'avait ainsi léché les bottes de Dza ; il l'avait toujours tenue pour la plus intelligente parmi les filles.

« Chveya, ce choix, c'est chacun de vous qui doit le faire.

— Mais ce n'est pas ça, rétorqua Chveya : j'attends que Dazya décide quelque chose pour pouvoir faire exactement le contraire ! »

Dazya lui tira la langue. « Ça ne m'étonne pas de toi, dit-elle. T'es vraiment qu'une morveuse !

— Veya, intervint Luet, de ta part, je trouve lamentables des paroles aussi blessantes. De plus, tu voudrais vraiment changer tout ton avenir rien que pour embêter Dazya ? »

Chveya rougit sans répondre.

Oykib ne put garder le silence plus longtemps. « Je sais ce qu'il faut faire : il faut rendormir Dazya pendant trois jours. Comme ça, à son réveil, elle et Chveya auront exactement le même âge. »

Chveya leva les yeux au ciel comme pour dire que cela ne résoudrait rien. Mais Dazya s'emporta. « N'importe comment, c'est mon anniversaire qui serait le premier ! cria-t-elle. C'est moi le premier enfant et personne d'autre ! Je resterai debout et je serai toujours la plus grande quand on arrivera ! Personne ne me commandera ! »

Oykib eut un sentiment de satisfaction : Dazya venait de montrer précisément à Nafai et Luet pourquoi Chveya préférait se rendormir si elle-même restait éveillée.

« De toute façon, dit Luet, personne n'a le droit de faire la loi sous prétexte qu'il est le plus vieux, le plus intelligent ou je ne sais quoi. »

Plusieurs enfants parmi les plus jeunes éclatèrent de rire. « Dazya commande à tout le monde, fit Shyada qui, en tant que puînée immédiate de Dazya, faisait souvent les frais de ses caprices.

— C'est pas vrai ! s'exclama Dazya. Oykib et Protchnu, je les commande pas !

— Non, tu ne fais la loi qu'avec les plus faibles que toi, grosse brute !

— Taisez-vous, tous, intervint Nafai. Vous venez d'avoir un exemple des problèmes que pose votre maintien en éveil. Le vaisseau n'est pas très grand ; vous allez passer des années claquemurés dedans, les uns sur les autres. Nous avons glissé sur pas mal de choses sur Harmonie en supposant qu'elles se régleraient avec le temps ; mais pendant le voyage, nous ne tolérerons aucune mainmise des grands sur les petits.

— Et pourquoi pas ? dit Dazya. Les grandes personnes n'arrêtent pas de commander aux enfants, non ?

— Dza, fit doucement Luet, je te crois assez intelligente pour comprendre que les trois jours qui te séparent de Veya n'ont pas la même valeur que les quinze ans entre toi et moi. » Chveya saisit aussitôt l'idée au bond. « Si je reste éveillée, Mère, quand on arrivera sur Terre j'aurai trois ans de plus que toi à ma naissance !

— Oui, mais elle, elle était mariée », intervint Rokya, le fils de Zdorab et Shedemei. Puis il parut soudain prendre conscience de ce qu'il avait dit, car il devint cramoisi et pinça les lèvres.

« Je ne crois pas que vous ayez à vous inquiéter du mariage pour l'instant, dit Luet.

— Pourquoi pas ? demanda Chveya. Vous vous en inquiétez bien, vous. Rokya est le seul garçon qui ne soit pas mon oncle ni mon cousin germain de double ascendance, comme vous dites.

— Ça ne fera pas de difficulté. Shedemei nous a assuré qu'il n'y aurait pas de problèmes génétiques ; donc, si en vieillissant vous deviez tomber amoureux entre cousins, ou bien d'un oncle, d'une tante... »

La plupart des enfants firent mine de se sentir mal ou de vomir.

« J'ai dit : en vieillissant, quand cette idée ne vous répugnera plus, eh bien il n'y aura pas d'obstacle génétique. »

Mais Oykib savait qu'avant le décollage, Shedemei avait imploré le pardon de Surâme pour avoir raconté ce même mensonge, et lui avait demandé de dire à Nafai d'interdire les mariages entre proches cousins s'il y avait le moindre risque. Cependant, il était au courant d'un autre fait que Shedemei elle-même ignorait : son discours sur la façon dont Surâme avait croisé leurs ancêtres pour obtenir des hommes et des femmes sans défaut génétique, c'était Surâme qui le lui avait soufflé lors d'une puissante transmission qu'Oykib avait surprise. L'idée d'épouser une cousine ne le gênait donc pas ; mais Surâme avait intérêt à ne pas faire erreur : Oykib et Yaya ne pouvaient pas se marier tous les deux avec Dabrota, la fille de Shedemei et Zdorab ; l'un d'eux devrait nécessairement se rabattre sur une nièce ou rester célibataire.

Cependant, Chveya n'était pas convaincue. « Ce n'est pas ce que tu disais l'autre soir...

— Veya, l'interrompit Luet en s'astreignant à la patience, tu n'as entendu qu'une moitié de cette conversation et par ailleurs j'ai eu de nouveaux renseignements depuis. Fais-moi un peu confiance, ma chérie. »

Motiga prit alors la parole. Se désintéressant du problème des mariages, il avait songé à autre chose. « Si les gens qui restent endormis ne vieillissent pas, est-ce que les enfants qui ne sont pas là seront restés petits à l'arrivée ? Est-ce que je serai plus grand que Protchnu ? »

Les regards de Nafai et Luet se croisèrent. Visiblement, ils auraient préféré éviter cette question. « Oui, finit par dire Nafai. C'est bien ça.

— Chouette ! » s'exclama Motiga.

Mais d'autres étaient moins enthousiastes. « C'est idiot, protesta Shyada qui avait le béguin pour Protchnu. Pourquoi vous ne nous réveillez pas à tour de rôle, comme vous faites avec les grandes personnes ? »

Oykib s'étonna qu'une gamine de six ans ait ainsi trouvé la solution la plus judicieuse. Nafai et Luet aussi ; ils se demandaient manifestement que répondre, comment expliquer la situation.

Alors, toujours désireux de se montrer utile, Oykib se lança. « Ecoute, si on est réveillés, ce n'est pas parce que Nafai et Luet nous aiment plus que les autres, ni rien : c'est parce que nos parents sont dans le camp de Nafai, tandis que ceux des gosses qui dorment sont dans le camp d'Elemak. »

Nafai avait l'air fâché. Oykib l'entendit demander intérieurement à Surâme : Il n'y a pas moyen d'apprendre à ce gamin à se taire quand il le faut ?

Il perçut aussi la réponse de Surâme : *Ne t'avais-je pas prévenu de ne pas leur laisser le choix ?*

« Il vaudrait mieux qu'on prenne tous notre décision en connaissant les vraies raisons de ce qui se passe, dit Oykib en regardant Nafai dans les yeux. Je sais que vous deux, mes parents, Issib, Hushidh, Shedemei et Zdorab, vous êtes ceux qui obéissez à Surâme, tandis qu'Elemak, Mebbekew, Obring et Vas ont essayé de te tuer, Nafai, et que, d'après Surâme, ils vont recommencer dès qu'on sera sur Terre. » Il en avait sans doute trop dit, et il avait montré des connaissances qu'il n'aurait pas dû avoir. Il décida d'expliquer la situation aux enfants. « C'est comme une guerre. D'accord, Elemak et Nafai sont mes frères et Nafai ne veut pas de bagarre entre eux, mais Elemak va quand même chercher à le tuer quand on arrivera sur Terre. »

Les petits le regardaient, la mine sérieuse. Oykib n'était pas disert, d'habitude, mais quand il parlait, tous l'écoutaient ; et ce qu'il disait aujourd'hui était grave. Il ne s'agissait plus d'histoires sans importance, comme savoir qui commandait les enfants. Luet et Nafai avaient fait une erreur : ils voulaient donner le choix aux petits, mais sans leur expliquer les vrais enjeux. Eh bien, Oykib connaissait ces gosses mieux que les adultes, il savait qu'ils comprendraient et ce qu'ils choisiraient.

« Alors, poursuivit-il, en réalité, s'ils nous ont réveillés, c'est pour que Yasai, Xodhya, Rokya, Jyat, Motya et moi, on devienne des hommes, des adultes, tandis que les fils d'Elya, Kokor, Sevet et Meb ne seront encore que des mômes. Comme ça, Elemak n'aura pas devant lui qu'un vieillard comme mon père ni qu'un infirme comme Issib ; c'est nous qu'il trouvera aux côtés de Nafai et on se battra contre lui s'il le faut. On se battra, d'accord ? »

Oykib regarda chaque enfant l'un après l'autre et chacun acquiesça à son tour. « Et il n'y a pas que les garçons, reprit-il. Tous les douze, on se mariera et on aura des enfants qui naîtront bien avant ceux des autres, et comme ça on sera toujours les plus forts. C'est le seul moyen d'empêcher Elemak de tuer Nafai ; et pas seulement Nafai, d'ailleurs : il faudrait qu'il tue Père aussi, et Issya, et peut-être Zdorab. Et s'il ne les tuait pas, il les traiterait comme des esclaves, et nous avec. C'est pour ça qu'il nous faut rester debout pendant le voyage. Elemak et Mebbekew sont mes frères, mais ils ne sont pas gentils. »

Luet avait enfoui son visage dans ses mains. Nafai contemplait le plafond.

« Comment tu sais tout ça, Okya ? demanda Chveya.

— Je le sais, c'est tout, d'accord ? Je le sais. »

La petite fille baissa la voix. « C'est Surâme qui te l'a dit ? »

D'une certaine façon, oui ; mais Oykib n'avait pas envie de lui mentir ni même de l'envoyer sur une fausse piste. Mieux valait ne pas répondre du tout. « Ça me regarde.

— Une bonne part de ce que tu as dit ne te regardait pas, Oykib, intervint Nafai. Mais maintenant, il faut en parler. C'est vrai, Surâme pense qu'il y aura une division dans notre communauté à notre arrivée sur Terre ; c'est vrai aussi, Surâme a inventé ce plan pour que vous, les enfants, vous soyez assez grands pour résister avec vos parents à Elemak, à ses partisans et à leurs enfants. Mais je ne crois pas obligatoire qu'il se produise une division. Je le refuse, même. Donc ce qui me motive, moi, c'est qu'il serait utile d'avoir douze adultes de plus pour aider à bâtir la colonie – et douze enfants de moins à élever, à protéger et à nourrir. Tout le monde en bénéficiera.

— Mais, sans Oykib, tu ne nous aurais rien dit, grogna Chveya d'un ton accusateur.

— Je ne pensais pas que vous comprendriez.

— Moi, je ne comprends pas, avoua candidement Shyada.

— Je veux rester éveillé, dit Padarok. Je suis de votre côté parce que je sais que ma mère et mon père sont avec vous. Je les ai entendus discuter.

— Moi aussi », renchérit sa petite sœur Dabya. Un par un, tous donnèrent leur accord.

Pour finir, Dazya se tourna vers Chveya. « Et moi, je regrette que tu me détestes tellement que tu aimes mieux rester petite que de vivre avec moi.

— Mais c'est toi qui me détestes ! protesta Chveya.

— Non, promis. »

Un long silence s'installa.

« Alors, finalement, dit enfin Chveya, on est du même côté.

— C'est vrai », acquiesça Dazya.

Et, parce qu'elle se rendait rarement compte de l'effet qu'allaient produire ses paroles, Chveya ajouta : « Et tu peux te marier avec Padarok. Moi, je suis d'accord. »

Aussitôt, Padarok se récria hautement tandis que la plupart des enfants s'esclaffaient bruyamment. Seul

Oykib remarqua que c'est lui que Chveya regardait dans les yeux avant de les baisser.

Alors comme ça, je suis l'élu, se dit-il. C'est gentil de choisir à ma place.

Mais c'était évident, aussi. Des douze enfants présents, Oykib et Padarok étaient les seuls garçons nés la première année et Chveya et Dza les seules filles. Si Dza et Padarok se retrouvaient ensemble, Chveya devrait épouser Oykib, ou bien un garçon plus jeune, ou alors personne.

Cette idée avait quelque chose d'un peu déplaisant. Il se rappela l'unique fois où il s'était laissé piéger à jouer à la poupée avec Dza et quelques petites. C'était d'un ennui mortel de faire le papa et le mari et il s'était enfui au bout de quelques minutes de jeu. Il s'imagina jouant à la poupée avec Chveya et ne vit pas en quoi ce serait mieux. Mais peut-être qu'avec de vrais bébés à la place des poupées, c'était différent. Ça n'avait pas l'air de gêner les hommes adultes, en tout cas. Peut-être qu'il manquait quelque chose quand on jouait avec des poupées ; peut-être que dans les vrais mariages, les femmes n'essayaient pas d'obliger leur époux à faire tout comme elles voulaient.

Padarok avait intérêt à compter là-dessus, parce que s'il se retrouvait avec Dazya, il n'aurait même plus le droit de penser sans sa permission. Pour faire sa loi, elle était championne ! Chveya, de son côté, se contentait d'être têtue ; ce n'était pas la même chose. Elle voulait tout faire à sa façon, mais au moins elle n'exigeait pas qu'on lui obéisse. Peut-être qu'ils pourraient se marier, habiter dans deux maisons différentes et se relayer seulement pour s'occuper des enfants. Là, ça marcherait.

Nafai était en train d'emmener les autres pour leur montrer où ils dormiraient – la chambre des filles et celle des garçons. Oykib, plongé dans ses spéculations sur le mariage, était resté à la traîne dans la bibliothèque et, du coup, il se retrouva seul avec Luet.

« Eh bien, tu en avais à dire, aujourd'hui, lui lança-t-elle. Ce n'est pas ton habitude.

— C'est parce que vous ne le disiez pas, vous deux.

— Non, en effet. Et nous avions peut-être de bons motifs pour ça, tu ne crois pas ?

— Non, je ne crois pas. » C'était mal élevé de parler ainsi à une grande personne, il le savait, mais en cet instant, il s'en fichait. Il était le frère de Nafai, après tout, pas son fils !

« Tu en es bien sûr ? » Elle était en colère, pas de doute.

« Vous ne nous disiez pas toute la vérité parce que vous pensiez qu'on ne comprendrait pas, mais on a compris. On a tous compris. Et alors seulement, on a pu décider en sachant ce qu'on faisait.

— Tu crois peut-être comprendre, mais c'est faux. Cette affaire est beaucoup plus compliquée que tu ne le penses, et... »

L'énervement gagna Oykib. Il avait entendu leurs disputes avec Surâme, toutes les nuances et tous les problèmes possibles dont ils s'étaient inquiétés, et même s'il refusait de dire comment il en avait eu connaissance, il n'allait sûrement pas faire semblant de ne pas les comprendre. « Tu ne t'es jamais dit, Lutya, que c'est peut-être aussi beaucoup plus compliqué que tu ne le penses, toi ? »

Fut-ce parce qu'il l'avait appelée – elle, une adulte ! – par son petit nom, ou parce qu'elle reconnut la vérité de ses paroles ? en tout cas, elle ne répondit pas et le dévisagea.

« Tu ne comprends pas tout, poursuivit Oykib, mais ça ne t'empêche pas de prendre des décisions. Nous non plus, on ne comprend pas tout, mais on a choisi, non ? Et comme il faut, non ?

— Oui, répondit-elle à mi-voix.

— Peut-être que les enfants ne sont pas aussi bêtes que vous l'imaginez », ajouta-t-il. Il y avait longtemps qu'il avait envie de dire ça à un adulte. C'était la bonne occasion.

« Je ne vous crois pas bêtes, ni toi ni aucun des... »

Mais avant qu'elle put achever sa phrase, il avait déjà bondi dans le couloir à la recherche des autres. S'il n'était pas là pour choisir, il se retrouverait avec le lit le moins bon.

Il hérita finalement du pire, la couchette en bas à droite, près de la porte, bien visible du couloir, si bien qu'en cas de chahut il serait en première ligne. Il avait pourtant choisi le meilleur lit, au début, et comme c'était le premier garçon, personne n'avait discuté. Mais alors il avait vu l'air misérable de Motya quand il avait écopé du coin le plus moche – et surtout quand Yaya et Jyat s'étaient fichus de lui. Et voilà : il se retrouvait à sa place et il savait que jamais personne ne voudrait en changer avec lui. Dix ans, se dit-il. Il va falloir que je dorme dix ans sur cette paillasse minable !

6

LE DIEU LAID

Quand Emiiz eut six ans, sa mère l'emmena dans la caverne sacrée. C'était un site miraculeux : souterrain, il n'était pourtant pas l'œuvre du peuple ; il était apparu ainsi, donné par les dieux. Ils l'avaient créé et c'est pourquoi on y apportait les dieux pour les adorer.

La caverne était étrange, toute en rochers déchiquetés et suintante d'humidité, pas du tout comme les terriers secs et lisses de la cité. Des gouttes d'eau gluante tombaient de partout. Mère expliqua que l'eau laissait à chaque goutte un tout petit peu de calcaire et avait ainsi formé d'épais piliers. Mais comment était-ce possible ? Les piliers ne soutenaient-ils pas le toit de la caverne ? Si les gouttes mettaient des années à les créer, qu'est-ce qui supportait la voûte au début ? Mais Mère expliqua que la caverne était en pierre. « Les dieux creusent des trous dans la montagne comme nous faisons sauter des éclats de pierre pour fabriquer nos lames, dit-elle. Ils peuvent maintenir un toit de pierre si grand qu'on n'en voit pas le bout, même avec la torche la plus brillante. Et il n'existe pas de vent assez puissant pour emporter le toit du terrier des dieux. »

Ça doit être pour ça que ce sont des dieux, pensa Emiiz. Elle avait vu les effets de la tempête sur la partie haute de la cité : trois arbres-toits avaient été abattus, si bien que la pluie et ensuite le soleil s'étaient déversés dans les crèches et les salles d'assemblée qui se trouvaient en dessous. Il avait fallu plusieurs jours pour condamner les tunnels et en creuser de nouveaux ailleurs afin de remplacer l'espace perdu, et pendant ce temps deux cousins et trois nièces avaient habité chez eux. Mère avait failli devenir folle et Emiiz elle-même n'en était pas passée loin. C'étaient des gens tranquilles, réservés, peu préparés à se défendre contre les indiscrets qui fourraient leur nez partout. « Mais que vois-je, tu apprends déjà à tisser, à ton âge ? Oh, je parie que tu as déjà choisi un beau jeune homme qui participe à sa première chasse, mon joli petit trésor ! »

Rien que des mensonges ! Emiiz n'avait rien d'un joli petit trésor ; elle n'était pas jolie et elle n'était pas petite. Et ce n'était pas un trésor non plus : d'abord, elle était trop poilue. Les hommes aimaient les femmes duveteuses, pas couvertes de poils noirs et rudes comme les siens. Elle n'avait pas non plus une jolie voix ; elle essayait d'imiter Mère, mais elle n'avait pas ce genre de musique en elle. Un jour, alors que cousine Issess – tiens, ça, c'est un nom quelconque qui lui va bien ! – ignorait qu'Emiiz était là, elle avait dit à son idiote de fille, Aamuv : « Pauvre Emiiz ! C'est un accident de l'évolution, tu sais ; elle est aussi poilue que ceux du versant oriental de la montagne. J'espère qu'elle ne partage pas leurs autres particularités ! » La rumeur voulait naturellement que les hirsutes du versant est mangent le cœur et le foie de leurs ennemis, et certains disaient même qu'ils embrochaient simplement leurs victimes et les dévoraient tout entières. Des monstres, quoi. Et c'est comme ça que les gens considéraient Emiiz, avec ses poils exubérants.

Après tout, elle n'était pas responsable de ce qui poussait sur elle. Au moins, ce n'était pas une horrible infection fongueuse comme celle qui faisait sentir si mauvais le pauvre Bomossoss. C'était un puissant guerrier, mais personne n'aimait le fréquenter à cause de l'odeur. Quelle tristesse ! Ah ! les dieux font ce qu'ils veulent de nous. En tout cas, moi, je ne sens pas.

Il n'y avait pas d'office en ce moment – naturellement, puisque c'était réservé aux hommes ; cela ne regardait pas les femmes et encore moins les petites filles. Mais elle avait entendu dire que les hommes adoraient les dieux en les léchant jusqu'à ce qu'ils soient trempés de salive et tout mous ; alors ils se les frottaient partout sur le corps. Elle n'y avait jamais vraiment cru jusqu'à cet instant où elle entrait dans la première des salles de prière.

Certains des dieux, sculptés avec un luxe de détails, avaient des visages d'une beauté extraordinaire. Il y avait des représentations de guerriers féroces, de hideuses viandes-du-ciel, de chèvres, de daims, de serpents lovés et de libellules perchées sur des roseaux. Mais, à la grande surprise d'Emiiz, quand Mère lui montra les plus sacrés des dieux, les plus adorés, ce n'étaient pas du tout les plus finement sculptés ; les plus révérés d'entre eux n'étaient que des blocs d'argile lisses.

« Pourquoi est-ce que les plus beaux ne sont pas aussi sacrés que ceux qui ne ressemblent à rien ?

— Ah, répondit Mère, c'est que, vois-tu, c'étaient autrefois les plus magnifiques ; on les a adorés avec beaucoup de ferveur et ils nous ont donné de beaux enfants et de bonnes chasses. Alors, naturellement, ils sont devenus lisses, à force. Mais nous n'oublions pas ce qu'ils étaient. »

Emiiz restait pourtant troublée par ces blocs sans traits. « On ne pourrait pas leur sculpter de nouveaux visages ?

— Ne dis pas de bêtises ! Ce serait un blasphème. » Mère avait l'air agacée. « Franchement, Emiiz, je ne comprends pas comment ta tête fonctionne. Personne ne sculpte les dieux ; ils n'auraient aucun pouvoir si c'étaient des hommes et des femmes qui les fabriquaient dans la glaise !

— Ben, qui est-ce qui les fabrique, alors ?

— Nous les rapportons chez nous. Nous les trouvons et nous les rapportons.

— Mais qui les fabrique ?

— Ils se fabriquent tout seuls. Ils sortent tout seuls de l'argile de la berge.

— Je pourrais les voir faire, un jour ?

— Non, répondit Mère.

— Mais je veux voir naître un dieu ! »

Mère soupira. « Bon, tu es assez grande, j'imagine. Mais tu dois me promettre de ne rien raconter aux petits.

— C'est juré.

— Eh bien, ça se passe à une époque précise de l'année, pendant la saison sèche. Les viandes-du-ciel descendent et façonnent la boue de la berge.

— Les viandes-du-ciel ? » Emiiz était horrifiée. « Tu plaisantes ! C'est dégoûtant !

— Ce serait dégoûtant, en effet, si l'on supposait qu'elles comprennent ce qu'elles font. Mais ce n'est pas le cas ; le dieu s'éveille en elles et elles se mettent aveuglément à modeler la glaise en formes extraordinairement compliquées. Et puis, quand elles ont fini, elles s'en vont, tout simplement, en abandonnant leurs sculptures. Pour nous. »

Les viandes-du-ciel ! Ces sales bêtes volantes qui capturaient parfois des chasseurs et les tuaient ! On attrapait leurs petits pour les rôtir et les donner à manger aux femmes enceintes. C'étaient des créatures dépourvues d'intelligence, dangereuses, perfides et furtives, et c'étaient elles qui fabriquaient les dieux ?

« Je ne me sens pas bien, Mère, dit Emiiz.

— Eh bien, assieds-toi quelques minutes et reposetoi. J'ai rendez-vous avec la prêtresse à trois salles d'ici – dans cette direction – et je ne dois pas être en retard. Mais tu sauras me retrouver sans te perdre, n'est-ce pas ? Tu ne quitteras pas le chemin, d'accord ?

— Je ne suis pas devenue d'un seul coup complètement idiote, Mère.

— Par contre, tu es devenue insolente, d'un seul coup. Ça ne me plaît pas, Emiiz. »

Bof, de toute façon, il n'y a pas grand-chose qui plaise chez moi, songea-t-elle. Ce n'est d'ailleurs pas pour ça que je dois être d'accord ; moi, je me trouve quelqu'un de très bien. Comme je suis beaucoup plus intelligente que mes amies, tout ce que je me raconte est brillant, passionnant et surtout nouveau ! Ce n'est pas comme celles qui se contentent de répéter sans arrêt les mêmes formules pleines de « sagesse » qu'elles ont piquées à leur mère ! Et en tout cas, je suis plus intéressante que les garçons, qui ne pensent qu'à jeter des choses, à les casser ou à les couper ! Mieux vaut creuser et tisser, comme les femmes, ramasser des insectes plutôt que les tuer, mélanger des feuilles, des fruits, de la viande et des racines pour en faire un plat réussi. Un jour, je serai une belle femme, poils ou pas poils, et l'homme qui se retrouvera avec moi poussera des grands cris de déception pour la galerie, mais en secret il connaîtra le bonheur, et je lui ferai toute une ribambelle de bébés poilus et futés aussi moches et aussi intelligents que moi, jusqu'au jour où tout le monde se rendra compte que les poilues font les meilleures épouses et les meilleures mères et que les sans poils sont visqueuses et toutes froides, comme des melons écorcés.

Remontée, Emiiz se leva et se mit à examiner les dieux de plus près. Elle ne trouvait rien d'intéressant à ceux que l'on adorait le plus, elle n'y pouvait rien. C'étaient les statues intactes et riches de détails qui la fascinaient. Tout son problème venait peut-être de là : seuls les dieux de piètre réputation l'attiraient, aussi, les dieux vraiment efficaces sachant qu'elle ne les aimait pas, elle se retrouvait affligée d'une laideur sans nom. C'était quand même affreux de l'avoir punie dès la naissance d'un péché qu'elle ne devait commettre qu'à six ans, deux années seulement avant de devenir femme !

Bon, eh bien, puisque j'ai déjà reçu ma punition, autant la mériter franchement ! Je vais chercher le dieu le plus beau, le moins adoré de tous, et c'est celui-là que je me choisirai !

Elle se mit donc en quête d'une statue en parfait état, mais naturellement tous les dieux avaient été vénérés peu ou prou et si des parties entières de certains avaient conservé de merveilleux détails, aucun n'était absolument intact.

Sauf cette sculpture extraordinaire qu'elle trouva au fin fond d'une petite salle reculée. Elle ne ressemblait pas du tout aux autres ; elle n'évoquait d'ailleurs aucune créature connue d'Emiiz. Et elle était absolument intacte. Ses traits n'étaient effacés nulle part, ce qui signifiait que personne ne l'avait jamais adorée.

Eh bien, dit Emiiz au dieu laid, c'est moi ton adoratrice, maintenant. Et je vais t'adorer de la meilleure façon, au contraire des autres : je ne vais pas te lécher, ni te frotter sur moi, ni rien de dégoûtant comme les gens font d'habitude avec leurs dieux en terre ; moi, pour t'adorer, je vais te regarder comme une œuvre d'art magnifique !

Naturellement, c'était une œuvre d'art magnifique qui représentait une créature extraordinairement laide. Elle avait une bouche humaine et deux yeux humains aussi, mais son nez pointait vers le bas, sa mâchoire saillait excessivement et, à la base, sa tête s'amincissait tellement que son cou était beaucoup, beaucoup plus fin que son crâne. Comment fait-elle pour tenir une grosse tête comme ça sur un cou aussi maigre ? Et comment une stupide viande-du-ciel aurait-elle l'idée de fabriquer quelque chose que personne n'avait jamais vu ?

La réponse à cette dernière question était évidente, une fois qu'elle y eut réfléchi : la viande-du-ciel avait sculpté cette tête parce que c'est à ça que ressemblait le dieu.

Mais non ! Quel dieu voudrait avoir cette tête ?

A moins que (et cette idée la renversa), à moins que les dieux n'aient aucun pouvoir sur leur apparence ? Et si ce dieu était comme elle, s'il était né laid ? Et si cela ne l'empêchait pas d'estimer qu'il avait le droit d'avoir une statue et de se faire adorer ? C'est pour ça qu'il s'était fait représenter par une viande-du-ciel ; mais quand on l'avait apporté dans la caverne, personne n'avait voulu le vénérer et il s'était retrouvé dans un coin tout noir ; seulement, moi, je t'ai découvert et je suis peut-être moche, mais je suis ta seule adoratrice, alors ne viens pas me dire que tu ne veux pas de moi !

Je t'accepte.

Elle entendit ces mots aussi clairement que si quelqu'un avait parlé dans son dos. Elle se retourna, mais elle était seule dans la salle pleine d'ombre.

« Est-ce que tu m'as parlé ? » chuchota-t-elle.

Pas de réponse. Mais en regardant la statue magnifiquement laide, elle sut quelque chose, quelque chose de si important qu'elle devait l'annoncer à Mère sans perdre un instant. Elle sortit en courant et prit le chemin principal jusqu'à la pièce où sa mère et la prêtresse conversaient avec animation. « Tu te sens mieux, à ce que je vois, Emiiz, fit sa mère en lui tapotant la tête.

— Mère, il faut que je te dise...

— Plus tard. Nous sommes sur le point de prendre une décision merveilleuse pour toi et...

— Mère, il faut que je te le dise tout de suite ! »

Sa mère prit un air à la fois gêné et agacé. « Emiiz, Vliijiisumuunuun va croire que je t'ai mal élevée. »

Au nom de la prêtresse, Emiiz comprit qu'il devait s'agir d'un personnage influent et distingué, et la timidité l'envahit. « Pardon, dit-elle.

— Non, c'est bien, répondit la vieille prêtresse. Seules les poilues entendent encore la voix des dieux, dit-on. »

Allons bon ! pensa Emiiz. J'espère que je ne vais pas devoir me faire prêtresse parce que je suis moche !

« Que voulais-tu nous annoncer, mon enfant ? demanda la vieille femme.

— Ben, je... je regardais un dieu très beau, sauf qu'il est très laid, et d'un seul coup j'ai su quelque chose. C'est tout. »

La prêtresse se laissa tomber à quatre pattes. Aussitôt Mère l'imita, et Emiiz avait assez d'éducation pour savoir qu'elle-même devait en faire autant. Mais quelle exaltation ! La prêtresse la prenait au sérieux ! « Qu'as-tu soudain su ? demanda Vliijiisumuunuun.

— Ben, maintenant que j'y pense, je ne sais même pas ce que ça veut dire.

— Dis-le-nous quand même, intervint sa mère, et la prêtresse battit lentement des paupières pour indiquer son accord.

— Ceux qui étaient perdus sont de retour. »

Sa mère et la prêtresse la regardèrent d'un air inexpressif. Enfin la première parla : « Et c'est tout ?

— C'est assez, murmura la prêtresse. N'en parle à personne. » Elle avait les yeux fermés.

« Vous savez donc ce que ça veut dire ? demanda la mère d'Emiiz.

— Non, pas ce que ça veut dire. Mais rappelez-vous le chant de la création, quand la grande prophétesse Zz proclame : " Il n'y aura plus de viande du ciel le jour où ceux qui sont perdus seront retrouvés, ni de dieux de la rivière quand les errants seront de retour. "

— Je ne m'en souviens pas, répondit la mère d'Emiiz. Mais notez : Zz ne parle pas de gens perdus qui reviendraient ; elle dit que ceux qui sont perdus seront retrouvés et que ce sont les errants qui seront de retour. Inutile donc, à mon avis, de prendre tout ça trop au sérieux en effrayant ma pauvre fille. »

Mais c'était elle qui avait peur, manifestement. Emiiz, elle, était aux anges. Le dieu avait accepté sa vénération, puis il lui avait fait un cadeau, cette formule qui n'avait aucun sens pour elle, mais apparemment beaucoup pour la prêtresse – et pour sa mère aussi, malgré ses protestations.

« Cela change tout, dit la vieille femme.

— C'est bien ce que je craignais, répondit Mère d'une petite voix.

— Allons, ne dites pas de bêtises ! Je compte toujours trouver un époux à votre fille. »

Trouver un époux ! Quelle horreur ! Un mariage arrangé ! Mère avait une telle certitude qu'aucun homme ne voudrait d'elle qu'elle était allée demander à la prêtresse de préparer un mariage sacrificiel ? On allait forcer un homme à la prendre pour épouse en réparation d'un crime ? Emiiz avait déjà connu deux cas de ce genre ; les deux fois c'était la femme la criminelle, et c'était elle qu'on punissait en obligeant un homme à l'épouser, comme on oblige un malade à boire une potion répugnante.

« Quel crime est-ce que j'ai commis ? chuchota-t-elle.

— Allons, ne prends pas la mouche, répondit la prêtresse ; comme je l'ai dit, cela change tout.

— Comment cela ? demanda Mère.

— Disons simplement que lorsqu'une enfant devient l'instrument par lequel on nous promet l'accomplissement des prophéties de Zz, il n'est pas question de la donner à un quelconque rustaud à la morale inexistante. »

Oh, joie des joies ! songea sombrement Emiiz. Ça veut dire, je suppose, qu'on va me marier à un malfaiteur de haut vol !

« Elle a six ans ? Il lui reste deux ans avant de devenir femme ?

— Dans la mesure où l'on peut le deviner, répondit Mère. Ce sont les dieux qui décident, naturellement. »

La prêtresse caressa la fourrure d'Emiiz. Comme d'habitude, celle-ci se raidit : les gens touchaient toujours les membres difformes ou la bosse des infirmes et elle détestait cela, même si l'on prétendait que cela leur portait chance. Mais soudain, elle s'aperçut que cette fois, le contact n'avait rien d'hésitant ; la vieille femme caressait sa fourrure avec une affection non feinte, apparemment, et c'était agréable. « Je me demande, dit-elle, si nous avons raison de privilégier les fourrures fines et rases. Avec le pelage de nos femmes, nous avons peut-être bien perdu quelque chose, une certaine intimité avec les dieux. »

Mère était trop polie pour manifester son désaccord, mais son silence même révéla qu'elle n'était pas de cet avis.

La prêtresse poursuivit : « Muf, le fils du roi-guerrier, atteindra sa majorité à peu près en même temps qu'Emiiz. »

Après un instant de stupéfaction, Mère éclata de rire. « Voyons, ne me dites pas que vous...

— Une enfant qui entend l'écho des paroles de Zz au bout de tant de siècles... »

Mère n'avait pas fini de protester. « Mais Muf sera mécontent qu'on lui donne une...

— Muf veut devenir roi-guerrier. Il se mariera selon ce que les dieux dicteront. En ce qui me concerne, les dieux ont fait leur choix aujourd'hui. »

Mais ce ne sont pas les dieux qui m'ont choisie, pensa Emiiz. C'est moi qui en ai choisi un !

« C'est trop pour elle, dit Mère. Jamais elle n'a espéré un tel honneur.

— C'est justement à celles qui l'espèrent, répondit la prêtresse, qu'il ne faut surtout jamais l'accorder. »

Mère finit par se laisser convaincre – à moins qu'elle n'eût enfin pris conscience de ce que son incrédulité révélait à sa fille. En tout cas, elle poussa un couinement ravi et embrassa Emiiz.

Avant qu'elles ne partent, la prêtresse demanda à Emiiz de lui montrer quel dieu elle avait regardé. Dès qu'elles furent dans la petite salle reculée, elle devina duquel il s'agissait. « C'est le grand très laid, n'est-ce pas ? On n'y a jamais touché.

— Mais la sculpture est magnifique, dit Emiiz.

— Oui, c'est vrai. De grosses mains comme les nôtres ne parviendraient jamais à une telle perfection dans le détail. C'est pour cela que les dieux se servent des viandes-du-ciel pour leur donner une forme matérielle. Mais celui-ci... je me demandais quel était son rôle, personne ne lui ayant donné l'occasion de faire naître un enfant, d'apporter la pluie ni rien de ce genre. Il devait attendre ta venue, mon enfant. » Et elle caressa de nouveau la fourrure d'Emiiz.

Je vais devenir l'épouse du prochain roi-guerrier, s'il se révèle digne de succéder à son père. Je ferai tout pour l'y aider ; et je lui arrangerai une salle superbe, avec des tapis et des tentures, des paniers et des robes plus magnifiques qu'on n'en aura jamais vu. Lorsque les gens le regarderont, ils ne penseront pas : « Voyez ce pauvre homme affligé d'une femme hirsute ! », mais « L'épouse du roi-guerrier est peut-être poilue, mais grâce à elle, le roi-guerrier vit au milieu de la beauté. »

Je n'oublierai jamais ce merveilleux cadeau, dit-elle silencieusement au dieu à la magnifique laideur.

« Allez-vous placer ce dieu à la vue de tous ? demanda Mère.

— Non, répondit la prêtresse. Et ni l'une ni l'autre, vous ne devez confier à quiconque lequel a parlé par la bouche de la petite. Ce dieu n'a jamais été touché. Qu'il demeure ainsi.

— Je n'ai jamais vu qu'on traite un dieu puissant de cette façon ! protesta Mère.

— Et moi, je n'ai jamais vu qu'un dieu intact ait le moindre pouvoir, répliqua la prêtresse. Il n'existe donc pas de précédent pour nous guider. En conséquence... nous ferons ce qui est efficace ; et ne pas toucher celui-ci me paraît avoir d'excellents résultats. Cela me suffit. »

A moi aussi, pensa Emiiz. Puis, tout haut, elle répéta les mots, les premiers et les plus clairs, qu'avait dits le dieu : « Je t'accepte.

— Garde ça pour ton époux, dit Mère. A présent, il faut rentrer tant qu'il est encore temps de préparer un bon souper. »

Sur le chemin du retour, Mère lui serina sur tous les tons qu'elle ne devait se vanter à personne de ce qui s'était passé : tant que la vieille Vliij n'avait pas fait d'annonce publique, elle pouvait encore changer d'avis. « Elle peut aussi mourir : elle est âgée. Et ne va pas t'imaginer que les autres prêtresses seraient le moins du monde impressionnées si je venais leur dire : Mais Vliij avait promis de marier ma petite Emiiz avec Muf, le fils du roi-guerrier ! »

Naturellement, je ne me l'imagine pas, Mère ; qui pourrait le croire ?

Mais tout au fond d'elle, une question la harcelait, une question à laquelle ni Mère ni la prêtresse ne semblaient avoir pensé : qu'est-ce que ça voulait dire, « ceux qui étaient perdus sont de retour » ? Qui était de retour ? Et comment s'étaient-ils perdus ? Et pourquoi, sur les milliers de dieux qui se trouvaient dans la caverne sacrée, fallait-il que ce soit ce drôle de dieu laid qui annonce la nouvelle ?

Je vais ouvrir l'œil, décida Emiiz. En me parlant, le dieu n'avait pas seulement pour but de me procurer un mariage qui dépasse largement toutes mes espérances ; je vais essayer de comprendre ce que veut vraiment dire son message et quand j'y serai arrivée, je le proclamerai publiquement, ou en tout cas je ferai ce que le dieu dictera. Quand l'heure sera venue, je saurai ce qu'il faut faire.

Sans se demander d'où lui venait cette certitude, elle se mit à réfléchir au suffixe à rajouter à son nom :

l'épouse du fils du roi-guerrier ne pouvait pas se contenter de son nom-de-sevrage. Emiizuuj ? Uuj était la terminaison que sa mère avait adoptée lors de son jour de gloire, quand on avait choisi son panier pour les funérailles du vieux roi du sang. Mais c'était un nom délicat, un peu mièvre, quand c'était une femme qui le choisissait. Emiiz souhaitait quelque chose de plus énergique. Il fallait qu'elle y réfléchisse. Elle aurait tout le temps d'y songer.

7

TEMPÊTE EN MER

Zdorab n'était pas né à la bonne époque. Il ne s'en était jamais rendu compte jusqu'à présent. Oh, bien sûr, il se sentait mal intégré quand il était enfant et, plus tard, à Basilica, avant que Nafai lui offre la chance de sauver sa vie en l'accompagnant au désert. Mais aujourd'hui, au terme de sa seconde période en tant que maître d'école aux côtés de Nafai, à bord du *Basilica*, il savait enfin quelle était sa vraie place. Le seul ennui, c'est que la culture susceptible de reconnaître ses mérites n'existait plus depuis quarante millions d'années.

On ne pouvait naturellement qu'admirer ceux qui avaient bâti ce vaisseau avec un tel luxe de raffinement dans le dessin et dans l'exécution. Mais après avoir vécu dans l'appareil, Zdorab comprit qu'en plus il aimait leur mode de vie. Certes, on était enfermé, mais en ce qui le concernait, Zdorab trouvait la vie au grand air très surfaite ; les insectes ne lui manquaient pas, non plus que les excès de chaleur ou de froid, d'humidité ou de sécheresse. Il ne regrettait pas les défécations animales, ni les effluves dégagés par certains aliments inconnus lors de leur cuisson, ni ceux d'autres, trop connus, en train de pourrir.

Pourtant, ce n'était pas l'absence de désagréments qui lui faisait savourer l'existence à bord du vaisseau, mais ses aspects positifs : un lit douillet toutes les nuits, une douche d'eau propre le matin, une vie centrée sur la bibliothèque, sur l'acquisition et la transmission du savoir, des ordinateurs capables aussi bien de jouer que de travailler, une reproduction parfaite de la musique, des toilettes autonettoyantes et sans odeur, des vêtements qu'on n'avait pas besoin de repasser, des repas prêts en quelques instants, et le tout en se déplaçant à une vitesse incalculable vers une autre étoile située à un siècle de voyage.

Mais quand il voulut exposer son point de vue à Nafai, le jeune homme lui adressa un regard ahuri et répondit : « Et les arbres, alors ? » Manifestement, il avait hâte de débarquer sur la nouvelle planète, crasseuse elle aussi, sans doute, grouillante de bestioles et où il faudrait encore s'échiner à travailler de ses mains. Durant toute la traversée du désert, Zdorab avait joué les serviteurs obéissants, et il jouissait aujourd'hui du confort du vaisseau : toutes les tâches y étaient effectuées par des machines et des ordinateurs, ou alors elles étaient si simples que n'importe qui pouvait les accomplir – et tout le monde participait aux corvées.

Et puis il adorait enseigner aux enfants ; d'ailleurs, au bout de six ans de voyage, certains étaient sortis de l'enfance. Oykib mesurait presque deux mètres à l'âge apparent de quatorze ans ; il était maigre, mais Zdorab l'avait vu s'exercer dans la centrifugeuse et il possédait une musculature sèche et nerveuse. Zdorab, de son côté, savait maintenant qu'il avait atteint l'âge mûr : la vue de ce corps magnifique n'éveillait plus chez lui qu'un vague écho de désir. Si la nature manifestait quelque pitié, c'était dans la dilution de la libido masculine à mesure que l'on vieillissait. Certains, sentant leur désir s'émousser, prenaient des mesures héroïques – ou criminelles – pour se donner l'illusion d'une vigueur sexuelle retrouvée ; mais pour Zdorab c'était un soulagement. Mieux valait regarder Oykib et son cadet, Yasai, encore plus beau que lui, comme de simples élèves, des amis de son fils Padarok, des compagnons potentiels de sa fille Dabrota.

Mon fils ! songea-t-il. Ma fille ! Seigneur ! Qui aurait imaginé, durant toutes ces années d'amours clandestines dans la cité des hommes, hors les murs de Basilica, que j'aurais un jour un fils et une fille ! Et mieux encore : si un homme s'avisait de les toucher sans mon accord, je crois bien que je le tuerais !

Je suis une bête sauvage, finalement.

Le jour était venu pour lui de se rendormir et pour Shedemei de prendre sa place. Leurs périodes d'éveil se chevauchaient l'espace de quelques heures (selon Surâme, le système d'entretien de la vie pouvait s'en accommoder) et ce serait bien agréable de la voir un peu. C'était sa meilleure amie, la seule personne au courant de ses secrets, de ses luttes intérieures. Il pouvait lui confier presque tout.

Mais il ne pouvait pas lui parler du petit programme qu'il avait inséré dans l'ordinateur responsable des systèmes vitaux, un de ceux qui n'étaient pas directement reliés à la mémoire de Surâme. Juste avant d'installer son bricolage qui devait les réveiller tous à mi-voyage et que Surâme avait aussitôt détecté, il avait rédigé un programme apparemment destiné à faire un inoffensif inventaire des stocks. Mais six ans et demi précisément après le départ, il devait transférer une nouvelle version du programme de réveil dans l'ordinateur où s'exécutait le calendrier ; là, cette version donnerait l'ordre d'éveiller Elemak, Zdorab et Shedemei au bout de trente secondes ; puis, une seconde plus tard, la copie originale du programme serait réinstallée et le logiciel d'inventaire se réécrirait pour éliminer le sous-programme annexe. Tout cela était très habile et Zdorab s'enorgueillissait de son ingéniosité.

Mais il se rendait compte aussi qu'elle mettait en danger la paix de la communauté et il avait bien l'intention, à présent qu'il avait accepté le plan de Nafai, d'éliminer le sous-programme. L'ennui, c'est qu'il n'était plus si facile d'accéder à l'ordinateur, maintenant qu'ils étaient partis. Il était occupé une partie du temps, et quand il avait fini il y avait des gosses partout qui ne manqueraient pas de repérer son manège. Il se répétait qu'il attendait la bonne occasion pour agir. Mais il ne lui restait désormais plus que quelques heures avant de s'endormir et il n'avait encore rien fait. Pourquoi donc ?

Parce qu'il avait peur, voilà pourquoi ! C'était ça, le hic. Il ne craignait pas pour lui-même : sa survie personnelle lui importait moins que la protection de ses enfants. Il ne s'était pas rallié au plan de Nafai à cause de ses rêves – ils étaient réservés à Shedemei et à ceux que Surâme avait créés à force de croisements pour y être spécialement réceptifs – mais parce qu'il refusait que certains enfants bénéficient d'un avantage et pas les siens. Quand Issib avait proposé que les adultes fassent à tour de rôle la classe, Zdorab n'avait pas envisagé une seule seconde de rester à l'écart.

Mais, en même temps, il redoutait une vengeance de la part d'Elemak. Quand il se réveillerait sur Terre, entouré de solides jeunes gens tous acquis à la cause de Nafai, sa colère serait telle qu'un pardon de sa part était inimaginable. La guerre éclaterait tôt ou tard et le sang coulerait à flots. Zdorab ne voulait pas que ses enfants souffrent de ce conflit ; il ne voulait pas les y voir entraînés ni même obligés de choisir leur camp. Et quelle meilleure façon d'y parvenir qu'en prouvant sa loyauté à Elemak ? Il suffisait de laisser le signal d'éveil se déclencher comme prévu.

Naturellement, Nafai et Surâme devineraient sans mal l'identité du responsable : personne d'autre que lui ne possédait les compétences nécessaires en informatique et aucun des enfants ayant acquis ces connaissances durant le voyage n'aurait envie de réveiller Elemak. D'ailleurs, il avait entendu Izuchaya – si jeune au décollage qu'elle se rappelait à peine Elemak – demander : « Pourquoi faut-il le réveiller, s'il est si méchant ? – Parce que ce serait un meurtre », avait répondu Nafai avant de lui expliquer que lorsqu'on n'était pas d'accord avec quelqu'un, cela ne voulait pas dire que cette personne n'avait pas le droit de vivre et de faire ses propres choix. Le seul cas où l'on avait le droit de tuer, c'était pour se défendre ou pour protéger quelqu'un.

Pour protéger quelqu'un... Moi, je dois protéger mes enfants. Et si tu veux la vérité toute nue, Nafai, mes enfants ne sont pas de ton sang. Donc, même si nous nous rangeons de ton côté, je ne crois pas un seul instant que tu prendras autant soin d'eux, que tu seras aussi loyal envers eux qu'envers les tiens, les benjamins de tes parents ou les gosses de ton frère Issib. Il me faut trouver le moyen de les protéger tout seul, de me débrouiller pour qu'Elemak ne les haïsse pas comme toi et les tiens – même si je les ai fait profiter de ton plan pour qu'ils soient plus grands et plus forts que les garçons d'Elemak. C'est comme ça qu'un père agit, même si son épouse n'est pas d'accord.

Shedemei avait un point de vue différent sur la loyauté, Zdorab le savait. C'était quelqu'un de très entier. Mais elle n'avait pas vécu comme lui des années dans un monde de cauchemar où la perfidie répondait à la trahison : les incessants complots de Gaballufix qui considérait la confiance des autres comme une arme à retourner contre ses adversaires, la violence et la corruption ordinaires qui régnaient dans le village des hommes où ne pénétrait pas l'influence bienfaisante des femmes, et bien entendu l'imposture sans rémission de l'existence d'un homme qui aimait les hommes. On ne peut vraiment faire confiance à personne, Shedemei, dit-il intérieurement.

Même pas à Surâme. Surtout pas à Surâme.

Les seuls contacts qu'il avait eus avec le maître ordinateur s'étaient effectués d'abord par le biais de l'Index et, par la suite, grâce aux ordinateurs du vaisseau. Il ne recevait pas de rêves et, autant qu'il le sache, Surâme ne s'intéressait pas à lui et ne percevait pas ses pensées. Sinon, comment aurait-il réussi à installer en douce son programme de réveil ? Aux yeux de Surâme, il n'avait pas d'utilité particulière, à part celle d'avoir fourni ses chromosomes pour que Shedemei puisse se reproduire. Eh bien, c'était parfait : il n'avait de son côté pas tellement l'usage de Surâme. Il avait par contre une conviction inébranlable : quel que soit le but de Surâme, l'ordinateur se souciait peu du confort et du bonheur des humains qu'il manipulait. Et comme Surâme ne s'occupait pas de lui, il était le seul membre de la communauté à jouir de son intimité.

Mais en même temps, il espérait secrètement que Surâme entendait ses pensées et n'ignorait rien de son système de réveil. D'ailleurs, il l'avait sûrement déjà désactivé ; Zdorab n'avait pas vérifié sa présence pour les mêmes raisons qu'il ne l'avait pas retiré en personne. Surâme ne permettrait pas qu'il arrive quoi que ce soit de dangereux pendant le voyage ; donc, Elemak ne se réveillerait pas avant l'atterrissage ; et à ce moment-là, Zdorab pourrait affirmer en toute légitimité : « J'avais laissé le signal en place, mais Surâme a dû le découvrir. »

Il se répétait la phrase en silence, l'articulait soigneusement, tout en sachant qu'Elemak ne le croirait pas ou, s'il le croyait, qu'il n'en tiendrait pas compte.

Ils n'auraient pas dû m'obliger à entrer dans leur famille, à choisir mon camp dans leurs querelles meurtrières.

Il se tenait devant la capsule de Shedemei ; le couvercle coulissa vers l'arrière et elle ouvrit vaguement les yeux. Un pâle sourire apparut sur ses lèvres.

« Bonjour, belle dame surdouée, dit-il.

— Entendre des flatteries dès le réveil, c'est le rêve de toutes les femmes, répondit-elle. Malheureusement, je suis encore abrutie par les drogues.

— Quelles drogues ? » Il l'aida à se redresser, puis rabattit le flanc de la capsule afin qu'elle pût en descendre.

« Tu veux dire que c'est naturel chez moi d'avoir l'esprit aussi lent ? »

Elle se mit debout et s'agrippa à lui, tant pour se soutenir en attendant que ses jambes se réhabituent à la gravité réduite que pour l'embrasser amicalement. Il lui rendit son étreinte, puis lui exposa les progrès de chacun des enfants depuis sa dernière période de veille.

« Pour moi, c'est peut-être la meilleure école qu'on ait jamais vue, conclut-il.

— Et c'est bien pratique que les professeurs puissent dormir un trimestre sur deux », répondit Shedemei.

Ils passèrent plusieurs heures à parler des enfants, surtout des leurs, et de tout ce qui passait par l'esprit de Shedemei. Mais ils n'abordèrent pas le sujet qui tenaillait Zdorab, et son épouse finit par remarquer son air contraint.

« Qu'y a-t-il ? Tu me caches quelque chose.

— Et quoi donc ?

— Quelque chose qui t'inquiète.

— Ma vie n'est qu'inquiétude, répondit-il. Je n'aime pas monter dans la capsule d'hibernation. »

Elle eut un petit sourire. « D'accord, rien ne t'oblige à me le dire.

— Je ne peux pas te dire ce que j'ignore moi-même », fit-il, et comme ces mots contenaient une part de vérité – il ne savait pas si Surâme avait désinstallé ou non le programme –, l'intuition de Shedemei lui permit de le croire et elle se détendit.

Quelques heures plus tard, il dit au revoir aux enfants selon un rituel auquel ils étaient maintenant habitués, puisque tous leurs professeurs y obéissaient. Une poignée de main ou une étreinte, selon l'âge de l'élève, un baiser à ses enfants, que cela leur plaise ou non, puis

Nafai et Shedemei l'accompagnèrent à sa capsule et l'aidèrent à s'y hisser.

Et tandis que les drogues commençaient à agir, l'affolement le saisit. Non, non, non ! songea-t-il. Comment ai-je pu être aussi stupide ? Elemak ne m'épargnera jamais ! Il faut modifier le programme ! Il faut l'empêcher de se réveiller et de prendre Nafai par surprise ! « Nafai, dit-il. Va voir dans les ordinateurs du système vital. »

Mais le couvercle s'était déjà refermé et il ne put se rendre compte si Nafai observait ses lèvres ; puis, avant qu'il pût soulever la main, les drogues le terrassèrent et il s'endormit.

« Qu'a-t-il dit ? demanda Nafai à Shedemei.

— Je n'en sais rien. Quelque chose le tracassait, mais il ignorait quoi.

— Eh bien, ça lui reviendra peut-être à son réveil. »

La généticienne soupira. « Je ressens la même inquiétude à chaque fois, moi aussi, comme si j'oubliais quelque chose de très important. Ce doit être un effet secondaire des drogues. »

Nafai éclata de rire. « Oui, de même qu'on se réveille en pleine nuit avec une idée géniale qu'on a eue en rêve ; on en prend note et le matin, on se relit : « Pas le repas ! Le chien ! » Et on ne sait absolument plus ce que ça voulait dire ni pourquoi on a trouvé ça génial !

— Les vrais rêves, on n'a pas besoin de les écrire. On s'en souvient. »

Et ils hochèrent la tête, car ils savaient ce que c'était d'entendre la voix de Surâme ou du Gardien de la Terre pendant son sommeil. Puis ils retournèrent auprès des enfants et entamèrent l'étape suivante de leur éducation.

En compagnie de Dza, Chveya aidait certains des petits à faire leur gymnastique. On s'était rendu compte des années plus tôt qu'il fallait surveiller l'exécution des exercices, sans quoi les occupants du vaisseau finissaient par s'amollir, malgré les avertissements répétés de Nafai : tous les passagers éveillés devaient faire deux heures de centrifugeuse par jour, sinon ils arriveraient sur Terre dans un tel état de relâchement et de faiblesse qu'ils auraient besoin du fauteuil d'Issib pour faire le moindre pas. Aussi, les plus jeunes s'entraînaient avec les plus grands qui leur donnaient la cadence, et les plus âgés travaillaient avec les petits qui les surveillaient. De cette façon, on évitait les discussions pour savoir qui commandait dans un groupe d'âge et le système fonctionnait assez bien.

Dza et Chveya n'étaient pas amies ; elles n'avaient pas assez de points communs. Dza était de ces gens qui ne supportent pas la solitude, qui doivent vivre dans le brouhaha des conversations, des commérages, des rires et des moqueries. Maintenant qu'elle ne jouait plus les grands chefs avec eux, les plus jeunes éprouvaient une réelle affection pour elle, Chveya s'en rendait bien compte : elle voyait leur relation comme un lien matériel ; les petites filles s'illuminaient en présence de Dza – et c'était réciproque. Mais Chveya, elle, supportait mal de rester longtemps en leur compagnie. Ce n'était pas par jalousie, bien que par moments elle enviât à Dza sa bande d'amies ; mais tous ces bavardages, cette situation où son attention devait se porter rapidement d'une personne à l'autre, tout cela l'épuisait très vite et il lui fallait se recueillir quelque temps, se plonger dans le silence et la musique, lire un livre une heure durant sans interruption ou avoir une conversation dont le fil ne déviait pas constamment.

Son père lui en avait d'ailleurs parlé, et sa mère aussi, lors de son dernier réveil : Tu passes trop de temps seule, Chveya ; les autres enfants ont parfois l'impression que tu ne te plais pas avec eux. Mais pour Chveya, lire un livre, ce n'était pas s'isoler ; au contraire, elle discutait avec quelqu'un et la conversation collait au sujet sans prendre constamment des tangentes et sans l'interruption de l'un qui voulait lui raconter sa version des derniers ragots ou de l'autre qui souhaitait lui exposer ses problèmes personnels.

Mais tant qu'elle arrivait à se ménager des pauses solitaires, elle cohabitait pacifiquement avec tout le monde, même avec Dza : à présent qu'elle avait dépassé le stade où elle se vantait d'être le « premier enfant », son esprit vif et son humour la rendaient très fréquentable. A son honneur, elle n'avait manifesté aucune jalousie quand on avait découvert que, seule de la troisième génération, Chveya possédait le talent de sentir les relations entre les gens, alors que c'était la mère de Dza et non celle de Chveya qui l'avait acquis la première. Lors de ses périodes d'éveil, tante Hushidh passait plus de temps en compagnie de Chveya qu'avec ses propres filles, mais Dza ne s'en plaignait pas. Elle avait même déclaré un jour en souriant : « C'est ton père qui nous fait la classe ; je ne vais tout de même pas me vexer parce que ma mère prend du temps pour t'enseigner ce qu'elle sait ! » Etudier avec tante Hushidh, c'était comme lire un livre : elle était paisible, elle était patiente, elle ne déviait pas du sujet. Et mieux encore qu'un livre, elle répondait aux questions. Avec elle, Chveya devenait soudain bavarde, peut-être parce que sa tante était la seule à voir les mêmes choses qu'elle.

« Mais toi, tu vas plus loin, lui dit un jour Hushidh. Tu as aussi des rêves comme ta mère. »

Chveya leva les yeux au ciel. « Il n'y a pas de lac des Femmes dans le vaisseau, pas de cité des Femmes pour s'extasier sur moi et boire mes paroles quand je raconte mes visions.

— Ça ne se passait pas tout à fait ainsi à Basilica, fit Hushidh.

— Mère prétend que si.

— Bah, c'est peut-être comme ça qu'elle le vivait. Mais ta mère n'a jamais exploité à fond son don de sibylle de l'eau.

— Oui, mais ce n'était pas un don aussi utile que... ben, que ce que nous savons faire. »

Hushidh eut un mince sourire. « Utile... mais parfois trompeur. On peut se fourvoyer en interprétant. Quand on en sait trop sur les gens, on n'en sait pas nécessairement encore assez, parce que l'éternelle question, c'est pourquoi quelqu'un est lié à telle personne et pas à telle autre. Moi, j'essaye de deviner ; parfois, c'est facile, d'autres fois, je tombe complètement dans l'erreur.

— Moi, je me trompe toujours », dit Chveya ; mais elle n'avait pas honte de le reconnaître devant tante Hushidh.

« Tu te trompes, mais en partie seulement. Souvent, tu as en partie raison, et quelquefois tu vois très juste. Le problème, vois-tu, c'est de s'intéresser suffisamment aux autres pour penser vraiment à eux, pour tenter d'imaginer le monde tel qu'ils le voient. Et toi et moi... nous avons un peu de mal à nous rapprocher des gens. Efforce-toi de passer du temps avec eux ; écoute-les ; fais-t'en des amis. Si je te le conseille, c'est parce que je ne l'ai pas fait à ton âge et que je me rends compte aujourd'hui à quel point ça entravait mon apprentissage.

— Et qu'est-ce qui t'a fait changer ?

— J'ai épousé un homme qui vit une souffrance intérieure telle qu'en comparaison mes angoisses, mes doutes et mes déchirements n'étaient que pleurnicheries d'enfant gâté.

— Mère dit que longtemps avant que tu épouses oncle Issib, tu as vaincu un méchant homme et tu l'as dépouillé de la loyauté de toute son armée.

— Oui, mais ces soldats appartenaient à l'origine à quelqu'un d'autre qui était mort, et leur nouvelle loyauté n'était pas bien enracinée. J'ai eu la partie belle, il m'a suffi de frapper aveuglément en disant tout ce qui me passait par la tête pour affaiblir ce qui restait de fidélité à ces hommes.

— D'après Mère, tu paraissais très calme et sûre de toi.

— Le mot-clé, c'est "paraissais". Voyons, Chveya, tu le sais toi-même : que fais-tu lorsque tu as peur et que tu as les idées embrouillées ? »

Chveya gloussa. « Je reste sans bouger comme une biche effrayée !

— Tu es pétrifiée, voilà. Mais aux yeux des autres, tu parais d'un calme olympien. C'est pour cela que certains te taquinent parfois sans merci : comme ils te croient insensible, ils essaient de briser ta carapace et de découvrir en toi des sentiments humains. Ce qu'ils ignorent, c'est que c'est au moment où tu sembles de marbre que tu es le plus terrifiée et le plus fragile.

— Mais pourquoi ? Pourquoi les gens ne se comprennent-ils pas mieux les uns les autres ?

— Parce qu'ils sont jeunes.

— Les vieux ne se comprennent pas mieux.

— Certains, si, dit Hushidh. Ceux qui s'intéressent assez aux autres pour faire l'effort.

— Comme toi.

— Et ta mère.

— Elle ? Mais elle ne me comprend pas du tout !

— Tu dis ça parce que tu es adolescente, et quand une adolescente prétend que sa mère ne la comprend pas, ça veut dire au contraire qu'elle la comprend trop bien, mais ne lui laisse pas faire tout ce qu'elle veut. »

Chveya sourit. « Tu n'es qu'une sale adulte prétentieuse comme tous les autres ! »

Hushidh lui rendit son sourire. « Tu vois ? Tu apprends déjà. Grâce à ce sourire, tu as pu exprimer le fond de ta pensée tout en me permettant de le prendre à la plaisanterie ; ainsi, j'ai pu entendre la vérité sans être obligée de me mettre en colère.

— Je fais ce que je peux, soupira Chveya.

— Et tu te débrouilles bien, pour une timide adolescente ignorante et courte sur pattes. »

Chveya la dévisagea, sidérée. Puis Hushidh finit par sourire.

« Ça vient trop tard, dit Chveya : tu ne plaisantais pas.

— Si, en grande partie. Mais, quoi qu'il en soit, tous les adolescents sont ignorants, et tu n'y peux rien si tu es petite et timide. Tu grandiras.

— Et ma timidité avec.

— Ton audace aussi, parfois. »

Et c'est ce qui s'était passé. Chveya s'était mise à pousser peu après la remise en hibernation de Hushidh et elle était désormais presque de la taille de Dza ; elle avait dépassé tous les garçons, à part Oykib déjà presque aussi grand que Père, tout osseux et anguleux, toujours en train de se caramboler partout et de se cogner les mains et les orteils dans n'importe quoi. Chveya aimait sa façon d'accepter les taquineries sans un mot, en souriant et sans se plaindre. Elle appréciait aussi qu'il ne profite pas de sa taille pour terroriser les autres enfants, et qu'en cas de bagarre il ramène la paix grâce à ses talents de diplomate et non à cause de sa supériorité physique. Comme elle finirait sans doute par l'épouser, elle se réjouissait d'avoir de l'estime pour l'homme qu'il devenait. Dommage qu'en la voyant il ne la trouve pas autrement que « petite et ennuyeuse ». Oh, bien sûr, il ne l'avait jamais dit ouvertement ; mais son regard semblait toujours glisser sur elle, comme si elle accrochait si peu son attention qu'il ne cherchait même pas à faire semblant de ne pas la voir. Et quand il se retrouvait seul avec elle, il s'éclipsait le plus vite possible, comme si sa compagnie lui était insupportable.

Ce n'est pas parce que nous, les enfants, nous allons devoir nous apparier et nous marier entre nous qu'il faut que nous tombions amoureux, se disait Chveya. Si je me montre bonne épouse, peut-être finira-t-il par m'aimer un jour...

Il existait une autre possibilité à laquelle elle préférait éviter de trop penser : lorsque l'heure viendrait, Oykib pouvait demander à en épouser une autre, la jolie petite Shyada, par exemple. Elle avait beau être sa cadette de deux ans, elle savait déjà flirter avec les garçons, au point que le pauvre Padarok ne savait plus que dire en sa présence ; quant à Motya, il la buvait des yeux avec une si pitoyable expression de désir que Chveya ignorait s'il fallait en rire ou en pleurer. Et si c'était elle qu'Oykib décidait d'épouser, en laissant Chveya faire son choix entre les garçons plus jeunes ? Et si l'on obligeait l'un d'eux à l'épouser, elle ?

Je me tuerais, se promit-elle.

Naturellement, c'était faux et elle le savait. Au sens littéral, en tout cas. Contre mauvaise fortune, elle ferait aussi bon cœur que possible et voilà tout.

Elle se demandait parfois s'il en avait été de même pour tante Hushidh. Etait-elle tombée amoureuse d'oncle Issib avant de se marier avec lui ? Ou bien l'avait-elle épousé parce qu'il ne restait plus que lui de libre ? Ça devait être dur d'être mariée à un homme qu'il fallait transporter dans ses bras lorsque ses flotteurs ne pouvaient pas fonctionner. Pourtant, ils avaient l'air heureux ensemble.

Les gens peuvent donc être heureux ensemble...

Telles étaient les pensées qu'elle tournait et retournait parmi bien d'autres tout en aidant Shyada, Netsya, Dabya et Zuya à faire leur gymnastique. Netsya était une surveillante impitoyable lorsque c'était son tour de donner la cadence aux grands et Chveya se faisait maintenant un plaisir de l'aiguillonner : « Plus vite, Netsya ! Tu faisais mieux que ça la dernière fois ! », et Netsya virait au rouge de plus en plus vif et les gouttes de sueur volaient du bout de ses doigts et de son nez au rythme de ses mouvements.

« Tu es... souffla Netsya, haletante, la reine... des garces !

— Et tu n'en es autre que la princesse, Gonets chérie !

— Ecoutez-la, fit Zuya, qui ne haletait pas, elle, parce qu'elle accomplissait ses exercices comme s'il s'agissait d'une aimable promenade. Elle lit tellement qu'elle commence à parler comme un livre !

— Un vieux... livre ! renchérit Netsya. Un vieux... bouquin tout racorni... poussiéreux... jauni... mangé aux vers... »

Cet inventaire des qualités de Chveya fut brutalement interrompu par une puissante sonnerie, bientôt accompagnée d'un hurlement de sirène assourdissant. Plusieurs des enfants qui se trouvaient dans la centrifugeuse se mirent à crier ; la plupart se bouchèrent les oreilles. Ils n'avaient jamais entendu un tel vacarme.

« Il se passe quelque chose », dit Dza en s'adressant à Chveya. Celle-ci remarqua que Dza ne s'était pas plaqué les mains sur les oreilles. Elle paraissait aussi calme qu'une chouette.

« A mon avis, il vaut mieux attendre ici que Père vienne nous dire quoi faire », répondit Chveya.

Dza opina du bonnet. « En attendant, on va compter nos gamins et veiller à ne pas en perdre. »

C'était une bonne idée. Un instant, Chveya ressentit un pincement de jalousie devant une telle présence d'esprit. Mais elle comprit aussitôt que si elle se voulait efficace, elle ne devait pas s'inquiéter de savoir qui avait de bonnes idées, mais les appliquer, tout simplement. Tant que les décisions de Dza étaient raisonnables, elle devait se montrer un exemple de prompte obéissance.

Dza fit rapidement le compte des petits garçons avec lesquels elle travaillait : Motya, le plus petit, Xodhya, Yaya et Jyat ; elle mena son groupe vers les petites filles dont s'occupait Chveya ; celle-ci avait déjà terminé son pointage, car les gamines s'exerçaient ensemble quand l'alarme s'était déclenchée.

« Asseyez-vous et attendez ! cria Dza aux enfants.

— On peut pas arrêter ce truc ? gémit Netsya, visiblement terrifiée.

— Bouchez-vous les oreilles, mais ne nous quittez pas des yeux ! reprit Dza. Ne fermez pas les yeux ! »

Dza ne perdait pas de temps à réfléchir : si les enfants n'entendaient rien, il fallait qu'ils voient afin de pouvoir recevoir des instructions le cas échéant. Chveya ressentit à nouveau la morsure de la jalousie ; pour ne rien arranger, elle perçut clairement que la loyauté, la confiance, en un mot la dépendance de chacun envers Dza s'était soudain accrue.

Même les miennes ! songea-t-elle. Elle tient bien son rôle de premier enfant, maintenant qu'elle n'en abuse plus !

Une paire de jambes apparut dans l'échelle, au moyeu de la centrifugeuse ; de longues jambes, avec de grands pieds maladroits. Oykib. Il était encore plus gauche que d'habitude, car il portait un gros paquet sous le bras. Un objet enveloppé de tissu.

Arrivé en bas des échelons, il s'adressa sans hésiter à Dza – comme s'il savait à l'avance que c'était elle qui avait pris les choses en main. « Le son est moins fort dans les dortoirs ! cria-t-il. Tu peux emmener les petits jusqu'à leurs lits ? »

Dza acquiesça.

« C'est là que Nafai veut qu'on les regroupe, si c'est réalisable sans en perdre en chemin !

— D'accord ! » répondit Dza qui se mit aussitôt à donner des ordres. Les plus petits commencèrent à grimper à l'échelle, tandis qu'elle rappelait à chacun de l'attendre dans le boyau à la sortie de la centrifugeuse. Chveya se sentait complètement inutile.

Oykib se tourna vers elle et lui tendit l'objet enveloppé. « C'est l'Index, dit-il. Elemak est réveillé. Cache-le. »

Chveya était stupéfaite. Aucun enfant n'avait jamais eu le droit de toucher l'Index, même à travers un tissu. « C'est Père qui t'a demandé de... »

« Va vite, la pressa Oykib. Trouve une cachette où Elemak ne pensera pas à chercher. »

Il lui fourra le paquet au creux du ventre et elle referma instinctivement les bras dessus. Oykib fit aussitôt demi-tour et s'engagea dans l'échelle derrière Dza.

Chveya parcourut la centrifugeuse des yeux. Pouvait-elle y dissimuler l'Index ? Pas vraiment. L'espace réservé aux exercices physiques était quasiment vide en dehors des appareils de musculation qui n'offraient aucune cachette. Aussi, elle se coinça l'Index sous le bras et attendit son tour pour monter dans le puits.

Soudain elle aperçut, là où le sol s'incurvait pour suivre la courbure du vaisseau, la rupture de la moquette qui signalait l'emplacement de la trappe d'accès. Une fois la centrifugeuse arrêtée, on pouvait soulever la trappe et se glisser dans le système d'engrenages qui permettait à l'ensemble de tourner. L'ennui, c'est qu'il faudrait une demi-heure à l'appareillage pour stopper même si Chveya coupait l'alimentation sur-le-champ, puis encore une heure environ pour se remettre en rotation. Or, Elemak saurait évidemment qu'on n'avait pas arrêté la centrifugeuse sans raison ; elle ne pouvait espérer qu'il ne remarquerait rien. Il avait dormi jusque-là, mais cela ne voulait pas dire qu'il ne se rendrait pas compte des anomalies de fonctionnement du vaisseau.

En revanche, le fait même qu'on n'ait pas stoppé la centrifugeuse serait pour lui la preuve qu'on n'y avait rien caché.

Elle se précipita vers la trappe et tira dessus. Elle refusa de bouger : un système de sécurité l'empêchait de s'ouvrir tant que la centrifugeuse tournait. Elle courut jusqu'au plus proche bouton d'arrêt d'urgence et l'enfonça. L'alarme qui se déclencha se perdit dans le hurlement de la sirène. Désormais, la trappe pouvait s'ouvrir, bien que la centrifugeuse fonctionnât à pleine vitesse. Chveya fit basculer en arrière la plaque qui forma une petite arche sur le sol incurvé. Par le trou, elle distingua les engrenages et le plancher qui défilait follement en dessous ; soudain, la perspective se modifia et elle se rendit compte que c'était la surface sur laquelle elle se trouvait qui se déplaçait et que le plancher était en fait la structure du vaisseau lui-même, immobile sous les rouages. Au sommet de l'échelle, la rotation semblait beaucoup plus lente ; le nombre de révolutions par minute ne changeait pas, mais si près du centre toute impression de vitesse disparaissait.

Si je laisse tomber l'Index là-dedans, est-ce qu'il va se faire broyer ?

Plus important : si je dégringole sur le plancher ou si même je ne fais que le toucher, est-ce que j'en mourrai ou bien est-ce que je m'en sortirai simplement handicapée à vie ?

Terrifiée, trempée de sueur, elle tendit une jambe, puis l'autre, dans l'ouverture jusqu'à se retrouver sur le carter du plus proche jeu d'engrenages. Alors, appuyant tout son poids sur la main droite, elle plaqua l'Index contre la trappe tandis qu'elle glissait la main en dessous ; puis, l'Index en équilibre sur sa paume, elle le descendit lentement et l'avança vers l'autre jeu de rouages, juste au-dessous du plancher de la centrifugeuse. Là, quatre barres métalliques formaient un carré ; elle inclina délicatement la main et l'Index alla se positionner entre les tiges. Il ne risquait rien : il ne pouvait pas s'en échapper ni passer à travers. Mieux que tout : il était invisible tant qu'on ne passait pas la tête par la trappe jusque sous le niveau du sol de la centrifugeuse. Il y avait des chances pour que, bien avant de descendre assez bas pour l'apercevoir, Elemak conclue que personne n'aurait pris le risque de le placer là et renonce pour aller chercher ailleurs.

Et en effet, maintenant qu'elle y songeait, c'était très dangereux de se trouver là-dedans. De plus, il fallait qu'elle ressorte pour réenclencher la centrifugeuse afin que l'alarme s'arrête avant la sirène. Sortir s'avéra moins aisé qu'entrer, et à présent que l'idée de cacher l'Index n'accaparait plus son esprit, la terreur avait toute latitude pour l'envahir. Lentement, se répétait-elle. Du calme. Si je dérape, il va falloir un mois pour nettoyer les petits bouts de Chveya répandus sur le plancher.

Elle finit par sortir et se retrouva bras et jambes écartés au-dessus de l'ouverture. Elle s'en éloigna en crabe, puis se dressa d'un bond et rabattit sèchement la trappe ; le pêne s'engagea et Chveya put remettre la centrifugeuse en route. C'est à peine si elle la sentit accélérer – la machine était si bien conçue que, malgré le temps passé moteurs coupés, la friction ne l'avait pratiquement pas ralentie.

La sirène se tut brutalement. Le silence soudain fut comme un choc physique ; les oreilles de Chveya se mirent à tinter. Il s'en était fallu de dix ou quinze secondes pour que l'opération échoue.

Dans le silence revenu, elle entendit des pas dans le conduit de l'échelle.

Levant les yeux, elle vit des jambes. Ce n'étaient pas celles de Père, ni celles d'un petit. Si on la trouvait là sans motif à sa présence, Elemak se demanderait pourquoi elle n'avait pas suivi les autres enfants.

Sans réfléchir, elle se jeta au sol, se recroquevilla en position fœtale, s'enfouit le visage dans les mains et se mit à gémir doucement en tremblant de peur. Qu'ils s'imaginent qu'elle avait perdu la tête, pétrifiée, terrifiée par l'étrange hurlement de la sirène. Qu'ils la croient sans volonté, prompte à perdre son sang-froid. Et ils le croiraient, parce que personne ne la savait capable de faire des acrobaties au-dessus du plancher d'une centrifugeuse lancée à toute allure. Quoi de plus normal ? Elle-même l'ignorait l'instant d'avant. Elle avait peine à y croire encore maintenant.

« Relève-toi, dit l'homme. Calme-toi. Tu n'as rien à craindre. »

Ce n'était pas Elemak. C'était Vas, le père de Vasnya et de Panya, l'époux de tante Sevet. Elemak n'était donc pas le seul à s'être réveillé.

« Tu n'as pas à avoir honte, poursuivit-il. Il y a des gens comme ça qui ne supportent pas l'excès de bruit. Tu devrais voir l'état des petits : il va falloir des heures avant qu'ils ne se calment.

— Les petits ? » Elle comprit aussitôt qu'il ne parlait pas de ceux de douze ou treize ans. « Les petits enfants sont debout ?

— Tout le monde est debout. Quand l'alarme de l'animation suspendue se déclenche, tout le monde est aussitôt réveillé, au cas où il y aurait un ennui dans le système.

— Qu'est-ce qui l'a déclenchée ? »

Une expression sinistre de colère passa pour la première fois sur les traits d'oncle Vas. « C'est ce qu'il faudra déterminer ; mais si elle ne nous avait pas tirés du sommeil, nous n'aurions pas eu l'occasion de voir la jolie adolescente que tu es devenue – quel âge as-tu, à propos ? Quatorze ans ?

— Quinze.

— Joyeux anniversaire, répondit-il sèchement. Avec ses huit ans, ma petite Vasnaminanya sera sûrement ravie de revoir sa chère cousine Veya. Tu vas sans doute beaucoup apprécier de jouer à la poupée avec elle, tu ne crois pas ? »

Chveya se sentit honteuse tout à coup. Vasnya était autrefois son amie, la seule de la première année à faire preuve de gentillesse envers elle et à la faire participer à ses jeux lorsque Dza jetait l'anathème sur elle. Mais comme les parents de Vasnya étaient amis avec Elemak, on l'avait laissée en arrière. Chveya avait déjà six ans et demi de plus qu'elle ; plus jamais elles ne seraient amies. Et pourquoi ? Vasnya avait-elle mal agi ? Non : elle était bonne. Et pourtant, on l'avait abandonnée sur le bord du chemin.

« Je regrette, dit Chveya à mi-voix.

— Oui, bon, nous savons qui est responsable de cette situation et ce n'est aucun des enfants. » Il lui tendit la main. « C'est Elemak qui commande, désormais, comme il aurait dû le faire il y a longtemps déjà. »

Il se voulait doux et rassurant, mais Chveya n'était pas stupide. « Qu'est-ce que vous avez fait de Père ?

— Rien, répondit Vas en souriant. Apparemment, il n'avait pas très envie de contester l'autorité d'Elemak, tout simplement.

— Mais il avait le manteau du...

— Le manteau du pilote stellaire, coupa Vas. Oui, et il l'a toujours, tout brillant, tout étincelant. Nafai a le manteau... mais Elemak tient les jumeaux. »

Les jumeaux, Serp et Spel ! Les derniers frères de Chveya, si jeunes qu'ils n'étaient pas encore scolarisés. Elemak devait les avoir pris en otages et menacer de leur faire du mal si Père ne lui obéissait pas.

« Alors, il se sert de bébés pour obtenir ce qu'il veut ? » lança Chveya d'un ton méprisant.

Le visage de Vas prit une expression affreuse. « Oh, que c'est donc méchant de la part d'Elemak ! Un de ces jours, il faudra que tu m'expliques pourquoi, quand Elemak utilise des enfants pour se faire obéir, c'est mal, tandis que c'est bien quand ton père fait exactement la même chose ! Et maintenant, viens avec moi. »

Tout en le précédant sur l'échelle, Chveya cherchait à établir une nette distinction entre le fait de retenir des enfants en otages comme Elemak et leur donner le choix de se rallier à lui pour... pour prendre le contrôle de la colonie. Car c'est à cela que tout se résumait, non ? Se servir des enfants pour prendre, puis conserver le commandement de la communauté.

Mais ce n'était pas la même chose : moralement, il existait une claire différence qu'en réfléchissant assez profondément elle parviendrait à expliquer ; alors tout le monde comprendrait qu'instruire les enfants pendant le voyage était parfaitement raisonnable, tandis que prendre les jumeaux en otages constituait une atrocité sans nom. Elle n'allait pas tarder à trouver.

Soudain, une pensée sans aucun rapport lui vint : c'est à elle qu'Oykib avait confié l'Index ! Pour conduire les enfants à l'abri, il avait compté sur Dza, mais quand il s'était agi de cacher l'Index de Surâme, il s'en était remis à elle au lieu de s'en charger lui-même. Et il lui avait laissé le soin de choisir la cachette.

Tout le monde était réuni dans la bibliothèque, seule pièce assez vaste pour les accueillir tous car elle occupait presque l'entière circonférence du vaisseau. Des bébés pleuraient et certains des petits semblaient à la fois intrigués et effrayés. Chveya les connaissait tous, naturellement : inchangés, ils s'agglutinaient autour de leurs mères, Kokor, Sevet et Dol. Et aussi l'épouse d'Elemak, Eiadh ; mais elle, ce n'est pas son petit dernier, Jivya, qu'elle tenait. Non, c'était Spel, un des jumeaux.

Et, debout dans un angle de la bibliothèque, Elemak tenait Serp.

Je ne vous le pardonnerai jamais, ni à l'un ni à l'autre, pensa Chveya. Je ne suis peut-être pas capable de tirer une théorie morale de tout ça, mais ce sont mes frères que vous menacez pour vous faire obéir.

Luet l'aperçut.

« Chveya !

— Silence ! » dit Elemak. Puis, à Chveya : « Viens ici. »

Elle s'avança, mais s'arrêta à plusieurs pas de lui.

« Regardez-vous ! cracha Elemak plein d'une colère méprisante.

— Regarde-toi toi-même ! répliqua Chveya. T'en prendre à un bébé ! Tes enfants doivent être fiers de leur courageux papa ! »

Une fureur flamboyante envahit Elemak, et Chveya vit sa relation avec elle prendre une puissance presque négative. L'espace d'un instant, il eut envie de la tuer.

Mais il ne bougea pas et se tut le temps de retrouver en partie son calme.

« Je veux l'Index, articula-t-il enfin. Oykib dit te l'avoir remis. »

Chveya se tourna d'un bloc vers Oykib, qui lui retourna un regard impassible. « Tu peux lui donner, dit-il. C'est ton père qui voulait qu'on le cache. Maintenant, Surâme lui ordonne de confier l'Index à Elemak.

— Où est Père ? demanda Chveya. De quel droit est-ce que tu parles à sa place ?

— Ton père va bien, intervint Elemak. Tu aurais intérêt à écouter ton grand oncle Oykib. » Il insista sur le mot « grand ».

« Crois-moi, reprit Oykib : tu peux lui indiquer où il est. Surâme dit que ce n'est pas grave.

— Tu peux m'expliquer comment tu sais ce que dit Surâme ? demanda Chveya.

— Pourquoi ne le saurait-il pas ? glissa Elemak d'un ton cauteleux. Il est comme tout le monde ici. Cette pièce est pleine de gens qui adorent dire aux autres ce que Surâme attend d'eux !

— Quand j'aurai entendu Père me le demander, je t'indiquerai où est l'Index.

— Elle a dû le cacher dans la centrifugeuse, dit Vas, si c'est elle qui s'en est occupée. »

Oykib écarquilla les yeux. « Mais on ne peut rien cacher là-dedans !

— Allez le chercher ! » ordonna sèchement Elemak à Mebbekew et Obring.

Obring se dressa aussitôt, mais Mebbekew réagit avec une lenteur délibérée. Chveya vit la faiblesse de sa loyauté envers Elemak. Il est vrai qu'il n'avait de réelle estime pour personne.

« Dis-leur, Veya, insista Oykib. Ce n'est pas grave, je t'assure ! »

Tu peux me l'assurer tant que tu veux, je m'en fiche, songea Chveya. Je ne l'ai pas caché au risque de ma vie pour me laisser persuader de le leur remettre par un traître comme toi !

« Ça n'a pas d'importance, poursuivit Oykib. Le seul pouvoir de l'Index, c'est de permettre de communiquer avec Surâme. Crois-tu que Surâme aura quelque chose à dire à un type comme ça ? » Il montra Elemak d'un geste méprisant.

Elemak sourit, s'approcha d'Oykib et d'une seule main l'arracha de son siège et le plaqua contre le mur. Le souffle coupé, Oykib s'affaissa en portant la main là où sa tête avait heurté les armoires. « Tu es peut-être grand, dit Elemak, et tu as la bouche pleine de belles paroles, mais tu es encore un peu léger, petit. Nafai s'imaginait vraiment que j'aurais peur d'un " homme " comme toi ?

— Tu peux lui dire, Chveya, répéta Oykib, négligeant de répondre à Elemak. Il peut taper sur des enfants, mais il ne peut pas commander Surâme. »

La main d'Elemak parut à peine bouger, mais le crâne d'Oykib alla frapper les armoires si fort que le garçon s'écroula.

Chveya vit alors les grands filaments de loyauté qui la reliaient à Oykib. Ils n'avaient jamais été lumineux à ce point. Et elle comprit soudain qu'il ne se soumettait à la violence d'Elemak que pour la convaincre de sa sincérité, de la vérité de ses paroles. Elle pouvait donner l'Index à Elemak.

Mais elle était incapable de s'y résoudre. Même si Oykib avait raison et que l'Index était sans pouvoir, ce n'était apparemment pas l'avis d'oncle Elemak. Il le voulait. Peut-être tenait-elle là un moyen de pression.

Cependant, elle ne pouvait laisser violenter Oykib davantage s'il était possible de l'éviter. « Je vais vous indiquer où il est », dit-elle.

Obring et Meb s'arrêtèrent au pied de l'échelle.

« Dès que vous m'aurez prouvé que Père va bien, ajouta-t-elle.

— Je te l'ai déjà dit, répliqua Elemak.

— Tu tiens aussi un bébé pour être sûr d'obtenir ce que tu veux. Ça démontre ton honnêteté et ta franchise. »

Elemak devint cramoisi. « Mais c'est qu'on parle haut, maintenant qu'on est grande, hein ? L'influence de Nafai sur ces mômes ne cesse de m'étonner ! » Tout en parlant néanmoins, il s'était approché de Luet, assise en silence avec ses autres enfants. Il lui donna Serp. « Je ne menace pas les bébés, dit-il.

— Tu veux dire que tu as déjà obligé Père à se rendre, rétorqua Chveya.

— Où est l'Index ?

— Où est Père ?

— En sécurité.

— L'Index aussi. »

Elemak s'avança sur elle d'un air mauvais et la domina de toute sa taille. « Essaierais-tu de marchander avec moi, gamine ?

— Oui.

— Comme Oykib l'a indiqué, l'Index ne me sert à rien, dit Elemak avec un grand sourire.

— Parfait, dans ce cas. »

Il se pencha, lui prit la nuque au creux de la main et lui souffla à l'oreille : « Veya, j'utiliserai tous les moyens qu'il faudra pour me faire obéir. »

Dès qu'il s'écarta d'elle, elle annonça à la cantonade : « Il a dit : “Veya, j'utiliserai tous les moyens qu'il faudra pour me faire obéir.” »

Il y eut un murmure général, peut-être à cause de son audace à répéter ce qu'il lui avait chuchoté, ou peut-être à cause de la menace d'Elemak. Peu importe : le réseau relationnel était en train de se modifier. L'emprise d'Elemak sur ses amis s'affaiblissait. Les autres lui restaient rattachés par la terreur, naturellement ; le traitement qu'il avait infligé à Oykib avait renforcé son ascendant sur eux. Mais le courage de Chveya et les tentatives d'intimidation d'Elemak contre elle avaient amoindri la loyauté de ses partisans.

Il parut le percevoir – meneur d'hommes énergique, il avait traversé des contrées dangereuses à la tête de ses caravanes et il savait quand il perdait du terrain, même s'il ne possédait pas le don que se partageaient Chveya et Hushidh de voir les liens de fidélité, d'obéissance, d'amour et de crainte. Il changea donc de tactique. « Ne te fatigue pas, Veya, tu n'arriveras pas à me faire passer pour le méchant dans cette petite comédie. C'est ton père et ceux qui ont conspiré avec lui qui nous ont trahis, nous. C'est ton père qui a menti en nous promettant de nous réveiller à mi-voyage. C'est ton père qui a dépouillé nos enfants de ce qui leur revenait de droit. Regarde-les. » De la main, il désigna les petits de quatre, cinq, huit ans qui s'efforçaient toujours de concilier l'image de ces grands adolescents avec celle des enfants de leur âge qu'ils avaient vus quelques heures plus tôt, lorsqu'ils s'étaient endormis ensemble avant le décollage. « Qui a maltraité des enfants ? Qui les a exploités ? Pas moi, en tout cas ! »

Chveya constata qu'Elemak était en train de regagner la sympathie perdue. « Dans ce cas, pourquoi ton épouse tient-elle toujours Spel ? » lança-t-elle.

Eiadh se dressa d'un bond et cracha sa réponse : « Il n'est pas prisonnier, sale petite morveuse ! Il pleurait et je l'ai consolé, c'est tout !

— Peut-être que sa mère aurait mieux réussi, répliqua Chveya. Mais peut-être aussi que ton mari ne veut pas que tu rendes Spel à Mère. »

Le regard qu'Eiadh jeta aussitôt à Elemak et le geste irrité par lequel il répondit prouvèrent à Chveya qu'elle avait vu juste. Morose, Eiadh apporta Spel à Luet qui le prit et l'installa sur son genou libre. Pourquoi Mère ne dit-elle rien ? se demanda Chveya. Pourquoi tous ces adultes nous laissent-ils mener la discussion ?

Parce qu'ils ont des enfants.

La phrase apparut avec une telle clarté dans son esprit qu'elle la sut aussitôt émise par Surâme. Elle comprit aussi tout de suite ce qu'elle voulait dire. Les adultes ont de petits enfants et ils ont peur de ce qu'Elemak pourrait leur faire. Seuls des adolescents comme Oykib et moi sommes libres de nous montrer courageux parce que nous n'avons pas d'enfants à protéger.

C'est ça.

Mais si tu peux me parler et si ce n'est pas gênant que je donne l'Index à Elemak, pourquoi ne pas me l'avoir dit ?

Il n'y eut pas de réponse.

Chveya ne comprenait pas à quoi jouait Surâme. Pourquoi donnait-elle à Oykib un ordre sans le lui confirmer, à elle, sans rien lui révéler de ce qu'elle avait besoin de savoir ? D'un côté, elle lui expliquait pourquoi les adultes se taisaient, mais de l'autre elle ne lui donnait aucun conseil utile sur ce qu'elle devait faire !

C'était peut-être parce que sa façon d'agir était la bonne.

Oui.

« Emmène-moi voir Père, dit-elle. Quand j'aurai constaté qu'il va bien, je te donnerai l'Index.

— Le vaisseau n'est pas si grand, répondit Elemak. Je peux le trouver sans ton aide.

— Essaye toujours. Mais ta réticence à me montrer mon père prouve bien que tu lui as fait du mal et que tu n'oses pas laisser ces gens constater à quel point tu es violent, sans pitié et malveillant ! »

Elle crut alors, l'espace d'un instant, qu'il allait la frapper. Mais ce ne fut qu'une expression qui passa brièvement dans ses yeux ; ses mains ne bougèrent pas d'un millimètre ; il ne se pencha même pas vers elle.

« Tu ne me connais pas, dit-il calmement. Tu n'étais qu'une enfant la dernière fois que tu m'as vu. Il est très possible que je sois tel que tu me décris ; mais si je suis vraiment si violent, si impitoyable, si malveillant, comment se fait-il que tu ne sois pas couverte d'ecchymoses et de sang ?

— Parce que toi et les lécheurs qui t'accompagnent ne convaincrez personne en frappant une fille, répondit froidement Chveya. La façon dont tu as traité Oykib montre bien qui tu es. Si tu ne me traites pas de la même manière, c'est uniquement parce que tu n'es pas encore sûr d'avoir pris le pouvoir. »

Jamais Chveya n'aurait osé parler ainsi si elle n'avait vu que chacun des mots, chacune des phrases qu'elle prononçait sapait un peu plus la position d'Elemak. Naturellement, elle était assez intelligente pour se rendre compte qu'elle prenait un grand risque, qu'Elemak, percevant que son autorité vacillait, pouvait adopter un comportement plus violent, plus dangereux. Mais elle ne voyait rien d'autre à faire. C'était le seul moyen d'acquérir une certaine maîtrise de la situation.

« Mais bien sûr que je n'ai pas le pouvoir, dit calmement Elemak. Je ne l'ai jamais prétendu. C'est ton père seul qui veut dominer les autres. Je dois le garder prisonnier, sans quoi il se servira de son fameux manteau pour les contraindre à lui obéir. Je ne demande que la justice. Par exemple, les enfants, ceux qui ont poussé en herbe, vous pourriez aller dormir le restant du trajet pendant que nos petits à nous auraient une chance de vous rattraper, au moins à moitié. Ça te paraît violent, impitoyable, malveillant, comme exigence ? »

Chveya comprit qu'à ce jeu-là, il était très, très doué. En quelques phrases à peine, il arrivait à rebâtir tout ce qu'elle avait détruit. « Eh bien, puisque tu es si doux, si raisonnable, si mesuré, tu vas nous permettre, à Oykib, à Mère et à moi de voir Père, n'est-ce pas ?

— Peut-être. Une fois que j'aurai l'Index. »

Un instant, Chveya crut qu'il cédait, qu'elle n'avait qu'à lui dire où se trouvait l'Index pour qu'il la laisse voir son père. Mais Oykib intervint.

« Tu ne vas tout de même pas croire ce menteur ? Il prétend que Nafai risque de brutaliser les gens à l'aide du manteau, mais ce qu'il ne veut surtout pas qu'on se rappelle, c'est que Meb et lui avaient l'intention de l'assassiner. Voilà ce qu'il est : un assassin ! Il a même trahi notre père à Basilica ! Il lui avait tendu un piège pour qu'il se fasse massacrer par Gaballufix, et si Surâme n'avait pas ordonné à Luet de prévenir Père... »

Elemak le fit taire d'un coup violent de son bras musclé. Dans la gravité réduite du vaisseau, Oykib traversa la salle en vol plané pour aller donner brutalement de la tête contre le mur. La gravité avait beau être faible, la masse restait la même, comme le savaient tous les enfants scolarisés, et c'est avec toute sa masse qu'Oykib frappa la paroi. Inconscient, il tomba lentement au sol.

Les adultes sortirent alors de leur mutisme. Rasa poussa un hurlement ; Volemak se leva d'un bond et cria à Elemak : « Tu as toujours été un meurtrier au fond de ton cœur ! Tu n'es plus mon fils ! Je te déshérite ! Je te dépossède de tout ce que tu peux avoir reçu ! »

Elemak répondit sur le même ton, tout sang-froid momentanément disparu : « Mais regardez-vous, avec votre Surâme chéri ! Vous n'êtes rien ! Un homme brisé, une chiffe, un lombric ! Je suis votre seul fils, le seul homme véritable que vous ayez jamais eu, mais vous avez toujours préféré ce petit faux jeton de lèche-bottes de Nafai ! »

Retrouvant son calme, Volemak rétorqua : « Je ne l'ai jamais préféré à toi ; je t'ai tout donné ; je t'ai confié tout ce que j'avais.

— Vous ne m'avez rien donné ! Vous avez bradé votre entreprise, votre fortune, votre rang, tout ! Et pour quoi ? Pour un ordinateur !

— Et toi, tu m'as vendu à Gaballufix. Tu es un traître et un assassin potentiel, Elemak. Tu n'es plus mon fils. »

C'était le coup de grâce, Chveya le sentit. En cette seconde, même si la peur demeurait, toute loyauté envers Elemak s'évapora. On lui obéirait encore, certes, mais plus de bon gré. Même Protchnu, son fils aîné de huit ans, le regardait avec un mélange de crainte et d'horreur.

Rasa et Shedemei s'occupaient d'Oykib. « Ça va aller, je crois, dit Shedemei. Il souffre probablement d'une commotion et il risque de ne pas se réveiller tout de suite, mais il n'a rien de cassé. »

Un long silence suivit ces paroles. Oykib s'en tirerait... mais personne n'oublierait qui était l'auteur de ses blessures. Personne n'oublierait la violence incontrôlée du coup, la rage qui se cachait derrière, la vision d'Oykib précipité à travers la pièce, impuissant, inerte. On obéirait à Elemak, cela ne faisait aucun doute ; mais il n'était plus question d'amour ni d'admiration. Désormais, s'il était le chef, il ne le devait au désir de personne. Nul n'était plus de son côté.

« Luet, dit-il doucement, tu viens avec Chveya et moi. Issib aussi. Nafai se porte bien et je veux que vous le voyiez. Je veux également que vous puissiez témoigner qu'il n'aura plus jamais le pouvoir sur ce vaisseau. »

Tout en descendant derrière Elemak l'échelle qui menait à l'un des ponts-magasins, Chveya s'interrogeait : Pourquoi ne m'a-t-il pas emmené le voir la première fois que je le lui ai demandé ? C'est idiot.

Il n'a pas obéi parce que c'était une exigence de ta part.

Mais c'est puéril !

Non, c'était prudent. S'il voulait asseoir son autorité, il devait affirmer son pouvoir dès le début.

Ah ça, il y a réussi !

Au contraire : à vous trois, Oykib, toi et Volemak à la fin, vous l'avez anéanti. Il est déjà perdu. Il lui faudra peut-être un moment pour s'en rendre compte, mais il est perdu.

Le rouge du triomphe monta aux joues de Chveya comme elle arrivait avec Elemak au magasin où Nafai était prisonnier.

Mais elle pâlit aussitôt en voyant comment on l'avait traité. Il gisait sur le flanc dans un compartiment de stockage. On lui avait fermement – méchamment – lié les poignets dans le dos ; elle vit les bourrelets que formait la peau de part et d'autre des liens et la teinte blême de ses mains. On lui avait aussi étroitement ligoté les chevilles, puis ramené les jambes en arrière en lui arquant douloureusement le dos avant de tirer deux cordes depuis ses chevilles jusque par-dessus ses épaules et de les entrelacer autour de son cou. Ensuite, on les avait fait passer par-devant jusqu'à l'entrejambe où on les avait accrochées, entre les fesses, aux poignets déjà attachés. Grâce à ce système, les cordes restaient constamment tendues. La seule façon pour Nafai de soulager la tension au niveau des épaules et de l'aine, c'était de plier les jambes encore davantage ou de se cambrer le plus possible. Mais comme son corps était déjà tendu au maximum en arrière, c'était inutile. Ses yeux étaient clos, mais à son visage cramoisi et ses halètements, Chveya comprit qu'il souffrait le martyre et que même respirer lui était pénible dans cette position invraisemblable.

« Nafai », murmura Luet.

Il ouvrit les yeux. « Coucou, dit-il dans un souffle. Tu vois comme une petite tempête en mer peut chambouler le voyage ?

— Tu as déployé des trésors d'ingéniosité pour l'attacher, grinça Issib d'un ton venimeux. Tu es très inventif, comme bourreau.

— C'est la procédure standard dans les caravanes, répondit Elemak, quand un élément utile fait la forte tête : on ne peut pas le tuer et on ne peut pas non plus laisser passer la provocation. En général, quelques heures de ce traitement suffisent. Mais Nafai a toujours été exceptionnellement têtu.

— Respires-tu correctement, Nafai ? demanda Luet.

— Et toi ? » répondit-il.

A ce moment seulement, Chveya prit conscience de la qualité de l'air : il était lourd et sentait le renfermé.

« Que veux-tu dire ? » s'enquit Elemak.

Issib répondit à la place de Nafai. « Le système d'entretien de la vie ne peut pas pourvoir aux besoins de tant de personnes éveillées en même temps. Il fonctionnait déjà au maximum avant. L'oxygène disponible va se tarir peu à peu.

— Ce n'est pas un problème, dit Elemak. Il suffit de mettre tous les faux jetons et leurs mômes surdéveloppés en sommeil pour le reste du voyage.

— Tu ne le feras pas », chuchota Nafai.

Elemak le dévisagea calmement. « Quand j'aurai l'Index, l'ordinateur du bord m'obéira au doigt et à l'œil, à mon avis. »

Nafai ne prit pas la peine de répondre.

« L'Index, Chveya, reprit Elemak. J'ai tenu parole.

— Détache-le, dit Chveya.

— Il ne peut pas, intervint Issib. Nafai porte le manteau et on ne peut pas le lui enlever. Si jamais Elemak le relâchait, Nafai reprendrait les commandes en un rien de temps. Personne ne pourrait lui résister. »

C'était donc là le résultat de la prise des jumeaux en otages : Père avait accepté de se laisser entraver pour qu'il n'arrive pas malheur à ses enfants. Pour la première fois de sa vie, Chveya comprit l'impuissance inhérente des parents. Seuls des gens sans enfant avaient toute liberté d'agir selon leur conscience. Dès qu'on avait la charge de petits, on devenait une proie offerte à la mainmise des autres.

« Tu ne peux pas au moins relâcher la corde ? demanda Chveya. Tu n'es pas obligé de le maintenir plié en arrière de cette façon !

— En effet, je n'y suis pas obligé ; mais j'en ai envie. Après tout, je suis violent, impitoyable et malveillant, non ? » Il la regarda dans les yeux. « L'Index, Chveya, ou bien ta mère va rejoindre Nafai. Lui, ça ne le blesse pas vraiment parce que le manteau le guérit au fur et à mesure, mais ta mère n'aura pas cette chance. »

Chveya sentit Mère se raidir. « Tu n'oserais pas, dit-elle.

— Crois-tu ? Oykib, Père et toi m'avez fait haïr de tous ; je n'ai plus rien à perdre. Et en démontrant que je peux traiter une femme aussi durement qu'un homme, je m'éviterai peut-être les embarras que pourraient me causer de petites garces à la grande gueule comme toi !

— Dis-lui », murmura Nafai. Il y avait comme de la défaite dans sa voix.

Chveya avait entendu l'ordre de la bouche de son père. Elle ne gagnerait plus rien à résister. « Je vais te montrer, dit-elle. L'Index est dans la centrifugeuse. Mais on ne peut pas l'attraper tant qu'elle tourne ; il va falloir attendre qu'elle s'arrête.

— Il est dans les rouages, c'est ça ? fit Elemak. Tout ce tintouin alors que j'aurais fini par y penser ! Enfin ! Sortez tous, maintenant. Je vais fermer la porte à clé et poster une sentinelle devant : n'espérez pas vous faufiler là-dedans pour le libérer. Estimez-vous heureux que je ne l'aie pas déjà tué. »

Une seconde, Chveya s'étonna : Pourquoi ne l'a-t-il pas encore tué ? Il a déjà essayé, non ? Ce doit être à cause du manteau ; on ne peut pas tuer Père, pas aussi facilement en tout cas, tant qu'il est dans le vaisseau ou tout près. Elemak ne peut sans doute même pas le toucher et encore moins le brutaliser. Et s'il tente de le tuer, il n'y aura peut-être même pas besoin d'une réaction consciente de Père : le manteau le défendra automatiquement. A moins qu'il ne soit commandé par Surâme ; mais elle aussi fonctionne automatiquement, non ? Ce n'est qu'un ordinateur, après tout.

Et toi, tu n'es qu'un assemblage de composés organiques.

Chveya rougit. Elle se laissa pousser hors de la salle avec les autres et ne pensa qu'au dernier moment à crier : « Père, je t'aime ! »

Au début, Elemak voulut à tout prix récupérer l'Index alors que la centrifugeuse tournait, mais quand il vit par lui-même le risque que courait l'objet de finir broyé dans les engrenages, il se résigna, la mine sombre, à patienter jusqu'à l'arrêt de la machine. Puis il envoya Obring dans la trappe ; Chveya comprit aussitôt pourquoi : il n'osait pas y descendre en personne de peur qu'on ne referme le couvercle sur lui. Il arriverait à sortir rapidement par un autre accès – il y avait des ouvertures qui menaient du plancher partout dans le vaisseau – mais pas si vite que quelqu'un n'ait le temps d'aller détacher Nafai. Il ne pouvait plus se fier à personne. C'est donc Obring qui descendit dans le regard d'entretien, puis qui tendit l'Index enveloppé de tissu à Elemak.

« J'ai du mal à croire qu'elle soit entrée là-dedans pendant que tout ce bazar tournait ! » s'exclama Obring.

Elemak ne répondit pas, mais Chveya ressentit une pointe d'orgueil insolent à ce compliment. Elle s'en était bien tirée. Et même si, pour une raison inconnue, Oykib avait révélé presque immédiatement à Elemak qui avait dissimulé l'Index, elle s'était néanmoins débrouillée pour affaiblir la position de son oncle et voir son père avant d'avouer l'emplacement de la cachette.

Elemak avait déballé l'Index et le tenait au creux de ses mains.

Rien ne se passa.

Il se tourna vers Issib. « Comment ça marche ?

— Comme ça. Comme ce que tu fais.

— Mais il ne réagit pas !

— Bien sûr. Surâme le contrôle et il ne te parle pas, pour l'instant. »

Elemak lui tendit la sphère. « A toi de jouer, alors. Convaincs-le de faire ce que je te dis, ou j'envoie Hushidh rejoindre Nafai dans le magasin.

— Je veux bien essayer, mais ce n'est pas parce que c'est moi qui le tiens que Surâme sera dupe, à mon avis. Il refusera quand même de se soumettre à ta volonté.

— Ferme-la et obéis. »

Issib se laissa flotter jusqu'au sol et saisit l'Index qu'Elemak avait déposé sur ses genoux. Il plaça les mains dessus. Rien ne se produisit.

« Tu vois ?

— Que se passe-t-il, d'habitude ? demanda Elemak. Est-ce qu'il met du temps à répondre ?

— Il répond toujours instantanément. Mais là, il refuse simplement de fonctionner tant que le pilote stellaire n'est pas aux commandes du vaisseau.

— Le pilote stellaire ! » On aurait dit que ces mots étaient du poison sur la langue d'Elemak.

« L'oxygène va se raréfier de plus en plus, reprit Issib. Le vaisseau ne peut dissocier qu'une certaine quantité de molécules de dioxyde de carbone à la fois et nous sommes trop nombreux à respirer.

— Ce que tu dis, en fait, c'est que Surâme essaye de se servir des réserves d'oxygène pour m'obliger à capituler.

— Surâme n'est pas en cause. Il ne contrôle pas les appareils d'entretien de la vie, pas directement, et il serait en tout cas bien incapable de prendre le pas sur leur programme pour nuire aux humains. Les machines possèdent des systèmes de sécurité intégrés. C'est comme ça, tout simplement.

— Parfait ! Nous n'aurons qu'à mettre en hibernation les gens que je ne veux pas voir debout. J'irai même jusqu'à envoyer Nafai dormir le reste du voyage – quoiqu'en le laissant peut-être ligoté pendant sa petite sieste.

— Pour qu'il en sorte encore plus handicapé que moi ? demanda Issib.

— Hé ! Ce n'est pas bête ! s'exclama Elemak, que cette idée réjouissait visiblement. Avec toi, je n'ai jamais eu d'ennuis.

— Peu importe ce que tu maniganceras, il reste à Surâme la possibilité de t'empêcher de mettre en service les capsules d'animation suspendue. Il lui suffit de continuer d'émettre un signal de danger aux ordinateurs qui les contrôlent. Et ça, tu ne peux pas le court-circuiter. »

Elemak réfléchit un moment.

« Très bien, dit-il enfin. Je peux attendre.

— Te crois-tu plus de patience que Surâme ?

— Je crois surtout qu'il n'a pas envie que ce voyage échoue. Il finira par comprendre que c'est moi et personne d'autre qui commanderai la colonie, et il s'en arrangera.

Sûrement pas.

— Sûrement pas, répéta Chveya.

— Ah oui ? dit Elemak en se tournant vers elle. Surâme te parle, à toi, maintenant ? »

Chveya ne répondit pas.

Je puis accomplir ma mission première même si tous les organismes du bord sont morts.

« Surâme peut atteindre son but principal même si tous les organismes à bord du vaisseau sont morts, transmit Chveya.

— C'est du moins ce qu'il raconte à ceux qu'il trompe, répliqua Elemak. J'ai l'impression que nous allons passer quelques journées palpitantes à découvrir jusqu'où va la sincérité de Surâme.

— Les bébés mourront les premiers, remarqua Issib. Et les vieux.

— Si l'un de mes enfants meurt, eh bien, en ce qui me concerne, tout le monde peut crever, moi y compris. Plutôt mourir que vivre chaque jour sous la coupe de ce sale petit faux jeton, avec sa grande gueule, que mon père m'a refilé comme frangin ! » Elemak se retourna vers Chveya, un sourire aux lèvres. « Soit dit sans vouloir médire de ton père devant toi, petite. Mais tu tiens tellement de lui, il est vrai, que tu as dû prendre ça comme un éloge ! »

Le dégoût de Chveya fut plus fort que sa crainte de la colère d'Elemak. « J'aurais honte de lui, cracha-t-elle, si un homme tel que toi ne le haïssait pas ! »

Obring émit-il un petit rire dans le dos d'Elemak ? Celui-ci pivota brusquement, mais Obring était l'image même de l'innocence.

Tu as déjà perdu, pensa Chveya. Surâme avait raison. Nous t'avons battu ; reste maintenant à espérer que personne ne mourra avant que tu ne t'en rendes compte.

8

DÉLIVRANCE

Luet était furieuse, mais pas contre Elemak. Pour elle, Elemak était presque à traiter comme une force élémentaire : naturellement, il haïssait Nafai, naturellement, il sautait sur n'importe quel prétexte pour lui faire du mal. Leur histoire était désormais trop longue, les vieilles rancunes trop nombreuses, trop lourde la culpabilité d'Elemak devant ses précédentes tentatives fratricides. Ce n'était pas en essayant de changer Elemak qu'on pouvait régler la situation, mais en s'efforçant d'éviter de le provoquer.

« C'est ta faute, dit Luet en s'adressant à Surâme. C'est toi qui as eu cette idée, qui as tout fait pour l'imposer, qui nous as manœuvrés, Nafai, moi, les parents des autres enfants, pour que nous traficotions le temps !

Et j'avais raison.

— Mais tu n'avais pas prévu qu'ils se réveillent, c'est ça ?

J'ai encore raison. Tout ira bien.

— Mes deux derniers ont du mal à respirer ; ils arrivent à peine à manger parce qu'ils mettent tellement de temps pour avaler qu'ils doivent reprendre leur respiration avant d'avoir fini ! Nous sommes en train de mourir et tu viens me raconter que tout ira bien ?

Il s'en faut de plusieurs jours avant que quiconque soit en danger de mort.

— Ah ! Voilà qui me rassure !

Je ne suis pas Elemak. Et je ne l'ai pas contraint à agir comme il l'a fait.

— Mais c'est toi qui as créé cette situation et qui nous as tous plongés dedans !

Imaginais-tu que ce jour ne viendrait jamais ? Que si vous jouiez bien le coup, Elemak vous laisserait tranquilles ? Mieux vaut que la crise ait lieu ici, où il me reste une certaine maîtrise des événements, que sur Terre, où vous serez entièrement livrés à vous-mêmes.

— Oh que non, nous ne serons pas livrés à nous-mêmes sur Terre ! Le Gardien nous y attendra. Et s'il nous porte même la moitié de l'affection et de l'attention que tu nous manifestes, nous serons tous morts au bout d'un an !

Le Gardien est beaucoup plus puissant que moi.

— Quel réconfort !

Je comprends ta colère. Evite seulement qu'elle n'obscurcisse ton jugement.

— C'est ça, je dois garder un jugement sain alors que nous suffoquons, que les gestes de nos enfants deviennent de plus en plus lents, que je pense à mon époux torturé, plié en arrière, à ses mains garrottées... »

Ainsi se poursuivirent d'heure en heure les conversations de Luet avec Surâme. Elle savait qu'une fois sa fureur épuisée, elle se tairait, accepterait la situation et irait sans doute même, à la fin des fins, jusqu'à reconnaître qu'elle se présentait pour le mieux, étant donné les circonstances. Mais tout n'était pas fini, loin de là. Et si c'était là le mieux, difficile d'imaginer ce qu'aurait été le pire – ou même seulement l'un peu moins bien ! Voilà ce qu'il était réellement impossible de savoir : ce qui aurait pu arriver ; et pourtant, les gens parlaient comme si c'était possible : « Si seulement l'alarme ne s'était pas déclenchée », « Si seulement Nafai avait su la fermer de temps en temps quand il était petit ! » Celle-ci, c'était une réflexion que Nafai lui-même se faisait souvent, Luet le savait bien : il se rendait responsable de tout ce qui se passait autour de lui. Mais ce qu'elle savait aussi, c'est qu'un événement ne découle pas d'une seule source, et ce n'est pas parce qu'on élimine ou que l'on modifie une cause qu'obligatoirement l'effet disparaît ni que la situation s'améliore.

Un jour ou l'autre, cette fureur profonde, déraisonnable que je ressens contre Surâme cessera, mais ce n'est pas pour tout de suite, pas tant que restera présente jusque dans mes cauchemars l'image de Nafai enserré dans ces liens cruels, tant que je verrai mes enfants haleter entre chaque bouchée, tant qu'Elemak et ses instincts sanguinaires régneront sur les occupants du vaisseau.

Si seulement nous avions tous rejeté le plan de Surâme d'éveiller nos enfants pendant le voyage !

Au fond de son cœur, elle enrageait, tempêtait contre Surâme, inventait de longs discours méchants aux phrases tranchantes, tout en sachant qu'elle ne pourrait jamais en faire part à Elemak, à Mebbekew ni à aucun de ceux qui les soutenaient. Mais extérieurement elle présentait un visage calme et impassible ; aux yeux de tous, elle paraissait confiante, sans peur, pas même agacée. Plus que tout, elle le savait, c'est cette assurance qui déstabiliserait Elemak et ses partisans. Montrer qu'elle n'avait pas d'inquiétude afin de les inquiéter : c'était peu, mais elle ne pouvait faire mieux.

Eux... nous... Dans le secret de son esprit, elle avait pris l'habitude de donner aux acolytes d'Elemak et à leurs familles l'appellation d'« Elemaki » – ceux d'Elemak – et aux gens qui avaient participé à l'enseignement des enfants pendant le trajet celle de « Nafari ». Normalement, cette terminaison servait à désigner des nations ou des tribus. Mais ne formons-nous pas des tribus dans ce vaisseau, si peu que nous soyons ?

Elemak exigeait que les familles nafari prennent leurs repas ensemble dans la bibliothèque, après quoi lui ou Meb raccompagnait chacune d'entre elles dans ses quartiers exigus et l'enfermait à clé. Pendant leur absence, c'étaient Vas et Obring qui surveillaient le repas. Luet en profitait pour les étudier : leur fonction de gardiens semblait les mettre un peu mal à l'aise, mais elle ignorait s'ils en ressentaient de la honte ou si, tout simplement, ils n'avaient pas confiance en eux en cas de confrontation physique.

Certaines femmes elemaki firent de molles tentatives pour lier conversation pendant les repas, mais rien dans l'expression de Luet ni dans ses gestes et surtout pas dans ses paroles n'indiqua qu'elle les remarquait. Elles s'en allèrent furieuses, en particulier Kokor, la plus jeune fille de tante Rasa, qui lui lança d'un air affecté : « De toute façon, ce qui t'arrive, c'est ta faute, à force de prendre des grands airs parce qu'on t'appelait la Sibylle de l'Eau ! » Etant donné que cela n'avait rien à voir avec le conflit en cours, Luet comprit que Kokor ne faisait que révéler une vieille rancune contre elle. Elle eut du mal à ne pas lui éclater de rire au nez.

Ce n'était pas par esprit de vengeance que Luet n'adressait pas la parole aux femmes elemaki. Elle savait pertinemment qu'elles n'étaient pour rien dans les décisions des hommes, que Dol, l'épouse de Meb, comme Eiadh, celle d'Elemak, étaient profondément honteuses des agissements de leurs époux. Mais elle savait aussi qu'en leur permettant de lui exprimer leur sympathie, de franchir la frontière invisible entre Elemaki et Nafari, elle apaiserait du même coup leur conscience, au point qu'elles risqueraient de se sentir rassurées, voire généreuses d'avoir étendu leur amitié à l'épouse proscrite de Nafai. Luet ne voulait pas qu'elles se rassurent ; elle souhaitait même les mettre si mal à l'aise qu'elles finissent par se plaindre à leurs maris, jusqu'à ce qu'enfin la pression devienne insupportable ; alors, les hommes en viendraient à redouter le mécontentement et le mépris de leurs épouses presque autant que la brutalité d'Elemak ; et lui-même commencerait peut-être à se dire que son attitude lui coûtait davantage auprès de sa famille que ce qu'elle rapportait à la partie tordue de sa psyché où régnait sa haine de Nafai.

Naturellement, il existait un risque pour qu'une pression accrue pousse au contraire Elemak à durcir sa position. Mais comme elle n'avait pas d'autre moyen à sa disposition, Luet continuait à tourner le dos aux femmes elemaki.

La seule anomalie dans la situation venait de l'étrange traitement dont bénéficiaient Zdorab et Shedemei. Certes, on les surveillait, on les escortait partout à l'instar de Luet, de Hushidh, d'Issib, de Rasa et de Volemak. Mais à la bibliothèque, ils ne faisaient pas l'objet de la même vigilance : eux et leurs enfants étaient encouragés à s'asseoir au milieu des Elemaki et ils avaient le droit de converser librement entre eux.

Luet ne pouvait en tirer qu'une seule conclusion : le signal qui avait ouvert toutes les capsules d'hibernation ne s'était pas déclenché par accident ; Zdorab n'avait pas laissé un mais deux systèmes d'éveil et le second avait échappé à Surâme. Impossible que Shedemei eût été au courant ; quant à Zdorab, c'était difficile à croire : n'avait-il pas participé à l'enseignement des enfants ? Son fils et sa fille n'avaient-ils pas grandi au milieu des autres ? Quel esprit pervers avait-il donc pour accepter l'amitié des Nafari tout en sachant que son alarme allait mettre la vie de Nafai en danger et créer une scission plus profonde que jamais au sein de la communauté ? Non, c'était inimaginable ! Zdorab était incapable d'avoir fait cela. Personne ne pouvait se montrer aussi hypocrite, aussi...

Et pourtant, Zdorab n'était-il pas assis à côté de son fils Rokya juste en face de Dolya, l'épouse de Meb ? Shedemei, en revanche, se tenait à l'écart ; sa honte était presque tangible. Installée à côté de Dabya, sa fille, elle ne parlait que quand on lui adressait la parole. Tout le temps du repas, elle gardait les yeux baissés sur son assiette sans regarder personne, puis quittait la salle aussi vite que possible. Luet aurait voulu demander à Chveya ou Hushidh de faire une estimation de la situation, de découvrir où allait la loyauté de Zdorab, mais elle n'avait pas le droit de communiquer avec sa sœur ; quant à Chveya, elle était maintenue isolée de tout le monde, comme Oykib des autres enfants. Sans aucun doute, ils avaient tous deux particulièrement retenu l'attention d'Elemak.

Le soir du second jour, Luet entendit frapper à la porte des quartiers de sa famille et trouva Zdorab planté devant. Les jumeaux dormaient, le souffle court mais régulier ; les aînés – Jatva, Motiga et Izuchaya – étaient éveillés, mais se reposaient sur leurs lits pour économiser l'oxygène ; on avait recommandé à tous de se plier à cet exercice le plus souvent possible et, comme l'air devenait de plus en plus étouffant, c'était un des ordres d'Elemak les plus volontiers suivis.

Luet regarda Zdorab sans un mot.

« Il faut que je te parle », dit-il enfin.

Elle envisagea de lui claquer la porte au nez. Mais ç'aurait été le juger sans l'avoir entendu. Elle recula donc pour le laisser entrer, puis passa la tête dans le couloir : Vas et Obring étaient là, en poste. Il ne s'agissait pas d'une visite clandestine, à moins que ces deux cœurs vaillants n'aient soudain trouvé le courage de s'opposer aux ordres exprès d'Elemak.

Elle referma la porte.

« C'est moi le responsable, dit Zdorab. Je sais que tu le sais, mais je devais te l'avouer moi-même. Selon les conseils d'Elemak, j'aurais dû me prétendre dans l'incapacité d'annuler mon programme de réveil, mais ce n'est pas vrai. Pourtant, je voulais le faire. Tout à la fin, au moment où je m'endormais, j'ai essayé de crier à Shedya et Nafai d'arrêter, d'ouvrir ma capsule, de... »

Il s'aperçut que ses paroles n'avaient aucun effet sur Luet. Il détourna le regard vers la porte. « Je ne pouvais pas prévoir comment ça allait tourner. Je... je croyais qu'Elemak prendrait la situation comme un fait accompli ; qu'il trouverait peut-être un moyen pour que les autres enfants soient scolarisés les trois dernières années du trajet. Les vôtres auraient eu six ans et demi, les leurs en disposeraient de trois et demi. Je n'imaginais pas... cette violence, Nafai garrotté comme ça, et maintenant le système d'entretien de la vie... la baisse du débit d'oxygène... Ne peux-tu obtenir de Surâme qu'il laisse la moitié d'entre nous se rendormir ? »

C'était donc ça. Elemak et les siens se servaient de Zdorab pour la convaincre de les sauver des conséquences de leurs propres agissements.

« Tu peux annoncer à Elemak qu'une fois Nafai libéré et réintégré aux commandes du vaisseau, lui et les siens seront libres de regagner leurs capsules d'hibernation quand ils le voudront. Mais peut-être devrais-je dire toi et les tiens ? »

A l'étonnement de Luet, les larmes jaillirent presque des yeux de Zdorab. « Ce n'est pas un terme qui s'applique à moi. Je n'ai peut-être même pas d'épouse. Ni de fils ou de fille. »

Ainsi, il n'avait pas mis Shedemei au courant. Ce n'était pas une surprise, au demeurant.

« Je n'attends pas de compassion de ta part, poursuivit-il en s'essuyant les yeux et en reprenant son sang-froid. Je voudrais seulement que tu comprennes que si j'avais su...

— Si tu avais su quoi ? Qu'Elemak détestait Nafai ? Qu'il voulait le tuer ? Dis-moi, comment ce petit renseignement a-t-il pu t'échapper, alors que nous avons tous vu Nafai couvert de sang à la suite du dernier coup fourré d'Elemak ? »

Les yeux de Zdorab brillèrent de colère. « Je connais un autre coup fourré qui n'était pas d'Elemak !

— Non, il était de Surâme, en effet. Et de toi ! En réalité, tu t'es débrouillé pour conspirer dans les deux camps en même temps ! » Soudain, elle eut une révélation. « C'est ce que tu voulais, n'est-ce pas ?

— Je suis un étranger dans ce vaisseau. Shedya et moi ne sommes apparentés à personne.

— Shedya fait partie des nièces de tante Rasa.

— Ce n'est pas une relation par le sang, c'est...

— C'est encore plus intime.

— Mais moi, ça ne me concerne pas ! Quoi que je fasse, mon fils et ma fille vont se faire coincer dans cette querelle de famille entre Elemak et Nafai. Je ne ressemble pas à Volemak ni à ses fils ; je ne suis pas fort physiquement ; je ne suis... je n'ai pas grand-chose d'un homme, selon les critères habituels. Comment protéger mes enfants ? Dans ces conditions, je me suis dit que si j'arrivais à me créer de bonnes relations tant avec Nafai qu'avec Elemak...

— Ce n'est pas possible, dit Luet. Surtout maintenant, grâce à toi.

— J'ai fait ce que je pensais le mieux pour mes enfants. Je me suis trompé. D'un côté comme de l'autre, plus personne ne me fait confiance, et ça aussi, mes enfants en feront les frais. Je me suis trompé et je ne cherche pas à dissimuler ce que j'ai fait ni la gravité de mon acte. Mais je n'essayais pas de vous trahir, ni toi ni Nafai. J'agissais dans l'intérêt de mes enfants, du moins je le croyais.

— Très bien, répondit Luet d'un ton glacé. Tu t'es soulagé de ton fardeau. Je t'ai entendu et si jamais on m'autorise à parler à quelqu'un d'autre que mes enfants, je veillerai à ce qu'on sache que seul le bien-être de tes gosses a motivé ton acte.

— Mebbekew te décrit comme un véritable glaçon...

— Et chacun connaît sa finesse d'observation quant à la nature humaine !

— ... mais il a tort. Tu n'es pas un glaçon, tu es un brasier.

— Merci pour cet aperçu métaphorique des éléments constitutifs de mon caractère.

— N'oublie pas, s'il te plaît, Luet : je t'ai fait du mal. Je le sais et je suis ton débiteur, très largement et pour toujours. Je ne suis pas dépourvu d'honneur par nature ; j'ai simplement agi comme ont toujours dû le faire les hommes tels que moi : pour la survie, dans la mesure où je comprends ce que c'est. Un moment viendra où, quelque mépris que je t'inspire, tu auras besoin de mon aide. Je te le dis : lorsque ce moment sera venu, et lorsque Nafai ou toi me le demanderez, je ferai tout pour vous aider.

— Parfait. Eh bien, va dire à Elemak de libérer mon époux.

— Tout ce qui est en mon pouvoir, aurais-je dû préciser. Je lui ai déjà demandé de le détacher ; Kokor et Sevet ont insisté dans le même sens. Ta fille aînée lui a craché au visage en le traitant d'eunuque obligé d'emprisonner ceux qui valent mieux que lui pour se croire un homme. »

Luet eut un hoquet d'horreur. « Il l'a frappée ?

— Oui, dit Zdorab. Mais elle n'a rien. Tout le monde était écœuré par le geste d'Elemak et il ne s'approche plus d'elle depuis. Ça ne change peut-être rien, mais en frappant Chveya, il a réussi à se mettre à dos jusqu'à sa propre épouse. »

C'était sans doute le but que visait Chveya. « C'est la grande faiblesse d'Elya, dit Luet. Il veut toujours répondre aux paroles par les actes. Cela peut réduire celui qui parle au silence, mais cela ne fait que confirmer la vérité de ce qu'il disait.

— Même toi, avec ton silence inflexible... la moitié des conversations entre femmes porte sur toi. Et Shedya s'est ralliée à toi dans le mutisme. Tout le monde veut qu'Elemak rende les armes, je pense que tu seras heureuse de l'apprendre. Ton attitude actuelle, celle qu'ont eue Chveya et Oykib, même la façon dont Nafai supporte son supplice sans se plaindre... c'est une sorte de résistance, têtue et courageuse, qui fait... qui fait honte aux complices d'Elemak. »

Luet hocha gravement la tête. Cette nouvelle la réconfortait. Mais que Zdorab la lui eût apportée n'en faisait pas un ami.

« Ces deux derniers jours, reprit-il, j'ai vu le vrai courage à l'œuvre. Moi, je n'en ai jamais eu, en tout cas pas celui qui se manifeste au grand jour même quand on est impuissant, et qui met au défi l'adversaire d'aller au bout de sa méchanceté. Chveya... Oykib... Tout aurait pu être différent si une fois dans ma vie j'avais agi comme eux. » Il éclata soudain d'un rire amer. « Oui : je serais sans doute mort ! »

Luet s'aperçut alors qu'elle ignorait presque tout de Zdorab, de la façon dont il avait été élevé. A l'entendre, on avait l'impression qu'il avait passé toute son existence sans amis et la peur au ventre. Pourquoi ?

Elle était obligée de reconnaître que, du point de vue de l'archiviste, la situation pouvait paraître tout autre. Pour elle, le choix n'existait pas : elle devait faire son possible afin d'aider Nafai et Surâme à l'emporter sur Elemak, sous peine de tout perdre. Mais Zdorab, lui, pouvait concevoir un avenir où Elemak aurait gagné, et si cela se produisait – ce qui n'avait rien d'invraisemblable – il avait moralement le droit de se préparer une place pour lui-même et ses enfants dans le camp d'Elemak.

L'ennui, c'est qu'il était aussi très plausible qu'il se retrouve sans place nulle part. Et pour l'instant, c'est dans cette direction que pointaient les événements.

Elle mit un peu de chaleur dans sa voix quand elle reprit la parole. « Zdorab, tu n'as pas parlé pour rien. Si tu t'inquiètes de l'avenir, je peux te rassurer avec une absolue certitude : aucun d'entre nous n'essaiera de se venger de toi et encore moins de tes enfants. Ils n'ont pas perdu leur place parmi nous, si c'est là qu'ils souhaitent vivre.

— Elemak va perdre la partie, dit Zdorab. La seule question, désormais, c'est combien d'entre nous mourront avant qu'il ne cède.

— Aucun, j'espère.

— Je veux dire que j'aurais pu me présenter devant toi par pur intérêt personnel ; tu n'as aucune raison de me faire confiance. Je vous ai trompés ; vous me croyiez dans votre camp et je vous ai trahis. Tu ne l'oublieras jamais ; moi, en tout cas, je ne l'oublierai pas. Mais tu peux être sûre d'une chose : si un jour Nafai ou toi avez besoin de moi, je serai là, prêt à tout, même à mourir s'il le faut. »

Juste à temps, Luet retint la moquerie cinglante qui lui montait aux lèvres.

« Ce n'est pas pour moi, continua Zdorab. Ni même pour toi, en réalité. Je veux seulement... c'est le seul moyen que j'aie de me racheter aux yeux de mes enfants. Tôt ou tard, tout le monde saura ce que j'ai fait ; c'est pourquoi je n'ai pas cherché à cacher cette conversation à tes petits, ceux qui se reposent là, les yeux fermés mais bien éveillés. Même si on ne leur fait aucun reproche, les miens auront honte de moi ; je dois me racheter à leurs yeux, j'ignore comment. C'est cela, la survie, pour moi ; j'ai cru un moment que cela signifiait rester en vie, mais j'avais tort. On ne vit pas éternellement, de toute façon. La survie, c'est le souvenir qu'on laisse de soi, le regard de ses enfants sur soi quand on est vivant, puis quand on est mort. Voilà ce que c'est, la survie. » Il regarda Luet dans les yeux. « Et s'il existe une vérité à m'appliquer, c'est celle-ci : je survis. »

Il se leva du bord du lit. Luet ouvrit la porte en y appuyant la paume et il sortit.

Dans le silence qui suivit la fermeture de la porte, Jatva dit à mi-voix : « Je suis bien content de ne pas être à sa place. »

Luet fit une grimace : « Ne te réjouis pas trop. Ta situation n'est pas si confortable que ça, pour le moment.

— J'aimerais avoir été aussi courageux que Veya.

— Non, Jyat, non, ne pense pas comme ça ; elle était dans une position où se montrer brave pouvait servir ; pas toi. Si un jour vient où tu as besoin de courage, tu en auras, bien assez, tant qu'il t'en faudra. » Elle ajouta *in petto* : Puisse ce jour ne jamais arriver. Mais en même temps, elle savait qu'il viendrait inéluctablement. Un frisson de peur la traversa.

Oh Nafai ! pensa-t-elle, si seulement tu pouvais m'entendre comme Surâme m'entend ! Si tu savais comme je t'aime, comme je souffre en songeant à ce que tu endures ! Et tout ce que je peux faire, c'est m'occuper des enfants de mon mieux, garder confiance en Surâme et en la nature humaine pour opérer un miracle et te libérer. Ce que je puis faire, je le fais, mais ce n'est pas assez. Si tu meurs, que restera-t-il de mon existence ? Même si les enfants s'en tirent sains et saufs, même s'ils deviennent des adultes honnêtes, forts, merveilleux, ça ne suffira pas si je t'ai perdu. Surâme nous a peut-être rapprochés comme des pions dans son jeu, mais le lien entre nous n'en est pas moins fort. Il est puissant, bien plus solide que ceux qui t'entravent en ce moment, mais sans ta présence à mes côtés, j'ai l'impression que c'est moi qui me trouve attachée, ligotée au fond de mon âme, incapable de bouger, incapable de respirer. Nafai !

Le nom se répercuta dans son esprit. L'image de son visage la brûla comme un cautère. Elle s'étendit en s'obligeant à se détendre et s'ordonna de dormir. Moins je consomme d'oxygène, plus il en aura, plus les enfants en auront. Il faut que je dorme. Je dois rester tranquille.

Mais elle n'arrivait pas à se calmer et même quand elle sombra enfin dans un sommeil agité, son cœur continua de battre follement, sa respiration demeura hachée, haletante, comme si elle était engagée dans un combat contre un ennemi dont elle parvenait tout juste à éviter les coups.

Le troisième jour, lors du premier repas, Elemak ne se trouvait pas dans la bibliothèque. Personne n'osa demander où il était ; d'ailleurs, personne ne s'en souciait. Quand il disparaissait, ne restait que la lassitude ; la vraie peur revenait quand lui-même était de retour. Ce n'était pas que les prisonniers eussent confiance en la bonne volonté de Meb, d'Obring ou de Vas – Meb semblait se délecter de ses menues méchancetés et Obring, selon toute apparence, jouissait de son statut de détenteur d'une parcelle d'autorité. Toutefois, tout le monde savait que l'un comme l'autre trahirait allègrement Elemak s'il pensait en tirer profit. En revanche, Vas paraissait détester son rôle ; pourtant, il le remplissait parfaitement et, des trois hommes, c'était celui sur lequel Elemak se reposait le plus. Il comptait à juste titre sur l'imagination de Vas pour exécuter efficacement n'importe quelle mission, même en son absence – ce qui était plus qu'on ne pouvait en dire des deux autres Elemaki.

Ce jour-là, pourtant, vit le premier défi ouvert à son autorité. Volemak, après un regard à Rasa, se leva et s'adressa au groupe.

« Mes amis, membres de ma famille...

— Asseyez-vous et taisez-vous ! » le coupa Mebbekew.

Volemak posa un regard d'un calme glacial sur son deuxième fils et dit : « Si tu souhaites me faire taire, je ne t'empêche pas d'essayer. Mais en l'absence de contrainte physique, je parlerai. »

Meb avança d'un pas. Aussitôt, sans qu'on leur en eût donné l'ordre, Yasai, le benjamin de Volemak, Zaxodh, l'aîné d'Issib, et Jatva, celui de Nafai, se dressèrent. Ils n'étaient pas à proximité de Volemak, mais la menace était claire.

Meb éclata de rire. « Vous croyez me faire peur, les mômes ?

— Tu aurais peut-être intérêt à faire attention, dit Rasa. Cela fait six ans qu'ils vivent en gravité réduite, tandis que tu ne me sembles pas très stable sur tes pieds.

— Amène-toi, Obring », ordonna Meb.

Obring fit lui aussi un pas vers Volemak. Ce fut alors Motiga, le deuxième fils de Nafai, qui se leva, imité par celui de Zdorab, Padarok. Un instant après, Zdorab lui-même se mettait debout.

« Vas, dit Meb, tu peux faire semblant de t'en foutre, mais moi je trouve que ça ressemble à une révolte. »

Vas acquiesça. « Obring, va chercher Elemak.

— On peut s'en occuper nous-mêmes ! cracha Meb.

— C'est ce que je vois. C'est fou ce que nous nous débrouillons bien, pour l'instant ! »

Obring regarda Vas et Mebbekew tour à tour, puis il sortit.

« Comme j'essayais de vous l'expliquer, dit Volemak, toute cette affaire est hors de propos. C'est moi que Surâme avait appelé au désert et c'est moi qui ai toujours mené cette expédition. C'est vrai, dans le désert, j'ai délégué l'autorité quotidienne à Elemak, mais ce n'était jamais qu'un arrangement temporaire en reconnaissance de ses talents et de son expérience. De même, durant le voyage, j'ai remis le commandement du vaisseau à Nafai, parce que c'est à lui que Surâme a donné le manteau du pilote stellaire. Mais le fait demeure que je suis le seul chef légitime de notre groupe, et quand nous arriverons sur Terre je ne déléguerai cette autorité à personne. Ni Elemak ni Nafai ne commanderont tant que je vivrai.

— Et il y en a encore pour combien de temps, mon cher vieux père ? demanda Mebbekew.

— Plus que tu ne le souhaiterais, limace abjecte, répondit Volemak d'un ton calme. Il est évident qu'Elemak ne maîtrise plus la situation. Par la menace et avec la coopération de trois brutes sans caractère (il regarda Vas dans les yeux), et parce que Nafai s'est constitué prisonnier afin de sauver la vie de ses enfants, la mutinerie d'Elemak semble actuellement victorieuse. Cependant, nous savons tous que le moment venu il devra inévitablement accepter la réalité : le vaisseau ne peut pas nous maintenir indéfiniment en vie si nous sommes tous éveillés, et Surâme ne laissera pas Elemak mettre quiconque en hibernation tant que Nafai ne sera pas libéré. Par conséquent, ce que je demande aujourd'hui, c'est le serment solennel, de la part de chacun de vous, de vous soumettre à mon autorité et uniquement à la mienne une fois cette affaire terminée. Tant que je vivrai, vous n'aurez pas à choisir entre Elemak et Nafai, seulement à m'obéir en accord avec votre engagement. Je vous invite tous, hommes et femmes, à prêter ce serment. Que tous ceux qui désirent ne se plier qu'à mon autorité à l'issue de ce conflit se lèvent et l'affirment. »

Aussitôt, les hommes qui étaient déjà debout, à part Vas et Mebbekew, lancèrent un « oui » retentissant. Rasa, Hushidh, Luet et Shedemei se dressèrent instantanément, imitées par les jeunes femmes qui avaient participé à l'enseignement des plus petits ; leurs voix aiguës firent écho à celles des hommes. Lentement, Issib se leva et dit « oui ».

« Je pars de l'hypothèse, reprit Volemak, que si Oykib et Chveya n'étaient pas maintenus en isolement ils se rallieraient eux aussi à ce serment et je les compte donc parmi les citoyens légitimes de ma communauté. Quand Nafai sera libéré, je lui demanderai de se soumettre à son tour à cet engagement. Quelqu'un ici doute-t-il qu'il n'accepte ? Et qu'il ne s'y conforme, une fois sa parole donnée ? »

Nul ne dit mot.

« N'oubliez pas, je vous prie, que je ne vous demande d'accepter mon gouvernement qu'après la fin du conflit. Je ne vous demande pas de risquer votre vie en entrant en résistance contre Elemak. Mais si vous ne prêtez pas serment maintenant, vous ne ferez pas partie des citoyens de la colonie que je fonderai sur Terre. Naturellement, par la suite, vous pourrez postuler pour la citoyenneté et j'exigerai un vote des citoyens pour entériner ou non votre admission. Toutefois, si vous acceptez aujourd'hui, vous serez citoyen dès le début. »

A la surprise générale, Vas prit la parole. « Je veux aussi prêter serment. Une fois ce conflit terminé, votre autorité sera la seule à laquelle je me soumettrai tant que vous vivrez. Et je ferai tout ce qui est en mon pouvoir pour prolonger votre existence le plus possible. »

Son époux ayant parlé, Sevet se leva avec ses trois jeunes enfants. « Je prête serment », dit-elle, imitée par les petits.

Ceux qui étaient restés assis se sentaient visiblement mis à l'écart.

« Elemak ne va pas apprécier, dit Meb à Vas.

— De toute façon, il n'apprécie rien, ces temps-ci, rétorqua Vas. Je ne veux que la paix et la justice.

— Mon père a participé lui aussi au petit complot de Nafai, tu sais. Il est loin d'être neutre, dans cette affaire.

— Certains, je le sais, sont fâchés qu'on ait maintenu des enfants éveillés pour les scolariser pendant le voyage, dit Volemak. Elemak ne nous a malheureusement jamais permis de nous en expliquer. Tous ceux d'entre nous dont les enfants ont suivi un enseignement ont été incités à le faire par Surâme. Nafai rechignait beaucoup à lui obéir, et nous avons insisté jusqu'à ce qu'il accepte. Les enfants ont été choisis par Surâme et ce sont eux, comme nous, qui ont librement décidé de se soumettre à son plan. Il n'y a pas à en regretter le résultat : au lieu de nous retrouver avec une poignée d'adultes et de nombreux petits improductifs, nous avons divisé la nouvelle vague d'enfants, si bien que nous disposerons désormais et pour plusieurs générations d'une population renouvelée de jeunes arrivant à l'âge adulte. Et si vous vous croyez victimes d'un préjudice, dites-vous que vous avez devant vous plus d'années à vivre sur Terre que ceux qui sont restés éveillés durant le voyage. »

Dol se leva, ce qui obligea ses enfants à en faire autant.

« Rassieds-toi, sale vendue ! hurla Mebbekew.

— Mes petits et moi-même voulons être citoyens de votre colonie, dit Dol. Nous prêtons tous serment. »

Mebbekew se précipita sur elle. Vas s'interposa, la main tendue pour l'arrêter. « Le moment est mal choisi pour les brutalités, déclara-t-il. C'est une libre citoyenne, je crois, et elle a le droit de donner son avis. »

Meb écarta violemment la main de Vas de sa poitrine. « Toutes vos histoires ne tiendront plus debout quand Elemak sera là ! »

A moins d'un pas de lui, Eiadh se dressa. Aussitôt, Protchnu, son fils aîné, lui tira la manche pour l'obliger à se rasseoir. « Quand le conflit sera réglé, je me soumettrai à votre autorité, Volemak, dit-elle. »

Protchnu se tourna vers les autres enfants et leur cria : « Vous avez intérêt à ne pas jurer ! » Sa fureur les effraya visiblement.

« Je prends en compte cette intimidation à l'encontre des plus petits, dit Volemak. Il leur sera accordé une occasion ultérieure de prêter serment en toute liberté.

— Ils ne prêteront jamais serment ! vociféra Protchnu. Est-ce que je suis le seul à rester du côté de Père ? C'est lui qui doit nous commander et personne d'autre ! »

Kokor se leva avec ses enfants. « Nous voulons être citoyens, nous aussi. Après le conflit.

— Vous le serez si vous prêtez serment, dit Volemak.

— Ah oui, bien sûr, c'est ce que je voulais dire, bredouilla-t-elle. Je prête serment. »

Ses enfants acquiescèrent ou murmurèrent leur accord.

A la porte, Elemak dit à mi-voix : « Très bien. Tout le monde a pris sa décision. Maintenant, asseyez-vous. »

Aussitôt, Kokor s'assit en pressant ses enfants de l'imiter. Peu à peu, chacun en fit autant, à l'exception de Volemak, de Rasa et d'Eiadh, qui fit face à son époux. « C'est fini, Elya, dit-elle. Tu es le seul à ne pas voir que tu ne peux plus l'emporter.

— Ce que je vois, c'est que je ne laisserai jamais Nafai me commander, ni moi ni personne.

— Même si pour cela tes propres enfants doivent mourir asphyxiés ?

— Si l'ordinateur chéri de Nafai veut tuer les plus faibles d'entre nous, je n'y peux rien. Mais moi, je n'aurai assassiné personne.

— En d'autres termes, ça t'est bien égal. En ce qui me concerne, c'est la preuve définitive que tu n'es pas apte à gouverner notre colonie. Ton amour-propre compte plus à tes yeux que la survie de nos enfants.

— Tu en as assez dit ! la prévint Elemak.

— Non, c'est toi qui en as trop fait ! Tant que tu ne cesseras pas ce numéro puéril d'homme en colère, tu ne seras plus mon époux !

— Ah, tu ne renouvelleras pas mon contrat, c'est ça ? demanda Elemak avec un affreux sourire. Que dis-tu de ça, Proya ? »

Protchnu s'approcha de son père. « Je crois que je n'ai plus de mère.

— Ça tombe bien : moi, je n'ai plus ni père ni épouse. N'aurais-je aucun ami non plus ?

— Moi, je suis ton ami, dit Obring.

— Je suis de ton côté, ajouta Meb. Mais Vas a prêté serment à Père.

— Vas est prêt à jurer n'importe quoi, répondit Elemak. Mais sa parole n'a jamais eu aucune valeur, tout le monde le sait. »

Sevet éclata de rire. « Regarde donc tes amis, mon pauvre ! Un gamin de huit ans bercé d'illusions, et qui d'autre ? Meb ! Obring ! C'étaient déjà des minables à Basilica !

— Ce n'est pas ce que tu disais quand tu m'as ouvert ton lit ! lui cria Obring.

— Tu n'avais rien à voir là-dedans, répliqua Sevet avec mépris. C'était une histoire entre ma sœur et moi, et crois-moi, j'ai chèrement payé mon erreur. Vas sait que je lui ai toujours été fidèle depuis, tant dans mon cœur que dans mes actes. »

Les enfants assez grands pour comprendre ces révélations de scandales familiaux allaient avoir de quoi bavarder : Obring et Sevet avaient eu une liaison ? Et comment Sevet avait-elle payé ? Et qu'est-ce que ça voulait dire, qu'il s'agissait d'une histoire entre elle et sa sœur ?

« Suffit, intervint Elemak. Le paternel a joué sa petite comédie, mais vous remarquerez qu'il ne s'est pas aventuré à vous demander de vous dresser contre moi. Il ne vous gouverne que dans un avenir imaginaire ; il sait, comme vous tous, que c'est moi qui commande aujourd'hui et, croyez-moi, vous ne connaîtrez jamais un avenir où je ne commande pas ! » Il se tourna vers Obring. « Reste ici et empêche quiconque de sortir de la bibliothèque. »

Obring adressa un sourire rayonnant à Vas. « J'ai comme l'impression que tu ne me donneras plus d'ordres !

— Vas reste gardien, dit Elemak. Je ne lui fais pas confiance, mais il fera ce qu'on lui dira. Et dorénavant, il fera ce que tu lui diras, Obring. On est bien d'accord, Vas ?

— Oui, répondit Vas d'un ton calme. Je ferai ce qu'on me dira. Mais je tiendrai aussi tous mes serments.

— C'est ça, c'est ça, homme d'honneur et tout le tremblement. Bon, maintenant, Meb, emmenons Père et sa femme voir Nafai. Et tant que nous y sommes, emmenons aussi celle qui prétend n'être plus mon épouse.

— Que comptes-tu faire ? demanda Rasa d'un ton dédaigneux. Nous ligoter comme tu as ligoté Nafai ?

— Certainement pas ! Je respecte les vieux. Mais pour chaque personne qui s'est soumise à votre petit serment, Père, Nafai va recevoir un coup. Et vous allez y assister. »

Volemak jeta un regard venimeux à Elemak. « Le jour où je t'ai engendré, il aurait mieux valu que je me fasse castrer ou assassiner !

— Ç'aurait été dommage, répondit Elemak. Vous n'auriez jamais donné le jour à votre Nafai chéri. Quoiqu'en y réfléchissant, je me demande si la semence d'un homme a joué un rôle dans sa conception : il a tout de la petite fille à sa maman ! »

Un instant plus tard, Elemak et Mebbekew poussaient sans ménagement Volemak et Eiadh le long de l'échelle menant au magasin où gisait Nafai. Rasa les suivait, impuissante.

Nafai ne dormait plus depuis ces derniers jours. Ou du moins, s'il dormait, il avait l'impression d'être éveillé tant ses rêves étaient réalistes. Il y voyait parfois ses pires craintes représentées, les jumeaux qui suffoquaient et finissaient par cesser de respirer, les yeux grands ouverts, la bouche béante ; il essayait de leur clore les paupières et les lèvres, mais elles se rouvraient dès qu'il retirait la main. Il émergeait de ces cauchemars à demi asphyxié lui-même.

Quelquefois, pourtant, il rêvait du passé, de périodes plus heureuses de sa vie. Il se revoyait se lever le matin chez son père, courir jusqu'à la douche et ouvrir l'eau froide. A l'époque, il détestait cela, mais aujourd'hui il s'en souvenait avec attendrissement. C'était un temps d'innocence, où le pire qui pouvait arriver se limitait à une brutale averse d'eau glacée sur la tête, et où l'on ne pouvait rien faire de plus affreux à son prochain que de lui envoyer des piques jusqu'à ce qu'il arrête de rire et fasse taire le railleur à grand renfort de bourrades. Mais il n'y avait désormais plus de rires, le pardon n'existait plus et l'eau glacée n'était plus rien, rien qu'un souvenir nostalgique. Comment aurais-je pu me douter à cette époque, se disait Nafai en s'éveillant de ces rêves réminiscents, comment aurais-je pu me douter que les agacements d'Elemak se transformeraient en une haine si implacable ? Que nous vivrions des jours si terribles ? Je le taquinais pour attirer son attention, c'est tout. Je voulais seulement qu'il me remarque, qu'il me dise qu'il m'aimait bien, qu'il envisageait de m'emmener un jour en caravane dans un pays lointain pour en rapporter les plantes exotiques que vendait Père. Tout ce que j'attendais de lui, c'est qu'il me respecte et proclame, un bras sur mes épaules : « Lui, c'est mon frère ; regardez-le bien, je peux compter sur lui, il a toute ma confiance. »

Qui d'autre aurait pu être ton frère, Elemak ? Meb ? C'est lui que tu as choisi ? Etais-je si indigne à tes yeux pour que tu le préfères à moi ?

Il a choisi Meb parce qu'il pouvait le diriger à sa guise. Il te haïssait parce que tu étais plus fort que lui.

Oui, avec le manteau du pilote, je suis plus fort que lui.

Tu sais que tu peux l'abattre quand tu le désires.

Non, je ne peux pas. Le manteau, oui. Toi, oui. Mais pas moi. Je suis ligoté par terre et j'ai mal aux poignets et aux chevilles.

C'est toi qui refuses de les soigner. Tu sais que le manteau peut les guérir en un clin d'œil.

Elemak veut que je souffre. S'il voit saigner mes entailles, ça lui suffira peut-être.

Seule ta mort le satisfera.

Alors, qu'il en soit ainsi.

Je refuse de te laisser mourir. Dès que tu seras inconscient, je reprendrai le contrôle du manteau et je te guérirai.

Ne t'occupe pas de moi pendant que je dors. Je ne veux pas de tes rêves et encore moins de tes tripatouillages !

Apprécies-tu de souffrir ?

Je déteste la souffrance que me cause la haine de mon frère ! Et le fait de savoir que cette fois, je la mérite peut-être !

Personne ne mérite de souffrir pour m'avoir aidé.

Ah ! Et moi qui croyais que c'est toi qui nous avais aidés en nous obligeant à garder les enfants éveillés !

Je vous aidais afin que vous puissiez m'aider à votre tour. Ne joue pas les imbéciles et n'essaye pas de m'entraîner dans ce genre de discussions puériles.

Est-ce que tu me parles vraiment ? Ou est-ce encore un rêve ?

Les deux.

Mais si c'est un rêve, pourquoi ne puis-je m'éveiller ? »

A peine eut-il formulé cette pensée qu'il émergea du sommeil. Ou du moins, il émergea en songe, car il sut aussitôt qu'il dormait toujours, plus profondément qu'avant peut-être. Et dans son sommeil, se pensant éveillé, il sentit les cordes s'effriter autour de ses poignets et il se leva. La porte s'ouvrit au contact de sa main. Déambulant dans les couloirs, il vit çà et là des gens couchés par terre, la bouche ouverte, haletants ; personne ne le remarqua, comme s'il était invisible. Ah ! se dit-il, je comprends. Je suis mort et c'est mon esprit qui erre dans le vaisseau. Mais il s'aperçut alors que ses poignets et ses chevilles le faisaient souffrir et qu'il avait du mal à marcher droit, malgré la gravité réduite ; il n'était donc pas mort, finalement.

Arrivé à l'échelle, il s'y hissa, toujours plus haut, jusqu'au dernier niveau, là où le champ de protection était généré. Mais l'échelle ne s'arrêtait plus là ; elle se poursuivait par une ouverture dans le plafond qui donnait, non sur le sol en plastique lisse du vaisseau, mais sur un pavage de pierre. Quand il y prit pied, il sentit son corps redevenu lourd, ses pas soudain douloureux sous l'effet du retour à une gravité normale. Il faisait noir ; il devait être dans une caverne. Il perçut un trottinement, mais qui ne s'approchait pas ; il ne s'éloignait d'ailleurs pas non plus. Nafai fit quelques pas et le trottinement reprit brièvement. D'accord, songea-t-il. Suis-moi, je n'ai pas peur de toi. Je sais que tu es là, mais tu ne me feras pas de mal, je le sais aussi.

Il arriva devant un couloir et distingua une lumière dans une petite salle creusée dans la paroi de la caverne. Il y pénétra et découvrit des dizaines de statues d'argile magnifiquement façonnées, disposées un peu partout, sur des corniches et sur le sol. Mais en y regardant de plus près, il s'aperçut qu'elles étaient toutes défigurées, lissées au point que par endroits les détails avaient entièrement disparu. Qui avait pu abîmer des œuvres aussi merveilleuses ? Les abîmer et pourtant les conserver là comme s'il s'agissait d'un trésor secret ?

Enfin, il remarqua une statue placée très en hauteur et très loin de la lumière, une statue plus grande que ses voisines et intacte. Mais ce n'est pas la perfection du détail qui le fit tomber en arrêt devant elle. C'est le visage en lui-même ; car au contraire des autres, faciès d'animaux ou de gargouilles, celui-ci était humain. De plus, Nafai le connaissait. Et pour cause : il le voyait dans tous les miroirs depuis qu'il était adulte.

Les bruits de pas menus s'approchèrent, non plus trottinants, mais lents, respectueux. Il sentit une petite main lui toucher la cuisse. Il ne regarda pas ; c'était inutile. Il savait qui était là.

Du moins, il le savait dans le rêve. En réalité, il ignorait qui se tenait près de lui ; il voulut se baisser, regarder à ses côtés, voir quelle créature l'avait touché. Mais il ne parvint pas à tourner la tête ni à se pencher. Ou plutôt, si, il était courbé, mais en arrière, et deux cordes lui enserraient le cou, et il y avait des bruits de pas, mais lourds, pas du tout trottinants, et une lumière aveuglante s'alluma.

Il cligna des yeux. Ce n'était plus un rêve ; il était réveillé pour de bon, maintenant.

« C'est l'heure de ma promenade ? » demanda-t-il.

Il y eut un bref sifflement et une violente douleur éclata dans son bras. Il cria malgré lui.

« Ça en fait un, dit la voix d'Elemak. Dites-moi, Rasa, combien y en a-t-il ? Combien d'entre vous ont prêté serment ?

— Fais toi-même ta sale besogne, répondit la voix de Mère.

— Des centaines, peut-être ? » demanda Elemak. Nouveau sifflement. Nouvelle souffrance atroce, cette fois dans le dos, au niveau des côtes. L'une d'elles se brisa : il la sentit l'élancer quand il reprit son souffle. Il ne pouvait pourtant pas cesser de respirer ; il était même obligé de haleter car l'oxygène devenait insuffisant et il n'arrivait pas à inspirer assez profondément pour rester conscient.

Guéris-toi.

« Ceux-là, je ne les décompterai que si vous me dites à combien se monte le total, dit Elemak.

— Compte toi-même, riposta Rasa. Tout le monde a prêté serment sauf Protchnu, Obring et Mebbekew. Tout le monde, Elemak ! Réfléchis-y !

— Il ne fait rien pour se guérir », annonça Luet.

Nafai l'entendit et se sentit envahi d'une soudaine colère contre Elemak. Croyait-il pouvoir briser la volonté de Luet en lui montrant son époux au supplice ? Et d'ailleurs, qu'espérait-il gagner à ce traitement ? C'était Surâme qu'il devait convaincre – ou à qui il devait se rendre. Mais il s'était passé quelque chose... un serment.

« J'ai remarqué, dit Elemak. On dirait que ses poignets ne s'arrangent pas, ni ses chevilles. Je ne sais pas si c'est parce que le manteau ne fonctionne pas en ce moment ou que Nafai fait exprès de ne pas se guérir pour m'apitoyer ; il s'imagine peut-être que, si je détends ses liens, il pourra en profiter pour se libérer et m'assassiner ! »

Sifflement. Nouveau coup, dans la nuque cette fois. Nafai hoqueta sous l'éclair de douleur qui se répandit dans sa colonne vertébrale ; quelques instants durant, il ne sentit plus son dos et il pensa : Il m'a cassé la nuque !

Il t'a étourdi, c'est tout. Légères lésions neurales.

Pourquoi ne me tue-t-il pas carrément ?

Parce que j'ai encore une certaine influence sur lui ; assez pour le distraire chaque fois qu'il songe à t'achever.

Eh bien, arrête. Laisse-le me tuer. Il aura sa victoire, la paix reviendra et tout le monde s'en trouvera bien mieux.

Elemak l'ignore, mais ta mort serait ce qui pourrait lui arriver de pire : il n'aurait plus aucun moyen de te vaincre.

— Pardon ? Quand on est mort, on n'est pas vaincu ?

Ce qu'il veut, c'est que son père lui dise : « C'est toi que je préfère, Elemak. » Et si tu meurs, Volemak ne pourra jamais le choisir de préférence à toi. Il viendra toujours en seconde position.

Alors, si tu as tant soit peu de respect humain, dis à Volemak de prononcer les mots magiques et qu'on en finisse !

C'est là le hic, Nafai : même si Volemak faisait cela, Elemak n'y croirait pas, parce qu'il saurait que ce n'est pas vrai. Il comprend très bien qu'il n'est pas aussi bon, aussi honnête, aussi sage ni aussi fort que toi ; par conséquent, même si son père lui annonçait : « Elemak, c'est toi que je préfère », ce serait pour lui un mensonge, parce qu'il sait que Volemak n'est pas stupide au point de le placer au-dessus de toi.

Je suis trop fatigué pour débrouiller tout ça. Va-t'en et laisse-moi mourir.

Son dernier coup t'a causé des dommages très graves.

Celui à la nuque ?

Ça, c'était il y a trois coups. Tu as une hémorragie interne, maintenant.

Ah oui. Je le sens.

Je vais te guérir.

Non.

Si, avant que l'écoulement de sang ne provoque des dégâts internes.

Ne me guéris pas tant qu'il n'a pas quitté la pièce. Laisse-moi au moins cette dignité.

Dignité ? Tu mourrais pour une affaire de dignité ?

C'est une affaire entre lui et moi. Je ne veux pas qu'il te voie intervenir en ma faveur.

Tu es d'un orgueil incroyable. C'est une affaire entre lui et toi, dis-tu ? Non : c'est une affaire entre lui et moi, et ce depuis toujours, de même qu'autrefois l'affaire était entre Mouj et moi ; aujourd'hui elle est aussi entre toi et moi, et encore entre Luet et moi. Et enfin, quand nous arriverons sur Terre, elle sera entre vous tous et le Gardien.

Là, ça fait vraiment mal, d'un coup !

C'est parce que je te soigne.

Je t'ai dit de ne rien faire !

Tant pis.

« Regardez, dit Elemak. Sa jambe se redresse. J'ai l'impression que nous avons atteint les limites de sa résistance et qu'il a demandé à son ami invisible de le sauver.

— Je regarde, répondit Volemak d'un ton glacial, et ce que je vois, c'est un lâche qui frappe un homme ligoté avec une barre de fer. »

Elemak se mit soudain à crier : « C'est moi, le lâche ? Je n'ai pas de manteau, moi ! Je ne guéris pas par magie quand je me cogne le pied ! Je n'ai pas le pouvoir d'envoyer des décharges électriques aux gens quand je veux les mettre à genoux !

— Ce n'est pas le pouvoir qu'on détient qui fait qu'on devient un lâche ou une brute, répliqua Volemak, mais l'usage qu'on en fait. Crois-tu que les cordes qui entravent Nafai restreignent la puissance du manteau ? Malgré les tortures que tu lui infliges, que tu nous infliges à tous, Nafai a fait le choix de ne pas te tuer.

— Eh bien, vas-y, Nyef, dit Elemak d'une voix douce. Si tu as le pouvoir de me tuer, vas-y. Tu l'as déjà fait ; il s'agissait d'un ivrogne qui gisait inconscient dans la rue, je crois. Mon demi-frère, il me semble. C'est bien ta spécialité, de tuer les gens qui ne peuvent pas se défendre, non ? Pourtant, d'après Père, c'est moi, la brute. Mais est-ce qu'on peut parler de brutalité, si on brise les os d'un homme capable de se remettre sur pied en quelques instants ? Tiens, imaginons que je te fracasse le crâne et... »

Une femme poussa un cri de rage et des bruits d'échauffourée s'ensuivirent. Quelqu'un heurta violemment un mur ; une femme hurla. Nafai voulut ouvrir les yeux. Il ne vit que le mur contre lequel il gisait. « Luet, murmura-t-il.

— Luet ne peut pas se guérir toute seule, n'est-ce pas ? dit Elemak. Elle ferait bien de s'en souvenir avant d'essayer de se battre avec moi. »

Nafai répondit :

« Tu ne fais qu'épuiser l'oxygène dont tes enfants ont besoin.

— Tu peux y mettre un terme quand tu veux, Nyef. Il te suffit de mourir.

— Et que se passera-t-il après ? demanda Volemak. Ta haine se portera sur quelqu'un d'autre, aux qualités proches de celles de Nafai, et pour la même raison : parce qu'il vaut mieux que toi. Et quand tu l'auras tué, tu trouveras encore quelqu'un de mieux que toi. Ça ne cessera jamais, Elemak, parce que chaque violence que tu commettras t'avilira un peu plus, au point qu'il te faudra tuer tous les êtres humains et tous les animaux, jusqu'au jour où le mépris te submergera tant que tu ne pourras plus te supporter... »

La barre claqua sur le visage de Nafai. Il sentit les os s'enfoncer, puis tout devint noir.

Etait-ce un instant plus tard ? Possible ; mais ç'aurait aussi pu être des heures ou des jours après. En tout cas, il avait repris conscience et son visage était intact. Il se demanda s'il était seul. Et aussi ce qu'il était advenu de Père et de Mère. De Luet. D'Elemak.

Il y avait quelqu'un dans la pièce. Il entendait une respiration.

« Il va mieux », dit la voix. Un murmure. Difficile à identifier. Non, facile. Elemak. « Surâme l'emporte encore une fois. »

Puis les lumières s'éteignirent, la porte se referma et il se retrouva seul.

A mi-voix, Eiadh chantait une berceuse aux petits, Yista, Menya et Jivya, quand Protchnu entra. Elle entendit la porte coulissante s'ouvrir puis se refermer derrière lui. Elle ne cessa pas de chanter.

« Quand reviendra la lumière
Saurai-je comment on voit ?
Reconnaîtrai-je ma mère ?
Me connaîtra-t-elle, moi ?

Quand reviendra la lumière
Rien ne me fera plus peur ;
Et je rêve du jour clair
Au fond de cette noirceur.

— Chanter, c'est gaspiller de l'oxygène, dit Protchnu à mi-voix.

— Pleurer aussi, répondit Eiadh d'un ton calme. Il y a ici trois enfants qui ne pleurent plus grâce à la berceuse d'une seule personne. Si tu es venu pour m'empêcher de chanter, va-t'en. Va signaler mon crime à ton père. Il se mettra peut-être assez en colère pour me battre ; il te permettra même de l'aider, qui sait ? »

Elle ne le regardait pas ; elle entendit sa respiration se faire plus profonde. Plus hachée, peut-être. Mais quand il reprit la parole, elle s'étonna de sa voix aiguë aux sanglots à peine contenus. « Ce n'est pas ma faute si tu t'es mise contre Père ! »

Piquée au vif par la répudiation de son fils à la bibliothèque, elle ne lui avait plus adressé la parole depuis et l'avait écarté de ses pensées. Protchnu, son grand fils, dire des choses aussi affreuses à sa propre mère ! Il avait une expression si féroce alors, si semblable à celle d'Elemak qu'elle avait eu l'impression de ne plus le connaître. Et pourtant si, elle le connaissait : il n'avait que huit ans ; il n'aurait jamais dû se trouver ainsi déchiré entre ses parents.

« Je ne rejette pas ton père, dit-elle doucement. Je rejette ce qu'il fait.

— Nafai nous a trompés !

— C'est Surâme qui nous a trompés. Et aussi les parents des autres enfants. Pas Nafai tout seul. »

Protchnu resta silencieux. Elle crut l'avoir convaincu. Mais non, c'est un autre aspect du problème qui l'intéressait. « Est-ce que tu l'aimes ?

— J'aime ton père, oui. Mais quand il laisse la colère dicter sa conduite, il fait de mauvaises choses. Ce sont ces mauvaises choses que je refuse.

— Je ne parlais pas de Père. »

Visiblement, il s'attendait à ce qu'elle comprenne à demi-mot. Il pensait qu'elle aimait un autre homme.

Et c'était vrai, naturellement. Mais son amour était sans espoir et elle n'en avait jamais, au grand jamais, fait part à personne.

« De qui parlais-tu, alors ?

— De lui.

— Dis son nom, Proya. Un nom n'a rien de magique ; tu ne t'empoisonneras pas à le prononcer.

— Nafai.

— Oncle Nafai, le reprit-elle. Respecte tes aînés.

— Tu l'aimes.

— Je pense aimer tous mes beaux-frères comme il faut, de même que tu aimeras tous tes oncles, j'espère. Ce serait merveilleux si ton père aimait ses frères sans arrière-pensées. Mais tu ne partages peut-être pas mon point de vue. Tiens, regarde Menya qui dort là. C'est le quatrième garçon de la famille ; vis-à-vis de toi, il se trouve dans la même position que Nafai par rapport à ton père. Dis-moi, Proya, as-tu un jour l'intention de ligoter Menya et de lui briser les os à coups de barre de fer ? »

Alors Protchnu se mit à pleurer pour de bon. Attendrie, Eiadh tendit les bras, l'attira contre elle et le fit asseoir près d'elle sur le lit. « Je ne ferai jamais de mal à Menya, dit-il. Je le protégerai, je le défendrai !

— Je le sais, Proya, je le sais bien. Et puis la situation n'est pas la même entre ton père et Nafai : ils ont une plus grande différence d'âge ; ils n'ont pas la même mère. Et Elemak avait un frère plus grand que lui. »

Protchnu écarquilla les yeux. « Je croyais que Père était l'aîné !

— C'est l'aîné de ton grand-père Volemak, à l'époque où il était Wetchik au pays de Basilica. Mais la mère d'Elemak avait eu d'autres enfants avant d'épouser Volemak. Et le premier s'appelait Gaballufix.

— Alors Père déteste Nafai parce qu'il a tué son frère ?

— Ils se détestaient bien avant cela. Et puis Gaballufix voulait tuer Nafai, ton père, Issib et Meb.

— Pourquoi est-ce qu'il voulait tuer Issib ? »

Amusée, Eiadh nota que Protchnu ne s'étonnait pas qu'on veuille tuer son oncle Meb. « Il désirait régner sur Basilica et les fils du Wetchik lui barraient la route. Ton grand-père était quelqu'un de très fortuné et de très puissant au pays de Basilica.

— Ça veut dire quoi, "fortuné" ? »

Que t'ai-je donc fait, mon pauvre petit, pour que tu ignores jusqu'au sens de ce mot ? Toute grâce et toute opulence ont disparu, tu ne connais que la pauvreté, si bien que les mots qui désignent le luxe t'échappent. « Ça veut dire que tu as plus d'argent que... »

Mais naturellement, il ne savait pas non plus ce qu'était l'argent.

« Ça veut dire que ta maison est plus belle que celles des autres, qu'elle est plus grande, tes vêtements plus raffinés et plus nombreux. Et que tu vas dans de meilleures écoles, avec des professeurs plus savants, et que tu manges de meilleurs plats, en plus grande quantité. Ça veut dire que tu as tout ce que tu veux et plus encore.

— Mais il faut partager, alors, dit Protchnu. Tu m'as dit que quand on a plus que nécessaire, il faut toujours partager.

— Et c'est vrai. Mais... tu ne peux pas comprendre. Nous ne connaîtrons plus jamais ce genre d'existence. Tu ne comprendras jamais. »

Ils se turent quelques instants.

« Mère ? pépia enfin Protchnu.

— Oui ?

— Tu ne me détestes pas parce que je me suis mis du côté de Père ? A la bibliothèque, l'autre jour ?

— Toutes les mères savent qu'un jour leurs fils prendront le parti de leur père. Ça se passe comme ça quand on grandit. Je n'aurais pas imaginé que ça t'arriverait si tôt, mais ce n'était pas ta faute. »

Un silence. Puis, d'une toute petite voix : « Mais je ne suis pas d'accord avec lui, dit-il.

— Non, Protchnu, je n'ai jamais cru que tu puisses être vraiment d'accord avec toutes les mauvaises actions qu'il fait. Ce n'est pas ton genre. » Mais en vérité Eiadh redoutait parfois que ce fût son genre. Elle l'avait vu jouer : il cherchait souvent à dominer ses camarades, en taquinait certains jusqu'aux larmes pour ensuite se moquer d'eux. Elle s'était effrayée, sur Harmonie, de voir son fils se montrer si méchant avec les plus petits que lui ; et pourtant, elle s'était aussi enorgueillie de voir qu'il les dirigeait en tout, qu'ils cherchaient toujours son approbation, que même Oykib, le fils de tante Rasa, lui laissait toujours la première place.

L'un peut-il exister sans l'autre ? L'autorité sans l'absence de compassion ? La fierté sans la cruauté ?

« Mais naturellement tu aimes ton père, dit-elle, l'homme que tu sais qu'il est vraiment, bon, fort et courageux, celui que tu admires tant. C'est lui, l'homme que tu as soutenu ce jour-là, je le sais. »

Elle sentit Protchnu s'agiter entre ses bras : il s'armait de courage pour prononcer des paroles difficiles. « Il est très malheureux sans toi, dit-il.

— C'est lui qui t'a envoyé me dire ça ?

— Non, je me suis envoyé tout seul. »

A moins que ce ne soit Surâme ? se demanda Eiadh. Luet n'avait-elle pas déclaré qu'ils avaient tous été choisis par Surâme, sans exception ? Qu'ils étaient tous extraordinairement sensibles à ses instigations ? Dans ce cas, pourquoi l'un de ses enfants ne jouirait-il pas de ces dons hors du commun, comme celui qui était soudain apparu chez Chveya, par exemple ?

« Ainsi, ton père est malheureux sans moi... Eh bien, qu'il libère Nafai, qu'il rétablisse la paix à bord du vaisseau et il ne sera plus obligé de se passer de moi.

— Il ne peut rien faire si on ne l'aide pas », dit Protchnu.

Cet enfant n'a que huit ans ? Et il possède tant de perspicacité ? Peut-être que cette crise a éveillé chez lui un talent d'empathie caché. Surâme sait qu'à son âge j'étais aussi totalement dépourvue de compréhension que de compassion envers autrui ! J'étais moralement vide : tout ce qui m'intéressait, c'était de savoir qui était la plus jolie, qui chantait le mieux, qui allait devenir célèbre et qui était la plus riche ! Si j'avais abandonné plus tôt ces idées puériles, j'aurais peut-être compris lequel était le plus humain des deux frères avant d'épouser Elemak, à l'époque où Nafai me couvait avec des yeux de poisson mort d'amour. Quelle affreuse erreur j'ai faite ! Quand je regardais Elemak, je ne pouvais m'empêcher de me dire : C'est l'héritier du Wetchik, le fils aîné d'un des hommes les plus riches et les plus influents de Basilica. Qu'était Nafai, en comparaison ?

Bien entendu, si j'avais été vraiment avisée, je n'aurais épousé ni l'un ni l'autre et je vivrais encore à Basilica... Oui, mais si Volemak a raison, Basilica n'est aujourd'hui plus que ruines et ses rares survivants se sont dispersés au vent.

« Et de quelle sorte d'aide ton père a-t-il besoin ? demanda-t-elle.

— Il lui faut un moyen de changer d'avis sans avouer qu'il avait tort.

— Comme nous tous, murmura Eiadh.

— Mère, je n'arrive presque plus à respirer par moments. Quand je me réveille le matin, j'ai l'impression qu'on m'écrase la poitrine. Je ne peux plus respirer assez profondément ; parfois, j'ai la tête qui tourne et je tombe par terre. Et encore, je suis en meilleur état que la plupart des autres. Il faut aider Père. »

C'était vrai, elle le savait. Mais elle savait aussi qu'après la scène de la bibliothèque, elle ne pouvait plus rien pour Elemak. Cependant, avec Protchnu à ses côtés désormais, elle se sentait de nouveau capable de lui venir en aide. Ce gamin avait-il donc tant de pouvoir, du haut de ses huit ans ?

Oui, huit ans seulement et il avait tout compris. Il avait vu ce qu'exigeait la situation et il avait pris la responsabilité d'agir en fonction de sa clairvoyance. Pareille attitude emplissait Eiadh d'espoir, non seulement pour l'avenir immédiat, mais pour des temps beaucoup plus lointains. La communauté allait se diviser, c'était certain, à la mort de Volemak ou plus tôt encore, et alors Elemak commanderait l'un des deux camps, plein de rancune, de mépris et de violence. Mais lui non plus ne serait pas éternel ; quelqu'un d'autre prendrait un jour sa place et le candidat le plus probable était le petit garçon de huit ans assis près d'elle sur le lit. S'il grandissait en sagesse et non en colère, au contraire de son père, son accession au pouvoir serait comme les pluies d'automne sur les cités de la plaine, averses bienfaisantes après la sécheresse torride de l'été.

Pour toi, Protchnu, je vais faire ce qui doit être fait : je vais m'humilier devant Elemak, aussi abject soit-il, pour te donner un avenir, pour qu'un jour tu puisses jouer le rôle que la nature t'a réservé.

« Viens près de moi au prochain repas, à la bibliothèque, dit-elle ; avec toi à mes côtés, je ferai ce qu'il faut. »

Elemak était présent au repas, bien sûr, comme toujours depuis que Volemak avait profité de son absence pour recueillir le serment de la communauté. En revanche, son père et Rasa étaient absents, alités depuis qu'ils l'avaient vu rouer Nafai de coups ; à l'instar des plus jeunes, ils supportaient très mal la pénurie d'oxygène. Ils n'avaient plus la force de se déplacer et, d'après leurs deux gardes-malades, Dol et Sevet, ils n'émergeaient plus que rarement de l'inconscience et déliraient la plupart du temps. « Ils sont mourants », murmuraient-elles

– assez fort cependant pour qu'Elemak ne manque pas de les entendre. Mais il n'avait aucune réaction.

Le quatrième jour du réveil, au repas de midi, Elemak était assis seul devant son assiette pleine, intacte, quand Protchnu sortit de table et s'approcha de sa mère. Elemak le regarda s'éloigner et son visage s'assombrit. Mais il fut vite clair aux yeux de tous que l'enfant ne se ralliait pas à la cause de sa mère ; non, il allait la chercher, il la ramenait vers son père. Il ne lui arrivait qu'à la poitrine, mais c'était lui qui commandait. Ils s'approchèrent lentement de la table d'Elemak.

« Mère a quelque chose à te dire », dit Protchnu.

Soudain, Eiadh fondit en larmes et se jeta à genoux. « Elemak, gémit-elle, si tu savais comme j'ai honte de moi ! J'ai trahi mon époux ! »

Elemak poussa un soupir. « Ça ne prend pas, Eiadh. Je connais ton talent de comédienne ; tu es aussi douée que Dolya. Tu sais faire couler tes larmes à volonté, comme d'un robinet. »

Eiadh se mit à sangloter de plus belle. « C'est vrai, rien ne t'oblige à me croire ni à me faire confiance ! Je mérite tout ce que tu pourras dire de moi ! Mais je suis ton épouse fidèle ! Sans toi, je ne suis rien ; j'aimerais mieux mourir que de ne plus faire partie de toi et de ta vie ! Je t'en supplie, pardonne-moi, laisse-moi revenir ! »

En Elemak, l'envie de la croire le disputait visiblement au scepticisme. Comme tout le monde, il avait l'esprit engourdi par le manque d'oxygène et toute subtilité, toute ruse lui étaient désormais inaccessibles. Autrefois, son jugement était clair et rapide, il s'en souvenait, mais il en avait aujourd'hui oublié jusqu'à l'impression. Il regarda sa femme en clignant lentement des yeux.

« Je sais qui est le plus fort, celui qui a le meilleur fond, poursuivit-elle : ce n'est pas celui qui s'en remet aux machines, qui pratique le faux-fuyant, le mensonge et la tromperie. Non, celui qui est honnête, c'est toi. »

Elemak eut un rictus dédaigneux devant cette flatterie transparente ; pourtant, il en fut touché aussi. Enfin, quelqu'un me comprend. Même si ses paroles sont creuses, elles sont au moins prononcées.

« Mais ce sont les menteurs qui sont maîtres à bord, continua Eiadh ; ce sont eux qui tiennent nos petits en otages, pas toi. Je sais qu'on doit parfois faire du mal pour sauver ses enfants. »

Parmi ceux qui assistaient à la scène, la plupart savaient qu'elle déformait la vérité ; mais ils souhaitaient de tout leur cœur qu'Elemak, au moins, la croie car il pourrait alors rendre les armes sans se sentir humilié ni lâche. Prions pour qu'il se convainque de cette version des événements, se disaient-ils, afin que notre histoire à nous se prolonge au-delà de cette heure !

« Crois-tu que je me laisserai prendre au jeu de Nafai lorsqu'il se promènera de nouveau librement dans le vaisseau ? Lui et son manteau à paillettes greffé ! On dirait qu'il est lui-même une machine ! Je serai bien soulagée de retourner en hibernation jusqu'à la fin du voyage si ça me permet de ne plus le voir ! A mon réveil, je serai sur Terre, avec toi près de moi et nos enfants encore petits à élever. Ils grandiront, le temps passera, et toi, tu seras toujours mon époux et un grand homme aux yeux de tous ceux qui connaissent la vérité. »

Elemak braquait sur elle un regard pénétrant. Du moins, il s'y efforçait, car l'image d'Eiadh se brouillait par moments.

Elle ouvrit la bouche pour reprendre sa diatribe, mais Protchnu lui posa la main sur l'épaule et elle s'assit sur les talons ; s'avançant, l'enfant se mit à parler à son père d'une voix inaudible à presque toute l'assemblée. « Choisis toi-même l'heure du combat, dit-il. C'est ce que tu m'as appris à Vusadka : il faut choisir soi-même l'heure du combat. »

Elemak lui répondit sur le même ton : « Ils ont déjà gagné, Protchnu. Avant même que je me réveille, ils t'avaient dépouillé de ton héritage, toi si jeune, si petit.

— Fais ce qu'il faut pour que nous vivions tous, Père. Un jour, je serai grand et alors nous nous vengerons de nos ennemis. »

Elemak le dévisagea. « Nos ennemis ? A nous deux ?

— Ce qu'ils ont fait à mon père, ils l'ont fait à son fils, chuchota Protchnu. Je ne l'oublierai jamais, jamais, jamais, jamais ! »

La résolution et la haine qu'il sentit dans la voix de son fils emplirent Elemak d'espoir.

Il se leva de sa chaise. Sous les yeux attentifs de tous, il prit Protchnu par la main et le mena jusqu'à l'échelle au centre de la salle. Là, il se retourna. « Meb, Obring ! »

Ils se mirent lentement debout.

« Venez avec moi.

— Mais qui va surveiller tout ce monde ? demanda Obring.

— Je m'en fous. J'en ai assez de les regarder. »

Il se glissa dans le puits d'échelle, suivi de Protchnu, puis d'Obring et de Meb.

Dès qu'ils furent partis, les femmes se pressèrent autour d'Eiadh. « Merci, dirent-elles à voix basse. Tu as été très courageuse. Tu as été merveilleuse. Merci. Merci. »

Même Luet lui prit les mains. « Aujourd'hui, tu as été la plus grande de toutes les femmes. Grâce à toi, tout est fini. »

Eiadh ne put qu'enfouir son visage dans ses mains avant d'éclater en sanglots : car elle avait entendu les paroles que Protchnu avait soufflées à Elemak, elle avait perçu la haine dans sa voix et elle savait que, cette fois-ci en tout cas, il n'avait pas joué la comédie. Cette rancœur qu'il partageait avec son père, il la transmettrait à la génération suivante. Elle avait complètement échoué ; elle s'était humiliée pour rien. « Tout ça pour rien, murmura-t-elle.

— Non, pas pour rien, répondit Luet : pour nos enfants ; pour tous les enfants. Je te le répète, Eiadh :

aujourd'hui, tu as été la plus grande de toutes les femmes. »

Luet s'agenouilla près d'elle ; Eiadh l'enlaça et pleura contre son épaule.

La porte s'ouvrit et la lumière jaillit. Les yeux de Nafai s'adaptèrent promptement : il distingua Elemak, Mebbekew, Obring et Protchnu, le fils d'Elya. Il vit aussi la haine qui brillait dans leurs yeux.

Ils sont venus me tuer.

Il s'étonna de ne pas en ressentir de soulagement. Malgré tous les discours désespérés qu'il avait tenus à Surâme, il n'avait pas vraiment envie de mourir. Mais il se laisserait tuer si cela devait ramener la paix.

Pourtant, à sa surprise, Elemak s'agenouilla à ses pieds et entreprit de défaire les nœuds de ses chevilles. Mebbekew le rejoignit et s'attaqua aux cordes qui lui tenaient les poignets.

A ces endroits, sa chair était à vif et leurs efforts y déclenchaient des douleurs atroces. Après avoir été roué de coups et après que Surâme l'eut soigné par l'intermédiaire du manteau, il avait de nouveau refusé de guérir artificiellement ses plaies aux chevilles et aux poignets, et sa libération se muait maintenant en supplice.

« Nous avons prêté un serment, dit soudain Elemak à mi-voix, un engagement que Père a fait prendre à tout le monde à bord, selon lequel il est le chef unique de la colonie. Personne ne sera son second ni son conseiller ni quoi que ce soit : aucune forme déguisée de pouvoir. C'est lui qui commande seul. J'ai prêté serment, Meb et Obring aussi, ainsi que mon fils, Protchnu : tant que Volemak vivra, c'est à lui que nous obéirons et à nul autre.

— C'est une excellente idée », répondit Nafai. Il se retint d'ajouter : Si tu l'avais eue autrefois et si tu t'y étais tenu, comme je l'ai fait depuis mon enfance, ça nous aurait évité bien des ennuis.

« Dès que tu sortiras d'ici, tu iras tout droit prêter serment toi aussi », dit Meb.

Les cordes qui lui enserraient le cou et lui tordaient le corps en arrière se relâchèrent brusquement. Une onde de souffrance lui parcourut le dos. Il poussa un gémissement.

« Arrête de faire ton intéressant, cracha Meb. On sait très bien que tu pourrais te guérir immédiatement si tu le voulais ! »

Nafai ne sentait plus ses pieds ni ses mains ; il avait l'impression d'avoir à la place d'épais bouts de bois, inertes et incontrôlables. Il roula sur le ventre et parvint tout juste à se mettre à genoux tant son dos lui faisait mal. Puis, en prenant appui sur le mur, il se redressa, les jambes flageolantes. « Où est Père ? demanda-t-il. Il faut que j'aille prêter serment.

— Oykib et Chveya n'ont pas juré non plus, dit Obring.

— Eh bien, va les chercher ! répliqua Elemak d'un ton méprisant. Tu attends encore que je te donne des ordres ou quoi ? Je te rappelle que ce n'est plus moi qui commande.

— Ni moi », ajouta Nafai.

Mais c'était faux. Déjà le manteau lui fournissait toutes les informations dont il avait besoin. « Il reste assez d'oxygène dans la réserve de fonctionnement pour ramener l'atmosphère du vaisseau presque à la normale pendant deux heures. Ça suffira pour nous réoxygéner le sang avant que nous nous remettions tous en animation suspendue. Ensuite, le vaisseau aura le temps de refaire ses réserves en attendant le réveil de l'un de nous. »

Elemak eut un ricanement ironique. « Comment ? Tu ne comptes pas nous promettre de dormir jusqu'à la Terre ?

— Je compte reprendre l'éducation des enfants là où nous l'avons laissée. Enfin, si Père me le demande.

— Oh, je ne me fais pas de souci là-dessus : il dira tout ce que tu lui souffleras.

— Alors, c'est que tu ne nous connais ni l'un ni l'autre : tout ce que Père dira, c'est ce que Surâme lui aura soufflé, et rien d'autre.

— Allons, pas de dispute entre nous, Nafai, fit Elemak avec une jovialité exagérée. Nous sommes amis, maintenant, non ? »

Nafai continua de marcher sans rien dire en s'appuyant de temps en temps à la paroi du couloir, heureux de se trouver en gravité réduite. Enfin : « C'est vraiment ça que tu veux infliger à Protchnu, Elemak ? Le gaver sans cesse de haine ?

— Il n'y a pas d'aliment plus riche que la haine, répondit Elemak. Elle rend fort, elle donne le pouvoir. Et j'ai de quoi en offrir un véritable festin à mes enfants.

— Faisons en sorte que la paix règne entre les tiens et les miens, je t'en prie, Elya.

— Entre tes grandes bringues et mes petits bouts de chou ? Ah, ça, la paix règnera sûrement, comme elle règne entre le lion et la mouche ! »

Ils arrivèrent devant la porte de Volemak et Rasa à l'instant où Obring y amenait Oykib et Chveya. Sans un mot, Chveya étreignit son père et il s'appuya sur elle pour entrer dans la chambre.

Là, il s'agenouilla et prêta serment, la main de son père dans la sienne. Puis Chveya et Oykib l'imitèrent.

Alors, allongé sur son lit, Volemak dit d'une voix faible : « C'est fait. Tout le monde a prêté serment. Tu peux nous rendre l'oxygène à présent et nous retournerons dormir. »

En une poignée de secondes à peine, la différence se fit sentir : la respiration devint plus aisée et au bout de quelques instants chacun fut pris d'étourdissements, ivre d'oxygène. Puis, l'organisme se réadaptant, le souffle reprit son rythme naturel et ce fut comme si rien ne s'était passé. Les mères pleurèrent devant leurs petits qui respiraient enfin normalement et les enfants purent se remettre à rire, à crier et à gambader librement.

Cependant, bien avant l'échéance des deux heures, rires et cris se turent. Les parents couchèrent leurs enfants, après quoi Zdorab et Shedemei supervisèrent la mise en hibernation de tous les adultes sauf Nafai, qui se tint à l'écart afin de ne pas risquer d'humilier Elemak et ceux qui regrettaient sa défaite.

Une fois encore, Nafai et Shedemei se penchèrent sur Zdorab étendu dans sa capsule. « Pardonne-moi, Nafai, dit-il.

— C'est déjà fait. Luet m'a expliqué quel était ton point de vue à l'époque et les regrets que tu en as eus par la suite.

— Je ne te jouerai plus de tours. Je serai de ton côté jusqu'à ma mort.

— C'est à mon père que tu as juré fidélité. Mais je suis heureux d'avoir ton amitié, et toi, tu peux compter sur la mienne. »

Puis, une fois seul avec Shedemei, Nafai put enfin laisser le manteau guérir ses plaies. « Qui aurait imaginé ça ? dit-il.

— Quoi donc ?

— Qu'en fin de compte la gaffe de Zdorab permettrait quelque chose d'impossible par ailleurs.

— Et de quoi s'agit-il ?

— Je m'attendais, dès notre arrivée sur Terre, à voir Elemak échapper à tout contrôle et déclencher une guerre ; c'est aussi ce que pensait Surâme, à mon avis. Mais maintenant, la guerre est derrière nous, et je crois que la paix se maintiendra.

— Tant que ton père vivra, glissa Shedemei d'un ton caustique.

— Père n'est pas encore si vieux, répondit Nafai. Ça nous laisse du temps. Qui sait ce qui peut se passer dans les années à venir ?

— Je n'ai pas envie d'être là pour le voir.

— Ta décision vient un peu tard, non ?

— Je n'ai pas envie d'être entraînée dans des conflits et des combats. Je suis juste venue faire un peu de jardinage. » Elle eut un rire d'autodérision. « Je suis là seulement pour bricoler avec la faune et la flore de la Terre. C'est ça, le rêve que m'a envoyé le Gardien. Je ne suis pas comme vous autres : moi, je dois simplement m'occuper du jardin.

— Simplement ? Mais tu seras le personnage le plus important du groupe !

— Tu sais, moi aussi je t'ai menti, Nafai. Je t'ai menti en te disant que les mariages entre cousins étaient sans risque. Comme Zdorab, je t'ai caché quelque chose.

— Ce n'est pas grave, dit Nafai. Tout le monde cache quelque chose, consciemment ou non.

— Mais tes enfants... Les conséquences risquent d'être terribles pour eux.

— Je ne crois pas.

— Ah ! » Elle fit une grimace. « Ce serait donc Surâme qui m'aurait imposé de dire ce que j'ai dit ?

— Soufflé, plutôt. Tout était vrai. »

Shedemei éclata d'un rire sarcastique. « Ou du moins aussi vrai que tout ce que dit Surâme !

— J'ai confiance en lui, affirma Nafai.

— Oui : on peut lui faire confiance pour dire ce qu'il faut pour parvenir à ses fins. C'est là toute la confiance qu'on peut lui accorder.

— D'accord, mais, vois-tu, Shedya, les buts de Surâme sont aussi les miens. Je peux donc me fier à lui complètement. »

Elle lui tapota la joue. « Techniquement, tu as peut-être le même âge que moi aujourd'hui, à force de rester éveillé pendant le voyage, mais il faut que tu le saches, Nyef : tu as encore beaucoup à apprendre ! »

Et sur ces mots, elle s'installa dans sa capsule. Nafai en releva le flanc, le verrouilla, puis enclencha le processus de suspension : le couvercle coulissant se ferma et Nafai vit la généticienne s'endormir dans le compartiment étanche. Il était de nouveau seul.

Je ne peux maintenir l'oxygène au niveau actuel que quinze minutes encore ; après, il n'y en aura plus.

Je me dépêche.

Tout s'est plutôt bien déroulé, tu ne trouves pas ?

Ecoute, j'ai une bonne idée : si tu te taisais un moment ? Laisse-moi m'endormir avec mes pensées pour seule compagnie.

Si tu veux. Mais cela va te faire une impression bizarre.

Je m'en sortirai.

Parce que, de toute ta vie, jamais tu ne t'es endormi sans ma présence.

Dans ce cas, je regrette que tu ne sois pas plus fréquentable.

C'est ça, mets-toi en colère contre moi. Mais rappelle-toi que ce n'est pas moi qui ai fait d'Elemak ce qu'il est. S'il avait mieux choisi, s'il avait été fondamentalement meilleur, c'est lui qui serait là, à ta place, et qui porterait le manteau du pilote stellaire.

J'aimerais que ce soit vrai !

Et tu le penses, en effet. Tu n'as aucun désir de responsabilité ni de pouvoir. Pourtant, tu les as acceptés l'un et l'autre parce qu'il fallait bien que quelqu'un le fasse et que tu en étais seul capable. Tu ne l'as pas fait contre ta volonté, mais contre tes désirs et ton discernement. Et c'est pourquoi je t'ai confié le manteau : parce que si tu avais compris ce qu'il représentait, tu n'en aurais jamais voulu.

Je suis exactement le pantin qu'il te fallait, c'est ça ?

Tu n'es en rien un pantin. Les pantins ne me sont d'aucune utilité. J'ai besoin d'amis et d'alliés qui m'aident de leur plein gré.

Laisse-moi dormir tranquille et peut-être qu'à mon réveil je serai de nouveau prêt à t'aider.

Dors bien, mon ami. C'est une longue route qui nous attend encore.

L'écran au plafond de la bibliothèque montrait le globe de la Terre, bleu et blanc avec des taches brun-vert çà et là. Comme tout le monde dormait au moment du décollage, personne à bord du vaisseau n'avait jamais vu de planète sous cet aspect-là, celui d'une boule qui flottait dans l'obscurité de la nuit.

« On dirait une lune », dit Chveya.

Oykib lui prit la main. Elle leva les yeux et lui sourit. Les trois années et demie passées avaient été merveilleuses et torturantes à la fois : elle savait qu'il l'aimait, mais en même temps il n'était pas question de se marier ni d'avoir des enfants pendant le voyage. Ils ne parlaient jamais de leurs sentiments ; c'était plus facile pour tous les deux. Les autres appariements parmi les jeunes s'étaient effectués de façon tout aussi discrète. Mais à présent que le vaisseau multipliait les révolutions autour de la planète pour reconnaître le terrain, que l'équipage lisait les rapports des instruments, étudiait les cartes à la recherche d'un site d'atterrissage et guettait une décision de Surâme ou un rêve du Gardien pour passer à l'acte, Oykib ne pouvait plus s'empêcher de penser à Chveya et à ce qui les attendait : un nouveau monde, un dur labeur d'exploitation et d'exploration de la terre, et toutes sortes de dangers inconnus, maladies, animaux, météo – mais tout cela s'effaçait devant l'idée de tenir Chveya dans ses bras, de mettre au monde des enfants, de relancer le cycle, d'appartenir au monde vivant.

« Autrefois, nous nous sommes enfuis de ce monde, effrayés et honteux, dit Chveya. Nous l'avons souillé et nous nous sommes entretués. »

Elle n'eut pas besoin d'exprimer sa crainte que tout recommence : chacun savait que la période de paix touchait à sa fin, que même si le serment de Volemak était respecté, la tension serait toujours là, sous le vernis de la politesse. Et combien de temps Volemak vivrait-il encore ? A sa mort, la guerre risquait de reprendre, le sang humain de couler à nouveau sur la Terre.

Oykib entendit Chveya s'adresser à Surâme. Pourquoi nous amener ici, alors que nous ne sommes ni meilleurs ni plus sages que ceux qui en sont partis ?

« Mais nous le sommes, dit Oykib. Meilleurs et plus sages, je veux dire. »

Elle se tourna vers lui, les yeux écarquillés. « Mais comment fais-tu ça ? Déjà, lors du conflit, tu parlais comme si tu savais ce que voulait Surâme, ce que voulait Nafai, alors que vous n'aviez aucun contact. Comment fais-tu ?

— J'écoute aux portes, si j'ose dire. Ç'a toujours été comme ça : tout ce qui se transmet sur les canaux de Surâme, je l'entends ; je perçois ce qu'il dit aussi bien que ce que tu lui dis. »

Chveya prit l'air horrifié. C'est vrai ? demandait-elle à Surâme. C'est épouvantable !

« Tu comprends maintenant pourquoi je n'en ai jamais parlé, reprit Oykib, encore que j'aie révélé assez clairement mon talent pendant le conflit. Je m'étonne que personne n'ait deviné mon secret.

— Mais ce que j'ai à dire à Surâme... c'est absolument personnel !

— Je sais. Je n'ai pas demandé ce don ; je l'ai, c'est tout. J'ai grandi avec beaucoup plus de connaissances qu'un enfant normal. Je sais ce qui se passe dans la vie des autres avec une précision que... Bref, j'aimerais mieux juger les gens sur les apparences que de savoir leurs vrais problèmes ; ou bien, dans le cas de ceux qui ne communiquent jamais avec Surâme, ce qu'il doit faire pour les empêcher de réaliser leurs pires désirs. Ce n'est pas un fardeau agréable à porter.

— J'imagine, répondit Chveya. Enfin, peut-être pas. Je suis peut-être incapable de l'imaginer. D'ailleurs, je n'essaye même pas, pour l'instant ; j'essaye de me rappeler ce que j'ai raconté à Surâme, les secrets que tu connais.

— Je vais t'en révéler un, Chveya : je sais que de tous les occupants du vaisseau, aucun n'est plus droit ni meilleur que toi, plus aimant, plus respectueux des sentiments des autres. De tous les occupants du vaisseau, aucun n'est aussi en paix avec lui-même, aucun n'ajoute moins au poids de honte et de culpabilité que je traîne partout avec moi. De tous les occupants du vaisseau, Veya, tu es la seule dont j'ai envie d'être toujours intime, parce que tes secrets sont sains et lumineux et c'est pour ça que je t'aime.

— Mes secrets ne sont pas tous sains et lumineux, menteur que tu es !

— Au contraire : les noirs secrets qui te font honte sont si anodins, si touchants que pour moi qui ai vu le mal, le vrai mal à des degrés dont tu n'auras jamais idée, j'espère, pour moi, même tes secrets les plus sinistres, les plus ignobles sont d'un éclat éblouissant.

— J'ai comme l'impression, dit Chveya, que tu cherches à me faire comprendre que tu aimerais m'épouser.

— Comme si ça pouvait être un secret pour toi qui perçois les relations entre les gens, comme tante Hushidh. Et tu viens me parler de viol de l'intimité !

— C'est vrai, je connais ton secret, Okya. » Souriante, elle lui fit face, lui passa les bras autour de la taille et attira ses hanches contre les siennes. « Je sais ce que tu veux ; je sais combien tu m'aimes. Je nous vois liés par des cordes brillantes, si fort que rien ne nous séparera tant que l'un de nous vivra. Tu es mon prisonnier et n'espère pas de pitié de ma part : je ne te laisserai jamais t'évader.

— De tels liens n'asservissent pas, Veya ; au contraire, ils libèrent. Pendant tout le voyage, j'étais en captivité parce que je ne pouvais pas vivre avec toi. Quand nous mettrons le pied sur ce nouveau monde, cet ancien monde, et que je serai lié à toi enfin, au vu et au su de tous, afin que nous puissions commencer notre vie à deux, c'est alors que je serai véritablement délivré.

— Ma réponse est oui, dit-elle.

— Je sais. Je t'ai entendue le dire à Surâme. »

DEUXIÈME PARTIE

TERRE !

9

LES GUETTEURS

La communauté imposait bien des devoirs à un jeune homme, même déjà marié, fût-ce à une femme aussi remarquable qu'Iguo. A cause de son extraordinaire ascension sociale, on attendait de pTo une réussite en tout, un comportement exemplaire de jeune adulte.

Enfin, peut-être pas toujours. Beaucoup n'espéraient de lui que déception dans le meilleur des cas, scandale au pire. Il était trop jeune ; si Iguo avait épousé un adolescent, c'était uniquement parce qu'Upua, sa grand-mère, avait fait de même avec Kiti. Choisir un homme encore immature était devenu une espèce de tradition de la lignée – et pTo n'était pas Kiti, comme beaucoup l'avaient fait remarquer sans tarder.

« Tu n'es pas Kiti, tu sais, dit Poto, l'autresoi de pTo.

— Ça vaut mieux pour toi, rétorqua pTo : son autresoi à lui est mort l'année où il a créé sa sculpture qui l'a fait choisir par Upua !

— Ecoute, tu n'as pas le droit de faire n'importe quoi. On ne te pardonnera rien : si tu es intelligent, on te dira prétentieux ; si tu rates quelque chose, on te dira présomptueux ; si tu te montres aimable, on te dira condescendant ; si tu te veux discret, on te dira hautain.

— Autant faire ce qui me chante, alors.

— N'oublie pas que c'est mon nom que tu couvres de boue. Si tu es fou, que suis-je, moi ?

— La victime impuissante de ma démence, dit pTo. Je veux aller à la tour. »

Du haut d'une branche solide, ils surveillaient un troupeau de dindes grasses ; les bêtes elles-mêmes étaient assez dociles et, de toute manière, trop stupides pour soupçonner le sort qu'on leur réservait. Le danger, c'était les diables qui n'aimaient rien tant que razzier les troupeaux du peuple. Créatures paresseuses, les diables ne travaillaient jamais, sauf pour creuser leur sales trous dans la terre et excaver le cœur des arbres. Pendant la saison des naissances, ils attaquaient en force et enlevaient parfois jusqu'au tiers des nouveau-nés de l'an – ce qui expliquait que tant de gens aient perdu leur autresoi. Mais le reste de l'année, c'était après le bétail qu'ils en avaient.

« Nous sommes de surveillance, dit Poto.

— Mais nous ne surveillons pas ce qu'il faut, insista pTo. Les Anciens de la tour sont les êtres les plus importants du monde !

— Boboï dit que ce sont nos ennemis.

— Alors, pourquoi l'ancêtre de mon épouse a-t-elle vu le visage d'un Ancien s'ils ne doivent pas devenir nos amis ?

— Pour nous mettre en garde, répliqua Poto.

— Les Anciens connaissent des secrets et, si nous ne nous lions pas avec eux, ils les donneront aux diables. C'est pour le coup que nous les aurons comme ennemis !

— D'abord, il est interdit d'aller les voir, ensuite on compte sur nous ici, et enfin, tu avais beau être jeune quand tu t'es marié, tu n'es pas Kiti ! »

Son autresoi avait raison, pTo le savait. Comme d'habitude. Mais pour rien au monde il ne l'aurait reconnu, parce que s'il n'allait pas se renseigner sur les Anciens, personne ne le ferait. Personne n'en aurait le courage. « Je ne suis peut-être pas Kiti, dit-il enfin, mais je suis le seul à ne pas craindre que toutes les femmes le refusent parce qu'il aura bafoué Boboï et son interdiction d'aller voir les Anciens.

— Tu n'es pas le seul homme marié.

— Tu m'as très bien compris : les plus vieux que moi n'ont pas envie d'y aller voir ; ils sont un peu trop lents, un peu trop gros ; c'est trop dangereux pour eux de s'enfoncer là-bas, au cœur du pays des diables. »

Une dinde se sentit, en dinde qu'elle était, prise de l'impérieuse obligation de s'éloigner dans les buissons et elle s'y précipita soudain en glougloutant. Sans un mot, Poto se laissa tomber de la branche et, faisant du sur-place devant le volatile, se mit à pousser des cris. L'animal s'arrêta et contempla d'un air stupide l'homme qui battait des ailes devant lui. Poto toucha terre puis rebondit aussitôt au-dessus de la dinde en lui donnant au passage un coup de pied à la tête. Elle émit un craillement perçant, fit demi-tour et regagna le troupeau au trot.

Quand Poto le rejoignit sur la branche, pTo ne put se retenir : « Ce que tu viens de faire à cette dinde, Boboï l'inflige à tout le peuple. »

Poto soupira. « Fiche-moi un peu la paix, pTo.

— Je veux te dire que je m'en vais, Poto. Tu es capable de t'occuper seul des bêtes.

— Si on s'en occupe à deux, c'est qu'il faut un homme pour surveiller les dindes et un autre qui surveille le premier pour qu'il ne se fasse pas prendre par surprise.

— Accompagne-moi, alors. Je n'ai pas honte d'avouer que j'ai peur d'y aller seul.

— Moi, j'ai peur d'y aller tout court, et tu ferais bien de m'imiter.

— Eh bien adieu, mon autremoi, mon primesprit. Peut-être Iguo t'épousera-t-elle après ma mort. » Jadis, ils auraient déjà été tous deux mariés avec elle. pTo regrettait parfois que cette tradition n'ait pas perduré.

« Tu délires complètement, dit Poto avec mépris, mais pTo sentit l'émotion qui perçait sous ses paroles cinglantes.

— Ma mort, quand elle viendra, sera de celles que chantent les poètes.

— Mieux vaudrait une existence que tes enfants se rappelleront avec plaisir qu'une mort que les poètes se rappelleront en chantant.

— J'ai du mal à te croire aussi jeune que moi quand tu débites de telles inepties.

— Va-t'en, si tu dois partir. »

pTo bondit aussitôt de la branche. Quelques instants après le début de son vol plané, il s'éleva et se mit à tourner au-dessus des frondaisons. Il cria à Poto : « Surveille ton dos, ô modèle d'obéissance !

— Non ! répliqua Poto, furieux pour de bon. Je ne ferai pas ton travail à ta place ! »

Les paroles portèrent, mais pTo ne s'en éloigna pas moins le long de la vallée. Il savait qu'on le verrait et aussi que, malgré les risques minimes que courait Poto si haut dans la combe, on le dirait dénaturé au point de n'avoir pas d'affection pour son frère. Que les gens disent ce qu'ils voulaient : Boboï se trompait, il y avait grand danger à ne pas s'intéresser aux Anciens. Vaille que vaille, pTo les étudierait, découvrirait qui ils étaient, entrerait peut-être même en contact avec eux. Il apprendrait leur langage, deviendrait leur ami et reviendrait auprès des siens avec les secrets d'autrefois. Mieux valait rapporter des connaissances que de simples babioles. Les objets trouvés par hasard et qui appartenaient aux Anciens n'étaient pas nombreux, mais il avait fallu bien des générations pour les rassembler. Et aucun n'avait de valeur, puisqu'on n'en connaissait pas l'usage. Il fallait des connaissances, des secrets qui se transmettent. Mais pas aux diables ; aux hommes.

Ce n'était pas loin. pTo n'était même pas fatigué quand il arriva en vue de la tour. Il l'avait déjà souvent observée, de loin, et toujours avec un sentiment d'émerveillement : qui donc était capable de façonner une chose si lisse et si haute ? Elle brillait comme le soleil sur l'eau et les arbres ressemblaient à des buissons courbés en adoration devant elle.

Pourquoi les Anciens étaient-ils allés habiter chez les diables et non chez les hommes ? Se pouvait-il que ce soient des êtres infernaux et non des envoyés des dieux ? Pourtant, ils n'avaient pas jailli du sol : ils venaient du ciel. Comment pourraient-ils donc appartenir aux enfers ?

Oui, mais ils avaient posé leur tour juste à côté d'un antique territoire forestier à la végétation touffue. Les indices de la présence d'une ville de diables étaient partout : arbres morts se dressant çà et là, dépressions dues à l'effondrement de tunnels abandonnés, et non loin, les collines rocheuses percées de kilomètres de galeries où ils rendaient leur culte cannibale répugnant. Tout cela, les Anciens avaient dû le voir, le savoir, et pourtant ils avaient bâti leur village là où les diables pouvaient les surveiller sans même quitter leurs terriers. Pourquoi, sinon parce qu'ils avaient l'intention de sympathiser avec eux ? D'ailleurs, c'était sans doute déjà fait. Il était déjà trop tard.

Mais s'il est vraiment trop tard, je verrai les signes de leur alliance, je me ferai une idée du danger et j'en avertirai les miens. Une fois clairement conscients du péril, ils cesseront d'écouter Boboï. Oui, mais alors nous viendrons ici pour faire la guerre et non pour apprendre, et les Anciens nous frapperont sans doute du haut du ciel avec leur magie. Ils vivent dans une tour dressée sur des fondations de feu. Le plus grand guerrier de notre peuple ne leur ferait pas plus de mal qu'un moucheron.

Il ne faut pas qu'il y ait la guerre. C'est vers l'amitié qu'il faut tendre. Je dois trouver un moyen d'y arriver.

Les diables l'avaient sûrement déjà repéré. La capacité de voler assurait le salut des hommes, mais c'était aussi leur malédiction, de jour en tout cas : ils pouvaient certes bondir dans les airs pour échapper à l'ennemi, mais celui-ci pouvait aussi les voir arriver dans le ciel. La différence entre les deux peuples n'était pas sans conséquences : autant les hommes étaient ouverts et probes, autant les diables sournois et perfides ; les hommes vivaient dans le royaume du soleil et des étoiles, les diables dans celui des lombrics et des asticots. Légers comme l'air, les hommes étaient spirituels, parents des dieux, tandis que les diables, lourds et pataudς, étaient terrestres et proches de la pierre.

Mais cela ne changeait rien au fait que, si un diable mettait la main sur un homme, il pouvait lui briser les os comme des brindilles. Pas question, donc, de combat au corps à corps avec eux ; leur lancer un javelot, voilà tout ce qu'on pouvait faire, après quoi il fallait s'enfuir ou mourir. Impossible même de soulever une grosse masse – une pierre, par exemple, pour la laisser tomber sur la tête d'un diable, en tout cas une pierre assez lourde pour faire des dégâts.

Impossible encore de porter son propre enfant quand il était au mauvais âge, trop grand pour qu'on le transporte en vol mais trop jeune pour voler déjà. C'est à cette époque de l'année que les diables attaquaient, et les parents devaient alors affronter un horrible dilemme : lequel des enfants emporter à deux pour le mettre à l'abri ? Certains parvenaient pourtant à revenir à temps pour sauver le deuxième ; d'autres, chanceux, avaient des enfants plus âgés qui ne s'étaient pas encore mariés et pouvaient emmener l'autre jumeau de la paire. C'est ainsi que Poto avait pu survivre, parce que pTo et lui étaient troisièmes-nés. Rares, en effet, les premiers-nés dont l'autresoi était encore vivant.

Les diables l'observaient donc en se demandant ce qu'il faisait là, et en salivant aussi, sans doute, à l'idée de sa chair sous leurs dents. Mais pTo était assez jeune et vif pour ne pas se laisser attraper, et encore assez léger pour se poser au bout de branches sur lesquelles les diables ne pouvaient monter sans les ébranler ; il avait l'oreille encore si fine qu'il pouvait entendre le bruit des doigts en train de creuser l'écorce d'un arbre. S'il tombait dans un piège, il serait en danger, mais il ne risquait rien s'il faisait attention.

Une pensée inquiétante lui vint soudain : tous les hommes et toutes les femmes que les diables avaient capturés avaient dû se dire exactement la même chose, juste avant de comprendre qu'ils s'étaient trompés.

Le village des Anciens était très petit par le nombre des maisons, mais immense par la taille. Leurs demeures étaient monstrueuses ; des arbres entiers avaient été abattus pour construire les murs et les toits, sauf dans le cas de certains bâtiments, composés de substances étranges comme pTo n'en avait jamais vu. Difficile de déterminer la fonction des différents édifices : le plus grand devait servir de dortoir – mais alors, pourquoi n'y en avait-il qu'un ? Les mâles et les femelles célibataires couchaient-ils sous le même toit ? Inconcevable !

Il se choisit un poste d'observation, une branche mince, assez solide pour fournir une bonne impulsion pour l'envol et bien feuillue pour le dissimuler aux yeux des Anciens. Le tronc de l'arbre, qu'il inspecta, était trop fluet pour avoir déjà été évidé par les diables ; il n'avait donc pas à s'inquiéter d'une attaque surprise par une ouverture dérobée. Si un diable voulait l'attraper, il devrait grimper par l'extérieur du tronc et pTo ne manquerait pas de l'entendre.

Sauf s'ils étaient capables de se déplacer en silence, ou d'évider un arbre aussi mince...

Faisant taire ses angoisses, pTo s'installa pour guetter. Il y passa la journée, et au coucher du soleil il avait appris une foule de choses étranges ; la plus étonnante, c'était que tous les adultes paraissaient mariés et que chaque couple vivait dans une maison personnelle. Le grand bâtiment était occupé pendant le jour par deux adultes et tous les jeunes enfants ; à l'évidence, les Anciens leur faisaient l'école. Mais en intérieur ? Séparer les enfants du monde extérieur afin de le leur expliquer, c'était absurde.

Autre chose : tout le monde habitait dans les maisons de bois ; les édifices faits de la bizarre substance lisse ne servaient qu'à entreposer du matériel ou à des fins plus mystérieuses, car on s'y rendait peu et seulement pour y prendre ou y remettre un outil ou quelque autre objet.

Les Anciens gardaient des animaux dans des enclos, mais très peu et singuliers d'aspect : quelques-uns ressemblaient à des chèvres, mais à des chèvres énormes ; d'autres auraient rappelé des vaches, n'eût été leur toute petite taille. Et il y avait des dizaines de loups – ou du moins des bêtes qui aboyaient, qui gémissaient et qui hurlaient comme des loups – et ils couraient librement parmi les Anciens. Ils étaient amis avec les loups ! Mais quelles créatures étaient donc ces Anciens ? Ne craignaient-ils pas pour leurs petits ? Ou bien leurs bébés naissaient-ils doués d'une force peu commune ? Non, non, ce n'était pas ça : pTo voyait certains Anciens en porter sur eux dans des harnais, et les petits avaient l'air complètement sans défense.

D'abord, pTo avait cru – non sans déception – que chaque enfant était unique. C'est seulement en toute fin d'après-midi qu'il s'aperçut que deux d'entre eux étaient identiques et qu'ils avaient les mêmes parents. Ils avaient donc des autresois ! Et pourtant, ces deux-là ne restaient pas toujours ensemble – raison pour laquelle il avait mis si longtemps à comprendre qu'il ne s'agissait pas d'un seul et même enfant. Il se plongea dans ses pensées : parmi tous les enfants, il n'existait qu'une seule paire... Ces Anciens étaient-ils donc des parents poursuivis par une malchance acharnée pour que toutes les autres paires aient été brisées ? Ou bien se pouvait-il que seuls certains des petits naissent par paires et que tous les autres viennent au monde solitaires ? Mais qu'étaient ces êtres, alors ? Des animaux ?

Il aurait le temps d'y réfléchir plus tard. Une fois qu'il aurait appris leur langage, il trouverait peut-être un moyen de poser des questions aussi indélicates. Pour l'instant, il devait se contenter d'observer. Mais il observerait surtout la paire de jumeaux afin de comprendre comment ils parvenaient à vivre leur enfance si souvent séparés. Sont-ils à ce point plus résistants que nous, se demandait pTo, ou bien manquent-ils simplement d'affection véritable l'un pour l'autre ?

Pendant cette journée, il remarqua que la plupart des adultes passaient beaucoup de temps dans de vastes zones dégagées, où ils avaient tracé de nombreuses stries dans le sol, comme s'ils ameublissaient l'argile pour en faire une sculpture géante – quoique la terre fût si friable à cet endroit qu'elle se désagrégerait s'ils essayaient de la façonner. Mais après plusieurs heures passées à observer ce spectacle, pTo comprit enfin que ce sol sillonné devait constituer le premier stade de ce qui menait aux quatre étranges prairies qu'il avait vues près du village, chacune couverte d'une herbe à hauteur différente des trois autres ; là aussi, les racines semblaient pousser en rang. Il existait également d'autres aires où, apparemment, la disposition des plantes ne devait rien au hasard, et dans l'une d'elles, en milieu de journée, certains des Anciens allaient ramasser des melons, les ouvraient et les partageaient entre ceux qui travaillaient.

Tel fut le premier secret que pTo apprit des Anciens : au lieu de se rappeler d'une année sur l'autre où poussaient les meilleures plantes et de prendre soin de laisser une offrande composée de fruits et de racines dans la terre, afin que la Mère donne de nouvelles plantes l'année suivante, on pouvait arracher les offrandes à leur terreau d'origine et les regrouper comme des dindes ou des chèvres, si bien qu'il suffisait d'un nombre réduit d'hommes et de femmes pour les surveiller et s'en occuper tout à la fois. Naturellement, tout danger ne serait pas écarté : les diables n'avaient qu'à repérer une prairie artificielle puis se tapir à l'affût des récolteurs. Finalement, ce secret ne serait donc peut-être pas exploitable. Cela restait à voir.

Mais, plus important, les diables sauraient s'en servir, c'était presque sûr. D'un autre côté, cependant, des hommes, ils auraient pu apprendre sans mal à grouper les animaux pour les protéger des prédateurs et les engraisser ; or, tout ce qu'ils savaient faire, c'était rechercher les troupeaux des hommes et y prélever leur dîme. Sans aucun doute, ils projetaient déjà de voler des fruits et des graines dans les prairies des Anciens.

pTo en arrivait maintenant au plus curieux de tout : personne ne surveillait ces prairies. Certes, à tour de rôle, certains enfants se rendaient dans deux d'entre elles, celle où toutes les herbes étaient en train de parvenir simultanément à maturité, et celle où l'on avait tracé des sillons dans lesquels les oiseaux semblaient trouver des graines. Là, les petits guettaient les oiseaux qui faisaient mine de se poser et ils se précipitaient pour les effrayer.

Ils sont à l'affût des oiseaux, mais pas des diables.

Etait-ce à dire que les Anciens s'étaient déjà alliés aux diables ? A moins qu'ils ne les aient déjà vaincus et réduits en esclavage ?

A moins encore – était-ce possible ? – que les diables aient fait preuve d'une telle discrétion et les Anciens d'une telle incurie que ces derniers ne se savaient pas espionnés.

Allons donc, les Anciens étaient sûrement capables de repérer, fût-ce en partie, ce que pTo voyait clairement ! Au cours de la journée, il avait aperçu plus d'une dizaine de bandes de diables qui sortaient de terre ou qui émergeaient sur les branches pour regarder ce que les Anciens faisaient. Plusieurs d'entre eux avaient aussi noté sa présence, et il se doutait bien qu'ils projetaient de le capturer ou au moins de le chasser. Les diables étaient rusés, mais pas tant que ça ; les Anciens étaient-ils si peu observateurs ? Mais comment auraient-ils acquis une telle puissance, si leur stupidité les empêchait de remarquer des choses aussi importantes que les affûts des diables, ce qu'ils observaient et les emplacements de leurs pièges ?

Le soleil se couchait.

C'était l'heure, pTo le savait, où les diables allaient déclencher le piège qu'ils avaient passé la journée à lui tendre. Ils profiteraient aussi de la nuit pour espionner les Anciens et les voler. Dans la lumière décroissante, il en voyait déjà s'approcher de la prairie ; pourtant les Anciens ne donnaient pas l'alarme et semblaient se fier à une surveillance tout à fait inadaptée : un seul mâle qui déambulait une lampe à la main (et sans jamais la renverser !). Une lampe ! C'était aberrant ! Autant se promener en criant à la cantonade : « Attention, j'arrive ! Dégagez le chemin, cachez-vous, que je ne vous voie pas ! »

pTo entendit un petit bruit de frottement et sa branche frémit. L'espace d'un instant, il fut tenté d'attendre pour exciter le diable, de faire semblant d'ignorer qu'on le chassait. Mais une pensée lui vint alors : il n'y aura peut-être pas d'autre avertissement ; le diable est peut-être plus près que je ne l'imagine ; et si je reste ici une seconde de plus...

Et comme il bondissait vers le ciel, un sifflement de déception retentit juste derrière lui, si fort et si proche qu'il crut sentir l'haleine du diable sur sa nuque. C'est comme ça qu'on se fait tuer, se dit-il : on attend un tout petit peu trop avant de s'envoler.

Il piqua vers le sol, puis remonta suffisamment pour planer quelques instants. Il se sentait courbatu d'être demeuré sans bouger toute la journée. S'il avait pu se suspendre à sa branche par les mains et les pieds, ç'aurait été plus confortable, mais il aurait alors couru le risque de s'endormir. Non, c'était le prix à payer pour être resté debout tout le jour, immobile ; toutefois, d'après ce qu'il avait vu des Anciens, il se demandait si tant de prudence était bien utile. Il aurait sans doute pu danser la gigue en chantant à tue-tête sans qu'ils le remarquent seulement.

Les diables devaient avoir envahi les prairies des Anciens, maintenant, mais, malgré le danger, il fallait qu'il essaye de recueillir des échantillons de ces herbes qui poussaient si uniformément. S'approchant du champ le plus avancé, il constata l'extrême péril auquel il s'exposait : les tiges des plantes, trop faibles pour supporter son poids, étaient en revanche assez hautes pour gêner son envol. Comble de malchance, le bruissement qu'elles émettaient sous la brise l'empêcherait d'entendre les diables en mouvement dans les herbes. Quant à se poser au sol, ç'aurait été du suicide : tous les diables cachés dans la végétation avaient dû le repérer, même si ce n'était pas réciproque ; il risquait d'atterrir à quelques empans de l'un d'eux, et il ne le saurait qu'à l'instant où les mains puissantes se refermeraient sur ses jambes ou sur ses bras, ou lorsqu'elles déchireraient la membrane coriace mais fine de ses ailes.

Il redoutait de se poser et pourtant il le fit, car il ne voulait pas rentrer sans un trophée. Les secrets qu'il avait appris, voilà ce qui présentait le plus de valeur, il le savait, mais il affronterait plus aisément les critiques de Boboï s'il avait un objet concret à présenter. Il atterrit donc et, sans perdre de temps, il se mit à briser des tiges aussi près du sol que possible, sans même jeter un coup d'œil autour de lui : il n'aurait rien vu, de toute façon. S'il se trouvait un diable à proximité, il était condamné, coup d'œil ou non ; et s'ils se tapissaient plus loin, il leur donnerait simplement le temps de se rapprocher pendant qu'il chercherait à les repérer dans les herbes impénétrables.

Combien de tiges ? Une. Deux. Trois. Il fallait quelques secondes à chaque fois pour casser la hampe et la déposer à côté des autres ; de combien de secondes disposait-il ? Quatre. Cinq. Et combien de plantes lui fallait-il ? Six. Sept. Etaient-elles mûres ? Ou n'allait-il rapporter que des herbes immatures, sans valeur de preuve ? Huit. Neuf.

Assez. Terminé. Maintenant, s'envoler.

Attrapant les herbes d'un pied, il se ramassa, puis se projeta en l'air de toutes ses forces. Une fois au-dessus des plantes, il dut ouvrir complètement ses ailes et battre l'air avec violence pour s'élever. Durant un terrifiant instant, il ne parvint qu'à se déplacer horizontalement, au niveau de la tête des tiges, sans pouvoir prendre de hauteur. En dessous de lui, des yeux – quatre, six, huit – brasillaient à la clarté de la lune et des formes bondissaient sur son passage. Si elles avaient été plus grandes, ou pTo plus lent, il gésirait déjà parmi les plantes, déchiqueté, son corps emporté par petits bouts dans les terriers des diables qui se le partageraient avec leurs immondes femelles mangeuses de terre.

Mais les silhouettes n'étaient pas assez grandes, pTo était rapide, et il finit par s'élever ; il se dirigea vers le village des Anciens. Il devait toucher un des bâtiments qui n'étaient pas en bois ; mais là, les risques étaient bien moindres : aucun diable ne s'était introduit dans le périmètre des maisons et l'Ancien à la lampe ne l'apercevrait probablement pas. De plus, comme il se poserait sur le toit, rien n'empêcherait son envol.

Le matériau s'enfonça légèrement sous lui. Obligé de se maintenir en place à l'aide de son seul pied libre, il dut se servir de ses mains pour toucher le toit. Il était tissé comme un nid provisoire, comme un panier, sauf qu'il s'agissait d'un tissage extraordinairement fin et serré ; même l'eau ne devait pas le traverser. Quant aux fibres, il n'avait pas la moindre idée de leur composition. Elles brillaient sous la lune. Pourquoi les Anciens tuaientils des arbres pour construire leurs maisons alors qu'ils étaient capables de tisser un toit d'une telle finesse et d'une telle perfection ?

Une dernière tentation, après la maison lisse : il alla se poser au pied de la tour et la toucha. C'était complètement différent de la maison tissée ; la paroi ne s'enfonçait pas du tout. On aurait dit de la pierre, en moins froid. Quand il y donna un petit coup de ses phalanges repliées, il y eut un léger tintement, comme en produisaient certains des objets que renfermait le trésor des Anciens, au village. Une vérité restait donc acquise : ils mettaient de la musique dans tout ce qu'ils fabriquaient.

Un son le fit sursauter ; cela ressemblait à une voix, mais en plus puissant et en plus grave. Dans son alarme, il s'envola sans réfléchir. C'est seulement une fois en l'air qu'il prit le temps de revenir voir qui avait parlé. C'était bien une voix qu'il avait entendue : celle d'un Ancien, un mâle. Comment avait-il réussi à s'approcher aussi discrètement ? Les Anciens étaient bruyants en tout, comme les sourds. Celui-ci criait aussi comme s'il était sourd, d'une voix tonnante. Et malgré tout, il s'était déplacé en faisant si peu de bruit que...

... qu'il n'avait évidemment pas dû se déplacer du tout. Il devait être assis dans l'ombre de la tour, tout simplement, dès avant l'arrivée de pTo. Qu'avait-il vu ? Avait-il remarqué les épis volés ? Allait-il se mettre en colère ? Ce chapardage allait-il faire des Anciens les ennemis des hommes ?

Un instant, pTo se dit : Je ne raconterai à personne qu'un Ancien m'a vu.

Mais il rejeta aussitôt cette idée. C'est vrai, si jamais nous devenons les amis des Anciens, ils se rappelleront les plantes que j'ai dérobées dans leur prairie et j'en subirai la sanction. Mais j'aurai prévenu les miens que mon vol n'était pas passé inaperçu : ils sauront donc que j'ai dit la vérité sur tous mes actes – même sur l'erreur que j'ai commise en me faisant repérer. Beaucoup critiqueront mon imprudence – mais personne ne mettra en doute mon honnêteté et on ne pourra pas dire que j'ai arrangé mon histoire pour me donner le beau rôle. Mieux vaut gagner leur confiance que leur respect. Si j'ai leur confiance, je pourrai toujours gagner leur respect par la suite ; sinon, je les flouerai et leur respect me sera comme un poison.

Fatigué d'être resté immobile toute la journée, inquiet quant à son retour, pTo remonta le canyon à tire d'aile en direction de la vallée où vivaient les hommes.

Oykib regarda la chauve-souris géante virer dans le ciel au-dessus de sa tête, puis s'éloigner le long du canyon. Pour d'autres que lui, il le savait, ce serait le signe que leurs rêves commençaient à se réaliser, les rêves envoyés par le Gardien de la Terre ; mais Oykib donnait à cette scène un sens différent. Il avait entendu le Gardien parler au visiteur – et il avait saisi ses paroles.

Le Gardien avait une voix étrange, moins audible, moins claire que celle de Surâme. Il parlait plus par images que par concepts, plus en termes de désirs que d'idées et Oykib avait plus de mal à le comprendre ; de fait, à l'arrivée sur Terre, il avait passé plusieurs semaines sans même s'apercevoir de la présence de cette voix. Les communications entre les humains et Surâme étaient tellement puissantes que la voix du Gardien ressemblait au grondement lointain du tonnerre ou au bruissement d'une brise légère dans les arbres : la perception qu'en avait Oykib était surtout inconsciente. Mais une fois qu'il l'eut remarquée, qu'il l'eut identifiée, il se mit à l'écouter. Installé dans l'ombre du vaisseau à la nuit tombante, il se concentrait et repoussait peu à peu la voix de Surâme à l'arrière-plan.

C'était difficile, surtout parce que le Gardien ne s'adressait pas souvent aux humains : un rêve de temps en temps, parfois un désir ; et puis les rêves survenaient fréquemment aux heures où Oykib n'était pas en état de les percevoir aisément. Cependant, le Gardien était en dialogue presque constant avec quelqu'un ; avec de nombreuses personnes, à vrai dire, tout autour du village de Rodina – mais à quelle distance, il n'aurait su le dire. Le vrai problème, c'était de comprendre les paroles échangées. Les rêves et les désirs qui arrivaient à sa conscience n'avaient aucun sens. Au début, il avait cru qu'il s'agissait d'une simple question d'interférences : les interlocuteurs étaient trop nombreux, voilà tout. Mais par la suite, ayant peu à peu appris à distinguer les rêves les uns des autres, à suivre telle ou telle communication, il s'aperçut que l'étrangeté des messages était inhérente à leur nature : le Gardien pressait ses interlocuteurs de désirs qu'Oykib n'avait jamais ressentis et qu'il était incapable de comprendre. Et puis soudain, il percevait une séquence très claire : l'envie d'aller s'occuper d'un enfant, de ne pas se mettre dans l'embarras devant ses amis. Et plus il écoutait, plus nette devenait l'image de ces appétits inconnus : désir de creuser le sol, de déchirer du bois à mains nues, de se barbouiller d'argile. Tout cela était absurde et pourtant, assis au pied du vaisseau, se dépouillant de son humanité, Oykib se laissait envahir par ces faims et il se sentait... différent. Autre. Il n'était plus lui-même.

Depuis quelque temps, Chveya et lui s'interrogeaient, car elle aussi apercevait vaguement des fils inexplicables qui ne reliaient pas des hommes entre eux. « Et pourtant, je ne peux pas voir ça, c'est impossible, avait-elle déclaré. Je ne perçois de fils qu'entre les gens présents, ou au moins que je connais. Or je ne repère jamais personne à qui ces fils puissent appartenir.

— Peut-être les vois-tu mal, accidentellement, avait répondu Oykib, sans savoir ce que tu vois réellement.

— Dans ce cas, il y a des dizaines de gens qui se promènent autour du village et des champs sans que nous les ayons jamais vus, pas même une seule fois ! Non, c'est une idée grotesque.

— Pourtant, c'est vrai : il y a du monde tout autour de nous, constamment.

— Oui, mais loin ; tu dis que ce que tu entends est faible.

— Uniquement à côté des communications de Surâme. C'est comme essayer d'écouter un concert de loin pendant que quelqu'un te piaule aux oreilles avec un fifre.

— Ah ! Tu l'as dit toi-même : un concert lointain.

— Bon, et si des gens nous surveillent pour de bon ?

— Eh bien ? Qu'ils nous surveillent. Eux aussi, le Gardien les surveille ! »

Naturellement, tous ceux qui tenaient les rêves pour authentiques attendaient d'apercevoir les créatures volantes et les rats fouisseurs – comment Hushidh et Luet les avaient appelés, déjà ? Oui : les Anges et les Diables. Mais Oykib avait beau tendre l'oreille, Chveya s'efforcer d'observer les fils révélateurs des loyautés et des affections, rien ne venait leur indiquer à laquelle des curieuses espèces vues en songe appartenaient leurs vigilants voisins. En supposant qu'ils étaient bien de l'une d'elles.

En tout cas, qu'ils soient humains ou animaux, Oykib n'en était pas moins de plus en plus troublé par les rêves et les désirs qu'il captait. Par exemple, l'envie de manger quelque chose de tiède, au sang salé, encore frémissant de vie : la première fois qu'il en prit conscience, il fut saisi d'une telle horreur de lui-même qu'il vomit tripes et boyaux. Cette envie venait de l'extérieur et non de lui, il le savait, mais elle l'obsédait comme s'il s'était agi de la sienne propre : car la créature tiède au sang salé qu'il avait envie de manger vivante n'était autre, il l'avait compris, qu'un nourrisson tendre et moelleux. L'image qu'il en avait était confuse – un éblouissement de ciel, une couverture craquante en cuir. Comme dans toutes les communications entre le Gardien et ces créatures inconnues, rien n'était parfaitement clair. Mais Oykib était sûr au moins de ceci : ce qu'il avait intercepté, c'était une prière adressée au Gardien de la Terre pour réussir à s'approprier la chair vive d'un bébé.

Mais quels monstres étaient donc ces êtres ?

Il faut que j'avertisse les autres, se disait-il ; mais c'était impossible : cela reviendrait à leur avouer que depuis des années il entendait leurs conversations les plus secrètes avec Surâme et ils auraient l'impression qu'on les avait espionnés, dépossédés de leur intimité, violés. Quant à parler à Chveya, ce serait déclencher en elle une inquiétude mortelle pour la sécurité de son premier enfant qui se développait déjà dans son ventre et pour les petits auxquels elle faisait la classe.

Il pouvait donc lui rapporter la majeure partie de ce qu'il captait, mais il devait garder le pire pour lui ; et au cours de la semaine précédente, il avait dû se retenir de lui expliquer pourquoi il se réveillait en pleine nuit, couvert de sueur, convulsé de haut-le-cœur, et aussi pourquoi il était devenu si taciturne qu'il n'adressait presque plus la parole à personne.

Mais ce soir, ah ce soir ! bien des questions avaient reçu des réponses, car lorsque la chauve-souris aux ailes comme du cuir s'était posée sur le toit d'une remise en toile, non loin de lui, Oykib avait senti qu'il s'agissait d'un être complètement différent des autres. Certes, celui-ci recevait aussi un flot presque ininterrompu de transmissions du Gardien, dans un nouveau langage à base de désirs, inconnu également ; mais les communications étaient plus lumineuses et plus claires ; plus effrayantes aussi. Il y avait des questions, émises sous forme d'idées enfin compréhensibles pour Oykib ; mieux encore, elles étaient rattachées à un langage ; il n'en saisissait pas les termes, mais on pouvait l'apprendre, il en était sûr.

Ce qu'il saisissait parfaitement, en tout cas, c'était les désirs exprimés : souhait de ne pas décevoir ses pareils, envie de protéger son épouse et ses enfants, soif de percer des secrets.

Soif de percer des secrets... Dans l'esprit d'Oykib, alors qu'il observait la créature perchée sur le toit de la tente, apparut l'image de l'être dont elle voulait déchiffrer les secrets ; deux images, plutôt, presque simultanées : celle, vague, d'une tête humaine en argile crue, grosse, énorme ; et puis, beaucoup plus claire, celle de Nafai en chair et en os. Sauf que ce n'était pas Nafai. Il ressemblait à la créature volante, mais avec des poils clairsemés et les ailes en lambeaux, incapable de prendre l'air et pourtant respecté, écouté par tous.

C'était Nafai et ce n'était pas Nafai, tout à la fois.

Soudain, Oykib comprit. C'est ainsi qu'elle nous désigne, qu'elle nomme les humains : les vieux, les anciens. Nous sommes les anciens.

Mais cela sous-entendait que ces êtres étaient au courant de l'existence, jadis, de l'homme sur Terre. Non, c'était absurde. Un souvenir ne pouvait pas survivre quarante millions d'années. D'ailleurs, comment ces créatures pourraient-elles garder un quelconque souvenir de l'homme ? Autant qu'il le sût, elles n'étaient pas encore intelligentes à cette époque-là.

La chauve-souris sauta brusquement du faîte de la tente et, survolant rapidement la clairière, se posa au pied du vaisseau. Là, elle toucha le métal, puis le heurta des phalanges, sans cesser de parler au Gardien – de chanter, plutôt, dans son enthousiasme. Oykib avait l'impression de ressentir lui-même le respect et l'exaltation qui l'emplissaient. Une pensée lui vint, aussi claire que s'il en était l'auteur : « Les Anciens mettent toujours de la musique dans ce qu'ils fabriquent. »

Oykib l'avait comprise, bien qu'il ignorât le langage dans lequel l'idée s'exprimait. Il n'avait entendu aucun son, mais il savait au fond de sa mémoire à quoi devait ressembler la voix de la créature : haute et musicale, pleine de voyelles traînantes et subtiles, mais dépourvue de sifflantes, de nasales et même de fricatives. Les seules consonnes existantes étaient plosives, non moins musicales cependant que la mélodie d'un flûtiste qui insère çà et là de légères interruptions : *t*, *k*, *g*, *p*, *b* et *d*, plus une gutturale impossible à imiter pour une gorge humaine. Parfois, ces consonnes s'accompagnaient d'une expiration et parfois non. C'était un langage magnifique.

Mais plus important était le fait que les désirs exprimés n'avaient rien de sinistre ni de violent, et que le Gardien ne donnait pas l'impression de chercher à contenir cette créature. Loin de la distraire, il l'encourageait, soutenait ses désirs. Le contraste était tel après ces jours et ces semaines de messages confus, et Oykib en ressentit un tel soulagement, qu'il ne put s'empêcher de parler tout haut. « Enfin le Gardien nous envoie un ami », dit-il.

Il avait oublié la prudence et la vigilance dont avait fait preuve la créature – non, l'ange – et il ne s'était pas rendu compte que l'obscurité le cachait jusque-là ; mais en entendant sa propre voix, il comprit qu'elle était trop sonore, trop inattendue. L'ange bondit en l'air presque à hauteur d'homme, puis se mit à battre frénétiquement des ailes pour s'éloigner du danger.

Mais sa terreur ne dura pas. Il revint et tourna en rond au-dessus d'Oykib comme s'il voulait s'imprégner de son image. Vas-y, regarde tout ton soûl, se dit Oykib, debout, les mains ouvertes et les bras largement écartés. Je ne te veux pas de mal, essayait-il de dire par son attitude.

Puis s'adressant au Gardien : Aide-le à comprendre que je ne suis pas un ennemi.

Il n'y eut pas de réponse, comme d'habitude. Certains recevaient des rêves et des conseils chuchotés ; Oykib, lui, ne pouvait que les surprendre sans jamais rien percevoir qui lui fût personnellement destiné. Mais pour une fois, en se rappelant le langage et les désirs de l'ange, Oykib n'en ressentit aucun regret. Peut-être, lui qui ne faisait qu'écouter, avait-il la meilleure part.

Lorsque l'ange s'éloigna dans le ciel nocturne vers le canyon baigné de lune, Oykib contourna le vaisseau et prit la direction de sa maison. Il aperçut l'éclat de la lanterne. Qui était de garde, cette nuit ? Meb ? Vas ? Un des Elemaki, en tout cas.

C'était Obring : il balançait toujours la lanterne en marchant, créant ainsi des ombres mouvantes qui lui interdisaient de repérer tout mouvement incongru. Oykib avait entendu un jour Elemak lui en faire reproche ; Obring s'était contenté de rire en disant : « Mais il n'y a rien à voir, Elya. Et d'ailleurs, c'est à Volemak qu'on obéit tous, maintenant, pas à toi, tu ne l'as pas oublié ? »

Non, Elemak ne l'avait pas oublié. Oykib le savait pertinemment : Elemak ne s'adressait jamais à Surâme ni pour prier ni pour parler, mais il jurait souvent, et quand ses imprécations cachaient une intention authentique, leur intensité les insérait dans un schéma de communication avec Surâme qu'Oykib pouvait capter. Il s'agissait de malédictions muettes, jamais ouvertement exprimées. Il se contrôlait bien. Et à la fin, on trouvait quand même une prière, ou peut-être seulement un mantra : je ne suis pas un parjure ; je tiendrai parole.

Oykib savait à quoi il pensait : au serment qu'il avait fait d'obéir à Père tant que celui-ci vivrait et gouvernerait la communauté. Mieux que personne, à l'exception de Hushidh et de Chveya, capables de voir comme sur une carte les loyautés des uns et des autres, Oykib avait conscience de la fragilité de la paix. Les deux clans, Elemaki et Nafari, étaient bien délimités et partageaient pratiquement le village en deux, les Nafari à l'est, les Elemaki à l'ouest. La colonie n'était pas unie et ne le serait jamais. Santé, Volemak ! Santé et longue vie ! Que la guerre n'éclate pas avant que mes enfants aient vu le jour et grandi en toute sécurité. Vis à jamais, mon père ;

tu es le seul lien qui maintienne notre moisson en une gerbe unique.

Obring montait donc la garde sans aucune efficacité tandis qu'Oykib entendait de sinistres murmures et des prières barbares dans le noir, sans oser en parler à personne.

Et ce soir, n'y sentait-on pas une urgence nouvelle ? Une impression de triomphe teinté de crainte ? De l'audace, voilà. On avait trouvé le courage de faire ce que personne n'avait osé jusque-là. Et le Gardien envoyait un flot constant d'informations destinées à embrouiller ces esprits. Il se passait quelque chose. Mais quoi ? Dis-moi, Gardien ! Parle-moi, Surâme !

Chveya dormait quand il entra chez lui ; c'était fréquent. Levée à l'aube, elle travaillait dur toute la journée, comme si sa grossesse ne devait rien changer à son emploi du temps. Et à son retour, elle s'endormait comme une masse, sans même se dévêtir, sur le lit ou sur le premier siège qui lui tendait les bras. Une fois, Oykib l'avait trouvée endormie debout, appuyée à rien, debout simplement comme un poteau dressé au milieu de la pièce unique de la maison, les yeux fermés. Elle avait la respiration lourde – couchée, elle aurait ronflé.

Ce soir, elle s'était allongée, mais tout habillée, et ses pieds pendaient du lit. Il n'avait pas envie de la réveiller, mais au matin elle aurait les jambes gourdes, ce qui risquait de la gêner, surtout si elle se réveillait en pleine nuit pour se vider la vessie et qu'elle se découvrait incapable de marcher.

D'ailleurs, les derniers événements étaient importants : l'ange qui s'était approché de lui – ou du moins du vaisseau, pour le toucher –, la clarté de sa voix quand il s'adressait au Gardien et celle de la réponse du Gardien, le fait qu'Oykib entendait son langage et le comprenait, et enfin les murmures, l'agitation des autres créatures, peu rassurantes celles-là, qui encerclaient le village.

Il remonta les pieds de Chveya sur le lit. Elle s'éveilla.

« Oh, encore ? marmonna-t-elle. Je voulais t'attendre.

— Ce n'est pas grave, répondit-il. Dors autant que tu peux, tu en as bien besoin.

— Mais ça n'a pas l'air d'aller.

— Je suis à la fois heureux et inquiet. » Puis il lui raconta ce qui s'était passé et ce que cela signifiait à son avis.

« Ainsi, les anges commencent à se rapprocher de nous, dit-elle.

— Et de là, on peut déduire quels sont les autres êtres que nous devinons çà et là : ce sont les rats. Ils sont tout autour de nous, dans le noir.

— Tu dois avoir raison.

— Hushidh n'a-t-elle pas fait un rêve où ils lui volaient ses enfants ?

— Et tu as l'impression que quelque chose a basculé cette nuit ? D'accord, je crois qu'il faut avertir tout le monde et instaurer des tours de garde supplémentaires.

— Et que veux-tu dire aux autres ? Que veux-tu leur expliquer ? demanda Oykib.

— On ne leur expliquera rien ; si nous suggérons à Grand-Père de doubler ou de tripler la garde, il le fera même si nous lui disons que c'est seulement sur une intuition. Il respecte les intuitions. »

Ils allèrent pour sortir, mais à peine eurent-ils ouvert la porte qu'un hurlement monta du côté de chez les Elemaki. Il jaillissait d'une gorge humaine et il exprimait toute la douleur du monde.

10

LA BATTUE

C'est Eiadh qui avait hurlé. En quelques secondes, tous les adultes furent autour d'elle. Elle ne criait plus, mais elle eut les plus grandes peines à maîtriser sa voix pour expliquer ce qui s'était passé.

« On a enlevé Jivya ! dit-elle. La petite ! On l'a prise dans son lit ! Je me suis réveillée et j'ai vu comme des ombres qui couraient ! » Elle perdit son sang-froid et sa voix s'emplit d'horreur : « Elles tenaient sa couverture par les coins ! Mon bébé a été enlevé par des bêtes ! Des bêtes ! »

Lors du drame, Elemak se trouvait on ne sait où ; pas avec Eiadh, en tout cas. Mais à présent, il était à la porte, sur un genou. « Regardez ces empreintes, dit-il. Ce sont celles d'un animal. De deux animaux, en fait, qui sont entrés et sortis ; et ils étaient lourdement chargés quand ils sont repartis. » Il se redressa et s'adressa au groupe : « J'ai vu une créature volante se poser dans les champs, puis sur la remise et enfin derrière le vaisseau. Un peu après, elle s'est envolée et elle a remonté le canyon. Elle devait aller chercher ses amis. » Il toucha l'empreinte. « Cette trace pourrait bien avoir été laissée par ce... cet être. Je vais la suivre par le canyon. »

Mais Oykib, regardant l'empreinte, sut qu'Elemak se trompait. Les pieds de l'ange ressemblaient à des mains, ou plutôt, peut-être, à des étaux puissants. Ces traces-ci étaient celles d'une créature aux pieds plus aplatis, avec de longs orteils et des griffes épaisses : des pattes d'animal coureur ou fouisseur, pas d'un être qui vole et s'accroche aux branches.

« Ce n'est pas l'ange qui a fait cette marque », dit Oykib.

Elemak braqua sur lui un regard plein d'une haine glacée.

Nafai s'interposa aussitôt. « Elemak sait déchiffrer les traces des animaux, Oykib.

— Mais j'ai vu l'ange...

— Elemak aussi, coupa Nafai, et c'est sa fille qui a disparu. » Puis, à son demi-frère : « Dis-nous ce qu'il faut faire, Elya. »

Chveya se tourna vers Oykib et, pendant quelques instants, enfouit sa tête contre son épaule, sans rien dire. Elle réagissait toujours ainsi quand Nafai disait exactement ce qu'il ne fallait pas – ce qui arrivait souvent, curieusement, pour quelqu'un d'aussi intelligent. De son propre point de vue, il avait raison : dans les circonstances présentes, mieux valait s'en remettre au jugement d'Elemak. Mais il aurait dû avoir enfin compris que ce n'était pas parce qu'il ordonnait à tout le monde d'obéir à Elemak que celui-ci lui en serait reconnaissant.

D'ailleurs, il ne fallait pas donner le commandement à Elemak, parce qu'il était dans l'erreur. Oykib le savait, ce n'étaient pas les anges qui avaient enlevé l'enfant. Les ravisseurs ne volaient pas ; c'est par terre qu'on devait les chercher. De plus, le temps pressait, car certains d'entre eux au moins mouraient d'envie de goûter à la chair d'un nourrisson. Il serait criminel de gaspiller de précieux moments à courir après les créatures volantes alors qu'elles ne détenaient pas l'enfant.

Comme si elle avait perçu ses pensées, Rasa posa une main sur son épaule. « Sois patient, mon fils, dit-elle. Tu sais ce que tu sais et l'on t'écoutera en temps voulu. »

En temps voulu ? Oykib baissa les yeux sur Chveya. Les lèvres pincées, elle était manifestement aussi inquiète et aussi exaspérée que lui.

Elemak organisait la battue, assignait une direction à chacun.

Volemak prit la parole. « Tous les adultes sont réunis ici ? Alors, qui garde les autres petits, maintenant que nous savons qu'ils ne sont pas à l'abri dans les maisons ? »

Aussitôt, les mères se précipitèrent au-dehors et retournèrent chez elles en courant.

« Elemak, reprit Volemak, laisse-moi quelques hommes pour protéger le village pendant votre absence. »

Elemak accepta sans hésitation. « Gardez Nafai et Oykib ; il pourra vous raconter ses théories en long et en large. Mais donnez-moi les autres.

— Moi, je suis un homme », dit Yasai.

Oykib se retint de répliquer : « Dans ce cas, un pissenlit est un arbre ! » L'heure n'était pas aux taquineries ; d'ailleurs, Yasai était un homme, en effet.

« S'il survient une attaque, objecta Volemak, nous ne serons pas assez nombreux. Laisse-nous les plus jeunes. »

Mais Elemak se buta, cette fois. « Nafai a le manteau. Et s'il vous faut d'autres défenseurs, il vous reste les adolescents. Nous devons suivre la piste d'animaux qui volent ; je n'y arriverai pas sans le plus d'hommes possible.

— Moi, je peux défendre le village », intervint Protchnu, essayant de paraître plus vieux que ses neuf ans.

Elemak le regarda, la mine sérieuse. « C'est ton devoir, en effet. Obéis à ton grand-père sans discussion. »

Protchnu acquiesça. Oykib ne put s'empêcher de songer que si Elemak avait suivi son propre conseil ces derniers mois, l'existence de chacun aurait été bien plus heureuse.

Peu après, Elemak s'en allait en ne laissant des hommes que Nafai, Issib, Volemak et Oykib au village.

« Bienvenue parmi les inutiles, dit Issib, mi-figue, mi-raisin.

— Les inutiles ? Nous verrons ! répondit Volemak. Et maintenant, Oykib, dis-nous ce que tu sais.

— J'ai vu un ange cette nuit, commença son fils ; le même qu'Elemak. Mais il n'était qu'à quelques mètres de moi et je distinguais très bien ses pattes. Il ne peut pas avoir fait ces empreintes.

— Qui les a faites, alors ? demanda Nafai.

— Il existe d'autres créatures, intervint Chveya, que j'ai entraperçues. Je ne les ai jamais vues clairement, mais j'ai pu commencer à établir des liens. Hushidh a eu quelques perceptions, aussi. Il y en a tout autour de nous, mais elles sont au ras du sol, sous les taillis. Comme disait Eiadh, ce sont des ombres basses, encore qu'elles grimpent parfois aux arbres.

— Et tu sais tout ça sans les avoir jamais vraiment vues ? » Issib avait l'air étonné.

« Je discerne les liens entre elles, vaguement. » Chveya eut un sourire sans joie. « Je ne peux pas faire mieux.

— C'est insuffisant », dit Nafai. Il braqua un regard glacé sur Oykib. « Cesse de nous amuser, Oykib ; que sais-tu réellement ? »

Pour la première fois, Oykib se demanda s'il avait aussi bien préservé son secret qu'il le croyait. « Ce qui est sûr pour moi, c'est qu'il n'y avait aucune méchanceté chez l'ange. Dans son esprit, nous sommes les Anciens et il nous considère avec respect et vénération. Mais il existe d'autres esprits, qui nous surveillent depuis des mois, et certains... » Il jeta un coup d'œil à Eiadh et comprit qu'il marchait sur des œufs. « Certains risquent de vouloir faire du mal à Jivya.

— Il s'agit de ceux que nous avons baptisés fouisseurs, j'imagine », dit Nafai.

Volemak hocha la tête. « Et ils vivent tout près d'ici. »

Issib eut un rire ironique. « Alors on attrape des pelles et on creuse, c'est ça ? » D'un geste, il embrassa le territoire immense qu'il leur faudrait retourner.

« Là où il y a des terriers, il y a des entrées, répondit Nafai.

— Mais on a exploré toute la région, objecta Protchnu, et on n'a pas repéré de terriers !

— Il n'y a qu'une chose à faire, ça saute aux yeux, intervint Oykib, et c'est ce qu'Elemak aurait fait s'il n'avait pas été persuadé d'avoir affaire à des êtres volants : il faut suivre les traces. »

Hélas, les empreintes de fouisseurs se perdaient parmi celles laissées par les humains lorsque le cri d'Eiadh avait rameuté le village ; de plus, les femmes, Rasa en tête, étaient en train de rassembler tous les petits sous le toit de l'école, ce qui n'arrangeait rien. Mais malgré tout ce remue-ménage, Volemak se débrouilla pour fournir des lanternes aux hommes ainsi qu'aux adolescents, et au bout de quelques minutes, Protchnu poussa une exclamation : « Ici ! La piste est toute droite ! Ils n'ont même pas essayé de la brouiller ! »

C'était vrai : elle reprenait exactement là où l'on pouvait l'attendre d'après sa direction à la sortie de chez Elemak et Eiadh. Tout le monde rejoignit Protchnu et resta derrière lui tandis qu'il se dirigeait vers la lisière de la forêt.

Là, Volemak intervint encore :

« Un instant. Nafai et Oykib, déployez-vous et surveillez les alentours ; je n'ai pas envie que Protchnu fonce tête baissée dans un piège. »

Une lanterne dans une main, dans l'autre un outil de jardinage en guise d'arme, les miliciens improvisés s'enfoncèrent dans les bois. Quatre hommes adultes, quelques enfants et les jeunes femmes qui n'avaient pas encore eu de bébé : voilà qui allait frapper l'ennemi de terreur ! Dans le sous-bois, la piste devint plus difficile à suivre, car les feuilles mortes conservaient mal les empreintes. Protchnu peina pour avancer de six malheureux mètres, puis il perdit la trace.

A pas lents et prudents, ils examinèrent le terrain en un cercle grandissant dans l'espoir de retrouver la piste. Soudain, Oykib entendit Protchnu, à quelques enjambées de là, pousser une exclamation étouffée. Le garçon regardait dans les arbres. « Mais que je suis bête ! » s'écria-t-il, avant de se précipiter là où il avait perdu la piste.

Oykib le suivit. « Tu crois qu'ils ont transporté la petite dans les arbres ?

— Dans un arbre, oui, répondit Protchnu. Tu te rappelles les troncs creux qu'on a trouvés en en abattant certains ?

— Oui ; d'après Shedemei, c'était peut-être une maladie qui avait... »

Mais sans l'écouter, Protchnu était monté dans l'arbre et appuyait de toutes ses forces ici et là sur le tronc. « Protchnu, ne me dis pas que tu cherches un passage secret !

— On a brûlé les arbres creux parce qu'ils ne servaient à rien pour construire les maisons. On aurait mieux fait de les étudier. Les empreintes mènent tout droit à cet arbre et puis elles disparaissent. Elles vont bien quelque part ! »

Protchnu s'immobilisa soudain, un grand sourire aux lèvres. « Ça s'enfonce un peu ici. Lève ta lampe, oncle Oykib. J'ai trouvé une porte. » Il inséra le fer de sa houe dans une fissure et, de fait, un segment oblong et jusque-là invisible du tronc se souleva comme une trappe.

« Protchnu, je promets de ne plus jamais te traiter d'imbécile », dit Oykib.

L'enfant l'entendit à peine. Il s'était déjà retourné et passait les jambes dans l'ouverture.

Oykib posa aussitôt sa lanterne et bondit dans l'arbre pour rattraper Protchnu par le bras. « Non ! cria-t-il. Je n'ai pas envie de devoir sauver deux des enfants d'Elemak !

— Il n'y a que moi qui puisse passer par le trou ! brailla Protchnu en se débattant.

— Proya, tu t'es montré génial jusqu'ici, alors ne commence pas à jouer les idiots ! répondit Oykib sur le même ton. Tu ne vas pas descendre les pieds en avant dans leur repaire ! Tu n'auras peut-être même pas la place d'utiliser ta houe ! Allez, sors tes jambes de là avant qu'ils ne te coupent les pieds ! »

A contrecœur, Protchnu se recula hors du trou.

Le reste du groupe s'était entre-temps rassemblé près de l'arbre. Nafai portait une hache, de même qu'Oykib ; une fois l'enfant descendu, ils s'attaquèrent au tronc et en quelques minutes seulement ils l'eurent si bien réduit que l'arbre s'abattit.

Ce n'était plus une ouverture étroite qui s'offrait à eux, mais une entrée assez vaste pour livrer passage aux adultes. Abaissant sa lanterne aussi loin que possible, Nafai annonça que l'espace ainsi révélé était assez grand pour s'y tenir debout et les tunnels assez larges pour s'y introduire – à quatre pattes.

« Mais ça ne me paraît pas une bonne idée pour l'instant, dit Volemak.

— Il n'y a pas de temps à perdre, Père ! protesta Nafai.

— Redresse-toi et regarde autour de toi, Nyef. »

Tous levèrent leurs lanternes : dans les arbres et au sol, des centaines de fouisseurs les encerclaient, gourdins et lances à pointe de pierre haut brandis.

« J'ai l'impression qu'ils ont l'avantage du nombre, dit Issib.

— Ils sont moches, déclara Umene, le fils de Sevet. Ils ont la peau toute rose et sans poils.

— C'est le cadet de nos soucis, à l'heure qu'il est, répliqua Volemak.

— Quelqu'un peut dire qui est leur chef ? demanda Nafai.

— Chveya n'est pas avec nous ? » Oykib scruta ses compagnons.

Elle examinait déjà les fouisseurs. Elle fronça les sourcils, puis pointa l'index. « Il est là-bas, derrière ce groupe. »

Aussitôt, Nafai fit passer sa chemise par-dessus sa tête pour dévoiler son torse ; sa peau se mit à luire, puis à briller. Le manteau du pilote stellaire, normalement invisible, irradiait à présent de la lumière afin de donner un aspect divin à Nafai – du moins au regard des fouisseurs. Oykib perçut instantanément une cacophonie de prières et de malédictions. « Ça marche, dit-il à mi-voix. Leurs sphincters se relâchent. Après cette nuit, la terre aura drôlement gagné en fertilité par ici. »

Quelques-uns des adolescents pouffèrent. Les adultes ne réagirent pas.

Nafai alla se planter devant le groupe désigné par Chveya. « C'est lequel, parmi ces petits monstres ? » demanda-t-il.

Chveya le rejoignit en prenant soin de ne pas toucher sa peau étincelante. Elle put alors voir clairement le chef, un personnage grand et fort qui arborait un assemblage d'osselets autour du cou. « C'est celui au collier de trophées. »

Nafai tendit une main. Son index se mit à briller et soudain une étincelle bondit de sa main jusqu'au chef des fouisseurs, dont le collier ne lui fut qu'une maigre protection : il s'effondra aussitôt à plat ventre, tremblant de tous ses membres.

« Tu ne l'as pas tué, j'espère ? » demanda Chveya.

Oykib entendit à peine ces mots : les prières terrifiées des fouisseurs faisaient un tumulte qui noyait toute autre perception ou presque. Pourtant, même leur terreur se teintait de rage et de soif de vengeance. Ils craignaient Nafai, mais ils le haïssaient aussi et souhaitaient sa mort. « Si tu crois que tu es en train de t'en faire des amis... murmura Oykib.

— Oykib, dit Nafai sans écouter les commentaires des deux jeunes gens, c'est toi qui vas devoir parler. Moi, je suis occupé à jouer les dieux et il ne faut pas qu'ils me voient incapable de communiquer avec eux ; d'ailleurs, tu es le seul qui ait une chance de comprendre leurs réactions. »

Oykib resta stupéfait. « Mais comment pourrais-je leur parler ? Je ne connais pas leur langage !

— Tu as compris une partie de celui des anges, non ? Surâme dit que oui.

— Mais ceux-ci, je n'ai jamais compris ni même entendu leur...

— Eh bien, tu vas l'entendre », coupa Nafai.

Ainsi, Surâme fait attention à moi et il connaît mon talent, se dit Oykib. Pour la première fois de sa vie, il en avait confirmation. Mais Surâme connaissait-il aussi ses limites ?

Il s'avança vers le chef que des fouisseurs aidaient à se redresser. « La petite », dit Oykib en mimant le mouvement d'un bébé qu'on berce dans ses bras. Les créatures épiaient les humains depuis assez longtemps pour comprendre ce geste.

Le roi fouisseur dit quelque chose. Son bredouillis étonna Oykib : c'était tout l'opposé du langage des anges ; rien que des sifflantes, des fricatives et des nasales accompagnées d'un son non pas mélodieux, mais à la fois bourdonnant et crachotant. Peut-être ces sons ne lui paraissaient-ils toutefois répugnants que parce qu'il savait le but de leurs prières et de leurs appétits ?

Oykib ne comprit naturellement rien de ce que le roi dit à ses serviteurs, mais quelques instants plus tard, les fouisseurs traînèrent quatre de leurs soldats jusqu'aux pieds de Nafai, où ils les jetèrent à terre. Pour le coup, Oykib perçut clairement la terreur, les malédictions et les prières des quatre créatures. « Ce sont eux les auteurs de l'enlèvement, dit Oykib. Je crois qu'on te les a remis pour que tu les punisses. »

Nafai refusa aussitôt l'offrande. « Dis-leur que je veux récupérer le bébé, non me venger.

— Ah oui ? Et je fais comment ? En langage des signes ? » protesta Oykib. Il obéit pourtant, en reprenant le même symbole de l'enfant qu'auparavant, puis en faisant signe qu'on éloigne les quatre soldats.

Mais les fouisseurs donnèrent apparemment un sens différent à sa pantomime, car, sur un ordre du roi, quatre nouvelles créatures jaillirent de la masse et pointèrent leurs lances sur la gorge des ravisseurs. « Non ! » cria Oykib, et il entendit au même instant Chveya lui faire écho. Nafai pivota sur lui-même et, d'un seul mouvement de son bras étincelant, il projeta les huit fouisseurs à terre. Puis, comme pris de folie, il se mit à pointer le doigt sur un arbre après l'autre jusqu'à ce qu'un point de feu naisse dans les branches de chacun.

« Le bois est trop humide pour déclencher un véritable incendie, murmura Oykib.

— J'y compte bien, répondit Nafai. Crois-tu que j'ai envie de mettre le feu à notre village ? »

Mais du point de vue des fouisseurs, le spectacle était celui de la fureur des dieux et leur forêt était condamnée. Le roi se précipita et se jeta au sol devant Nafai. Puis, presque aussitôt, il se retourna sur le dos et ouvrit grand bras et jambes, exposant ainsi son ventre à nu.

L'esprit d'Oykib fut envahi de prières, mais, grâce à la proximité du roi et en s'aidant du contexte, il comprit mieux ce que disait le chef. « Il supplie le dieu – toi, donc – de le tuer et d'épargner son peuple.

— Ah ! C'est donc un roi honorable, murmura Nafai. Dis-lui que nous voulons l'enfant et rien d'autre. Mais d'abord, je vais respecter son sacrifice. » Un seul pas et il se retrouva, jambes écartées, au-dessus du corps prostré du fouisseur ; là, il posa la lame de sa hache sur la poitrine du roi. « Qu'en penses-tu ? Ce sont des êtres violents, n'est-ce pas ? Aide-moi : il faut que j'invente le rituel au fur et à mesure.

— Pas de sang, conseilla Oykib. Ce ne serait pas normal. C'est l'autre roi qui pratique les cérémonies du sang.

— L'autre roi ? » répéta Nafai.

Chveya, d'abord étonnée, confirma ensuite l'information. « La loyauté collective est aussi forte pour l'un que pour l'autre. » Elle fronça les sourcils. « Mais il y a un troisième personnage, encore. Quelqu'un auquel le roi se considère comme inféodé. Quelqu'un qui vit sous terre.

— Pas de sang, donc, dit Nafai. Que dois-je faire, alors ?

— Donne-lui ta hache, répondit Oykib. Il ose à peine l'espérer, mais c'est ce qu'il désire par-dessus tout. En échange, il te remettra sa lance et son collier d'os. »

Nafai laissa le manche de l'outil lui glisser des mains.

« Non, s'écria Protchnu, à l'arrière. Ne donne pas ton arme ! On ne donne jamais son arme à l'ennemi !

— Tais-toi, Proya », dit Volemak avec douceur.

Le roi fouisseur referma une main sur l'outil, puis roula sur le ventre et se releva. Il pouvait sans mal soulever l'instrument, mais sa main ne s'y adaptait pas bien et il était incapable de lever la lame en tenant la hache par l'extrémité du manche. Inutile donc d'appréhender qu'il s'en serve comme d'une arme.

L'être se baissa, ramassa sa lance, puis la tendit à Nafai.

« Qu'est-ce que ça voudra dire, si je l'accepte ? demanda Nafai.

— Je n'en sais rien, répondit Oykib. Tu crois peut-être qu'on me fournit le lexique et les notes qui vont avec la scène ? »

Nafai prit la lance. Alors, le roi se passa le collier par-dessus la tête et le lui offrit également. « Je n'aime pas beaucoup les os qui composent ce truc, murmura Nafai, hésitant devant le présent.

— Moi non plus, appuya Oykib. Je crois qu'il est temps d'exiger encore une fois qu'on nous rende Jivya.

— Et pourquoi ?

— Parce que la façon qu'il a de te presser d'accepter son collier m'inquiète. Il y tient énormément, mais je ne pense pas que ce soit pour tes beaux yeux.

— D'accord. Dis-lui que je veux la petite. »

Oykib vint se placer entre Nafai et le roi, empêchant ainsi la transaction. Le fouisseur eut un mouvement de recul, avec dans les yeux une expression de... de quoi ? De colère ? C'est en tout cas ce qu'Oykib y lut. Il fit le geste signifiant « bébé », puis se mit à crier – non, à hurler – sous le nez du roi : « Rendez-nous Jivya ou nous vous tuons tous, bande d'immondes saloperies rosâtres !

— Etant donné qu'ils ne comprennent pas ce que tu dis, glissa Chveya, est-ce que tu ne pourrais pas user d'un langage qui nous dispense de l'expliquer aux petits par la suite ?

— Il essaye de leur faire sentir qu'il est en rage, dit Nafai. Ça marche ?

— Oh, pour marcher, ça marche ! Vous êtes en train, lui et toi, de prendre l'ascendant sur eux. Mais ils ne vous aiment pas.

— Arrête, tu me fends le cœur.

— Brise la lance, dit Oykib.

— Pardon ?

— C'est ce dont il a peur. Il redoute que tu ne brises la lance. »

Nafai cassa la hampe de l'arme sur son genou. Le claquement sec du bois qui se rompt retentit dans la forêt.

Aussitôt, le roi prit la hache à deux mains et tenta d'en casser le manche, en vain. Le bois était trop épais et trop durci par le temps.

« Fais autre chose dont il soit incapable, reprit Oykib. Il faut qu'il essuie deux échecs. »

Nafai ramassa le fer de la lance et, s'en servant comme d'un couteau, il s'ouvrit profondément l'abdomen. Le sang jaillit sur le roi fouisseur ; l'espace d'un instant, Oykib vit avec horreur que Nafai s'était tranché toute l'épaisseur des muscles jusqu'aux viscères. Mais en quelques secondes le manteau du pilote stellaire entreprit de le guérir et la blessure se referma sans laisser la moindre cicatrice, sous les yeux des fouisseurs.

Le roi saisit la hache à deux mains, comme s'il envisageait de s'éventrer lui-même.

« Je ne veux pas qu'il se suicide, dit Nafai. Je n'ai pas le pouvoir de le guérir.

— Ne t'inquiète pas. Tu as fait exactement ce qu'il fallait ; il n'y a qu'une chose que le roi-guerrier n'a pas le droit de faire, et c'est verser son propre sang pour son peuple. Ne me demande pas pourquoi ; tout ce que je sais, c'est qu'il est dans l'impasse et qu'il ne voit pas comment s'en sortir. »

Chveya intervint : « Il y a quelqu'un qui arrive. »

En effet, l'armée des fouisseurs réagissait à une nouvelle présence. « Ce n'est pas le roi du sang, dit Oykib. C'est la mère.

— La reine ?

— Oui, c'est la compagne du roi-guerrier, je crois. Mais elle est davantage encore. Ils l'appellent tous " la mère ".

— Quoi, ils ont une reine comme les abeilles ou les fourmis ? demanda Chveya.

— Ce sont des mammifères, lui rappela Oykib. Il s'agit d'un titre religieux, je suppose, comme " roi-guerrier " et " roi du sang ". » Puis, hésitant, il reproduisit un son qu'il venait d'entendre dans son esprit : « Emiizem.

— Qu'est-ce que c'est ? demanda Nafai.

— Son nom. C'est comme ça qu'ils l'appellent. Et son titre, c'est Ovovoi.

— Répète-moi son nom ; il faut que je le prononce bien dès la première fois.

— Emiizem. Mais c'est sans aucune garantie. »

Nafai releva le menton et beugla comme un crieur sur une place de marché : « Emiizem ! »

Les fouisseurs se figèrent tous. Une silhouette sortit des bois et s'approcha lentement de Nafai.

Manifestement de sexe féminin, elle était curieusement plus poilue que la plupart des mâles. Elle n'arborait aucune parure particulière désignant son rang, mais les motifs que dessinaient sur elle ses poils grisonnants compensaient cette absence. Elle avait l'air royale ; fragile, aussi.

« Elle supplie le dieu de lui pardonner. Elle ignorait ce que ces mâles stupides manigançaient.

— Je veux la petite, dit Nafai.

— Elle le sait. Ses femmes la recherchent en ce moment même. » Soudain, Oykib comprit ce que la fouisseuse cherchait à voir. « Eclaire le visage de Nafai, Chveya. »

La jeune fille obéit ; alors, la reine se couvrit la tête des bras et se roula en boule par terre. « Elle peut mourir, maintenant, dit Oykib ; elle est heureuse parce qu'elle a enfin vu ton visage de chair.

— Mon visage à moi ? fit Nafai.

— C'est l'impression que j'ai. Toi, tu as peut-être une ligne directe avec Surâme, mais moi, il faut que je me démène pour arriver à débrouiller tout ça !

— Allons, ne prends pas la mouche comme ça : Surâme n'entend pas ce que tu entends. Ta liaison avec le Gardien est meilleure que la sienne. »

Oykib sentit une douce chaleur se répandre en lui, un étrange mélange de fierté et de crainte. Surâme a besoin de moi – c'était la fierté ; mais la crainte était plus forte : si je fais une erreur, il n'y aura personne pour me rattraper.

Emiizem se déroula et se releva. « Elle t'attend depuis toujours, dit Oykib en s'efforçant de déchiffrer les images qui jaillissaient dans son esprit, images d'elle-même enfant, de lieux souterrains et obscurs. « Elle est persuadée que c'est toi qui l'a faite reine. Parce que tu l'as acceptée.

— Et quand donc est-ce que j'aurais fait ça ?

— Quand elle était petite. Ça me dépasse, mais tu fais partie de ses souvenirs d'enfance.

— Elle a un lien avec toi d'une puissance extraordinaire, renchérit Chveya, supérieur à celui qu'elle entretient avec son époux. C'est vraiment incroyable, Père !

— Elle te supplie d'épargner la vie de son époux. Lui non plus n'était pas au courant du projet d'enlèvement. C'est le fils du roi du sang qui en est l'auteur. »

D'une voix sifflante, Emiizem crachota un ordre à son mari, qui se leva et répéta les mêmes mots en criant. Quelques instants plus tard, un mâle d'allure orgueilleuse s'avança à grands pas et jeta son arme de côté en un geste plein de superbe. Il s'arrêta devant Nafai sans s'incliner ni manifester le moindre respect.

Emiizem et le roi-guerrier lui marmonnèrent des ordres pressants, mais il ne montra aucun signe qu'il les eût entendus.

La reine se tourna vers Nafai et dévida ce qui ressemblait à un chapelet d'invectives.

« Elle te demande de tuer Fusum, traduisit Oykib. C'est le nom du jeune ; il a tout préparé alors même que l'ordre avait été donné de ne pas nous faire de mal.

— Je refuse de le tuer, dit Nafai.

— Il faut pourtant que tu fasses quelque chose, répliqua Oykib. Le roi-guerrier n'osait pas le toucher parce que c'est le fils du roi du sang et c'est pour ça qu'il t'a livré les quatre qui ont opéré l'enlèvement. Mais tu es un dieu, Nyef. Il faut que tu lui infliges un châtiment ou alors... je ne sais pas, ce sera le chaos, l'effondrement de l'univers, enfin quelque chose de très grave, en tout cas.

— Ça ne me plaît pas du tout. Et si je le faisais simplement prisonnier ?

— Pour l'enfermer dans notre bonne prison bien solide ? se moqua Chveya. On a bien fait de commencer par fabriquer un cachot !

— Bon, je ne l'enferme pas ; et si je le prenais comme otage ?

— Abats-le, dit Oykib. Ton hésitation les terrifie.

— C'est Jivya que je veux, pas un tas de cadavres. »

D'un pas majestueux, Volemak vint prendre place auprès de Nafai. « Incline-toi devant moi, dit-il à son fils, ou en tout cas fais le geste qui correspond à une révérence dans leur culture.

— Mets-toi à quatre pattes et embrasse Père sur le ventre, alors, indiqua Oykib.

— Tu rigoles ? se récria Nafai. Le roi-guerrier n'a pas fait ça pour me montrer du respect !

— Oui, mais c'était un sacrifice indigne qu'il faisait en offrant sa vie. Toi, tu manifestes à Père ta reconnaissance de son rang de roi et de père.

— Vas-y, dit Volemak. Ils ne sont pas obligés de savoir que je ne possède pas les pouvoirs du manteau : il leur suffit de constater que tu as toi aussi quelqu'un au-dessus de toi. Ils en déduiront que, malgré toute ta force, ils n'ont encore rien vu de notre puissance. »

Nafai se laissa tomber à quatre pattes. Mais, dans cette position, il ne pouvait atteindre le ventre de son père ; il décolla donc les mains du sol, se redressa jusqu'à la bonne hauteur et enfouit son visage dans la chemise de Volemak.

Un murmure monta aussitôt des rangs des fouisseurs.

« Peux-tu briller encore plus fort ? demanda Volemak.

— Oui.

— Très bien ; alors, quand je te toucherai la tête, je veux que tu te mettes à flamboyer. »

Dans un geste empreint de majesté, Volemak abaissa la main et la posa sur la tête de Nafai. Instantanément, son fils parut disparaître dans une explosion de lumière. Même les humains eurent un hoquet de surprise, tandis que les fouisseurs, eux, hurlaient de terreur.

« Bien joué, reprit Volemak. Il me semblait utile de renforcer leur perception de nos pouvoirs. Et maintenant, occupe-toi de ce petit faraud ; mais sans le tuer, attention : assomme-le simplement, comme les autres. »

Nafai se releva, irradiant toujours la lumière, et tendit le doigt vers Fusum.

Le fils du roi du sang ne recula pas, ne broncha même pas. Il regarda Nafai droit dans les yeux d'un air de défi. Soudain l'air se mit à crépiter entre eux, les membres du fouisseur se raidirent brutalement et il s'écroula comme un arbre abattu. Il resta étendu par terre, agité de convulsions.

« Tu as vraiment le sens de la mise en scène, observa Volemak. A présent, ordonne à Oykib de désigner nos neuf petits dormeurs et de les faire transporter au vaisseau.

— Au vaisseau ?

— Ne discute pas mes ordres devant eux ! répondit Volemak sèchement. Obéis, c'est tout. Nous les prenons en otages ; Shedemei les maintiendra sous drogue ou même en animation suspendue pendant qu'elle pratiquera sur eux des examens sans danger pour leur vie. Fais-moi confiance, Nafai.

— Je vous fais confiance, Père. Pardonnez mon hésitation. » Et, s'adressant à Oykib, il lui transmit ostensiblement les ordres de Volemak.

Oykib trouva tout d'abord ridicule de voir Nafai répéter mot pour mot des paroles que tout le monde avait entendues ; mais peu à peu, cette attitude prit valeur de rite ; c'était l'expression de l'autorité : le roi, le fils du roi, le serviteur du fils. La mise en scène était nécessaire pour les fouisseurs. Pour les humains aussi, d'ailleurs, et surtout les enfants. Pour Protchnu en particulier. C'est ça, le pouvoir et l'autorité, Proya, songea Oykib. Voilà comment ça doit marcher, et pourquoi Elemak est au ban de la communauté : il est incapable d'accepter qu'on le domine. Celui qui refuse d'être gouverné n'est pas apte à gouverner les autres.

Aussi, une fois terminée la récitation de Nafai, Oykib désigna chaque fouisseur inconscient à l'aide de grands gestes majestueux, puis indiqua qu'il fallait les transporter jusqu'au vaisseau.

La reine parut comprendre ses gesticulations ; à son tour, elle s'adressa sèchement à son époux, le roi-guerrier, qui lui-même donna ses ordres aux soldats disséminés parmi les arbres. Ils se rassemblèrent aussitôt par groupes de quatre autour de leurs congénères sans connaissance pour les soulever.

A cet instant, des voix montèrent des bois. Emiizem y répondit et quatre fouisseuses émergèrent des taillis. Elles tenaient chacune un coin d'une couverture, au milieu de laquelle reposait Jivya ; la petite riait aux éclats. La promenade lui plaisait.

« Vite ! dit Volemak. Proya, cours jusqu'au village et ramène Eiadh ! » Puis, à Nafai : « Ne prends pas l'enfant. Qu'ils attendent. Ils doivent remettre Jivya à sa mère. »

Chacun garda la pose en silence. Une éternité parut s'écouler, qui devait se réduire à cinq minutes en réalité. Enfin Protchnu revint, suivi d'Eiadh qui poussa un cri de joie en voyant son enfant. Elle se précipita vers les quatre fouisseuses et prit Jivya dans ses bras. « Jivoya, ma toute pleine de vie, ma petite rieuse ! chanta-t-elle, riant et pleurant à la fois, emportant son bébé dans une danse tournoyante.

— Très bien, dit Volemak ; Nafai, dis à Oykib de leur ordonner d'emporter les otages au vaisseau. Et dis aussi à Dazya de leur montrer le chemin, qu'elle puisse expliquer à Shedemei ce qu'elle doit faire : je veux qu'elle les maintienne endormis et qu'elle les étudie à fond. »

Dazya, ex-premier enfant, fit un pas en avant. « J'ai compris, dit-elle.

— Mais apparemment pas au point de savoir que c'est Nafai qui doit te donner l'ordre », répliqua Volemak sans la regarder.

Nafai se tourna vers elle et lui répéta textuellement les consignes de Volemak. Cramoisie, Dazya obéit. En procession derrière elle, les soldats fouisseurs emportèrent leurs neuf semblables inconscients.

La hiérarchie de l'autorité ayant été clairement établie, la reine Emiizem s'adressa sans hésiter à Oykib. L'ennui, c'est que, comme elle ne le percevait pas comme un dieu, ses paroles ne prenaient pas la forme d'une prière. Il n'y avait communication ni avec le Gardien ni avec Surâme, si bien qu'Oykib n'y entendait que des sifflements bourdonnants, absolument inintelligibles. « Je ne peux les comprendre qu'à condition qu'ils croient s'adresser à un dieu, dit-il.

— Alors, ne réagis pas, refuse d'écouter, conseilla Volemak. Quand elle se taira, montre Nafai du doigt. »

Oykib obéit. La reine comprit aussitôt et répéta son discours à Nafai ; du coup, Oykib put traduire ses paroles.

Du moins le crut-il. « Elle te supplie de venir voir comment ils... ils se sont occupés de ta...

— De ma quoi ?

— Non, c'est complètement absurde, dit Oykib.

— De ma quoi, Oykib ?

— De ta tête.

— Et où veut-elle que j'aille ?

— Sous terre. Elle veut que tu l'accompagnes sous terre. »

Consciencieusement, Nafai répéta l'interprétation d'Oykib à Volemak, qui l'écouta d'un air pénétré.

« D'abord, faites se retirer tous ces soldats, dit-il enfin. Ensuite, toi, Nafai, tu suivras la reine dans les terriers ;

c'est toi qui portes le manteau, et s'ils veulent nous trahir, tu es le seul qui ne coure aucun risque.

— Il faut qu'Oykib m'accompagne. Je ne comprends rien à ce qu'ils disent. »

Volemak n'hésita qu'un instant. « Veille bien sur lui », fit-il.

11

LES TERRIERS

Un dieu qui acceptait de s'abaisser à ce point, c'était incroyable. Emiizem avait eu l'audace de lui demander de l'accompagner parce qu'elle était vieille et ne redoutait plus rien, et parce qu'au cours de sa vie elle avait appris à espérer même contre tout espoir. Et tout comme il avait accepté l'enfant dépourvue d'attraits qu'elle était bien des années auparavant, le dieu l'avait de nouveau acceptée et descendait maintenant avec elle dans la cité.

Il quittait le monde de la lumière et s'enfonçait dans l'obscurité parce qu'elle le lui avait demandé ! Il baignait les murs de terre des temples souterrains de l'éclat chatoyant de son corps immortel ! Elle avait envie de chanter, de danser ! Mais elle conduisait un dieu à son temple ; il fallait garder sa dignité.

Surtout pour Mufrujuuj, dont la dignité avait été mise à mal aujourd'hui. Nul ne lui reprocherait ce qui s'était passé ; c'était Fusum qui avait manigancé l'enlèvement du bébé, aboutissant à une confrontation périlleuse que Muf n'avait ni cherchée ni voulue. Et il avait affronté le dieu avec courage ; tout le monde l'avait vu, c'était sans crainte qu'il avait offert son cœur au dieu. Puis, quand le dieu l'avait mis au défi de réaliser des exploits impossibles dont seul le roi du sang était capable – et encore – eh bien, personne ne pouvait lui en vouloir d'avoir hésité, d'être resté sans rien faire. Il était bloqué et il n'avait donc pas bougé.

N'empêche, quelle humiliation pour lui que son épouse dût venir le tirer de l'impasse, et peu importe qu'il fût rare que la femme du roi-guerrier fût en même temps la mère-racine : que son épouse eût été acceptée par le dieu qui venait de lui soumettre des énigmes incompréhensibles, c'était un camouflet !

Mais qu'y pouvait Emiizem si l'enfant s'était retrouvée entre ses mains à elle ? Muf ignorait où on l'avait caché et c'est seulement lorsque la sœur de Fusum avait compris quel terrible forfait son frère avait accompli qu'elle avait appris la vérité à Emiizem ; or, à cet instant, Muf affrontait déjà le courroux du dieu. C'était un malheureux concours de circonstances, voilà tout. Le dieu remettrait de l'ordre dans tout cela.

Le dieu était si grand qu'il devait se mettre à quatre pattes pour avancer dans les tunnels. Naturellement, il aurait aussi bien pu rester debout et défoncer au passage le toit des souterrains ; mais non, il en avait décidé autrement et il laissait les tunnels intacts derrière lui. Quelle bonté ! Quelle générosité envers de simples vers de terre tels que nous !

Tout autour d'eux elle entendait le léger bruit que faisaient les pieds d'un millier d'hommes, de femmes et d'enfants se massant dans tous les couloirs avec l'espoir d'apercevoir le dieu. Emiizem voyait des mains roses se tendre pour se baigner dans la lumière du dieu, des parents lever leurs bébés afin que l'aura du dieu consacre leur petit corps. Et le dieu la suivait toujours, nimbé d'un éclat invariable.

Ils arrivèrent à la salle où, bien des années plus tôt, Emiizem – non, elle s'appelait simplement Emiiz à l'époque – avait vu pour la première fois la tête intacte du dieu. Elle fit halte et implora son pardon pour l'avoir laissé si longtemps dans une telle obscurité.

Le serviteur parla au dieu, qui lui répondit, puis s'humecta un doigt, leva la main et toucha le linteau de la porte. Ainsi apposait-il le fluide de son corps à l'entrée du sanctuaire. C'était plus qu'un simple pardon, et Emiizem se mit à chanter de soulagement, imitée par nombre de spectateurs. Elle entendit une voix, celle d'un homme, qui psalmodiait : « Nous avions placé ton glorieux visage dans le noir et nous nous abstenions de l'adorer parce que dans l'argile nous ne voyions pas ta lumière. Mais tu nous rends les eaux de la vie et nous apportes la lumière dans le ventre de la terre. O noblesse, ô magnanimité ! » Une partie de la foule reprit en chœur : « O noblesse ! O magnanimité ! O noblesse ! O magnanimité ! »

Le dieu leur fit l'honneur de rester immobile jusqu'à la fin du chant. Puis Emiizem se remit en route dans le couloir, en direction du temple qu'elle avait fait construire pour lui, dès le jour où elle avait été élue mère-racine. Etant donné l'énormité de la tête, elle avait jugé que le dieu devait être très grand ; elle avait donc fait creuser le temple très profond afin que le plafond en soit haut. Elle avait aussi situé le temple de façon que le toit monte jusque dans une crevasse, par laquelle un peu de la lumière du jour se glissait dans la salle. Et là, au point le plus clair de la douce lumière diffuse, sur un piédestal fait d'ossements de viandes-du-ciel, elle avait placé la tête.

Pour l'heure, cependant, il faisait nuit et le temple était obscur quand il y pénétra. Mais il apportait sa propre lumière et elle illumina tous les recoins de la salle quand il se redressa. Les hommes et les femmes qui le suivaient entrèrent à sa suite, s'installèrent le long des murs et le regardèrent s'approcher du socle sur lequel reposait la sculpture. Il vit alors de quelle adoration il avait été l'objet, une fois que les gens eurent compris que cette grande tête étrange était signe de puissance et non de faiblesse : ne lui avait-on pas offert, la première année, la totalité de la récolte de printemps de bébés viandes-du-ciel, si bien que son piédestal s'était aussitôt élevé au même niveau que ceux des autres dieux ? N'avait-il pas eu, depuis lors, plus que sa part de viandes-du-ciel éventrés en son honneur et partagés entre tous ? Et pourtant, nul ne s'était servi de sa tête en période d'accouplement, car on savait que ce n'était pas ainsi qu'il fallait l'adorer.

Le dieu se dirigea lentement vers le visage et s'arrêta devant. La sculpture luisait à l'éclat de son corps et répondait à son visage lumineux par un visage de terre. Il tendit la main, la toucha. Puis il leva les yeux vers la maigre source de lumière naturelle et se laissa tomber à genoux devant la statue.

Je comprends, pensa Emiizem. Tu nous montres comment il faut t'adorer. Nous ne pouvons pas faire exactement comme toi, puisque nos genoux ne se plient pas dans le même sens ; mais nous toucherons le visage comme tu l'as fait. Avais-tu une raison particulière pour en toucher les lèvres ? Faut-il ne toucher qu'elles ? Ou devons-nous toucher la partie du visage dont nous désirons la bénédiction ? Il faut me le dire. Plus tard, peut-être, si tu daignes un jour souiller tes lèvres en parlant notre langue, ou si ton serviteur décide de prononcer nos mots impurs. Nous touchons ton visage, regardons la lumière, puis nous nous accroupissons devant toi et te contemplons. Oui, je m'en souviendrai. Nous nous en souviendrons tous.

Comme les autres femmes, Shedemei ressentit un mélange d'effroi, de dégoût et de fascination à la vue des fouisseurs qui pénétrèrent dans le village, chargés de leurs camarades assommés par Nafai. Mais on lui avait confié la responsabilité de s'en occuper, aussi, laissant de côté ses émotions, elle les conduisit au vaisseau. Elle comprit aussitôt ce que Volemak attendait d'elle ; il l'avait vue pratiquer des examens inoffensifs sur les quelques animaux qu'ils avaient ranimés et la savait capable d'en apprendre très long sur une créature à l'aide de l'équipement du bord. Il était impératif de comprendre les structures et les systèmes physiques qui façonnaient l'existence des fouisseurs, mais tout aussi important de ne pas leur faire de mal.

Seul ennui : peut-être n'était-ce pas une bonne idée de permettre aux fouisseurs de voir l'intérieur du vaisseau. Du peu que lui avait dit Dza, elle avait déduit qu'ils étaient restés terrassés devant les pouvoirs du manteau de Nafai ; la vue des surfaces lisses et brillantes du vaisseau renforcerait-elle ce sentiment, ou aurait-elle l'effet contraire ? Le danger n'était pas mince de laisser voir aux fouisseurs que les humains n'étaient que des humains, que leurs miracles n'étaient possibles qu'à l'aide d'instruments et de machines et non à cause de pouvoirs divins inhérents.

Mais on verrait cela un autre jour. Volemak avait fait son choix et c'était presque à coup sûr le meilleur. Et même dans le cas contraire, Shedemei s'y plierait. La paix qui régnait depuis leur arrivée sur Terre dépendait du soutien que recevait son autorité, et la généticienne lui obéirait même s'il se trompait de bout en bout. La paix ! Elle ne désirait pas autre chose. Pouvoir faire son travail sans avoir à se demander dans quel camp elle se rangeait et qui l'emportait sur qui dans les incessantes luttes intestines qui opposaient les enfants de Volemak et de Rasa.

Sa première tâche, après le départ des porteurs, fut d'endormir les fouisseurs afin qu'ils ne se réveillent pas inopportunément. Quarante millions d'années d'évolution avaient passé depuis que la faune et la flore de la Terre et d'Harmonie avaient commencé à diverger, mais au niveau chimique, la vie est très conservatrice et une faible dose de sédatif devait faire l'affaire. Elle pesa chaque spécimen et transmit oralement les paramètres à l'ordinateur médical. Une fois les dosages mesurés, elle appliqua les tampons imbibés de produit sur la peau rose des cobayes.

Une peau rose et glabre... Pourquoi ces rongeurs auraient-ils perdu leurs poils ? Elle avait dans l'idée qu'il n'y avait pas d'explication évolutionniste logique : c'était un phénomène culturel. Une norme de beauté se généralise et du coup seuls ceux qui manifestent le caractère esthétique exigé peuvent s'accoupler ; bientôt la peau rose devient prédominante dans la culture tandis que la pilosité se restreint à quelques individus méprisés. Autrement, ce caractère était absurde. La peau des fouisseurs ne contenait pas de mélanine ; pas étonnant qu'ils soient obligés de rester confinés dans les ombres et dans les terriers, au contraire de leurs ancêtres les rats : à découvert, ils n'auraient pas supporté la brûlure du soleil.

Quand elle les eut tous mis sous sédatif, elle s'apprêta à les examiner sans attendre. Mais alors la fatigue la balaya comme une vague la plage et elle comprit qu'après avoir veillé toute la nuit, elle n'était guère en état de mener des recherches sérieuses. Aussi, à l'aide du chariot, elle déposa chaque fouisseur dans une capsule d'hibernation qu'elle régla sur le mode « niveau d'animation normale » pour éviter qu'elle ne bascule automatiquement sur « animation suspendue » : les risques étaient trop grands que les dosages du mode d'hibernation soient inadaptés aux fouisseurs et qu'elle ne puisse pas les ranimer.

Ensuite, elle gagna sa couchette et s'y étendit ; une petite sieste de quelques heures et elle irait mieux. Cela lui rappela sa vie à Basilica avant qu'on la persuade – non, qu'on la trompe, qu'on la manipule, qu'on la force ! – bref, avant qu'elle se joigne à l'exode de la famille de Volemak au désert. A l'époque, quand elle était sur la piste d'un gène insaisissable, elle était capable de travailler vingt-quatre heures sur vingt-quatre en faisant de brèves siestes dont le total ne dépassait guère deux ou trois heures de sommeil. L'exaltation de la découverte et de la création l'emportait largement sur des contingences telles que la nécessité de dormir ou de manger. Cette existence, jamais elle n'avait souhaité la voir bouleversée.

Oui, mais c'était arrivé, et elle n'en était pas complètement fâchée. D'abord, Basilica avait été détruite dans la tentative de Mouj de s'emparer de l'empire, si bien que son ancien mode de vie n'aurait de toute façon pas pu perdurer ; et puis, même si Basilica existait toujours, le voyage qu'elle avait fait au désert lui avait apporté de nombreux et beaux présents : ses deux enfants, Padarok et Dabrota, dont les noms signifiaient « don » et « bonté » et qui les avaient bien gagnés en grandissant ; et Zdorab, son époux farouche et compliqué, l'homme qui n'avait jamais désiré de femme et lui avait pourtant donné deux enfants, sans parler de la tendre amitié qu'il lui prodiguait depuis tant d'années... Il n'avait pas de désir pour elle, elle ne s'intéressait pas aux hommes, et pourtant, ils s'étaient aidés mutuellement à rejoindre le grand courant de la vie, de la création. Quelle tristesse si j'avais passé mon existence à façonner, à infléchir la vie, sans jamais y prendre part personnellement ! Ce sort m'a été épargné, j'en suis heureuse.

Mais aujourd'hui, Rokya et Dabya étaient grands ; Rokya était marié à Dza, la fille de Hushidh, et Dabya au fils de Nafai, Jatva ; ils n'allaient pas tarder à être parents à leur tour. Ils n'avaient plus besoin de Shedemei. Zdorab, lui, n'avait jamais eu vraiment besoin d'elle. Il s'entendait bien avec elle, il l'aimait même, mais ce n'était pas un besoin au sens propre. Que fais-je encore ici ? se demanda-t-elle. Je n'ai pas envie de voir notre communauté se déchirer ; je n'ai pas envie de voir mes enfants obligés de choisir un camp ; je n'ai pas envie d'être présente quand le sang coulera, quand des vies s'arrêteront. Je n'ai même pas envie de savoir l'issue du conflit. Tout ce que je désire, c'est être seule, travailler sur la flore, sur la faune, étudier la façon dont les écosystèmes ont divergé, approfondir ma connaissance des voies par lesquelles la vie crée la vie. Je veux savoir pourquoi l'on trouve des vaches géantes dans les plaines au nord d'ici ; je veux comprendre comment deux espèces intelligentes ont pu évoluer dans une si grande proximité sans que l'une détruise l'autre ; je veux apprendre pourquoi Surâme nous a conduits précisément ici et non dans l'un des innombrables sites où nous aurions pu nous établir sans intervenir dans la vie des fouisseurs ni des anges.

Je veux que mon rêve se réalise.

Oh oui, c'était cela, le souhait fondamental : le rêve que le Gardien de la Terre lui avait envoyé tant d'années auparavant, le rêve d'un jardin dans le ciel. Naturellement, il était déjà exaucé : les semences et les embryons qu'elle avait emportés commençaient déjà à jouer un rôle dans l'existence de la planète. Mais ce rêve, ne pouvait-elle pas le prendre davantage au pied de la lettre ? Une fois la colonie complètement établie, ne pouvait-elle, à bord du vaisseau, s'installer en orbite autour de la Terre pour étudier les écosystèmes, mettre au point de nouvelles variétés, des hybrides améliorés des formes de vie à la fois de la Terre et d'Harmonie, et se contenter de redescendre au sol pour prélever des échantillons, prendre des mesures et introduire de nouveaux organismes sur la planète ? C'est alors qu'elle serait vraiment le jardinier de la Terre, d'un monde tout entier ! Je m'en tirerais très bien, chuchota-t-elle à Surâme ; et ainsi, je ne serais pas obligée de participer au gâchis qui se concocte au sein de la colonie ; je ne veux pas savoir qui est jaloux de qui, qui est fidèle à qui : je veux apprendre, changer, créer, transformer, c'est tout. C'est pour ça que je suis douée, pas pour vivre avec les humains. Je t'ai donné ce que tu attendais de moi : laisse-moi obtenir ce que je désire, maintenant.

D'accord.

Shedemei sentit ses angoisses et ses désirs frustrés l'abandonner. Surâme s'était déclarée d'accord. Maintenant, elle pouvait dormir.

Oykib fut soulagé de pouvoir enfin se tenir debout après avoir dû marcher à quatre pattes ou à croupetons dans des tunnels apparemment sans fin. Il n'avait presque pas eu l'occasion d'étudier ce qui l'entourait, en partie parce que les teintes grises et brunes des parois de roc et de terre n'offraient pas un décor palpitant, mais surtout parce que les fouisseurs qui les accompagnaient priaient les dieux avec ferveur, si bien qu'Oykib entendait leurs suppliques muettes, leurs psalmodies et leurs péans silencieux aussi clairement que s'ils les chantaient à tue-tête.

Cependant, malgré ce tumulte mental, il saisissait de plus en plus de mots, apprenait de nouvelles structures de leur langue. D'abord, ce fut comme une musique dont il entendait les rythmes et les airs qui permettaient d'exprimer des interactions et des émotions. Voilà comment les chiens doivent percevoir le langage humain, se dit-il : la musique de notre voix leur indique si nous sommes en colère ou joyeux, tristes ou effrayés. Là s'arrêtait sa compréhension de la langue des fouisseurs, mais il ne tarderait pas à la saisir plus en profondeur, il le savait. N'ayant jamais eu à apprendre une langue étrangère jusque-là, il ignorait combien c'était facile pour lui ; il avait un don. A moins qu'il fût plus simple d'apprendre une langue quand on avait préalablement acquis une certaine perception de la mentalité de ses locuteurs ?

Debout dans la salle du temple dont la lumière émanant du manteau illuminait tous les recoins, Oykib put prendre le temps d'observer les fouisseurs massés le long des parois. Ils descendaient des rats, nul doute, mais il était évident que les milliers de générations qui les séparaient de leurs ancêtres les avaient changés beaucoup plus qu'elles n'avaient modifié les humains de Basilica. Le museau et les moustaches existaient toujours, mais moins proéminents que chez leurs prédécesseurs, et la mâchoire s'était transformée pour permettre la parole. Oykib remarqua d'autres altérations structurelles dont il eut hâte de discuter l'objet avec Shedemei.

« Oykib », dit Nafai.

Ah, c'était vrai, il avait une mission à remplir. Un peu gêné de s'être laissé aller à rêvasser dans une situation aussi tendue, il vint se placer à côté de Nafai. « Oui ? » demanda-t-il.

Mais Nafai, sans répondre, garda les yeux fixés sur la statue qui se dressait sur un socle de petits ossements. C'était une tête humaine. Mais pas de n'importe quel homme : manifestement celle de Nafai.

« Quand ont-ils bien pu faire ça ? » demanda celui-ci.

Oykib s'efforça d'effectuer un tri parmi les nombreuses prières qui s'élevaient dans la salle et finit par glaner quelques renseignements. « Ce n'est pas eux qui l'ont fabriquée, dit-il. Ils ne sculptent pas leurs dieux. D'après ce qu'ils racontent, leurs dieux se créent eux-mêmes. Ils te rendent grâces de leur avoir donné une représentation aussi parfaite de ton visage.

— Elle est parfaite, en effet. Peut-être un peu plus jeune que la réalité.

— Tiens, essaye de comprendre ça : cette sculpture date d'un siècle.

— Impossible !

— La reine l'a découverte il y a cinquante ans dans la petite salle retirée que tu as... disons, bénie.

— J'espère que c'est bien ce que j'ai fait, glissa Nafai.

— Et elle avait déjà cinquante ans. Si je comprends bien, la découverte de cette statue a été déterminante dans la vie de la reine. C'est grâce à toi qu'elle a épousé le roi-guerrier, parce que tu l'as acceptée.

— Tu es bien sûr d'avoir compris ça ?

— Pas du tout. Mais je l'ai aussi bien perçu que tout le reste. Nous aurons tout le temps d'y réfléchir par la suite ; mais une chose est sûre : cette sculpture est plus vieille qu'aucun fouisseur vivant. Et ils prétendent ne pas l'avoir faite, bien que je ne voie pas comment leurs dieux d'argile pourraient se fabriquer eux-mêmes. Ils insistent sur l'excellent état de préservation des traits ; cela tient à ce qu'ils t'adorent différemment des autres dieux. Ils ne se... c'est assez répugnant... ils ne se sont pas enduit le corps avec ta tête pour se reproduire.

— Donc leurs autres dieux participent d'un culte de la fertilité.

— Les images que je capte sont assez immondes, dit Oykib.

— La religion n'est pas toujours jolie-jolie. Surtout vue de l'extérieur, par un incroyant. Ainsi, ils utilisent les autres statues lors d'un rituel d'accouplement, mais la mienne, ils n'y ont pas touché.

— Parce que tu étais très laid. » Oykib ne put empêcher une trace de moquerie de percer dans sa voix.

« A leurs yeux, sûrement, répondit Nafai. Mais imagine ce qu'ils auraient pensé s'il s'était agi de ta tête !

— Les enfants se seraient enfuis de la caverne en hurlant, je n'en doute pas.

— Bon, et maintenant, qu'est-ce que je fais ?

— Invente un rituel, Nafai. Tu t'es parfaitement débrouillé jusqu'ici. »

Alors Nafai s'agenouilla devant la statue et improvisa une cérémonie de dévotion parfaitement simple et inoffensive. Quand il eut fini, il se releva et sourit à Oykib. « C'est un peu gênant de me faire adorer comme ça. Enfin, il y en aura sûrement pour affirmer que c'est ce que je désire secrètement depuis toujours.

— Eh bien, ne leur dis pas qu'on te rend un culte.

— Je ne peux pas dissimuler quelque chose de cette importance ; tu te rends compte : mon visage à moi, sculpté il y a un siècle ! Comme ce n'est pas mon œuvre, c'est celle de quelqu'un qui savait à quoi je ressemblerais.

— Le Gardien, évidemment.

— Oui. Mais tu ne comprends donc pas ? Ça veut dire qu'il avait des renseignements sur nous ici, sur Terre, à une époque où... où ces informations ne pouvaient pas avoir voyagé à la vitesse de la lumière. A cette vitesse, il aurait fallu que le Gardien ait vu mon visage presque quatre-vingts ans avant ma naissance pour faire sculpter cette tête il y a un siècle !

— La conclusion, c'est que nous n'avons pas encore fait le tour de la physique. Pas étonnant, d'ailleurs : Surâme a toujours empêché les humains de s'intéresser de trop près à la science et à la technologie.

— Mais, Oykib, j'étais persuadé que le Gardien était une espèce d'ordinateur comme Surâme. Or, Surâme a été créé par une humanité au sommet de sa technologie, en même temps que notre vaisseau. Et à cette époque, l'homme ignorait les communications ultraluminiques.

— Ça veut dire que quelqu'un a continué les recherches.

— Mais qui, Oykib ? Les humains avaient quitté la Terre. Qui a construit le Gardien, pour qu'il ait des pouvoirs de loin supérieurs à ce que l'homme pouvait inventer à son apogée ?

— Peut-être les humains ne sont-ils pas tous partis.

— Peut-être, répéta Nafai. Quel casse-tête ! Enfin, en attendant, j'aimerais bien sortir d'ici : il fait noir, c'est sale et ça sent le moisi. L'aube doit approcher et je suis sur les genoux.

— Moi aussi ; je n'aurais rien contre un petit roupillon.

— Mais que faire pour m'en tirer ? J'ignore comment effectuer ma sortie.

— Tu n'as qu'à improviser.

— Je ne sais vraiment pas ce que je deviendrais sans toi ! » répondit vertement Nafai.

L'aube se levait quand le groupe d'Elemak atteignit le bout du canyon, là où il se changeait en une dépression peu marquée et pour finir en un simple col de la première chaîne de montagnes. La montée s'était faite lentement dans l'obscurité, même avec les lanternes. Ou peut-être à cause d'elles. Pour ne rien arranger, Mebbekew et Obring semblaient avoir ouvert entre eux un concours, celui du plus long chapelet des pires obscénités imaginables que chacun d'eux déviderait chaque fois qu'il glissait ou qu'un passage paraissait particulièrement difficile ; enfin, à la moindre occasion.

Zdorab avait horreur de les entendre s'exprimer ainsi. A vrai dire, et il s'en rendait compte, c'est d'eux qu'il avait horreur, tout simplement, même quand par hasard ils se taisaient. Il détestait leur façon de traiter les femmes, leur façon de traiter les hommes, leur façon de penser et surtout leur façon de ne pas penser. Il aurait été bien en peine de décider lequel il détestait le plus. D'un côté, Obring était intrinsèquement stupide et brutal ; non par un choix délibéré, mais naturellement, d'une manière chronique et quasi permanente. D'un autre côté, Mebbekew était assez intelligent, au fond ; mais il préférait se montrer stupide, tout bêtement. Il devait apprécier la cruauté, aussi, mais au contraire d'Obring, pas suffisamment pour en provoquer l'occasion : il se contentait de saisir la chance de se montrer stupide ou cruel quand elle se présentait. Lequel était le plus haïssable, à partir de là ? Celui qui était méprisable par nature, ou celui qui aurait bien aimé l'être, mais n'avait pas assez d'ambition pour y exceller ?

Mais que fais-je ici, se demanda Zdorab, à saluer l'aube qui se lève sur une chaîne de montagnes de la Terre, lancé à la poursuite d'une créature volante qui n'a pas laissé de piste et qui, si ça se trouve, est à des kilomètres de nous ? Pourquoi ne suis-je pas en train de somnoler dans un fauteuil moelleux d'une bibliothèque de Basilica ? Pourquoi suis-je en train de participer à des entreprises aussi épuisantes en compagnie du genre d'hommes que j'abhorrais précisément le plus dans la civilisation ? Et, pire encore, de recevoir des ordres d'eux ?

La plupart des autres nourrissaient des pensées semblables, il le savait. Naturellement, ils ne rêvaient pas des lits douillets de Basilica : les plus jeunes n'avaient jamais connu la cité – ni aucune cité, d'ailleurs. Cela ne les empêchait pas de se rendre compte avec rancœur qu'ils s'agitaient en vain : le repaire des créatures qu'ils pourchassaient devait se trouver très en altitude, hors d'atteinte ; si elles s'étaient bel et bien emparées de la fille d'Elemak, comment allait-on la sauver ? Que faire, armé d'un assortiment disparate d'instruments aratoires ? Rendez-nous la petite, bandits, ou nous faisons un jardin !

Zdorab ne put s'empêcher de sourire à cette légère divagation. Mais à cet instant il parvint au sommet d'une élévation et se trouva face au regard noir d'Elemak.

« C'est quoi, ce sourire, Zdorab ?

— J'avais l'esprit ailleurs », répondit Zdorab en courbant obséquieusement la tête. Il pratiquait cette attitude depuis de longues années : en général, elle déviait efficacement la colère des brutes. « Je regrette.

— Tu devrais plutôt te réjouir d'avoir l'esprit ailleurs, dit Elemak. Ça ne peut être que mieux qu'ici. »

Ainsi, à lui non plus l'aventure ne plaisait pas ; pourtant, il en était plus ou moins responsable, avec tous les complots qu'il avait ourdis depuis Basilica.

Mais Zdorab se tut ; il se tourna pour observer le terrain que révélait le jour naissant. A cette altitude, l'air était nettement plus frais et la végétation moins dense. Une brume légère s'était formée dans la vallée de l'autre côté du col, telle une rivière serpentant au milieu des arbres. La chaîne des sommets les plus proches était à couper le souffle dans sa beauté rugueuse, et au-delà, il aperçut quelques pics si hauts que même à ces basses latitudes la neige les recouvrait. Du temps qu'il vivait à Basilica, il était tombé de la neige à plusieurs reprises, mais jamais plus de quelques centimètres à chaque fois, et elle disparaissait en l'espace d'une journée. Mais là-haut, la neige ne devait jamais fondre. Qu'avait dit Shedemei, déjà ? Ah oui, que c'était un miracle que la croûte terrestre supporte le poids de montagnes aussi jeunes et aussi élevées. Onze mille mètres. D'après Surâme, il n'existait pas de massifs de cette taille sur Harmonie et, selon ses archives, la Terre non plus n'avait jamais connu de sommets aussi hauts. Ceux-ci étaient jeunes, résultat de la poussée d'une plaque océanique qui s'enfonçait sous un ancien isthme entre deux continents. Aujourd'hui, c'était un immense massif, la région la plus haute de la Terre dans laquelle étaient représentés tous les climats et tous les terrains imaginables. Sur la côte occidentale, ces montagnes monstrueuses qui faisaient obstacle à la pluie avaient engendré un désert totalement aride ; à l'est, au contraire, il existait une région où il pleuvait presque sans arrêt, nuit et jour, été comme hiver, si bien que le socle rocheux était à nu et que seules y poussaient quelques mousses résistantes, capables de vivre sous un couvercle de nuages éternel.

Pourquoi ne pourrions-nous quitter le village, Shedemei et moi, simplement pour explorer cette nouvelle planète ? Les autres n'ont pas besoin de nous et nous n'avons pas envie de vivre avec eux. Nos enfants ont grandi, ils sont mariés ; ils se passeraient très bien de leurs parents. Nous pourrions venir les voir de temps en temps, et le jour où ils auraient des enfants, je leur chanterais des chansons idiotes en les faisant sauter sur mes genoux. Deux fois par an.

Mais à l'évocation de petits enfants, il se rappela le but de cette expédition, la raison de cette nuit blanche passée à remonter un canyon dans l'obscurité. Il plongea le regard dans la vallée et vit que dans les premières lueurs de l'aube les arbres étaient le lieu d'une agitation fébrile. Des créatures volantes bondissaient dans les airs, franchissaient de courtes distances, puis se laissaient retomber dans les feuillages. Chacune semblait porter quelque chose entre ses pattes arrière.

« Nous les terrifions, chuchota Elemak.

— Qu'est-ce que tu en sais ? demanda Mebbekew.

— Ils évacuent leur village. Observe bien : ce sont leurs enfants qu'ils transportent.

— Regardez, dit Zdorab. Quand les enfants sont un peu plus grands, ils doivent s'y mettre à deux.

— Bon coup d'œil, répondit Elemak. Il en a fallu quatre pour enlever Jivya. Et s'ils s'imaginent pouvoir m'échapper en emmenant leurs petits vers...

— Ils ont raison, coupa Vas avec mépris. Ils peuvent nous échapper justement en emmenant leurs enfants à l'abri. Et alors, qu'est-ce que tu vas faire ? Courir sur la cime des arbres pour les rattraper ? »

Elemak se retourna lentement. « Eh bien, redescends la montagne, si tu te fous de notre mission ! »

Vas s'excusa aussitôt : « Je suis fatigué, Elemak. Je ne sais plus ce que je dis.

— Alors, ferme-la. Et ouvre l'œil. »

Avec un soupir, Zdorab se détourna de cette scène émouvante d'amitié sincère. Les seuls qui détestaient davantage Elemak que ses ennemis, c'étaient ses amis ; et pourtant ils le suivaient, sachant qu'il avait tellement besoin d'eux qu'il ne pouvait pas les rejeter, comme l'aurait certainement fait Nafai. C'est sans doute ainsi que nombre d'hommes sans honneur obtiennent de se faire obéir des autres, se dit Zdorab ; incapables d'attirer les gens de cœur mais ayant besoin de s'entourer, ils doivent se rabattre sur ceux auxquels les gens intègres ne s'intéressent pas. C'était un prodige que le mal persiste dans le monde, étant donné qu'en général ceux qui s'y consacraient ne se supportaient pas entre eux, et pour cause.

Un mouvement dans un arbre, juste en dessous de la crête, attira l'attention de Zdorab. Une créature volante se tenait sur une branche, seule. « Regardez, dit Zdorab.

— Je l'ai vu, répondit Elemak.

— Qu'est-ce qu'il fait ? demanda Yasai.

— Nous avons tous deux yeux, répliqua Elemak, méprisant. Observons et nous le saurons. »

L'ange se laissa brusquement tomber de l'arbre et descendit en voletant dans une petite clairière à l'extrémité de laquelle se tenaient les humains. Zdorab put alors détailler l'être aux ailes déployées. Il avait un faciès hideux, ce qui n'avait rien d'étonnant, puisqu'il devait descendre d'une espèce de chauve-souris au mufle camard. Par contre, le compromis auquel avait abouti l'évolution chez cette créature était extraordinaire : elle avait des bras et des jambes d'une finesse qui frisait la caricature. De chaque côté de son corps, du poignet à la cheville, ses ailes s'ouvraient, maintenues en tension grâce à deux doigts hypertrophiés à chaque main ; les trois doigts restants étaient, eux, de taille normale, et lui permettaient de tenir et de manipuler. La tête était très grosse en proportion du corps ; c'était à se demander comment l'ange parvenait à voler ; d'ailleurs, il se trouvait probablement à sa limite extrême de développement : un peu plus et il aurait perdu la capacité de voler.

Mais pour l'heure, il avançait vers les humains en marchant ; il ne manquait pas de grâce, mais il était manifestement plus à l'aise sur des branches ou en l'air. Ce ne serait jamais un bon marcheur, pas avec ces pattes-là.

Ces pattes !

Zdorab était assez avisé pour tenir sa langue ; ce n'était hélas pas le cas du jeune Yasai. « Oykib avait raison, fit-il sans réfléchir. Ce ne sont pas ces pattes qui ont laissé les empreintes, au village. »

Elemak se tourna lentement vers lui. « Ce n'est donc peut-être pas cette bête qui a fait ces empreintes ; tu crois que je ne l'avais pas envisagé ? N'empêche qu'elle faisait le guet pour les ravisseurs. Si elle ne tient pas Jivya, elle sait où elle est ! » Il avança d'un pas vers la créature.

Elle s'arrêta presque aussitôt et fit une chose des plus étonnantes : elle se baissa et, de la main, saisit quelques épis qu'elle tenait avec la patte. Après quoi elle les déposa cérémonieusement sur l'herbe, l'un après l'autre, comme si elle les comptait. Enfin, elle recula d'un pas.

« Ça vient de notre champ, dit Obring.

— Tu viens seulement de t'en rendre compte ? riposta Vas.

— Pourquoi, c'est important ? demanda Meb.

— Il croit que c'est pour ça que nous sommes là, répondit Padarok, le fils de Zdorab. Parce qu'il nous a volé du grain. Il nous le rend.

— Et depuis quand es-tu spécialiste des chauves-souris hypertrophiées ? grinça Elemak.

— Pour moi, c'est logique », insista Padarok, têtu.

De la main, Zdorab lui fit signe de se taire.

« Non, je ne me tairai pas, Père ! Toute cette affaire est grotesque ! L'ange n'a fait que prendre quelques épis dans le champ et il ignore tout de Jivya. Si l'on y avait un tant soit peu réfléchi, nous n'aurions pas passé la nuit à crapahuter à la poursuite d'un homme innocent ! »

Les mains d'Elemak jaillirent et saisirent Padarok par le cou. Comme son père, Padarok adulte n'était ni très grand ni très solide. Dans la poigne massive d'Elemak, il avait l'air d'un pantin. « Un homme ? répéta Elemak d'un ton cinglant. Tu appelles cette bête un homme ?

— Façon de parler, murmura Padarok.

— Cet homme, comme tu dis, sait où se trouve ma fille ! » Là-dessus, Elemak se mit à secouer violemment le garçon, qui devint soudain flasque. Un instant, Zdorab redouta que ces brutalités ne lui aient endommagé le cerveau, voire l'aient tué. Et même quand, presque aussitôt, Padarok battit des paupières et agita les membres, la fureur bouillonnante qui s'était emparée de Zdorab ne retomba pas. A sa propre surprise, il se retrouva dans une position singulière : il tenait la lame d'une faux au-dessus du cou d'Elemak et prononçait des paroles inimaginables : « Lâche mon fils ! Dépêche-toi ! »

Elemak se retourna lentement et le regarda d'un œil reptilien. « Sinon, tu me coupes les bras, c'est ça ?

— Si je rate ton cou, oui. »

Elemak lâcha Padarok. « Ne me menace pas, Zdorab. Tu as peut-être oublié qui est notre ennemi, mais pas moi. » Et d'un geste vif, il arracha la faux des mains de Zdorab, si vite que ce dernier s'en rendit à peine compte. Elemak resta là, la faux levée, et Zdorab se demanda qui il allait frapper, lui ou son fils. Mais pour finir, Elemak jeta l'outil par terre et s'éloigna à grands pas vers la créature.

La malheureuse se ratatina visiblement sous son regard furieux, mais elle ne recula pas. Du pied, Elemak enfonça les épis dans le sol boueux. « Le grain, je m'en fous ! » dit-il. Soudain, il souleva l'ange par un bras et rugit : « Où est ma fille ?

— Et dans quelle langue crois-tu qu'il va te répondre ? demanda Padarok d'un ton méprisant. Ou bien tu veux qu'il te dessine un plan en l'air ? »

Ne le pousse pas à bout, je t'en prie, Rokya ; ces paroles vinrent à l'esprit de Zdorab, mais il ne les prononça pas, parce qu'il était aussi rempli de fierté. Toute sa vie, il s'était incliné devant des hommes comme Elemak pour qu'ils ne lui fassent pas de mal. Mais son fils ne s'inclinait pas. Il tient peut-être sa taille de moi, songea-t-il, mais sa colonne vertébrale lui vient de sa mère.

La réponse d'Elemak fut un mugissement de rage et, ce faisant, il fit claquer la créature comme un fouet. Horrifié, Zdorab vit que dans la poigne d'Elemak elle ne résistait pas plus qu'une brindille sèche ; son bras céda de part et d'autre de la main et au même instant ses deux ailes se déchirèrent et se mirent à saigner, tandis que toutes ses articulations semblaient se plier dans le mauvais sens sans pouvoir retrouver leur position initiale. Elle poussa un cri aigu, puis se tut, pendant flasque et brisée entre les mains d'Elemak.

« Mais c'est qu'on ne connaît pas sa force, par moments ! dit Meb.

— Bravo ! s'exclama Padarok. Maintenant qu'il est mort, il va être très utile comme guide ! »

Elemak rejeta l'animal rompu loin de lui. Il heurta un tronc d'arbre auquel il resta un instant comme suspendu avant de tomber au sol, inanimé. « Où est ma fille ? hurla Elemak. On m'a volé ma fille ! »

Sa fureur était si terrible que tous reculèrent, d'un seul pas certes, mais qui en disait long sur leur crainte. Tous, sauf Padarok. Lui ne bougea pas.

Et cela signifiait que c'était lui qui allait supporter le poids de la rage impuissante d'Elemak. Qui le regardait déjà d'un œil noir.

Alors, encore une fois sans réfléchir, Zdorab s'interposa. « Il faut redescendre, Elemak. Nous avons fait ce que nous pouvions ; mais il est impossible de la retrouver si elle est ici. S'il te fallait désarticuler et tuer une petite créature sans défense pour te soulager, eh bien c'est fait. Tu n'es pas obligé de recommencer. »

Il vit Elemak faire un effort pour reprendre son sang-froid.

« Je ne te pardonnerai jamais de m'avoir dit ça, déclara-t-il enfin.

— Tu as déjà fait ce genre de promesse à tout le monde, répliqua Zdorab. Mais nous, nous te pardonnons, Elemak. Nous avons tous des enfants ; ç'aurait pu arriver à n'importe lequel d'entre nous. Si nous pouvions te ramener ta fille, nous le ferions, sois-en sûr.

— Si tu pouvais me la ramener, dit Elemak, c'est avec plaisir que je me ferais pour toujours ton serviteur. » Et il partit à grands pas dans le col, vers le canyon.

Obring et Meb lui emboîtèrent le pas, en s'arrêtant toutefois un instant à la hauteur de Zdorab. « Il a du cran, quand même, ce petit pizdoune ! dit Obring avec un rire moqueur.

— Continue comme ça, renchérit Meb, et qui sait ? peut-être qu'un jour tu banderas pour de bon ! Là, tu seras au moins la moitié d'un homme ! » Il tapota la tête de Zdorab et rejoignit Obring.

Padarok s'approcha et étreignit Zdorab. « Merci, Père. J'ai bien cru qu'il allait me briser le cou.

— Nous avons tous vu ce qu'il comptait te faire, Rokya : il l'a fait à l'ange. »

A cet instant, près de l'arbre contre lequel Elemak avait projeté la pauvre créature, Yasai poussa un cri : « Il n'est pas mort !

— Dans ce cas, il faudrait peut-être abréger ses souffrances », suggéra Jatva, le fils aîné de Nafai. Tous se réunirent autour de l'ange.

« Ce n'est pas un chien, protesta Yasai. Oykib a dit qu'ils étaient intelligents ; c'est comme un homme, ce n'est pas une bête. Si on peut le sauver, Shedemei y arrivera. »

La créature clignait lentement d'un œil.

« Et si ce n'était qu'un simple réflexe ? » demanda Xodhya.

Yasai se dépouillait de sa chemise. « Aidez-moi à le placer là-dedans, sans lui casser le cou.

— Il est déjà cassé, remarqua Motiga avec pertinence.

— Oui, mais la moelle épinière est peut-être intacte. » Puis Yasai émit un sifflement de surprise. « Qu'il est léger !

— Ça lui fait mal, dit Vas. Il ferme les yeux de douleur.

— Mais on ne l'entend pas, répondit Zdorab. Il supporte ses souffrances sans se plaindre.

— Ouais, comme un homme », persifla Jatva. Mais il n'y avait qu'une trace d'ironie dans sa voix. On ne pouvait qu'admirer la créature.

« Et si Elemak nous voit le transporter ? demanda Motya.

— J'espère qu'il le verra, répondit Padarok. Cette créature ne le menaçait en aucune façon et vois ce qu'il en a fait. Et même si ç'avait été un chien... »

Il n'eut pas besoin de terminer sa phrase. Quatre d'entre eux prirent chacun la chemise par un coin. Les autres se chargèrent des lanternes et tous entamèrent la longue descente du canyon.

La clameur joyeuse des enfants apprit à Eiadh qu'Elemak et les hommes qui l'accompagnaient étaient enfin revenus de leur battue nocturne. Sûrement épuisé, Elya serait sans doute aussi exaspéré par ses recherches infructueuses. Mais tout cela s'effacerait quand il verrait Jivya.

La petite, exténuée peut-être par les émotions de la veille, dormait encore. Eiadh la prit doucement dans ses bras ; elle remua dans son sommeil mais ne se réveilla pas. Ce qui inquiétait Eiadh à présent, c'était qu'elle conserve un traumatisme de son expérience ; mais si elle savait déjà faire quelques pas, elle était néanmoins trop jeune pour que ses souvenirs persistent. Normalement, elle ne devrait pas rêver de fouisseurs menaçants penchés sur son berceau ni de longs tunnels obscurs. Non, il n'y avait pas à se tourmenter.

Jivya ouvrit un œil alors que sa mère arrivait à l'orée du village. Elemak était là, grand et fort, puissamment charpenté, bel homme finalement, malgré tous ses défauts. Eiadh se remémora encore une fois les raisons qui l'avaient amenée à tomber amoureuse de lui, quand elle n'était qu'une petite Basilicaine frivole. Certes, avec le temps, elle s'était aperçue qu'il lui manquait le sang-froid et l'altruisme qu'elle admirait chez certains et que son caractère imposait à la famille de se faire la plus petite possible. Mais c'était son époux et elle s'en réjouissait plutôt, surtout aujourd'hui que leur fille avait échappé aux griffes des monstres de sous la terre.

En se rapprochant, elle vit que Volemak racontait à Elemak ce qui s'était passé ; le vieillard leva un instant les yeux sur elle, imité par son fils qui remarqua le bébé dans ses bras. Il sourit à son épouse. Son sourire manquait d'enthousiasme, mais la fatigue y était sûrement pour quelque chose.

On s'agita brusquement derrière lui : Yasai, Rokya, Xodhya et Jyat arrivaient, transportant quelque chose dans une chemise – celle de Yasai, sûrement, puisqu'il était torse nu. Volemak les dirigea sur le vaisseau, où Shedemei étudiait les otages fouisseurs. Qu'y avait-il donc ? Ils n'avaient tout de même pas blessé un des anges !

A peine cette idée lui fut-elle venue qu'elle la sut conforme à la vérité. Volemak faisait visiblement des reproches à Elemak, et elle se trouvait maintenant assez près d'eux pour les entendre.

« Mais il n'était pas armé ? demandait Volemak. Il n'a fait aucun geste menaçant ?

— Je vous l'ai dit, je croyais qu'il savait où était ma fille !

— Et c'est pour ça que tu l'as estropié ? Même si tu n'attachais aucune importance au fait que nous vivons ici et que, sans nécessité aucune, tu allais nous mettre à dos une tribu d'êtres intelligents, tu aurais tout de même pu songer que brutaliser la seule personne peut-être capable de t'aider était d'une stupidité sans borne ! »

Volemak se laissait emporter par la colère. Elemak supportait mal les critiques, surtout en public, Eiadh le savait. Il était jusque-là resté fidèle à son serment d'obéissance, mais mieux valait ne pas le pousser à bout.

Naturellement, Volemak avait vu dans quel état se trouvait l'ange et pas elle. Mais qu'avait donc fait Elemak ?

« C'est ça, j'ai fait l'idiot ! répondait Elemak. Mais pendant ce temps-là, votre héros modèle, avec son manteau magique, il était en train de jouer les dieux avec une bande de rats !

— Il a récupéré ta fille, avec Oykib, Protchnu et moi ! répliqua Volemak. Et nous étions entourés de centaines de fouisseurs armés, tout ça parce que tu as exigé d'emmener tous les hommes en âge de combattre en ne nous en laissant qu'une poignée ! »

Elemak voulut se défendre : « Si vous m'aviez donné l'ordre d'en laisser davantage... » Mais Volemak le coupa.

« Oh, tu aurais obéi, bien sûr – en m'accusant de vouloir la mort de ta fille ! Eh bien, elle est vivante, Elya, et pas grâce à toi ! Nous allons voir à présent si cet ange inoffensif aura autant de chance qu'elle.

— Et qu'attendez-vous de moi ? Que je me mette à genoux devant Nafai pour l'adorer ? Faut-il qu'il soit mon dieu, à moi aussi ? »

Eiadh n'y tint plus. « Tu pourrais le remercier, en tout cas, dit-elle calmement. Il nous a rendu Jivya.

— C'est faux ! rétorqua Elemak. C'est le manteau du pilote qui a tout fait ! Si c'était moi qui l'avais porté, j'aurais fait au moins aussi bien que lui !

— Oh que non, répliqua Eiadh : tu serais parti dans le canyon en te servant probablement du manteau pour abattre les anges en plein vol, tandis qu'ici, sans lui, nous aurions été débordés et massacrés par les fouisseurs, tous autant que nous sommes !

— Et comment pouvais-je me douter que c'étaient des créatures que nous n'avions jamais vues qui avaient enlevé ma fille ?

— Oykib a essayé de te le dire, mais tu ne l'as pas écouté. C'est d'ailleurs une des raisons qui te rendent inapte à nous commander : tu n'écoutes personne, tu ne prends tes décisions qu'en fonction de ce que tu sais déjà. Eh bien, apprends-le, Elemak, tu ne sais pas tout ! »

Eiadh s'entendait parler tout en sachant qu'elle allait trop loin. La fureur qu'elle lisait sur le visage de son époux était effrayante. Il ne l'avait pas regardée ainsi depuis... depuis qu'elle avait prêté serment à Volemak pendant le voyage.

« C'est donc comme ça que ma femme m'accueille ! dit-il.

— Je voulais t'accueillir avec des paroles de bonheur, répondit-elle en courbant la tête. Je m'excuse. »

Elle s'était soumise ; Elemak pouvait à présent retourner sa colère contre d'autres. « Je m'étais trompé, c'est vrai ! lança-t-il. Mais je n'ai entendu personne me contredire ! »

Seul le silence lui répondit.

« Alors, ne venez pas me critiquer si vous n'avez pas été fichus de trouver une meilleure idée !

— Nous avions une meilleure idée, dit Padarok d'un ton uni. Nous savions tous que tu te trompais. Nous le savions depuis le début. »

Ces mots étaient comme des gifles en plein visage. « Alors, pourquoi m'avoir suivi ?

— C'est ta fille qui avait disparu.

— Ce n'est pas pour ça que j'avais forcément raison ! Mes facultés de jugement étaient même probablement obscurcies !

— Oui, c'est bien ce que je dis, fit Padarok.

— Vous m'avez suivi parce que je ne raisonnais plus sainement ? Vous saviez tous que je me trompais, et vous m'avez suivi parce que je me trompais ? » Le mépris qu'il mettait dans sa voix déguisait mal son évidente perplexité.

« Elemak, viens, rentrons à la maison, intervint Eiadh.

— Non, je veux comprendre ! Je veux comprendre comment ces prétendus hommes peuvent se montrer stupides au point d'obéir en toute conscience à quelqu'un dont ils pensent qu'il fait fausse route !

— Je t'en prie, Elemak... »

Yasai se décida enfin à parler : « Nous ne t'avons pas obéi parce que tu te trompais, mais parce que tu ne réfléchissais plus de façon rationnelle. Nous ignorions quelle serait ta réaction si nous refusions d'obéir.

— Comment ça ? Ce qui comptait, c'était de retrouver ma fille, rien d'autre !

— Ah oui ? fit Eiadh. Mais si c'était vrai, tu aurais pris le temps d'écouter Oykib quand il a essayé de te dire que ce n'étaient pas les anges les ravisseurs. Et maintenant, s'il te plaît, cessons de discuter. Tout le monde est rentré et personne n'a de mal. »

D'un mouvement d'épaule, Elemak se dégagea de la main qu'elle avait posé sur son bras. « Ne prends pas ce ton protecteur avec moi, Eiadh !

— Calme-toi, Elemak, dit-elle. Jivya était perdue et elle nous a été rendue. Il faut se réjouir et non se mettre en colère. Tu pourrais même remercier ceux qui ont sauvé notre fille.

— Les remercier ? De ce que Surâme nous a fourni une seule arme efficace et c'est Nafai qui la possède ? De ce qu'ils m'ont suivi dans une battue inutile dans le canyon, justement parce que c'était inutile ? »

Padarok s'approcha de lui. « Non, Elemak. Nous t'avons suivi parce que nous avions peur que tu fasses à l'un de nous ce que tu as finalement fait à l'ange. Et nos craintes n'étaient pas sans fondement : tu te rappelles peut-être que tu m'aurais volontiers infligé le même sort... »

Alors seulement, Eiadh remarqua les ecchymoses qui bleuissaient le cou et la mâchoire de Padarok.

« ... si Père ne s'était pas dressé contre toi », conclut Padarok.

Rouge de colère – ou de honte ? —, Elemak répondit avec mépris : « Crois-tu que ce sont ses menaces pitoyables qui m'ont arrêté ?

— J'ignore ce qui t'a arrêté, dit Padarok. Mais nous ne savons jamais si tu t'arrêteras ou non. C'est pour ça que nous t'obéissons quand tu as perdu tout sang-froid et tout bon sens : parce que nous avons peur de toi. Et si tu y réfléchis sans laisser la fureur obscurcir ton jugement, tu reconnaîtras que nous avons de bonnes raisons d'avoir peur.

— Rentrons à la maison, Elya », répéta Eiadh.

Mais Elemak était résolu à éclaircir la question. « Vous auriez laissé Jivya mourir parce que vous aviez trop peur de moi pour me tenir tête ? »

Padarok secoua la tête. « Nous savions que si l'on pouvait la sauver, Nafai y arriverait.

— Nafai ? » dit Elemak. Puis, dans un rugissement : « Nafai ! Nafai ! Nafai ! C'est sur lui que vous comptiez ? Vous lui avez confié la vie de ma fille ? Mais que sait-il donc, ce petit crétin prétentieux, ce morveux de faux jeton, ce...

— Il a réussi ! cria soudain Eiadh. Il l'a sauvée, espèce d'imbécile ! Ils ont eu raison de lui faire confiance ! » Effrayé par le ton de sa mère, le bébé se mit à pleurer. Mais Eiadh ne pouvait plus se contenir. « Et ils savaient que si tu restais ici, tu ferais encore une gaffe qui entraînerait une catastrophe, donc qu'il valait mieux t'envoyer à l'autre bout du canyon, là où tu ne risquais pas de déclencher une guerre avec les fouisseurs ! Tu as compris, maintenant, Elemak ? A présent que tu nous as obligés à en dire bien plus long que nous ne le voulions, vas-tu enfin comprendre comment nous te voyons tous ? Nous savons que s'il se présente une mission délicate, il vaut mieux que tu ne sois pas là, parce qu'à coup sûr, inéluctablement, tu vas faire quelque chose du genre de ce que tu as fait à ce pauvre ange ! »

L'espace d'un instant, Eiadh ressentit un plaisir intense à enfin avoir dit la vérité et abattu cet homme plein d'orgueil qui lui compliquait tant l'existence depuis des années.

Puis elle fut témoin d'un phénomène auquel elle n'avait jamais assisté : Elemak ne se mit pas en fureur. Au contraire, ses épaules s'affaissèrent ; il perdit toute contenance. Sans regarder personne, il se retourna et s'en alla dans la forêt.

« Excuse-moi, Elya ! lui cria Eiadh. J'étais en colère, je ne pensais pas ce que je disais ! »

Mais c'était faux, il le savait. Tout le monde le savait, et aussi qu'elle n'avait dit que la vérité. Plus personne ne l'ignorait depuis des années. Aujourd'hui, Elemak le savait aussi.

Il revint le lendemain, muet, humble. Différent. Brisé. Eiadh voulut lui présenter des excuses quand ils furent seuls chez eux, mais il sortit sans l'écouter. Ils partageaient le même lit, mais il ne s'approchait plus d'elle. Il répondait aux questions des enfants, parfois il jouait avec eux, riait et souriait comme autrefois. Mais il ne se rendait à aucune réunion des adultes et, quand Eiadh essayait de le faire participer aux décisions concernant leur famille, il faisait toujours la même réponse : « Comme tu voudras. Ça m'est égal. »

Et cela lui était égal, en effet, du moins en apparence. Il accomplissait sa part de travail aux champs, mais il ne venait plus dire aux autres ce qu'ils devaient faire. Il se contentait d'exécuter les tâches qu'on lui confiait. Il travaillait dur. En réalité, il s'épuisait. Mais il semblait toujours invisible.

Je l'ai tué, se disait Eiadh.

A moins que, peut-être, peut-être, ce n'ait été un premier pas vers sa guérison.

Elle résolut de s'accrocher à cet espoir. Cette étrange personnalité taciturne et réservée n'était qu'une étape de son évolution vers un état de maturité, celui d'un homme qui sait se dominer, un homme sage et bon.

Un homme comme Nafai.

12

AMITIÉS

Shedemei avait demandé à Volemak de réunir tous les participants aux relations avec les deux espèces intelligentes. « Il va falloir prendre des décisions », avait-elle dit ; c'est pourquoi, après le repas du soir, tous se retrouvèrent dans la bibliothèque du vaisseau : Volemak et Shedemei, bien sûr, mais aussi Nafai, Luet, Issib, Hushidh, Oykib et Chveya. « J'avais invité Elemak, expliqua Volemak, étant donné sa grande expérience, acquise sur Harmonie, des rapports avec les cultures étrangères et leurs représentants. Il a refusé de venir, mais je vais quand même lui demander de travailler au moins avec les fouisseurs. Après tout, ce sont pratiquement nos voisins de palier...

— En fait, ce seraient plutôt nos voisins d'en dessous », fit Nafai.

Volemak se tut un instant comme pour dire : « Quand ce gamin sera-t-il assez mûr pour se retenir de plaisanter pendant une discussion sérieuse ? » Luet se pencha sur Nafai et lui piqua la cuisse du doigt ; il lui adressa un sourire niais.

Volemak reprit : « Il faut impérativement parvenir à un *modus vivendi*. J'ignore ce que vous en pensez, mais ce que j'ai vu, moi, chez les fouisseurs la nuit de l'enlèvement, c'était une société en proie à un grave conflit interne : d'un côté, un kidnapping fomenté par le fils du roi du sang, et de l'autre, en opposition, la vénération de l'épouse du roi guerrier envers Nafai. Et le fait même que cette épouse... comment s'appelle-t-elle, déjà ?

— Emiizem, souffla Oykib.

— Le fait qu'Emiizem ait réussi là où, euh...

— Mufrujuuj.

— ... où Muf-chose a échoué risque d'avoir affaibli la position de ce dernier. Par conséquent, on peut s'attendre à l'émergence d'un groupe qui souhaite débarrasser la Terre des humains, voire de deux factions : Mufya d'un côté et les responsables de l'enlèvement de l'autre. Je pense qu'Elemak pourrait nous être précieux pour parvenir à une entente avec ces partis hostiles.

— S'il veut bien s'y prêter, dit Hushidh. Pour l'instant, il n'a de lien étroit avec personne, pas même avec Protchnu, depuis que le petit s'est vanté devant lui d'avoir découvert l'entrée de la cité des fouisseurs dans un arbre. C'est un sujet assez malvenu chez Elemak.

— Tu as assisté à la scène ? demanda Volemak.

— Un témoin m'en a parlé.

— C'est donc un on-dit, fit Volemak.

— Oui, mais de première génération ; très précis ; de qualité supérieure. »

Volemak sourit, puis répéta fermement : « Un on-dit. »

Nafai intervint : « A mon avis, Elemak est le candidat parfait pour travailler avec les fouisseurs.

— Il ne sera pas le seul, répondit Volemak. Et rends-nous service à tous, Nafai : ne crie pas sur tous les toits que tu approuves la désignation d'Elemak pour cette tâche. » Nafai hocha la tête, redevenu soudain sérieux. Mais Luet ne s'y trompa pas : certes, intellectuellement, il comprenait qu'il aurait tort de persister à faire des grâces à Elemak, mais la veille encore, alors qu'elle venait de le lui expliquer pour la énième fois, il l'avait interrompue : « Pour Elemak, quand je veux lui donner l'autorité, ce n'est pas de la confiance ni de la bonté de ma part, c'est de la condescendance et de la moquerie, je le sais bien. Mais je ne me moque pas de lui, je ne le traite pas de haut, Luet : j'admire vraiment ses talents et je lui fais confiance pour réussir ce qu'il entreprend. Je voudrais me rapprocher de lui, je n'y peux rien.

— De ton point de vue, tu cherches à te rapprocher de lui, avait patiemment expliqué Luet – pour la cinquantième fois au moins. Mais du sien, tu ne fais que retourner le couteau dans la plaie. »

Quand on abordait le sujet de son frère aîné, il valait mieux qu'il se taise et il le savait bien, mais il n'y résistait pas. « Tout le monde risque de s'imaginer que je lui fais la tête ou que je veux l'empêcher de faire quoi que ce soit, alors que c'est tout le contraire ! Il faut bien que je le dise, pour qu'on sache que je ne lui en veux pas, non ?

— Tu ne peux pas me faire confiance, simplement ? avait répondu Luet. Tu ne peux pas me faire confiance et te taire, par pitié ? »

Il lui avait fait la promesse solennelle – une fois de plus – de ne rien dire à Elemak et de ne pas parler de son rôle dans la communauté. Et aujourd'hui, à la réunion, à peine un jour après avoir donné sa parole, voilà qu'il recommençait ce dont il avait justement promis de s'abstenir.

Volemak ramenait la discussion à l'ordre du jour. « De toute façon, nous n'aurons pas qu'une seule personne pour s'occuper des fouisseurs. Il nous faut autant de points de vue différents que possible – tout en continuant à préparer les moissons, à engranger des vivres et des semences pour la saison sèche. Mais tout ceci n'est qu'un préambule ; cette réunion a été demandée par Shedemei. Cela signifie, je présume, qu'elle a des conclusions à nous présenter sur la biologie des fouisseurs et des anges ; autant commencer par là, donc.

— Ce ne sont pas vraiment des conclusions, dit Shedemei ; il s'agit plutôt d'une liste de questions. Un examen préliminaire montre qu'à l'instar de tous les autres animaux et des plantes que nous avons étudiés depuis notre arrivée, les fouisseurs et les anges ne présentent que des changements évolutifs normaux par rapport à leurs ancêtres d'il y a quarante millions d'années. A l'origine, les fouisseurs descendent d'une espèce de rats des champs commune dans le sud du Mexique et les anges d'une espèce courante de chauves-souris. Dans les deux cas, les variations génétiques sont de l'ordre de cinq pour cent par rapport aux modèles originaux. Il se passera très longtemps avant que nous puissions étudier les fossiles intermédiaires, mais on peut déjà voir, ici même, comment la morphologie des fouisseurs s'est transformée pour supporter un crâne plus lourd, comment les mains ont évolué de façon à pouvoir saisir de gros instruments – sans pour autant perdre la puissance brute nécessaire à creuser, à grimper et, il faut bien le mentionner, à tuer. »

A l'écran de l'ordinateur, elle passa de l'image comparative des squelettes d'un rat et d'un fouisseur à celle de leur structure osseuse. « La tâche des anges était plus complexe : ils devaient conserver la capacité de voler tout en se dotant d'un cerveau plus lourd et en acquérant la force de manier des outils. Ils ont trouvé un compromis en se servant de leurs pieds comme de mains, et de mains puissantes. Debout sur un pied, ils disposent à la hanche d'une articulation dont la rotation leur permet d'utiliser une hachette. Mais leurs bras, qui chez les chauves-souris ne possèdent que des mains vestigielles, sont devenus des instruments de précision : ils sont incapables de supporter de lourdes charges et, comme un malheureux incident nous l'a appris, ils se brisent avec une relative facilité sous une forte poigne ; les mains ne servent donc pas à des activités physiques trop pénibles, mais plutôt à des tâches très délicates, très fines. »

Elle s'assit et regarda posément son auditoire.

Luet finit par comprendre ce qu'elle voulait dire. « Ce seraient les anges les auteurs des statues qui se trouvent dans la cité des fouisseurs, c'est ça ?

— La main des fouisseurs est absolument incapable du travail minutieux que vous m'avez décrit, répondit Shedemei. Je les ai testés lorsqu'ils étaient dans un état semi-conscient : ils ne peuvent pas accomplir de tâche qui n'exige pas de la force. Or, quand on sculpte l'argile, il faut se brider énormément, ne pas appuyer plus qu'il ne faut. Les fouisseurs ne le peuvent pas ; ils réduiraient la sculpture en purée informe. »

Issib souleva une objection :

« Tu n'as peut-être examiné que des soldats et des travailleurs manuels.

— Avez-vous remarqué un dimorphisme quelconque, dans les tunnels ? demanda Shedemei à Nafai et Oykib.

— Non, aucun, répondit Nafai.

— Et ils ont reconnu que ce n'était pas eux qui faisaient les sculptures, ajouta Oykib.

— Pourtant, ce sont leurs dieux, dit Chveya ; des dieux qu'il vénèrent en leur offrant des ossements de bébés anges. Ça ne tient pas très bien debout.

— Oh si ! répliqua Shedemei. Mais ça nous amène tout droit aux questions les plus importantes. D'abord, pourquoi deux espèces intelligentes se sont-elles développées ainsi, pratiquement l'une dans l'autre, sans que l'une anéantisse l'autre ? D'après les documents de la bibliothèque, plusieurs espèces intelligentes ont évolué parallèlement à l'homme à partir de la même souche : l'*homo robustus* et l'homme de Heidelberg ; mais l'*homo erectus* a pour ainsi dire oblitéré le *robustus*, et l'homme moderne a balayé celui de Heidelberg.

— Enfin, il l'a peut-être absorbé, corrigea Issib.

— Peu importe comment ça s'est passé, reprit Shedemei, ce qui compte, c'est que là où passait l'homme moderne, les autres disparaissaient. Alors pourquoi les anges et les fouisseurs ont-ils survécu les uns et les autres ?

— Parce qu'ils ne sont pas en concurrence pour les ressources de base ? suggéra Chveya.

— Je reconnais bien là mon élève, dit Shedemei en souriant. Mais n'oublie pas que les fouisseurs mangent les petits des anges et qu'ils adorent les statues qu'ils sculptent. Rien de comparable donc à la situation entre les pieuvres, disons, et les aigles, qui ne sont en compétition dans aucun domaine. Les anges sont les proies des fouisseurs ; et malgré tout, ils survivent.

— Des esthètes », dit Nafai.

A priori, cela ressemblait à une plaisanterie de sa part, une de plus, et Luet s'apprêtait à lui flanquer son coude dans les côtes quand Shedemei répondit comme s'il s'agissait d'une suggestion sérieuse.

« Tu as raison, je crois, Nafai. A mon avis, il s'agit d'un phénomène biologique dont les sculptures font partie intégrante. Oykib, ne nous as-tu pas appris que les statues étaient toujours associées avec l'accouplement et la procréation, dans le culte des fouisseurs ? »

Oykib rougit et jeta un coup d'œil furtif à son épouse, puis à Nafai.

« Ne sois pas gêné, Oykib, intervint Volemak. Nafai a jugé sage de nous mettre au courant de ton talent. Rassure-toi, il ne l'a pas révélé à tout le monde, seulement aux personnes ici présentes. Il ne nous a pas semblé utile de déclencher une paranoïa générale à propos des prières des fouisseurs. »

Un sourire malicieux se dessina sur le visage d'Issib. « Nous, bien sûr, nous sommes si parfaits que d'être espionnés nous laisse indifférents.

— Issya veut dire par là, reprit Volemak, que nous acceptons que certains d'entre nous aient le talent d'apprendre des secrets que d'autres préféreraient garder pour eux. Mais tu as fait preuve d'une telle discrétion depuis ton enfance et jusqu'à aujourd'hui que nous ne redoutons rien de ta part.

— Moi si, rétorqua Chveya. C'est même uniquement pour ça que je t'ai laissé m'enceintrer !

— Veya ! » gronda Luet. Que cette enfant était donc grossière !

« Bref, c'est exact, Oykib ? demanda Shedemei.

— Oui. Certaines de leurs... prières sont... carrément pornographiques ; je parle de leur façon de considérer les statues. La plupart, nous l'avons vu, sont usées au point de n'être plus que des blocs sans traits distincts ; eh bien, ils les adorent en se les frottant sur tout le corps.

— Voilà qui est très intéressant, dit Shedemei. Je n'ai jamais observé ce comportement chez les rats ni chez aucun rongeur. En avez-vous entendu parler durant vos études ?

— C'est toi, la biologiste, Shedya, répondit Hushidh. Si tu ne connais pas ce phénomène, tu penses bien que nous non plus !

— Tant qu'on en est à se demander qui sait quoi, glissa Luet, moi j'aimerais savoir ce que je fais ici. Après tout, l'époux de Shedya n'est pas présent, ni tante Rasa, ce n'est donc pas une réunion de couples. On a besoin de Shuya et de Veya pour comprendre les fouisseurs et les anges parce qu'elles voient des choses qui ne passent pas par le langage ; la méthode d'Oykib est différente, mais le résultat est le même ; Nafai, lui, possède le manteau et c'est son visage qu'on retrouve sur une sculpture de la cité des fouisseurs ; quant à Issib, il ne peut pas travailler aux champs, il est doué pour les langues et il manie l'Index mieux que personne : son rôle est donc vital pour la recherche et la traduction. Mais moi, qu'est-ce que je fais ici ?

— On manque un peu d'assurance, mon amour ? demanda Nafai avec une feinte sollicitude.

— Tu es ici, répondit Volemak, parce que tu es toi. Tout le monde n'est pas obligé d'avoir une spécialisation particulière pour ce que j'ai en tête. Et tu communiques mieux que personne avec Surâme.

— Sauf quand vous vous servez de l'Index. Non, je n'ai rien à faire ici.

— Ferme-la, Lutya, lui ordonna Hushidh avec bonne humeur. Tu nous fais perdre notre temps avec tes doutes existentiels.

— Prends patience, renchérit Volemak : je vais en venir au fait et alors tu comprendras. » Il effaça les illustrations précédentes de l'écran et les remplaça par une carte des environs du village. « Nous sommes ici, et les fouisseurs sont là. Les anges tout là-haut. Je vous laisse deviner laquelle des deux cultures nous comprendrons le plus vite et le mieux.

— Surtout s'il reprend des envies de kidnapping à ses membres, fit Issib.

— Cette situation risque de mener à une issue malvenue, poursuivit Volemak. D'abord, nous aurons sans doute tendance à nous lier à l'espèce que nous connaissons le mieux, ce qui pourrait bien être une grave erreur. Après quoi, peut-être plus important encore, les anges partiront du principe que nous sommes plus proches des fouisseurs, ce qui générera de la suspicion, voire de l'hostilité envers nous. Vous saisissez le problème ? »

Issib hocha la tête. « Vous voulez que certains d'entre eux (il montra ses voisins) s'en aillent chez les anges.

— Présenté comme ça, ça fait vraiment définitif ! » lança Nafai. Cette fois, Luet lui enfonça son coude dans les côtes.

« Non, pas certains d'entre eux, Issya, corrigea Volemak : certains d'entre vous. »

Issib se rembrunit. « Pas moi. Pas le fauteuil. »

Luet comprit le message : il avait détesté ces années de désert, sur Harmonie, où il ne pouvait rien sans son fauteuil volant. Etre obligé de s'en remettre entièrement à Hushidh pour le soulever, le transporter, l'assister pour tous ses besoins corporels, c'était déjà pénible quand ses enfants étaient petits, mais ce serait maintenant une humiliation insupportable. Au voisinage du vaisseau, ses flotteurs fonctionnaient comme jadis à Basilica, ce qui lui permettait une liberté de mouvement optimale, et cela, il n'était pas près d'y renoncer.

« Ecoute-moi sans m'interrompre, reprit Volemak. J'y ai longuement réfléchi et si tu me prêtes une oreille raisonnable, tu seras d'accord avec mes conclusions. D'abord, il ne faut pas, je crois, envoyer une délégation trop importante chez les anges, parce que nous avons besoin du maximum de bras ici pour travailler aux champs et installer la colonie. C'est pourquoi je compte n'expédier que deux couples avec leurs enfants. J'avais pensé à Shedemei, mais elle doit pouvoir utiliser les instruments du bord. Et comme j'ai besoin de quelqu'un d'aussi méthodique et pour qui la bibliothèque n'ait pas de secrets, tu me sembles tout indiqué, Issib.

— Ça pourrait aussi bien désigner toutes les personnes présentes et la moitié des absents ! rétorqua l'infirme.

— Chveya et Hushidh possèdent *grosso modo* le même talent, objecta Volemak, un talent indispensable. L'une des deux restera donc parmi nous.

— Et Oykib ? C'est le plus doué pour les langues. Envoyez-le, lui !

— J'ai besoin de lui ici. Je veux qu'il apprenne le langage des fouisseurs en même temps qu'Elemak. »

Luet comprit le sous-entendu, comme les autres, sûrement : il serait malsain d'avoir Elemak pour seul interprète. On ne pouvait pas lui faire totalement confiance, même si Volemak ne le disait pas franchement. Et, de toute façon, à en juger par son comportement depuis la nuit de l'enlèvement, il n'était pas impossible qu'il refuse de travailler avec les rats géants.

« De plus, poursuivit Volemak, les fouisseurs connaissent Oykib.

— Nafai aussi, ils le connaissent, objecta Issib.

— Cesse de discutailler, s'il te plaît, Issya. Nafai, ils le considèrent comme un dieu ; par conséquent, il est primordial qu'ils ne le voient pas trop souvent. Qu'ils vénèrent le visage d'argile et que l'homme reste entouré de mystère.

— Si je comprends bien, fit Nafai, quand on me connaît, on ne peut plus m'adorer ?

— C'est à peu près ça, répondit Volemak.

— Moi, je t'adore », glissa Luet d'une voix mielleuse.

Nafai lui adressa un sourire d'une égale suavité.

« Pour t'éviter l'usage de ce fauteuil que tu abomines, reprit Volemak, Nafai pense comme moi qu'il est possible d'installer un relais sur ce pic, là-bas. Il domine la vallée des anges ainsi que son accès par le canyon. Ainsi, tu devrais pouvoir te servir de tes magnétiques.

— Sauf si je passe derrière un arbre.

— Le relais est constitué de quatre dispositifs qui compensent les effets de parallaxe, dit Nafai. Il faudrait vraiment un très gros arbre.

— Alors, si les magnétiques marchent, j'irai.

— Tu iras de toute manière, trancha Volemak. Avec le fauteuil, tu seras simplement un peu plus grognon. Mais si ça peut te consoler, tu emporteras l'Index.

— C'est donc décidé, fit Nafai : nous serons tous les quatre, les deux frères qui ont épousé les deux sœurs.

— N'empêche que je ne servirai à rien, affirma de nouveau Luet, s'efforçant en vain de prendre un ton détaché.

— Pas plus que Nafai, répondit Volemak, et pas moins. La lumière qu'il irradie n'impressionnera pas autant les anges que les fouisseurs. Même avec les conseils de Hushidh et d'Issib, vous allez devoir manœuvrer délicatement rien que pour vous faire accepter : n'oublions pas que leur premier contact avec nous s'est soldé par un acte de violence gratuite. D'après Yasai et Padarok, notre ange n'a jamais fait le moindre geste de menace, mais ce n'est pas pour ça que les autres sont obligatoirement pacifiques. Il s'agit d'êtres intelligents, après tout ; et si les hommes et les fouisseurs en sont des exemples valables, on peut s'attendre que les anges connaissent les mêmes tendances meurtrières que nous.

— Dans ce cas, il n'y a qu'à les exterminer tous ! » lança Nafai.

Tout le monde se tourna vers lui, horrifié.

« Je plaisantais ! dit-il.

— Essaye d'éviter ce genre de plaisanterie chez les anges », fit Volemak.

Nafai prit l'air offensé. « Quand c'est moi le responsable, je laisse les blagues idiotes de côté. » Il sourit soudain. « Mais cette réunion est la vôtre, Père.

— Je te remercie de ton soutien, répondit Volemak. Et maintenant, quelqu'un veut-il ajouter quelque chose ?

— Oui, moi, dit Shedemei. Je m'adresse surtout aux quatre qui vont se rendre chez les anges, mais c'est valable aussi pour ceux qui travaillent avec les fouisseurs : observez tout. Pas seulement ce en quoi ces êtres diffèrent de nous, mais également ce en quoi ils nous ressemblent. Notez le moindre détail sans perdre de temps, sinon, plus vous attendrez, plus vous vous habituerez à leurs idiosyncrasies et plus elles risqueront de vous échapper. Issib aura l'Index, moi je dispose des ordinateurs du bord : il faudra m'envoyer un rapport tous les soirs.

— Quand est-ce qu'on s'y met ? demanda Oykib.

— Avec les fouisseurs, tout de suite, répondit Volemak. Mais pour les anges, tant que nous ne pouvons pas leur ramener leur compagnon en bonne santé – ou du moins sorti d'affaire –, pas question de franchir le canyon. Donc, en attendant, vous quatre, vous allez tenir compagnie à tour de rôle à ce malheureux éclopé. Passez autant de temps avec lui que Shedemei le jugera utile. Faites-en un ami, si c'est possible. » Il engloba toute l'assistance dans un regard noir. « Et veillez impérativement à ce qu'il ne rencontre jamais Elemak, même par hasard ! Elya aura toujours libre accès au vaisseau, mais je lui demanderai de ne pas s'approcher du pont où Shedemei travaille à remettre l'ange sur pied. Cela devrait suffire. »

La généticienne avait une dernière précision à apporter : « En particulier, je veux apprendre tout ce qui concerne leur sexualité. La reproduction et la survie sont les deux forces fondamentales de l'évolution. Je ne comprendrai jamais leur biologie ni leur culture si j'ignore leurs impératifs en matière d'accouplement, de fécondation, d'alimentation et de protection. Je ne sais pas encore comment, mais les sculptures jouent un rôle dans les deux sociétés.

— L'art, c'est la vie, psalmodia Nafai, et la vie n'est qu'art. »

Derechef, Luet lui flanqua son coude dans les côtes, cette fois de toutes ses forces. Il poussa un glapissement. Luet espéra qu'il aurait un bleu.

La réunion s'acheva et Shedemei prit quelques instants pour examiner avec Issib les radios et les relevés physiologiques de l'ange et des fouisseurs. « Je voulais le signaler, dit la généticienne, mais la discussion est partie sur autre chose. J'ignorais ce qu'avait prévu Volemak, mais tout ce qui compte, c'est que tu sois au courant pour guetter l'explication quand tu seras chez les anges.

— Je n'ai pas encore dit que j'y allais », fit Issib.

Shedemei posa sur lui un regard impassible.

Issib reprit :

« Enfin, bon, montre-moi quand même.

— Tiens, ici, chez le fouisseur mâle, et là, chez notre ange, mâle lui aussi.

— Je vois quelque chose, mais je ne sais pas ce que c'est.

— Moi non plus. Il s'agit d'un organe minuscule, une glande peut-être, dont la fonction m'échappe. Mais elle n'existe pas chez les humains ni chez les autres espèces que j'ai examinées.

— Ces deux-ci sont donc différentes.

— Ce n'est pas aussi simple, objecta Shedemei. C'est par la divergence que se crée la diversité biologique. Il existe deux moyens par lesquels des créatures dissemblables peuvent acquérir des organes similaires : le premier, c'est en ayant un ancêtre commun ; l'autre, c'est par le principe d'évolution convergente, les pressions d'un même milieu les poussant à mettre au point des stratégies semblables pour s'en défendre. Si ces êtres possèdent un organe identique à cause d'un ancêtre commun, on devrait en retrouver la trace chez toutes les autres espèces qui ont dérivé de la même source à la même époque. Or il n'en est rien, Issib ! Aucune autre espèce de rats, de chauves-souris, de rongeurs ni d'animaux apparentés ne possède à cet emplacement ni à proximité quelque chose qui ressemble même vaguement à cette structure. Et c'est exact pour aujourd'hui comme pour il y a quarante millions d'années, date à laquelle remonte notre plus ancienne base de données biologiques. On ne trouve rien.

— Ne reste que l'évolution convergente, alors.

— Oui, mais à part dans le cas de structures du squelette ou des muscles, ce système ne produit de similarité que dans la fonction des organes ; il n'y a pas de raison pour qu'ils aient le même emplacement chez les deux espèces.

— A moins qu'ils n'aient un rapport avec la reproduction des mâles, auquel cas, juste au-dessus du scrotum, c'est le site idéal.

— Exactement. Ce qu'il faut donc que tu cherches, et je ferai de même de mon côté, c'est la raison pour laquelle ces deux espèces et elles seules possèdent cet organe. Si l'on y réfléchit, comment se fait-il que les deux espèces intelligentes de la Terre présentent cette similarité et pas une autre ?

— Parce qu'elle est justement liée à leur intelligence ?

— C'est la première idée qui vient, naturellement. Cependant, nous n'avons pas eu l'occasion d'observer les femelles. Elles sont intelligentes, elles aussi ; mais s'il leur manque cette structure...

— Ou une autre avec une fonction analogue...

— C'est tout le mystère, dit Shedemei. Cet organe vient de quelque part, il possède une fonction quelconque, il n'existe que chez les deux espèces intelligentes de la planète et peut-être uniquement chez les mâles. A-t-il un rapport avec l'intelligence ? Ou bien avec la sexualité, vu son emplacement ? »

Un grand sourire détendit les traits d'Issib. « Ils ressemblent peut-être plus aux humains qu'on ne le croyait. »

Shedemei le regarda de travers. « L'intelligence des mâles serait fonction de la testostérone, c'est ce que tu veux dire ?

— J'aurais dit ça de façon plus crue.

— Je n'en doute pas, mâle que tu es toi-même. Mais comme tu le laisses entendre, les hommes raisonnent déjà la moitié du temps à l'aide de leur appendice, sans pour autant posséder ce curieux petit organe.

— C'était de l'humour, Shedemei, pas une proposition scientifique. »

La généticienne eut un mince sourire. « J'avais compris, Issib. Moi aussi je plaisantais. »

Issib se mit à rire. D'un rire un peu forcé.

« Tiens-toi à l'affût d'une explication, Issib, c'est tout ce que je te demande. Je rentrerai toutes mes observations dans la base de données ; par le biais de l'Index, nous pourrons ainsi mettre nos renseignements en commun le temps que tu seras là-haut.

— Si j'y vais, fit Issib.

— C'est ça », dit Shedemei.

Pendant cet entretien, Chveya avait attiré Luet à part, laissant leurs compagnons les devancer.

Puis : « Pourquoi Père s'est-il conduit comme un gamin durant la réunion ? C'est très gênant !

— Comme un gamin ? répéta Luet. Ce n'est pas mon point de vue ; il se conduit toujours de cette façon.

— Moi, je ne l'ai jamais vu le faire. Et ce n'est pas drôle.

— Pour lui, si. Et pour moi aussi, je dois dire.

— Je n'arrive vraiment pas à le comprendre.

— Naturellement : c'est ton père. »

Chveya était presque parvenue à l'échelle quand Luet trouva une vraie réponse à sa question. « Veya, ma chérie, tu ne l'as jamais vu ainsi pour une raison bien simple : il est comme ça quand il est heureux. »

Chveya leva les sourcils, puis hocha la tête d'un air songeur ; enfin, elle s'accrocha aux montants de l'échelle et se laissa glisser jusqu'en bas comme un gosse. « Fais attention ! s'écria Luet. Tu es enceinte, n'oublie pas !

— Oh, Mère ! » lui lança Chveya d'une voix qui résonna dans tous les étages du vaisseau.

Et elle reproche à son père de se conduire comme un gamin ? Luet hocha la tête, puis elle agrippa l'échelle et descendit un barreau après l'autre.

Poto était accroché à la branche, la tête en bas, les ailes serrées autour de lui comme les vêtements que portaient les Anciens. Il écouta patiemment la harangue de Boboï, puis les discours de ceux qui la soutenaient. Qu'ils étaient nombreux ! Et personne n'était venu parler pour lui. La femme de pTo, Iguo, l'aurait fait volontiers, mais c'était interdit en ces circonstances : tout le monde savait déjà ce qu'une épouse dirait. Suspendue à la même branche que Poto, elle se taisait.

Si personne ne le défendait, deux points jouaient néanmoins en sa faveur : d'abord, chacun savait l'importance d'un autresoi. Boboï pouvait bien aligner tous ses arguments – pTo est sûrement mort ; les Anciens sont déjà en colère, n'allons pas les provoquer davantage ; ils n'ont emporté la dépouille de pTo que pour la donner à manger aux diables –, cela ne changerait rien aux sentiments profonds et complexes que chaque membre de l'assemblée éprouvait pour son autresoi. Poto lui-même avait du mal à débrouiller les siens ; pTo était parti contre son avis et c'est encore contre son avis qu'il était allé seul affronter les Anciens, leur proposer de rendre le grain volé. Mais pTo était toujours son autresoi et, en voyant le géant barbu, dans sa colère, le briser comme du petit bois, c'est tout juste si Poto avait pu se retenir de se jeter sur l'Ancien en hurlant, même s'il volait à la mort assurée, tout en enfreignant une règle stricte : quand on ne peut pas arracher un prisonnier à l'ennemi, inutile de lui en fournir un second. Poto s'efforçait de suivre à la lettre les lois et la sagesse de son peuple et, par la suite, on le loua de sa retenue pendant la réunion. Piètre consolation ! pTo, tu n'es qu'un pauvre imbécile ! criait-il au fond de lui-même. Puis : O pTo, mon autresoi, que n'ai-je pu périr à ta place !

Car Poto n'était-il pas celui des deux que le destin avait désigné pour mourir ? Lorsqu'ils avaient deux ans – aucun de leurs parents ne pouvait déjà plus porter tout seul ni l'un ni l'autre – les diables avaient lancé leur expédition annuelle et découvert la cachette de la famille. Aussitôt, les parents, saisissant pTo par les pieds, l'avaient emporté vers le haut refuge. C'était un long trajet ; Poto s'était retrouvé seul pendu à la branche tandis qu'un fouisseur grimpait rapidement dans sa direction. Ayant vu ses parents choisir pTo de préférence à lui, il avait failli rester sans réagir : pourquoi ferait-il cas de sa vie, si eux-mêmes ne lui accordaient aucune valeur ? Mais l'envie de vivre était trop forte ; et puis il y avait eu ce cri de pTo enlevé dans les airs : « Vis, petite âme ! » Il avait alors pris une résolution : puisqu'il n'était rien pour ses parents, ce n'est pas pour eux qu'il vivrait, mais pour pTo.

Il avait entrepris de se déplacer vers l'extrémité de la branche. Le diable avait ricané et s'était approché, lentement, prudemment. Le bois ployait de plus en plus sous son poids. Poto avait aperçu un autre diable posté sous la branche, prêt à l'attraper dès qu'il serait assez près.

Le fouisseur en dessous de lui avait bondi et ses mains cruelles lui avaient frôlé la tête. Dans ce genre d'occasion, les enfants, terrorisés, essayaient souvent de s'envoler, mais leurs petites ailes encore faibles ne leur permettaient que de voleter au ras du sol pour le plus grand plaisir des diables. Ceux qui tentaient l'aventure finissaient toujours capturés, emportés dans les souterrains des diables et dévorés lors d'horribles fêtes barbares.

Poto n'avait pas cherché à s'enfuir ; au contraire, rassemblant tout son courage, il s'était rapproché du diable accroché à sa branche, ce qui l'avait mis hors de portée de celui d'en bas, mais l'exposait aux coups du premier. Par deux fois, la main du diable lui avait touché le pied. Cependant, la seconde fois, l'agresseur avait dû s'étirer tant que son équilibre était devenu fort précaire ; à cet instant, Poto avait soudain sauté en l'air. Le diable avait poussé un glapissement et il était tombé de la branche. Et avant qu'il eût le temps de remonter, les parents de Poto étaient revenus pour emporter leur enfant à l'abri, où pTo l'avait étreint entre ses ailes avant d'écouter le récit de sa terrible aventure. De ce jour, Poto avait compris que sa vie avait été épargnée pour qu'il veille sur le soi élu ; tout le monde en avait éprouvé du respect, sachant que si le destin de Poto n'avait pas été de protéger pTo, les diables l'auraient capturé ce jour-là.

Un autre argument, et de poids, jouait en faveur de Poto : quelle que soit la décision de l'assemblée, nul ne l'ignorait, il se mettrait à la recherche de pTo et ferait tout pour le sauver ; il irait jusqu'à proposer de prendre sa place, s'il n'était pas déjà mort. Par conséquent, l'assemblée n'avait pas tant à décider si Poto partirait que si les risques encourus imposaient qu'on lui déchire une aile pour l'empêcher d'agir. Terrible punition, car l'interdiction de voler était l'humiliation suprême, celle qu'on réservait à l'homme qui avait contraint une femme et l'issue en était toujours la même : une mort ignoble et cruelle aux mains des diables lors de l'attaque suivante. Poto, n'étant pas un nourrisson, ne finirait pas dans leurs cavernes : les pillards le dévoreraient sur-le-champ sans se donner la peine de le tuer au préalable. La diversion créée par un lacéré permettait parfois de sauver quelques enfants – seul service que pouvait encore rendre un tel criminel.

Dans le cas de Poto, cette sanction serait cruelle, son seul crime étant de vouloir sauver son autresoi quelle que soit la décision de l'assemblée. D'un autre côté, nier ce dessein ne ferait que le desservir et l'humilier en donnant à croire qu'il avait moins d'attachement pour son autresoi que pour la loi. De même qu'on attendait d'une épouse qu'elle implore le salut de son mari et qu'elle se voyait donc imposer le silence, eût-elle ou non l'intention de plaider pour lui, un homme devait faire fi de ses craintes, des lois, des dangers et de la raison pour voler au secours de son autresoi. Ainsi, même s'il se pliait à la loi, il devait être puni comme s'il l'avait enfreinte. L'absence de sanction sous-entendrait qu'on le considérait comme la plus méprisable des créatures : un homme qui refuse de tout risquer pour son autresoi. Mieux valait encore la lacération.

L'assemblée devait donc décider s'il fallait déchirer l'aile de Poto ou bien le laisser affronter les Anciens et mettre en danger la sécurité du peuple.

Enfin Boboï se tut, le dernier de ses partisans ayant fini de témoigner. Combien de personnes cela faisait-il ? Moins de la moitié de l'assemblée, mais pas de beaucoup. Il suffisait de quelques votes de plus parmi ceux qui s'étaient tus pour que Poto se fasse lacérer l'aile et que pTo reste seul au milieu des Anciens.

La parole était à Poto. Il fallait être bref : l'assistance commençait à se lasser. « Je ne crois pas que les Anciens soient nos ennemis. Certes, ils étaient très en colère contre pTo, sinon ils n'auraient pas remonté tout le canyon pour le retrouver, et, c'est vrai, ils ont refusé son offrande. Mais celui qui l'a frappé agissait de son propre chef ; j'ai vu ses compagnons se détourner et d'autres se préparer à intervenir...

— Et comment peux-tu savoir ce que pensent les Anciens ? » le coupa Boboï.

L'assemblée couina sa réprobation devant cette interruption indigne. Au moins, Poto, lui, s'était conduit avec une parfaite courtoisie. Décontenancée par la clameur aiguë, Boboï évita les regards de l'assistance.

Poto reprit : « Je n'ai pas observé seul cette scène. Si un témoin veut nier que les autres Anciens semblaient vouloir empêcher le géant de mettre pTo en pièces, qu'il parle, il a mon consentement. »

Certains n'étaient peut-être pas de son avis, mais aucun n'avait de certitude suffisante pour oser le contredire alors qu'il défendait son autresoi.

« pTo n'était pas mort : il a courageusement ouvert les yeux pour nous indiquer qu'il vivait encore. Les Anciens, en voyant cela, ont décidé de ne pas le dévorer, et pourtant ce n'est pas un enfant. Ils l'ont traité avec douceur et l'ont installé dans leur propre cuir pour l'emporter par le canyon. J'ignore quelles étaient leurs intentions ; mais les Anciens ne sont pas des diables dans leur corps, même s'ils n'ont presque pas de fourrure sous leur cuir ; alors, peut-être ne le sont-ils pas non plus dans leur cœur ? Ils sont bien venus du ciel, non ? Il est donc possible qu'ils ne gardent pas rancune à pTo, et que, si je vais plaider sa cause, ils me permettent de le ramener ou au moins de m'occuper de lui jusqu'à sa mort. »

Il déglutit tout en s'efforçant de se rappeler les autres points soulevés par Boboï, afin de les réfuter. « Je ne crois pas non plus qu'ils soient en colère contre nous tous, sans quoi ils ne s'en seraient pas pris seulement à pTo. C'était l'aube et ils voyaient sûrement les guetteuses survoler le village ; ils savaient où nous trouver et pourtant ils n'ont pas dépassé le sommet de la corniche. Cela démontre qu'ils ne tiennent pas la communauté pour responsable des actes d'un seul. Par conséquent, même s'ils ne voient pas ma venue d'un bon œil, je ne mettrai pas le peuple en danger. »

Quoi d'autre ? Pour soutenir sa thèse, Boboï avait surtout fait intervenir des gens qui se contentaient de répéter les mêmes opinions ; il n'avait donc pas grand-chose à rajouter. « Membres de l'assemblée, que puis-je dire encore ? Le seul crime de mon autresoi, c'est d'avoir marché dans les traces de Kiti, l'illustre ancêtre de son épouse. Comme lui, il ressentait un attrait irrésistible pour les Anciens. pTo a certes mis notre communauté en péril, mais, même si Boboï avait recommandé de ne pas s'approcher des Anciens avant toute décision de l'assemblée, il n'en reste pas moins que cette même assemblée n'avait rien interdit. Il a fait une bêtise, c'est vrai ; néanmoins son geste était courageux et motivé non par l'égoïsme mais par son souci du bien commun. Peut-on l'abandonner, dans ces conditions ? Faut-il lacérer son autresoi pour l'empêcher de lui venir en aide ? Je suis sûr que chacun ici, même Boboï, serait fier d'être l'autresoi d'un brave comme mon pTo. Permettez-moi de rester son frère et son ami fidèle. Nous ignorons quel danger court le peuple ; un mal inconnu doit-il nous empêcher de faire le bien, un bien que nous connaissons ? »

Là-dessus, Poto se retourna lentement sous la branche et ouvrit les ailes, prêt à se les laisser déchirer si le vote lui était défavorable. Il entendit le bruit que faisaient les partisans de Boboï en se posant à terre. Combien y en avait-il ? Ce fut rapide : ils atterrirent presque tous ensemble, puis le silence tomba. Avec quelle facilité ils avaient pris leur décision ! Cela signifiait-il que seuls ceux qui avaient défendu la cause de Boboï avaient voté dans son sens ? Peut-être.

Ou peut-être pas.

Chveya se réveilla la première, comme d'habitude. Autrefois, elle dormait plus longtemps qu'Oykib, mais, à sa grande surprise, la grossesse avait déjà réduit la capacité de sa vessie et elle devait désormais se lever avant l'aube, bon gré mal gré. Et cela ne lui plaisait pas souvent. Ensuite, inutile d'essayer de se rendormir ! Aussi, plutôt que de rester au lit à se tourner et se retourner, elle préférait encore s'occuper dans la maison.

Ce matin, assise sur un tabouret, le dos contre un mur de la pièce unique, elle tentait d'imaginer Basilica, la cité des Femmes. Sa mère lui avait parlé de bâtiments par milliers, si serrés qu'ils se touchaient par tous les côtés sauf la façade. Et parfois, on construisait une nouvelle maison juste en face d'une autre qui se retrouvait coupée de la rue, à moins que la propriétaire n'ait de quoi engager des hommes de main pour chasser les intrus. Il arrivait aussi qu'on bâtisse au milieu d'une rue, ce qui la bloquait complètement – sauf si les usagers mécontents démolissaient les murs à mesure qu'ils s'élevaient.

Difficile de concevoir un tel décor, un tel grouillement de gens. De toute sa vie, Chveya n'avait connu que les membres de la colonie ; les seules nouvelles têtes, c'étaient celles des bébés qui naissaient ; les seuls bâtiments, ceux qu'ils construisaient de leurs mains, et naturellement les édifices incroyables, magiques de l'astroport, mais ce n'était pas une cité, puisqu'il n'était occupé que par des gens qu'elle avait toujours connus.

Il en existait néanmoins une : celle des fouisseurs, souterraine, certes, à part les tunnels qui débouchaient dans les arbres. Chveya voyait d'ici leur affolement lorsque les humains fraîchement débarqués d'Harmonie s'étaient mis à couper des arbres pour agrandir la prairie où ils avaient atterri : il avait fallu obstruer tous les passages menant aux arbres condamnés pour éviter que les nouveaux arrivants ne les repèrent en découvrant des souches évidées. Et pourtant, malgré tous ces tunnels bouchés, la cité des fouisseurs demeurait un immense réseau de salles reliées entre elles.

Chveya savait que cette cité existait : elle était maintenant capable de percevoir les liens entre de nombreux fouisseurs, peut-être la majorité, et il y en avait des centaines sous la terre qui s'agitaient constamment. C'était la seule vraie cité qu'elle connût ; enfin, elle ne la connaissait pas vraiment ; elle ne la verrait sans doute jamais et elle ne ramperait jamais dans ses tunnels. En tout cas, elle souhaitait vivement ne jamais y être obligée ; et dans le noir par-dessus le marché ! Sa peau ne devenait pas lumineuse à volonté comme celle de son père ; il devait faire nuit tout le temps, là-dessous. Et puis elle serait entourée d'étrangers mystérieux, moins par leur aspect animal que parce qu'elle ne les connaissait pas, qu'elle ignorait leurs réactions. Elle se sentait plus à l'aise avec Elemak, avec Meb et Obring, si dangereux et perfides soient-ils, parce qu'eux, elle les comprenait. Les fouisseurs, c'était l'inconnu.

Ça devait être comme ça, à Basilica : personne ne pouvait être intime avec tant de gens, si bien que quand on marchait dans la rue, on était environné d'inconnus, d'individus qu'on n'avait jamais vus et qu'on ne reverrait jamais, qui pouvaient venir de n'importe où, penser n'importe quoi, nourrir des désirs affreux, des envies susceptibles d'anéantir tous ceux qu'on aimait, en plus de soi-même, sans qu'on puisse s'en douter.

Mais comment se débrouillaient-ils, à l'époque ? Comment supportaient-ils de vivre au milieu d'inconnus ? Comment faisaient-ils pour ne pas barricader portes et fenêtres et se tapir dans un coin en gémissant ?

Et toi, alors ? songea soudain Chveya. Entourée de fouisseurs mystérieux, imprévisibles, capables de te tuer, toi et tous ceux qui te sont chers, pourquoi continues-tu à te coucher le soir, à te lever le matin ?

On claqua doucement des mains devant la porte.

Quittant son siège, elle alla ouvrir. C'était Elemak.

« Oykib est debout ? demanda-t-il.

— Euh... non. Mais il devrait, à cette heure-ci. »

Une voix ensommeillée monta du lit :

« Je suis debout. Enfin, réveillé, en tout cas.

— Entre », dit Chveya.

Elemak obtempéra, puis il attendit qu'Oykib se redresse dans le lit et lui fasse signe de s'asseoir au bout. « Qu'y a-t-il ? demanda son jeune frère.

— Volemak veut que je travaille avec l'otage fouisseur, dit Elemak.

— Uniquement si ça te convient.

— Je fais mon devoir. » Il eut un sourire hargneux. « J'ai prêté serment.

— Très bien ; dans ce cas, nous devons tous les deux apprendre son langage.

— Tu as une longueur d'avance sur moi ; j'aimerais que tu me fasses part de ce que tu en sais déjà.

— Ça ne va pas loin : quelques mots à peine. Je n'ai encore aucune idée de la structure.

— Apprends-moi ce que tu sais ; je voudrais aussi que tu en fasses profiter Protchnu. Tu pourrais nous donner un cours de fouisseur ?

— Bonne idée, dit Oykib. D'accord. »

On entendit quelqu'un faire le tour de la maison en courant, les pieds martelant le sol. Protchnu apparut à la porte. « Père ! »

Elemak se leva.

« Il y a un ange sur le toit d'Issib !

— Qui est de garde ? demanda Oykib en enfilant ses vêtements.

— Motya, dit Protchnu. C'est lui qui m'envoie vous chercher.

— Moi y compris ? fit Elemak.

— Euh... les adultes, quoi...

— Il ne parlait pas de moi. »

Protchnu releva le menton. « Mais moi, si !

— Va chercher Volemak », répondit Elemak.

Chveya s'étonna qu'il comprenne si bien le rôle qu'il jouait maintenant dans la communauté, et surtout qu'il l'accepte si facilement. Elle savait son lien avec la plupart des gens très ténu en ce moment, mais celui qui le rattachait à son fils était puissant et lumineux. Cependant, il lui laissait voir son humilité. Chveya s'en attristait : quel dommage qu'il n'ait pas le droit de se montrer aussi fort et fier que Protchnu l'aurait voulu. A coup sûr, le petit souffrirait de cette soumission que son père affrontait pourtant sans détour et...

A moins qu'il ne désire que Protchnu en souffre.

Non, jamais elle n'irait croire qu'Elemak ourdissait un plan pour entretenir la rancune dans le cœur de son fils.

Enfin habillé, Oykib se dirigea vers la porte. Elemak ne fit pas un mouvement pour le suivre.

« Ça ne t'intéresse pas de voir un ange ? lui demanda Chveya en sortant derrière Oykib.

— J'en ai déjà vu un. »

Quand ils arrivèrent à la maison d'Issib, l'ange se tenait sur le toit, raide, immobile. L'infirme, Hushidh et leurs enfants étaient dehors à le regarder ; une petite foule se formait autour d'eux. « Il a l'air terrifié, dit Chveya.

— Mais pas à cause de nous », répondit Oykib. Il indiqua les arbres. On distinguait des silhouettes ombreuses de fouisseurs parmi les branches et dans les taillis.

« Leur vocable pour désigner les anges est “ mviivo ”. La viande du ciel.

— Ils les mangent ?

— Ce sont les petits qu’ils préfèrent. Disons que les relations diplomatiques entre fouisseurs et anges en sont encore à un stade assez primitif. »

Mais Chveya avait remarqué autre chose : l’ange possédait le lien le plus éclatant, le plus puissant qu’elle eût jamais vu, et ce lien menait au vaisseau. « Il est venu à cause de l’autre, celui qui est blessé.

— Je suppose, oui, dit Oykib.

— Moi, je le sais.

— Il nous implore de ne pas le jeter aux diables avant qu’il ait retrouvé son... son frère. Mais c’est plus qu’un frère.

— Eh bien, allons le chercher. » Chveya s’avança jusqu’à l’aplomb du toit, agrippa une poutre et entreprit d’escalader la paroi en rondins dégrossis.

« Veya ! dit Oykib, agacé. Tu es enceinte !

— Et toi, tu restes les bras ballants ! » répliqua-t-elle.

Quelques instants plus tard, ils se retrouvaient ensemble sur le toit. L’ange les regardait, mais ne tentait pas de s’enfuir. Oykib tendit une main vers lui, imité par Chveya.

L’ange déploya ses ailes comme un parapluie qui s’ouvre. L’effet était saisissant. D’un petit être tremblant, il se transforma soudain en une grande silhouette imposante. C’était donc à cela qu’aurait ressemblé son congénère s’il avait été en bonne santé ; mais, à l’instar d’un papillon, son corps paraissait mince et frêle à l’extrême sous la banne de ses ailes. Seule sa lourde tête oscillante était proportionnée à sa majestueuse envergure.

« Bon, pas question de le porter », dit Oykib. Il fit signe de s’approcher à l’ange qui avança d’un pas maladroit. « Pas très douée pour la marche, la bestiole.

— Ce n'est pas un animal, corrigea Chveya. C'est un homme, un homme très courageux et terrifié qui aime son frère.

— Son autre lui-même, fit Oykib. C'est ça, le terme : son autresoi.

— Eh bien, emmenons-le le voir. » Chveya revint au bord du toit, s'assit et, se retournant, se laissa tomber à terre. Oykib la suivit. Quelques instants plus tard, l'ange se jucha à l'extrémité des bardeaux et plongea vers le sol, les ailes grandes ouvertes. Des enfants crièrent et reculèrent précipitamment.

Chveya vit les fouisseurs se rapprocher dans les bois, mais apparemment ils n'osaient pas franchir la limite du territoire humain.

Pendant ce temps, Oykib expliquait à Nafai et Volemak ce qu'ils avaient vu, Chveya et lui, et ce qu'ils avaient décidé.

« Est-ce une bonne idée de les réunir ? demanda Nafai. Quelle sera sa réaction en voyant la gravité des blessures de son frère ?

— La vraie question serait plutôt : quelle serait sa réaction si nous l'empêchions de le voir ? » répondit Volemak.

Nafai acquiesça. Oykib et Chveya conduisirent l'ange au vaisseau.

pTo avait repris connaissance plusieurs fois depuis que les Anciens l'avaient capturé, mais chaque réveil ressemblait à un rêve. Il flottait sur le dos comme si l'air épaissi soutenait son poids sans difficulté. Il ignorait s'il était capable ou non de bouger car il ne parvenait pas à rassembler sa volonté fût-ce pour parler. Et quand il laissait ses paupières s'ouvrir, il voyait une Ancienne qui entrait puis sortait de son champ de vision, en flottant elle aussi ; au-dessus de lui, le ciel avait une teinte neutre, comme si le temps hésitait entre la tempête et le calme plat. Des brises légères jouaient, venues d'il ne savait où – d'en dessous, peut-être. Il ne sentait aucune odeur vivante à part sa propre transpiration et les effluves plus croupis de l'Ancienne.

Puis il replongeait, non pas vraiment dans le sommeil, mais dans l'inconscience.

Est-ce la mort ? Seraient-ce les Anciens qui nous emmènent auprès du dieu du ciel ? Suis-je au cœur d'un nuage ?

Mais lors d'un de ses réveils – le troisième ? le cinquième ? il ne se rappelait pas combien de tranches de souvenirs il avait accumulées – il comprit qu'il devait se trouver à l'intérieur de la tour des Anciens et que ce n'était pas le ciel qu'il voyait, mais plutôt comme un toit. Il était donc dans une espèce de tunnel, pareil à ceux que creusaient les diables, mais construit en altitude ? Ou bien était-ce comme les abris de chaume entrecroisé que l'on fabriquait au-dessus des nids, sous lesquels les nourrissons apprenaient à s'accrocher, d'abord à la fourrure de leur mère, puis aux brindilles qui dépassaient ?

Les Anciens sont-ils comme nous ou bien comme eux ?

Ils ressemblaient aux diables, vu la façon dont l'Ancien, dans sa terrifiante colère, l'avait éreinté avant de le jeter au loin et de le laisser pour mort.

Mais ils ressemblaient aussi aux hommes par la douceur et le soin avec lesquels ils l'avaient déposé dans le cuir tissé comme du chaume qu'ils enfilaient et retiraient à volonté ; par la façon, encore, dont ils l'avaient transporté au pied de la montagne avant qu'il ne finisse par sombrer dans une inconscience miséricordieuse ; enfin, parce qu'il était toujours vivant, qu'on ne l'avait pas dévoré ni mis en pièces et qu'il n'était même pas prisonnier.

Mais il existait une troisième possibilité : et si c'étaient des dieux ? Après tout, il ne ressentait aucune douleur.

Et puis un jour la douleur vint, mais en même temps, et pour la première fois, il se sentit parfaitement conscient. Il ne flottait plus en l'air ; il avait retrouvé la perception de ses membres, de ses doigts, et il pouvait les remuer. Certains, du moins. Un grand poids appuyait sur les os qui s'étaient brisés. Il tourna la tête – oui, il pouvait tourner la tête et courber le dos, ce qui lui permit de voir qu'on avait enroulé quelque chose autour de ses membres cassés, puis qu'on les avait éclissés comme la greffe d'une branche d'arbre. Les attelles étaient si lourdes qu'il ne pouvait les soulever ; la tentative qu'il fit n'eut d'autre résultat que de transformer la douleur sourde en souffrance aiguë.

Pourquoi ont-ils laissé la douleur revenir ? Est-ce l'annonce de la mort ? Ai-je été jugé indigne ? Ou bien ont-ils décidé de me laisser retrouver la vie ? Revoir mon autre-soi, mon épouse, mon peuple...

Un hululement geignard... ah oui, le langage des Anciens. On y percevait de la musique, mais aussi des bruits de diables, des sifflements et des bourdonnements.

Et puis un autre son : son nom, prononcé clairement, avec amour, avec inquiétude. « pTo », dit une voix qu'il reconnut aussitôt, alors qu'elle ne pouvait pas être réelle.

« Poto », répondit-il, et alors, dans le bruissement de ses ailes membraneuses, l'autresoi de pTo apparut devant lui et le regarda.

« Je t'avais dit de ne pas te rendre à la tour des Anciens, fit Poto.

— Et voici que tu es venu toi aussi.

— Boboï voulait me lacérer les ailes pour m'en empêcher : j'ai bien failli m'enfuir avant le verdict. Mais je désirais que tu puisses rentrer honorablement si tu étais toujours vivant. Alors j'ai attendu et le peuple m'a soutenu. Il nous a soutenus, devrais-je dire, pTo. Les gens te rendent hommage de la façon dont tu as accepté la sanction de l'Ancien.

— Je n'avais jamais vu créature plus effrayante, répondit pTo. Plus effrayante encore que les diables. »

Poto secoua la tête d'un air de doute. « Je n'ai pas baissé les yeux devant les diables, ni devant ces Anciens.

— Mais les diables ne nous haïssent pas, Poto, ils veulent seulement nous manger ! La haine des Anciens est sans pareille !

— Pourtant ils m'ont mené à toi, mon soi, mon merveilleux soi. Ils ont compris qui j'étais et ce que je voulais, et ils m'ont conduit jusqu'à toi. »

La voix de l'Ancienne retentit à nouveau. Poto se tourna vers elle, puis vers les autres ; pTo regarda autour de lui et s'aperçut que quatre Anciens étaient entrés dans le... dans le quoi ? Le nid ? Le tunnel ? Enfin, peu importe. Il reconnut l'un d'eux, le mâle qu'il avait vu la nuit fatidique alors qu'il touchait la tour. « C'est celui qui m'a repéré, dit-il. C'est celui qui m'a vu voler les épis et qui a dû donner l'alerte.

— Mais ce n'est pas le furieux ?

— En tout cas, il n'est pas en colère en ce moment. Il n'est pas comme l'autre. Oh, par pitié, que je ne revoie plus jamais l'Ancien en colère ! »

« Enfin ! s'exclama Oykib. Quelque chose qui ressemble à une prière ! La moitié de ce que disent les fouisseurs s'adresse au moins en partie à leurs dieux ; ça me simplifierait la tâche si les anges étaient aussi pieux !

— Mais qu'a-t-il dit ? demanda Shedemei.

— Qu'il ne voulait plus jamais revoir celui qui est en colère. L'Ancien en colère. » Il éclata de rire. « C'est nous, les Anciens, bien sûr ! Les anciens qui sont revenus.

— Il n'y a pas de quoi rire, le coupa Shedemei. C'est très important. Luet, Nafai, l'un de vous deux pourrait-il aller chercher Hushidh et Issib ? Il faut qu'ils fassent connaissance si nous devons avoir des contacts avec les anges.

— D'accord, j'y vais, dit Nafai.

— Non, Nafai, c'est idiot ; c'est moi qui y vais, protesta Luet.

— Bon, je vais y aller, moi, intervint Oykib.

— Non, on a besoin de toi ici, objecta Shedemei, au cas où tu apprendrais d'autres choses. »

Nafai sortit.

« Ils ont une langue à la fois mélodieuse et pleine d'explosions mouillées, dit Luet. On dirait les bulles d'un ruisseau. Ou bien... » Elle s'interrompit.

« Oui, Mère ? la pressa Chveya.

— Ou bien la musique du lac des Femmes, lorsque j'y flottais à la lisière d'un vrai rêve.

— Peut-être que le Gardien de la Terre était capable de t'envoyer leurs chants.

— Chut, les interrompit Shedemei. Ce sont des jumeaux, je pense. Regardez comme ils sont parfaitement identiques.

— Chacun appelle son frère son *autresoi*, dit Oykib. C'est beaucoup plus qu'un frère, en fait.

— C'est peut-être ce que mes jumeaux diraient l'un de l'autre, fit Luet, si des enfants de leur âge savaient exprimer leurs sentiments.

— Chut, répéta la généticienne. Ecoute, Oykib, et regardez, vous autres. »

Mais Chveya avait un dernier mot à rajouter : « Je n'ai jamais vu entre des humains un amour comme celui qui lie ces deux êtres. »

« De tous les hommes, tu es à coup sûr le plus stupide ! dit Poto.

— J'accepte cet honneur, répondit pTo. Et toi, tu es le plus fidèle. Puisse maintenant une femme voir la force et la volonté qui sont en toi et te prendre pour époux. »

Oykib traduisit : « Celui qui est blessé fait le vœu qu'une femelle admire la force de l'autre et s'apparie avec lui... Non, se lie à lui.

— L'épouse, suggéra Chveya.

— Peut-être. Le terme possède des harmoniques qui évoquent l'idée d'entrelacer, de nouer quelque chose.

— Entrelacer, c'est ça, dit Chveya. Il parle bien de mariage. Le blessé est marié, l'autre non ; je le sais parce que le premier a un lien puissant avec quelqu'un d'absent, qui se trouve de l'autre côté du canyon.

— Ont-ils des noms ? demanda Shedemei.

— Tu espères que je vais reproduire des sons pareils ? se rebiffa Oykib.

— Il faudra bien y arriver un jour. Autant essayer tout de suite.

— Celui qui est en bonne santé s'appelle oh-oh, avec des petites consonnes courtes au milieu. To-to. Po-to.

— Et l'autre ? »

Oykib laissa échapper un rire découragé. « Pareil ; le même nom.

— Parce que c'est son autresoi, murmura Shedemei.

— Non, ce n'est pas ça. Il y a une différence : l'un, c'est Po-*to*, et l'autre, en bonne santé, c'est *Po*-to. »

« Silence, dit pTo. Ecoute !

— Quoi ?

— Les Anciens. Ils viennent de prononcer ton nom. »

Ils tendirent l'oreille.

« Poto, dit Oykib. Poto. » Puis du charabia, et à nouveau le nom. « Poto. Poto. »

« Ils t'appellent », fit pTo.

Poto sauta aussitôt par terre, quittant le champ de vision de son autresoi. Mais celui-ci l'entendit déclarer : « Je suis Poto, Anciens, si c'est bien moi que vous demandez. Ne faites plus de mal à mon autresoi ! Si vous avez d'autres punitions à infliger, c'est moi qui m'y soumettrai. »

« C'est à nous qu'il adresse des prières, maintenant, annonça Oykib.

— Ah, très bien, déclara Shedemei. Nous n'allons pas tarder à devenir les dieux de tout le monde.

— Il dit que si nous voulons déchirer les ailes de quelqu'un, que ce soient les siennes et non celles de son autresoi.

— Pourquoi dit-il ça ? demanda Chveya. Il nous croit en colère ?

— Comment savoir ce qu'il pense ? répondit Luet. Je vais essayer de lui démontrer le contraire. »

Elle s'agenouilla et, dans cette position, s'approcha de l'ange. « Poto », dit-elle en pointant le doigt sur lui.

Il lui tourna le dos et déploya ses ailes, pas entièrement mais assez pour que les membranes pendent librement devant elle.

« Touche-les, suggéra Shedemei. Très doucement. Elles sont solides, mais j'ignore si elles sont sensibles ou non. »

Luet tendit la main et caressa délicatement la peau des ailes. Sans poil, lisse, on aurait dit du cuir de cordonnier, mais en beaucoup plus élastique et léger.

L'ange paraissait attendre qu'elle continue, mais comme rien ne venait, il se retourna vers elle.

« Poto », répéta Luet. Et elle lui tendit de nouveau la main, ouverte cette fois, paume en l'air.

Il contempla la main, puis regarda les Anciens l'un après l'autre dans l'espoir de trouver un sens à ce geste. Peut-être en découvrit-il un qui leur échappait complètement, ou peut-être décida-t-il d'en inventer un de son propre chef. Toujours est-il qu'il finit par s'incliner jusqu'à poser sa joue sur la paume. Comme si elle l'avait prévu, Luet vint placer doucement son autre main sur la joue opposée ; elle resta ainsi un instant, puis enleva sa main.

A mi-voix, l'ange se mit à parler, non pas à elle mais à son jumeau.

« pTo, elle s'est faite ma tante ! Elle m'a pris entre ses mains, je te le jure, et sur le côté !

— Oh, Poto, je souhaite que ce même don échoie à tout notre peuple ! » répondit pTo, sur le lit derrière lui.

« Celui qui est couché forme le vœu que tous les siens puissent jouir de la même bénédiction de la part des Anciens, traduisit Oykib.

— Parfait ! dit Shedemei.

— Pas tout à fait, répliqua Luet. Je refuse que nous devenions les dieux de ces gens. »

Et là-dessus, elle s'inclina devant l'ange, la tête offerte à ses mains.

« Que faire, pTo ? s'écria Poto avec angoisse. Elle courbe la tête comme devant un père, sans même la tourner de côté !

— Si l'Ancienne veut que tu deviennes son père, accepte ! répondit pTo. Ne la contrarie surtout pas ! Ils sont effrayants quand ils sont en colère !

— Mais je ne peux pas devenir son père, protesta Poto. Ce n'est pas bien !

— Si, c'est bien. Elle n'a plus de père. Il est mort.

— Et qu'en sais-tu, Ailes Brisées ?

— Il est mort, Poto, je le sais. Je l'ai vu en dormant. Je l'ai vu en rêve.

— Allons ! Tu n'as même pas vu le visage de l'Ancienne agenouillée devant moi !

— Elle aussi, je l'ai vue, et tous les autres. » C'était la vérité. Ce souvenir était resté inconscient jusqu'à cet instant où il en avait besoin, et soudain tout lui revenait. Il avait vu tous les Anciens dans ses rêves, même le furieux ; mais alors il paraissait paisible, entouré de petits, de ses enfants. Et à la voix, il reconnaissait l'Ancienne à genoux : il l'avait vue portant ses deux premiers-nés à lui sur ses épaules. « Un jour, elle se tiendra au milieu d'une prairie près du village, avec mes enfants sur les épaules.

— Très bien, dit Poto. Je la prends comme nièce.

— Comme fille, rectifia pTo. Elle est orpheline de père. Désormais, tu le remplaces.

— Mais je ne suis pas marié ! gémit Poto. Quelle femme voudra m'épouser si du même coup elle doit devenir la mère d'une Ancienne ?

— Celle qui doit être ton épouse et aucune autre, répliqua pTo. Une Ancienne te choisit comme père et tu t'inquiètes de ton mariage ? Te sens-tu donc seul à ce point, mon cher autresoi fou ? »

« Ils ont l'air perdus, murmura Luet.

— Ne bouge pas, dit Oykib. Je perçois en partie ce dont il s'agit. Je crois qu'en prenant son visage entre tes mains, tu l'as en quelque sorte apparenté à toi. Tu l'as pris sous ta protection. Et maintenant, tu lui demandes de t'adopter à son tour comme parente.

— Hum, fit Luet. Ce n'est peut-être pas une bonne idée.

— Accepte, intervint Shedemei. Reste où tu es et laisse-le décider. »

Ils se turent. Soudain Poto ouvrit grand ses ailes et, au lieu de les placer de part et d'autre du visage de Luet, l'en enveloppa tout entière. Elle sentit la membrane légère comme de la plume se refermer sur elle. Un geste brusque d'un bras et, elle le savait, cette peau se déchirerait ; elle savait aussi que ce serait son anéantissement, non pas à la créature, mais à elle-même.

« Il prie pour être un bon père, dit Oykib.

— Un bon père ? répéta Luet.

— Il espère qu'il saura remplacer ton ancien père qui est mort très loin d'ici.

— Comment ? s'exclama Chveya. Mère, mais comment peut-il savoir ça ?

— Il dit qu'il ne mourra pas, sauf pour te défendre contre les diables affamés. J'imagine que ça fait partie des formules rituelles d'adoption ; sauf que tu n'es pas un enfant.

— Comment dit-on "père" dans sa langue ? demanda Luet.

— Hum... Je crois que... Non, voyons s'il le répète et si je réussis à... »

L'ange prononça encore quelques mots.

« Bet, fit Oykib.

— Pardon ? dit Chveya.

— Le mot, c'est "bet" ; la traduction de "père". »

Quand l'ange la libéra, Luet s'assit sur les talons et le regarda dans les yeux. « Poto », articula-t-elle en pointant le doigt sur lui. « Bet. » Puis, en se désignant elle-même : « Luet. »

« Que dit-elle ? demanda Poto. Ce doit être son nom, mais je ne comprends pas le son ; il est trop bizarre.

— U-ett, dit pTo.

— Non, il y a quelque chose devant. Pas un son de diable, mais comme une torsion de la musique. Wu-ett. Yu-ett. »

« Ecoute-le, il essaye de prononcer ton nom, expliqua Oykib. Il ne doivent pas connaître le son *l*.

— Wuet, c'est une bonne approximation », répondit l'intéressée. Elle hocha la tête pour indiquer que le nom tel que Poto le prononçait lui convenait. « Wuet », dit-elle en se montrant encore une fois du doigt. Puis en indiquant l'ange : « Poto. Bet Poto.

— Potobet, corrigea l'ange.

— Potobet. »

Il pointa le doigt sur elle. « Wuetigo.

— Wuetigo », répéta-t-elle en se désignant elle-même.

Comme elle, l'ange hocha la tête – mais chez lui, c'était un mouvement excessif, maladroit. Ce ne devait pas être sa façon habituelle de manifester son agrément, pourtant il avait appris la coutume des Anciens et l'appliquait. « Bravo ! » dit Luet.

Puis, montrant le lit où reposait l'autre ange, elle demanda : « Po-*to* ?

— pTo, répondit Poto.

— pTo.

— pTobet, ajouta l'ange.

— Ah ! s'exclama Shedemei. Si l'on est adopté par l'un, l'autre devient père aussi.

— Ç'a l'air d'être quelque chose, la gémellité, dans leur culture », dit Oykib.

La voix du blessé s'éleva : « Wuetigo. » Puis, à la surprise générale, il articula avec un gros effort : « Luetigo. »

Tout le monde éclata de rire et applaudit avec ravissement. Les anges parurent d'abord effrayés ; puis, voyant que les applaudissements s'accompagnaient de hochements de tête, Poto se mit à claquer des mains lui aussi.

Nafai revint sur ces entrefaites, suivi d'Issib et de Hushidh. « J'ai raté quelque chose ? demanda-t-il.

— Non, pas grand-chose, répondit Luet. Je te présente mes pères adoptifs, Poto et pTo. Mais je dois les appeler Potobet et pTobet parce que je suis leur fille. Et eux, ils m'appellent Luetigo.

— Ça signifie que tu es leur tante, indiqua Oykib. C'est toi qui les as adoptés la première, n'oublie pas. Celui qui est couché, peu-*to*...

— pTo, corrigea Chveya.

— ... bref, celui qui est blessé, il t'est très reconnaissant, parce qu'après leur avoir fait l'honneur de les prendre pour neveux, tu leur as fait l'honneur encore plus grand de leur permettre de devenir tes pères. C'est très important pour eux. Et c'est définitif, si je comprends bien.

— Exact, dit Luet. Tu le vois aussi, non, Chveya ?

— Tu fais désormais partie de leur vie, Mère. Tu es de leur famille et leur lien avec toi équivaut au mien. Ils ne plaisantent pas ; pour eux, ça n'a rien d'une simple formalité.

— A leurs yeux, ajouta Oykib, ça veut dire que tous les Anciens seront amis avec le... le peuple, les anges... pour toujours.

— Tant mieux, dit Nafai. J'ai l'impression que nous partons sur de bonnes bases. Maintenant, laissons-les un peu seuls. Ferme la pharmacie à clé, Shedemei, et éloignons-nous quelques heures.

— Les blessures de l'ange vont se réveiller.

— Tu ne peux pas lui administrer quelque chose qui ne l'endorme pas ?

— Si, répondit la généticienne. Mais son jumeau va-t-il me laisser faire ? »

De fait, Poto se montra réticent ; mais quand Luet s'inclina devant lui, les mains tendues en signe de supplication, il parut comprendre que l'instrument que tenait Shedemei ne recelait aucun danger. Elle l'appliqua sur le tibia de pTo, puis ils se retirèrent.

« Ils nous font confiance, dit pTo.

— Ou alors, nous sommes prisonniers tous les deux, répliqua Poto.

— Mets-les à l'épreuve, dans ce cas. Essaye de sortir. Ils te laisseront faire, je le sais.

— Je ne partirai que lorsque tu pourras m'accompagner.

— Dans ces conditions, nous sommes bel et bien prisonniers. Mais ce sont mes blessures qui nous retiennent et non les Anciens. »

Poto était remonté sur le lit et il examinait les sutures de son autresoi. « pTo, dit-il d'une voix stupéfaite, ta déchirure à l'aile... elle est en train de guérir !

— C'est impossible ! Un lacéré ne guérit jamais ! C'est de la viande à diable !

— Pourtant, c'est vrai ! Les bords se sont réunis et une cicatrice se forme au milieu, comme sur de la peau-à-fourrure. Les Anciens ont le pouvoir de guérir le cuir !

— Ah, Poto, qui pourrait désormais soutenir que j'ai eu tort d'aller voir les Anciens ?

— Boboï, répondit Poto avec une grimace.

— Et toi, que penses-tu ?

— Moi, je pense que mon autresoi a ouvert la voie. Je pense que sans ton courage, ton audace et ta désobéissance, le peuple n'aurait pas connu les Anciens. Maintenant, ce sont nos amis ; l'une d'eux est notre tante, et nous sommes ses pères. »

Pour Elemak, apprendre la langue des fouisseurs, c'était comme revenir à sa jeunesse, à l'époque où il bravait les dangers de la piste pour mériter sa place d'héritier de son père. Il avait de la facilité, alors, et il s'instruisait auprès des hommes dont il louait les services, des guides, des aubergistes dans les villes qu'il traversait. Au début, il avait eu du mal, mais peu à peu il avait discerné des récurrences, des schémas identiques entre langues. Le bojotz ressemblait au cilme, sauf que tous les sons « b » devenaient « p » et les voyelles allongées des diphtongues avec un « u » final. Il suffisait d'attraper le truc pour articuler, de se méfier de certains mots qui n'avaient pas le même sens d'un dialecte à l'autre (« olpoic » ne signifiait pas « maison » en bojotz, et mieux valait ne pas demander à voir l'« olpoic » d'un homme sous peine de finir sous son poignard), et on pouvait se débrouiller. Après de nombreux voyages, Elemak avait acquis tant d'aisance que, tout en s'enorgueillissant de ses talents de linguiste, il n'en faisait plus grand cas.

Et voici qu'aujourd'hui, déshérité par son père, sans le moindre espoir d'explorer librement le monde – un monde de toute façon dépourvu de cités intéressantes —, répudié par son épouse devant toute la population humaine de la planète, il en était réduit à étudier le langage d'une race de taupes hypertrophiées !

Mais ça ne faisait rien ; même s'en faire enseigner les rudiments par Oykib lui était égal. Frère de Nafai peut-être, ce n'était pas Nafai lui-même. De fait, en d'autres circonstances, il aurait pu devenir le frère que n'avait pas été Issib à cause de son infirmité : éveillé mais pas grande gueule, obéissant mais prêt à prendre des initiatives, courageux mais pas écervelé, assuré mais pas vantard. Elemak aimait bien Oykib et il regrettait de percevoir chez lui une méfiance et une crainte si claires à son égard. C'est vrai, il l'avait un peu bousculé dans la bibliothèque du vaisseau ; mais c'était un coup de colère. Inutile d'essayer de lui expliquer qu'il n'en avait que contre Nafai, contre sa trahison ; inutile aussi de lui passer de la pommade en lui expliquant que si Nafai, une fois, rien qu'une, s'était montré susceptible de ressembler à Oykib, ils auraient été amis. Elemak devait se contenter d'apprendre la langue des fouisseurs de sa bouche, de l'aider à démêler les problèmes qu'ils rencontreraient, à chercher des règles et des principes récurrents.

Car il y en avait. Les schémas des langues d'Harmonie ne s'appliquaient pas, naturellement, puisque celle des fouisseurs avait évolué séparément, sans antécédents humains. Mais on y retrouvait des constantes universelles : des façons d'envisager la notion de temps telles que la parole puisse exprimer le passé, le présent et le futur, la cause et l'effet, le motif et l'intention ; acteurs et actions obligeaient une langue à inventer, à sa manière propre, les noms et les verbes. Et très vite – presque aussi vite que dans sa jeunesse – Elemak sentit la langue, sa mélodie sous-jacente. Quand ils se rendaient à l'orée de la forêt pour converser avec les observateurs placés là, il voyait nettement qu'ils appréciaient sa façon de parler, le son de sa voix, le fait qu'un des dieux parvenait à maîtriser leur langue.

Oykib était un peu jaloux, il s'en rendait bien compte. N'était-ce pas lui le professeur, à l'origine ? Et voici qu'au bout de quelques semaines, c'était Elemak qui lui apprenait, sinon le sens des mots, du moins la grammaire et la prononciation, bref l'usage idiomatique de la langue. Mais quand Oykib aurait-il pu acquérir la même aisance ? Il découvrait sa première langue étrangère alors qu'Elemak en était à sa cinquantième ! Il fallait d'ailleurs reconnaître qu'Oykib n'avait que des éloges pour le talent d'Elemak ; aucune réticence non plus à ce renversement de leurs relations, aucune volonté obstinée de s'accrocher à son rôle de précepteur. Ah, si seulement Nafai avait su aussi bien se dominer...

Enfin, l'heure vint où il se sentit assez sûr de lui pour tenter de communiquer avec les otages. Sur les neuf d'origine, quatre avaient été relâchés : les soldats qui avaient failli, sur l'ordre du roi-guerrier, exécuter les ravisseurs. Ceux-ci, par contre, étaient toujours prisonniers, ainsi que, plus important encore, Fusum, le fils du roi du sang, l'auteur de la machination. « Il faut le gagner à notre cause, avait dit Volemak. Je veux que ce soit lui qui apporte la culture humaine aux fouisseurs parce que c'est lui qui a cherché à nous abattre. Son amitié est celle qui compte le plus. »

Elemak devait donc s'en faire un ami. « Mais je le ferai à ma façon, Père, ou bien pas du tout.

— Et quelle est ta façon ?

— Fusum est un homme violent et colérique, Père.

— Il faut donc lui enseigner une manière différente de se conduire.

— Mais d'abord, il s'agit de bien établir qui est l'enseignant ; ensuite seulement on pourra lui apprendre comment se conduire autrement. »

Volemak était dubitatif, mais il finit par céder. « Mais ne lui fais pas de mal, Elya, rien qui puisse aggraver son inimitié envers nous. »

Non, Elemak ne lui ferait rien. Rien d'irréparable, en tout cas. Et en échange de cette promesse, il avait par ailleurs carte blanche. Et personne pour l'observer.

Sauf qu'au début il ne pourrait voir Fusum et les autres fouisseurs qu'à l'intérieur du vaisseau, où il resterait sous l'œil de l'ordinateur, cette machine qu'on persistait à nommer Surâme alors qu'elle possédait à peine une infime fraction des pouvoirs du véritable Surâme d'Harmonie. Eh bien, soit, qu'elle surveille ; qu'elle fasse ses rapports à Volemak, à Issib et à Nafai : il n'y aurait pas de secrets à espionner. D'ailleurs, Nyef et Issya étaient très occupés avec leurs petits volatiles jumeaux. De sales bestioles, ça, avec des os comme des brindilles ; mais ils étaient si jolis en vol, et puis, maintenant qu'ils avaient fait copain-copain avec la greluche de Nafai, ils faisaient partie de la famille. Naturellement, Nafai était trop bête pour comprendre que s'allier à des faibles n'avait aucun intérêt ; les anges ne servaient à rien. « Viandes-du-ciel », les appelaient les fouisseurs. Du point de vue d'Elemak, s'ils n'avaient pas encore été exterminés, c'est uniquement parce que les fouisseurs désiraient préserver l'approvisionnement régulier de leur mets favori. Du ragoût intelligent, voilà ce qu'étaient les anges, du civet volant, et c'était avec ça que Nafai et Issib étaient en train de se lier !

Je vous en prie, Père, surtout ne m'obligez pas à rester ici pour entrer en contact avec les plus forts, les plus courageux, les plus volontaires parmi les fouisseurs les plus agressifs ! Parfois, Elemak avait du mal à se retenir d'éclater de rire : les manœuvres sinueuses de son père pour instaurer la paix étaient en train de mettre en place un avenir où Elemak serait le spécialiste des seules créatures intéressantes de la Terre, en même temps que

Nafai celui de leurs proies minables, stupides et sans caractère !

Elemak s'adressa d'abord à Oykib. « Je vais me mettre à travailler dès maintenant avec les otages. Il faudra que je te voie tous les jours pour comparer ce que j'aurai appris sur leur langage et leur culture avec ce que tu auras observé chez les fouisseurs libres, sous terre. »

Oykib accepta sans suggérer un instant qu'il préférerait éventuellement faire équipe avec Elemak à bord du vaisseau. Un brave gosse, merveilleux.

Puis il alla trouver Shedemei. « Réveille les quatre ravisseurs d'abord, lui dit-il. Je veux m'exercer avec eux en premier, apprendre, les écouter parler entre eux, et dans des conditions que je maîtrise entièrement pour qu'ils ne risquent pas de s'évader si mes questions leur déplaisent.

— Ils ont beaucoup de force, l'avertit Shedemei. Beaucoup plus que tu ne l'imagines peut-être.

— Au contraire, je l'imagine très bien. C'est pourquoi je ne me laisserai pas surprendre.

— Il vaut peut-être mieux que tu ne restes pas seul avec eux, voilà ce que je veux dire.

— Et moi, je pense qu'il vaut mieux qu'ils n'aient pas une seule seconde l'impression de me faire peur. J'ai affronté des hommes bien plus dangereux que ça – des hommes venus de cultures dont j'ignorais tout jusqu'à ce qu'ils se dévoilent par leurs actes. Ça, c'est mon domaine. Je ne te donne pas de conseils en génétique, n'est-ce pas ? »

Mortifiée, Shedemei réveilla les quatre ravisseurs l'un après l'autre. Elemak fit en sorte que le premier visage qu'ils voient en sortant du sommeil fût le sien ; il se fit également un devoir ensuite de les bousculer rudement et sans arrêt. Il leur fit sentir sa poigne en les propulsant par l'épaule dans les couloirs du vaisseau ; il les poussa l'un après l'autre par la cheville en haut de l'échelle qui menait au pont qu'il s'était réservé, tout ensemble école, table de négociations et prison.

Il passa quatre semaines avec eux à en apprendre le plus possible : des mots nouveaux chaque jour, naturellement, et des règles de grammaire de plus en plus complexes, qu'il répétait scrupuleusement à Oykib le soir, une fois les fouisseurs remis sous clé. Mais il apprit aussi à connaître leur culture, l'organisation de leur société souterraine, le rôle du roi du sang, le très-saint qui faisait entrer les jeunes dans l'âge adulte et bénissait le festin de bébés viandes-du-ciel, en prenant soin d'octroyer un grand mérite aux hommes qui avaient tué proprement et le summum de l'honneur à ceux qui avaient rapporté leurs proies vivantes, estropiées mais non sanglantes. Le roi-guerrier formait les jeunes gens à combattre, à se déplacer sans bruit, à tuer, il choisissait leurs officiers, les emmenait chasser grandes et petites proies, mais c'était le roi du sang qui conférait tous les honneurs, qui décidait parmi les hommes qui était noble et qui n'était rien.

Mufrujuuj était un vaillant roi-guerrier, mais certains disaient qu'il avait fait une erreur en épousant Emiizem. Il n'y était pour rien, bien sûr : on l'y avait forcé ; et ce n'était pas sa faute si les rêves qu'elle faisait et les voix qu'elle entendait l'avaient fait reconnaître mère des cavernes et maîtresse de la cité souterraine. Mais c'est précisément la force de son épouse qui l'avait affaibli ; il se rendait trop souvent à ses avis, il l'écoutait, elle, alors qu'il aurait dû écouter ses hommes. Ce qui avait créé un vide.

Et ce vide, c'est Shossiimem, le père de Fusum, qui aurait dû le combler. Il aurait dû intervenir pour aider les hommes à reprendre conscience de leur force au lieu de laisser la domination d'Emiizem s'accentuer peu à peu. Mais Shossiimem était aussi paralysé que Mufrujuuj par les visions d'Emiizem. N'avait-elle pas annoncé que le Dieu Intact allait venir du ciel ? Et n'était-il pas venu ? Tous l'avaient vu entouré de dieux subalternes et de demi-dieux, marchant d'un pas puissant et assuré, et nul n'avait osé mettre en doute l'autorité d'Emiizem même quand elle avait recommandé la faiblesse et la passivité.

Observez ! disait-elle. Observez et soyez patients ! Apprenez avant d'agir ! Eh bien, ils avaient observé, ils avaient attendu, et puis un jour Fusum était venu les trouver pour leur dire : « Etes-vous des hommes ou bien des femmes ? Si vous êtes des femmes, où sont les nourrissons accrochés à vos tétons ? Et si vous êtes des hommes, que faites-vous à regarder sans rien faire, alors que vous savez où sont gardés les bébés, sous une piètre surveillance ? Ils ne construisent pas de tunnels ni de nids et leurs petits sont toujours à ras de terre. Pourquoi ne les avons-nous pas enlevés pour les apporter au roi du sang ?

— Parce que le roi du sang ne l'a pas demandé. Et le roi-guerrier ne nous a pas ordonné d'agir.

— Et cela tient à ce qu'ils sont sous la coupe d'une femme. Mais je suis un homme, moi, et s'il n'y a pas d'homme pour me commander, je me commanderai moi-même. Ces êtres ne sont pas des dieux, même s'ils viennent du ciel. Ne lâchent-ils pas leur urine par terre tout comme nous ? Ne mangent-ils pas, ne respirent-ils pas, ne défèquent-ils pas tout comme nous ? Qu'y a-t-il donc de si divin en eux ? »

« Tels sont les mensonges dont nous a abreuvés Fusum, répétaient les ravisseurs à Elemak. Il nous a trompés. Si nous avions su que vous étiez vraiment des dieux, comme nous le savons aujourd'hui, nous ne l'aurions jamais écouté. Pardonne-nous, très-puissant, fais que le courroux de ton dieu-père de lumière ne nous frappe pas », etc., etc., tant qu'Elemak avait envie de les étrangler pour leur veulerie et leur déloyauté.

Mais il ne manifestait en rien qu'il n'approuvait pas leur abjecte trahison de Fusum et leur laissait croire qu'il désirait d'eux une dévotion éternelle au dieu de lumière – à Nafai, ce sale petit faux jeton ! Puis, une fois qu'il eut appris d'eux tout ce qu'il pouvait apprendre, il alla trouver Volemak : selon lui, ils étaient prêts à quitter le vaisseau et à rejoindre Shedemei, Oykib, Chveya et Yasai ainsi que tous ceux qui étudiaient le monde des fouisseurs.

Ah, Volemak et les autres étaient au comble de la joie devant le travail qu'Elemak avait accompli ! Qu'ils étaient arrangeants, ces quatre fouisseurs, et désireux de plaire ! Et quelle source de renseignements et de savoir ! On fit chercher leurs épouses qui se joignirent aux conversations ; comme ils s'entendaient bien, les humains et les quatre ravisseurs du bébé d'Elemak ! « Je suis fier de toi, mon fils, disait Volemak. Tu as pris en main ceux qui t'ont fait du mal, à toi et à ta famille, et tu en as fait des amis. C'est de la belle ouvrage. »

Elemak était bien d'accord, mais pour d'autres raisons : sa réussite aurait été humiliante si elle avait été sincère. Mais il savait la vérité sur les ravisseurs. Des félons, voilà ce qu'ils étaient, et des lâches. Fusum les avait naguère contraints à perpétrer l'enlèvement, et aujourd'hui ils n'attendaient qu'une chose : qu'Elemak, à son tour, les plie à sa volonté. Si Fusum avait un tant soit peu de jugeote, il les exécuterait dès son accession au pouvoir.

Car Fusum parviendrait au pouvoir. Cela, Elemak en était sûr : plus il entendait les ravisseurs, plus il avait l'impression de le connaître, de comprendre sa façon de penser, ses sentiments, ses désirs et ce à quoi il était prêt pour obtenir ce qu'il voulait.

Ce qu'il voulait, c'était simple : le pouvoir.

Et à quoi était-il prêt pour l'obtenir ? A tout.

Elemak connaissait Fusum, en effet, car il était Fusum. Ou du moins, il pourrait l'être, si ce fils du roi du sang avait assez de bon sens pour bien saisir la situation et attendre son heure, à l'instar d'Elemak.

Ainsi vint le jour où Shedemei prépara la capsule d'hibernation de Fusum à l'éveil de son occupant.

« Je voudrais être seul avec lui quand il reprendra connaissance », dit Elemak.

La généticienne posa sur lui un regard qui ne cillait pas. « Pourquoi ?

— Parce que je le connais, grâce à ce que les autres m'en ont appris. Il est dangereux et si je veux le mater je dois lui montrer qui est le maître. Si tu restes ici, il te verra et il ne me regardera pas comme le seul maître de tous les aspects de son existence. Tu saisis ?

— Oui. Mais je ne suis pas d'accord.

— Néanmoins, tu ne seras pas présente à son réveil.

— Oui, parce que Volemak a dit de te laisser t'en occuper à ta façon. » Elle lui tourna le dos et sortit.

Au bout d'un moment, le couvercle coulissa, dévoilant Fusum qui, encore allongé, clignait des yeux en essayant de comprendre où il se trouvait. Elemak tendit la main, le saisit à la gorge et le redressa presque en position assise, tout en se mettant à lui hurler au visage, en une langue de fouisseur parfaitement fluide et des plus colorées : « Tu m'as volé ma fille ! Tu voulais la dévorer ! C'est ça, le genre de guerrier que tu es, qui s'attaque aux bébés mais qui s'écrase devant les hommes ? »

La première réaction de Fusum fut non la peur mais la fureur. A la grande satisfaction d'Elemak, il tendit des mains affaiblies par les drogues hibernatoires et tenta de déchirer la poitrine de l'homme pour lui arracher le cœur. Parfait. Ce n'était pas un pleurnicheur, celui-ci. « Et c'est à moi que tu t'en prends, maintenant, pauvre imbécile ? » Le tenant toujours par la gorge, Elemak l'arracha brutalement à la capsule et le projeta contre le mur.

Ah, ça, ce n'était pas un petit jouet fragile comme l'ange ! Il rebondit sur la paroi, indemne, les crocs dénudés et les mains prêtes au combat. Mais le choc l'avait étourdi ; la lutte n'était pas loyale, exactement comme le souhaitait Elemak. Le but du jeu, c'était l'autorité et la domination, pas la justice ; sinon, Elemak aurait étranglé le fouisseur dans son sommeil.

Fusum bondit sur lui, très haut, comme un ressort qui se détend, en un mouvement qui aurait pris son adversaire au dépourvu s'il n'avait pas préalablement demandé aux ravisseurs quelques démonstrations de leurs techniques de combat. Je veux seulement apprendre le vocabulaire, leur avait-il assuré. Il avait appris les différents termes, mais il avait aussi imaginé des contre-attaques aux diverses formes d'assaut. Et c'est ainsi que Fusum, victime de son propre poids, se retrouva projeté à nouveau, cette fois le long du couloir où il atterrit en dérapage incontrôlé avant de s'arrêter contre le mur du fond.

Avec un grondement, il voulut bondir encore une fois, mais ses pieds accrochaient mal sur le sol lisse et il n'arrivait pas à acquérir assez d'élan pour faire tomber Elemak ni même pour le déséquilibrer, fût-ce un instant. Le temps que son organisme ait éliminé les drogues d'hibernation, il était à la fois épuisé et humilié par ses défaites répétées devant Elemak.

Enfin, quand Fusum fut incapable de bouger, Elemak le saisit par une patte arrière et le traîna derrière lui jusqu'à l'échelle centrale, puis le hissa jusqu'à la salle où il serait détenu lorsqu'Elemak serait absent. L'humain ne fit rien pour protéger le fouisseur des chocs du trajet et il ne lui laissa pas l'occasion de trouver suffisamment d'appui ni d'équilibre pour les éviter. Une fois devant la salle, il y jeta Fusum, y entra lui-même, referma la porte et se mit à rire, campé sur ses jambes.

Les fouisseurs ne riaient pas à la façon des humains, mais le message passait manifestement. Fusum se redressa sur les pattes arrière et offrit son ventre rose et sans poils. « As-tu l'intention de me sacrifier comme un homme ? demanda-t-il. Voici mon ventre, prends mon cœur et mes entrailles et dévore-les sous mes yeux, ça m'est égal ! J'en dévorerai autant que je pourrai t'en voler ! »

Ça, c'était de la bravade ou Elemak n'y connaissait rien. « J'aimerais mieux manger mes propres excréments que souiller mes lèvres avec ton sang de poltron !

— Alors, tu me réserves une mort de lâche. Tiens, ma gorge. Tranche-la, ça m'est égal. La vie m'indiffère maintenant que par votre présence à vous, les dieux, les hommes ne sont plus rien. Il n'y a plus d'hommes, rien que des femmes et des pleutres à deux queues ! »

Elemak ne put s'empêcher d'éclater de rire. Quel fanfaron ! C'était vraiment un gamin ! Mais aussi, quelle déception s'il avait eu une autre réaction ! Un Obring se serait aplati en pleurant pour sa vie, un Vas aurait pris l'air boudeur et se serait tu, et un Mebbekew aurait essayé de négocier, de trouver un terrain d'entente. Mais celui-ci, Fusum, c'était un homme, un vrai, qui s'accrochait à la moindre parcelle de joie ou de triomphe qu'il pouvait retirer de la victoire d'Elemak.

« Crétin ! lança ce dernier en langue de fouisseur. Je ne veux pas te tuer ; je veux te faire roi ! »

Ces mots réduisirent Fusum au silence mieux qu'aucun argument.

« Ton père est indigne, poursuivit Elemak. Emiizem le tient sous sa coupe ; quant à Mufrujuuj, ce n'est pas un chef de guerre ; pour ce qu'il fait, ce pourrait aussi bien être une viande-du-ciel aux ailes brisées. J'ai cru un moment que tes conspirateurs, les quatre qui ont perpétré l'enlèvement, j'ai cru que c'étaient des hommes, mais ils valent moins que rien : ils t'ont rendu responsable de tout et ils auraient volontiers échangé ta vie contre la leur. » Elemak en fit une parodie burlesque en prenant une voix efféminée, le souffle court : « Oh, c'est Fusum qui nous a trompés ; il nous a forcés ; ce n'était pas notre faute ; si nous avions su que vous étiez vraiment des dieux... »

Fusum se mit à siffler en projetant de la salive sur la paroi de la salle où se trouvait Elemak. Suprême manifestation de mépris, cette attitude aurait donné lieu à un combat mortel si Elemak avait été un fouisseur.

Mais il se contenta de rire. « Si tes postillons étaient empoisonnés, ça vaudrait peut-être la peine de me cracher dessus. Mais là, ça ne sert à rien. Si tu veux sauver ton peuple, si tu veux éviter que nous le réduisions en esclavage, je suis le seul espoir qu'il te reste.

— Si c'est vrai, alors je n'ai aucun espoir.

— Tu es vraiment bête, tu sais ? Mais après tout, qu'attendre d'autre de toi ? Je suis un dieu, et toi, tu n'es qu'un ver de terre.

— Je ne suis pas un ver, et toi, tu n'es pas...

— Continue, Fusum, mon petit chéri, mon amour de bébé désarmé, vas-y, dis-le ! »

Fusum secoua la tête.

« " Et toi, tu n'es pas un dieu ", voilà ce que tu allais dire, non ? Soyons francs, veux-tu ?

— J'ai senti tes mains me toucher, répondit Fusum. Ce n'étaient pas des mains de dieu.

— Ah bon ? Parce que tu t'es souvent fait tripoter par des dieux, pour en savoir autant ? »

Fusum ne répondit pas.

« Je vais te dire, moi, l'impression qu'elles font, mes mains : elles font l'impression d'appartenir à un homme plus fort, plus astucieux, plus rapide et plus débordant de haine que toi. »

Fusum le dévisagea. « Un homme, dis-tu ?

— Un homme, confirma Elemak. Pas un dieu.

— Plus fort, d'accord. Aujourd'hui, en tout cas. Plus rapide aujourd'hui. Plus astucieux... peut-être. Aujourd'hui.

— Toujours, Fusum. Les tiens n'apprendraient pas en dix mille ans ce que je sais maintenant.

— Plus astucieux, d'accord, concéda Fusum. Mais plus débordant de haine que moi, jamais.

— Tu crois ? Comparons nos histoires, dans ce cas. »

Et c'est ce qu'ils firent. Et lorsque s'acheva cette première et longue journée ensemble, lorsqu'Elemak apporta enfin à manger à Fusum, il n'y avait plus ni prisonnier ni geôlier, ni otage ni maître, ni homme ni dieu. Il n'y avait plus que deux alliés, deux hommes sans pouvoir parmi leurs peuples respectifs, mais résolus chacun à profiter de l'amitié de l'autre pour prendre l'ascendant sur ses rivaux. Il y faudrait de la patience et de l'organisation ; cela prendrait aussi du temps ; mais du temps, ils en avaient. Et la patience pouvait s'apprendre au jour le jour. Elemak y était bien arrivé : Fusum y parviendrait lui aussi.

« Mais n'oublie pas, le menaça Elemak tandis que Fusum s'attaquait bruyamment à son repas : si un jour tu te crois capable de te débrouiller sans moi, je détecterai cette pensée avant que tu en aies toi-même conscience et quand tu voudras me planter un poignard entre les omoplates, tu t'apercevras que je t'ai déjà enfoncé le mien dans le dos. »

Fusum éclata de rire, du rire sifflant, asthmatique, d'un homme-fouisseur. « Maintenant, je sais que je puis te confier ma vie !

— C'est vrai, répondit Elemak. Mais ce que je te dis, moi, c'est que je ne te confierai jamais la mienne. »

Quand Nafai, Luet, Issib et Hushidh se mirent en route pour le village des anges, ils portaient leurs instruments sur leur dos – sauf Issib : lui les avait chargés sur son fauteuil qui flottait derrière lui. Yasai et Oykib s'étaient rendus sur les sites choisis la semaine d'avant pour y installer les relais, et Issib pouvait ainsi gravir aisément le canyon à l'aide de ses flotteurs. Mais son fauteuil le suivait au cas où le temps se gâterait, ou bien où on lui déroberait un de ses flotteurs pendant son sommeil.

Les enfants étaient restés au village ; si le premier contact avec les anges se passait bien, leurs parents construiraient des maisons sur place, puis reviendraient les chercher en même temps que des semences, des vêtements et du matériel d'enseignement. Ils espéraient disposer d'une ferme opérationnelle à l'époque de la germination, un peu décalée à cause de l'altitude. Si tout allait bien.

pTo et Poto ouvraient la voie ; ils s'envolaient brièvement de temps en temps, puis redescendaient s'entretenir avec les humains lorsque ceux-ci les rattrapaient. Les uns comme les autres avaient parfaitement conscience que beaucoup parmi les anges rejetaient l'idée d'entrer en contact avec les humains, avec les Anciens. Mais ils avaient mis au point un scénario qui, pensaient-ils, convaincrait les récalcitrants, ou du moins les persuaderait de laisser les humains résider parmi eux. Aussi, une fois parvenus en haut du canyon, dans la même prairie où pTo avait eu les os brisés, les ailes déchirées, où son sang avait coulé, ils firent halte et jouèrent leur petite scène.

pTo se jucha sur la tête de Nafai et Poto sur celle de Luet. Les pieds appuyaient sur leurs mâchoires, doucement mais avec fermeté. Puis ils ouvrirent les ailes et les refermèrent autour des épaules de leurs porteurs comme des capuches ou des tentes.

« Comme des nids », dit Luet.

Nafai acquiesça. Car s'ils n'avaient jamais vu de leurs yeux un nid d'ange, ils en avaient entendu des descriptions faites par pTo et Poto, ils en avaient vu des dessins et pour finir ils en avaient rêvé, avec la certitude au réveil que le Gardien de la Terre leur avait montré la réalité. Tissés, puis recouverts de brindilles et d'herbes souples, c'étaient à la vérité des toits qui abritaient les branches où les épouses et les jeunes dormaient, la tête en bas, emmitouflés dans leurs propres ailes.

Les humains savaient que, quelque part dans les frondaisons alentour, des anges les observaient, les évaluaient.

Issib s'avança sans toucher le sol ; Hushidh le suivait en lui indiquant à mi-voix où se trouvaient les anges et lesquels ne paraissaient pas fermement liés aux jumeaux. C'étaient naturellement ceux-là dont il s'agissait de gagner la confiance, et Issib flottant au-dessus des herbes – tour irréalisable par quiconque, même par Nafai avec son manteau –, Issib les terrassait de sa majesté, Issib, le dieu visible, seul capable de voler !

« Où est Iguo, dont l'époux revient auprès d'elle ? » cria-t-il dans la langue des anges. Il devait être difficile à comprendre avec sa voix trop grave, mais il parlait rapidement afin qu'en s'aidant des consonnes ses auditeurs parviennent à reconstituer le message.

Personne ne sortit de la forêt ; mais cela n'avait rien d'anormal, pas encore, en tout cas.

« Son aile a été lacérée, mais elle n'en porte plus trace. Croyez-vous que nous vous voulions du mal, nous qui savons guérir l'aile déchirée d'un courageux découvreur ? »

Toujours personne.

« Quand l'Ancien en colère a blessé pTo, il l'a fait persuadé que c'était vous, le peuple, qui aviez emporté son bébé. Nous n'avions pas encore connaissance des mœurs ténébreuses des diables. »

Luet s'était opposée à l'utilisation du terme des anges pour désigner les fouisseurs, mais Issib avait soutenu qu'il fallait s'adresser à eux dans un langage qui leur soit naturel. « Après tout, Elya et Okya disent bien " viandes-du-ciel " quand ils parlent des anges avec les fouisseurs », avait-il fait remarquer. Tout le monde avait alors convenu que « diables » n'était pas pire.

Issib poursuivait son discours aux anges invisibles. « Nous savons maintenant que le peuple ne descend pas le canyon pour nous voler nos enfants ; non, nous voyons au contraire, lorsqu'un homme courageux est frappé injustement, que son autresoi, aussi brave que lui, vient l'aider et le sauver s'il le peut. »

Enfin, quelques anges commencèrent à se manifester, s'avançant à petits bonds sur les branches qui surplombaient la clairière ; certains s'y tenaient debout, d'autres suspendus la tête en bas et l'ensemble donnait le tournis, mais Issib continua bravement : « Nous savons maintenant que ceux qui auraient pu empêcher l'intrépide Poto d'agir ont préféré le laisser faire. Ceux-là espéraient notre amitié, l'amitié des Anciens ramenés chez eux par le Gardien de la Terre. »

Cette phrase aussi avait donné lieu à une controverse. Les anges ignoraient tout du Gardien, mais Nafai avait insisté pour qu'on prononce son nom dès le début. « Ils découvriront très vite que nous ne sommes pas des dieux ; faisons en sorte qu'on ne puisse pas nous accuser de mensonge.

— Comme nous avons menti aux fouisseurs ? avait demandé Luet d'un ton suave.

— Dans le cas présent, nous ne cherchons pas à récupérer un enfant kidnappé, avait rétorqué Nafai : nous essayons d'entrer en contact avec des gens qui n'ont vu de nous qu'un acte de cruauté gratuite. Il ne faut pas qu'ils nous considèrent comme des dieux, même si, pour attirer leur attention, Issib doit jouer les hommes volants. »

Le nom du Gardien de la Terre fut donc prononcé, dans la traduction que pTo et Poto en avaient fournie une fois qu'ils eurent compris ce qu'il recouvrait ; ou plutôt, une fois qu'ils en surent aussi long sur le sujet que ce que les humains purent leur expliquer avec leur maîtrise rudimentaire du langage ardu des anges.

« Les Anciens vous demandent de leur pardonner leur méprise. Nous ne vous connaissions pas, mais ce n'est plus vrai aujourd'hui grâce à ces deux hommes pleins de courage et de vertu et grâce à la guérison des ailes de pTo. Permettez aux quatre que nous sommes de vivre parmi vous. Mais d'abord, qu'Iguo vienne rejoindre son époux. Viens constater, Iguo, que son corps est intact, que c'est bien pTo que nous te ramenons. »

Puis ils attendirent, sans bouger, sans rien dire, à part pTo et Poto qui murmuraient de temps en temps des paroles rassurantes : Patience, prenez patience ; c'est difficile pour eux de décider s'ils doivent ou non la laisser venir.

Enfin, elle apparut, voletant maladroitement sous les branches des arbres proches pour gagner la clairière. Son vol déséquilibré, comme ils le virent bientôt, était dû à la présence de deux nourrissons accrochés à la fourrure de sa poitrine.

Un hoquet de surprise échappa à pTo, tandis que Poto, ravi, entonnait : « Des fils ! L'épouse de celui qui fut brisé lui a donné des fils pendant qu'il guérissait ! Maintenant sa joie est double et redoublée, car il avait laissé une épouse et retrouve une mère ! »

pTo sauta de la tête de Luet et se posa devant son épouse. Ils se mirent à parler vite et avec des voix douces qui, mêlées, formaient une mélodie magnifique, même si aucun des humains présents ne comprenait ce qu'ils disaient. Iguo examina pTo, en insistant sur l'aile naguère déchirée, tandis que pTo en faisait autant avec les deux bébés qu'elle avait posés dans l'herbe à ses pieds : incapables de voler, ils tenaient cependant déjà debout et si leur parler était encore hésitant et enfantin, ils savaient déjà l'appeler Père. Alors, sans fausse pudeur, pTo se mit à pleurer de pouvoir les toucher du bout des doigts et de la langue, de les sentir grimper sur lui et jouer sous la voûte de ses ailes.

Pour finir, Iguo s'adressa aux anges dans l'expectative : « Ce qui était irréparable a été guéri ; ce qui était perdu à jamais a été retrouvé. Aussi, que l'impardonnable soit pardonné et que l'amitié lie les hôtes qui sont venus à nous, les entrelace à nos cœurs, à nos familles, à nos nids et à nos arbres. »

C'était la formule rituelle à laquelle pTo et Poto avaient prévenu les humains de s'attendre. Ensuite vint le vote. Seuls quelques anges se laissèrent tomber des arbres pour manifester leur mécontentement ou leur inquiétude ; puis, une fois la mise aux voix achevée, tous ceux qui étaient restés dans les arbres s'envolèrent au-dessus de la clairière où ils se mirent à chanter et à cabrioler en l'air en un joyeux grouillement, puis à plonger par petits groupes pour aller toucher les humains, pour les connaître autant par les mains et les pieds que par les yeux, pour entendre les voix des visiteurs qui se donnaient bien du mal pour parler leur langage complexe.

« Dapai » : c'est ainsi que les anges baptisèrent Nafai, incapables de former la nasale et la fricative de son nom. Luet devint « Cuet », en substituant une gutturale plosive à l'imprononçable « l ». De même, « Ittib » remplaça Issib et « Kuchiid » Hushidh. pTo se plaignit que les Anciens paraissaient avoir choisi tous leurs noms exprès pour donner du fil à retordre au peuple.

Mais les approximations étaient suffisantes. Les anges avaient prononcé les noms des humains et les avaient accueillis favorablement. Le fauteuil à la queue, ils suivirent le vol d'anges jusque dans leur vallée.

13

MEURTRES

Vas n'avait pas de mauvaises intentions. Simplement, il était observateur et compatissant. Au cours des mois passés depuis qu'Elemak avait brutalisé ce cauchemar volant baptisé « ange » et qu'Eiadh l'avait désavoué devant tout le monde, Vas l'avait remarqué, leurs relations n'avaient pas l'air de s'être réchauffées. De fait, autant qu'il le sût, ils ne s'adressaient plus la parole et Elemak s'arrangeait presque toujours pour ne pas se trouver chez lui en même temps qu'elle. Vas n'était pas du genre à surveiller les allées et venues de ses voisins, ça non ; mais, par hasard, il avait observé qu'Elemak passait tout son temps au vaisseau en compagnie de l'otage fouisseur à s'entraîner à émettre des sifflements bourdonnants, pendant que la pauvre Eiadh se retrouvait sans compagnon dans sa vie.

Et tiens, justement, Vas était presque dans la même situation. Sevet, sa chère épouse qui le trompait régulièrement à Basilica, l'avait trahi encore une fois en prenant du ventre à force de maternités. Pire, il ne lui restait rien de ce charme pétillant qu'il adorait à l'époque où il s'était engagé à l'épouser pour quelques années. Sevet était une célébrité, alors, une chanteuse populaire, adulée de tous. C'était une belle réussite pour Vas que d'être l'élu qui s'accrochait à son bras.

Mais elle ne chantait plus depuis des années. Depuis, précisément, la nuit où Kokor avait surpris Obring, son mari, en train de s'activer sur les reins nubiles de Sevet. Koya, obéissant plus à ses humeurs capricieuses qu'à un sens quelconque de la justice, s'en était prise à la personne qu'elle détestait le plus au monde : sa sœur Sevet. Elle l'avait frappée au larynx et, de ce jour, Sevet n'avait plus jamais chanté. Le dommage n'avait pourtant rien de physique : elle s'exprimait d'une voix parfaitement modulée et fredonnait des berceuses à ses enfants ; mais chanter d'une voix pleine et puissante, c'était fini. Finie aussi, par conséquent, la gloire dans l'aura de laquelle Vas s'était baigné avec délices. Sevet n'avait donc plus grand-chose d'attirant. Comble de malheur, étant la fille de Rasa, elle s'était retrouvée embarquée, et son époux avec elle, dans l'imbroglio grotesque qui les avait tous obligés à s'exiler au désert ; leur mariage n'avait jamais pris fin alors que l'étincelle amoureuse qui les avait peut-être unis s'était éteinte cette fameuse nuit où elle l'avait trompé avec Obring, ce pitoyable ver de terre, ce méprisable lombric sous-développé du cerveau qui servait d'époux à sa sœur.

Ainsi, Vas était aussi seul qu'Eiadh, et pour des raisons similaires : tous deux avaient découvert en leurs conjoints respectifs des handicapés moraux qui n'abritaient pas la moindre parcelle de respect humain. Vas avait supporté cette union dépourvue d'amour et même engrossé par trois fois sa garce d'épouse sans que personne se doute du dégoût que lui inspirait son simple contact. Ce n'était pas seulement à cause de sa taille épaissie ni de l'abandon de leur existence dorée à Basilica. Non : c'était le fait d'imaginer Sevet étreignant entre ses jambes les cuisses blanches, poilues et molles d'Obring et de savoir qu'elle ne l'avait pas fait pour tromper Vas, mais pour vexer sa sœur Kokor. Vas était sans doute bien loin de ses pensées au moment où elle se faisait...

C'était très loin, tout cela, très loin, à des années de temps et à un siècle de vol interstellaire de distance, sans parler des années passées au désert et de celle qu'ils venaient de vivre sur ce nouveau monde ; mais pour Vas, c'était hier, éternellement, et il se rappelait parfaitement le serment qu'il s'était fait quand Elemak l'avait empêché de tuer Sevet et Obring pour racheter son honneur et sa virilité. Il s'était promis qu'un jour, peut-être lorsqu'Elemak serait bien vieux, faible et sans défense, il rétablirait la balance : il tuerait Obring et Sevet, puis, leur sang encore frais sur ses mains, il se présenterait devant Elemak qui se moquerait de lui en disant : Tu n'as pas oublié ? C'est à cause de ce qui s'est passé il y a si longtemps que tu les as tués ? Et Vas lui répondrait : Elemak, c'était il n'y a pas longtemps. Ça s'est passé dans cette vie ; et c'est dans cette vie que je restaurerai l'équilibre. Eux pour leur trahison ; toi pour m'avoir empêché de me venger à chaud. Quand la vengeance est froide, il lui faut plus de sang. C'est ton tour. Meurs de ma main comme mon amour-propre est mort de la tienne !

Oh, cette scène, combien de fois ne se l'était-il pas rejouée depuis lors ? Comme une antienne, chaque fois qu'Elemak essayait de se débarrasser de Nafai ou de Volemak et qu'on l'en empêchait, qu'on le terrassait, qu'on l'humiliait, Vas priait en silence : Ne le tuez pas ! Gardez-le moi ! Combien de fois n'avait-il pas imaginé le dénouement : Obring gémirait en implorant sa pitié ; Sevet, en revanche, le toiserait d'un air méprisant, persuadée qu'il n'oserait pas la toucher, avant de prendre une expression d'indicible étonnement en sentant le poignard s'enfoncer... Ah oui, il fallait que ce soit un poignard, une arme de contact, pour sentir la peau céder sous la pression de la lame, l'acier lubrifié par le sang se glisser dans la chair, tâtonner avant de trouver le cœur, et puis le sang qui jaillit sous la main, qui éclabousse le bras dans l'ultime orgasme de la misérable vie de Sevet...

L'heure viendra, se disait Vas. Mais en attendant, pourquoi ne pas la préparer comme il faut ? Pour Elemak, les coucheries de ma femme avec un autre n'avaient pas d'importance. La justice ne voudrait-elle pas, dans ce cas, que je lui annonce dans ses derniers instants de conscience : A propos, Elemak, mon ami, tu te rappelles ce que m'avait fait ma femme ? Eh bien, la tienne t'a fait la même chose, et avec moi ! Alors, me regardant dans les yeux, il saura que je dis la vérité et il comprendra que je n'étais pas l'instrument insensible, l'être passif qu'il avait toujours cru.

Le seul point noir de ce beau rêve, c'était Eiadh elle-même. Elemak ne la touchait peut-être plus, mais elle n'allait pas tomber pour autant dans les bras de Vas. Il n'était pas idiot ; observateur, simplement. Il la savait vulnérable à cause de sa solitude. Et puis il pouvait se montrer compatissant. Auprès d'Eiadh, il ne viendrait pas se défouler de sa colère ni tirer vengeance d'Elemak, non, pas du tout : il viendrait en ami lui offrir appui et consolation, et de fil en aiguille... Vas avait beaucoup lu ; ce genre de choses arrivaient, il le savait. Alors, pourquoi pas à lui ? Pourquoi pas avec Eiadh, qui elle au moins n'avait pas perdu sa ligne bien qu'elle eût porté deux fois plus d'enfants que Sevet ? Eiadh qui continuait à chanter, non pas avec la voix puissante d'une artiste célèbre comme Sevet, mais celle, plus confidentielle et plus satinée, qui éveille les désirs secrets de l'homme... Ah oui, Eiadh, je t'ai entendue chanter et je sais depuis qu'un jour cette voix gémira, cette douce gorge se tendra tandis que ton corps répondra au mien en frémissant.

« Oui ? » fit Eiadh.

Il n'avait même pas tapé dans ses mains. Elle avait dû le voir venir. Gênant. « Eiadh... dit-il.

— Oui ? répéta-t-elle.

— Puis-je entrer ?

— Quelque chose ne va pas ? » Vas devina qu'elle essayait de se rappeler où était chacun de ses enfants.

« Pas que je sache. Sinon que je m'inquiète pour toi. »

Eiadh eut l'air déconcertée. « Pour moi ?

— S'il te plaît, je peux entrer ? »

Elle éclata de rire et lui ouvrit la porte. « Bien sûr, Vas, mais je ne comprends pas. C'est vrai, je suis constamment fatiguée, mais tout le monde peut en dire autant. Si tu es venu couper les légumes pour le dîner, j'en suis ravie !

— Tu as vraiment besoin d'aide pour préparer les légumes ?

— Non, c'était façon de parler. En réalité, tu m'as surprise en pleine couture. Volemak exige que nous apprenions toutes à coudre avec ces épouvantables aiguilles en os ! Elles sont tellement grosses qu'elles font d'énormes trous dans le tissu à chaque point, mais il prétend qu'un jour les aiguilles en acier auront disparu et que... Enfin, moi, ça me paraît ridicule : même dans le désert, nous n'étions pas obligées de... Mais je t'ennuie.

— Excuse-moi. Non, tu ne m'ennuies pas ; mais j'écoutais ta voix plutôt que tes paroles, j'espère que tu ne m'en veux pas. Elemak a de la chance d'avoir une épouse qui parle comme on chante. »

Elle parut étonnée du compliment, puis elle éclata d'un rire léger. « Je ne crois pas qu'Elemak ait l'impression d'avoir de la chance !

— Alors, il est stupide. Se détourner de tant de bonté et de beauté...

— Vas, chercherais-tu à me séduire ? »

Démonté, Vas ne put que nier. « Non, je ne pourrais... t'aurais-je donné à penser que... ah, c'est très gênant ! Je suis venu pour parler, c'est tout. Je me sens seul et je me suis dit que toi, peut-être... Mais si tu considères qu'il serait mal vu que nous soyions seuls tous les deux chez toi...

— Ça va bien, le coupa-t-elle. Je sais qu'avec toi, ma vertu ne craint rien. »

Vas afficha un sourire triste. « Oui, il semble qu'avec moi, personne n'ait à craindre pour sa vertu !

— Mon pauvre Vas ! Nous avons un point commun, toi et moi.

— Ah ? » Se pouvait-il qu'elle ressente pour lui ce qu'il ressentait pour elle ? Il n'aurait peut-être pas dû nier ses intentions galantes si vite et si catégoriquement.

« En dehors de ce qui est évident, je veux dire, poursuivit-elle. Apparemment, nous sommes destinés l'un comme l'autre à jouer les seconds rôles dans nos propres autobiographies. »

Vas se mit à rire ; c'était ce qu'elle semblait attendre de lui. Puis : « Et tu entends par là... ?

— Oh, seulement qu'on nous promène à droite à gauche selon des choix qui ne sont pas les nôtres. Mais pourquoi, pourquoi nous sommes-nous retrouvés dans un vaisseau stellaire, peux-tu me le dire ? C'est une simple question de hasard, de coup de foudre pour la mauvaise personne, le mauvais jour au mauvais moment de l'histoire.

— D'accord ; je te suis, maintenant. Mais deux seconds couteaux comme nous ne pourraient-ils monter quand même leur petite pièce à eux, sur une petite scène en coulisse, pendant que les grands acteurs débitent des discours emphatiques devant le vaste public de l'histoire ? Ne peut-on dérober un peu de bonheur dans l'ombre, là où le seul public, c'est nous-mêmes ?

— Je ne suis pas du genre à entreprendre quoi que ce soit dans l'ombre, répondit Eiadh. J'ai fait un mariage stupide et je m'en suis rendu compte presque aussitôt. Toi aussi, je le crains. Mais ce n'est pas pour ça que je vais mettre en danger l'avenir de mes enfants, sans parler du mien, dans l'espoir d'une consolation ou d'une vengeance quelconques. Je prends le bonheur que je trouve dans la lumière, franchement. En aimant mes enfants. Tu as de braves petits, Vas. Console-toi avec eux.

— Ce n'est pas l'amour de mes enfants qui me manque. » Il pouvait se montrer direct : de toute façon, elle perçait à jour toutes ses tentatives obliques.

« Vas, dit-elle non sans tendresse, je t'admire depuis longtemps parce que tu supportes tout avec patience. Je sais maintenant quel genre de force est la plus respectable, entre la tienne et celle d'Elemak. Mais mon admiration vient en partie de ce que tu ne fléchis pas. Ne devenons pas comme eux ; ne nous courbons pas au point de mériter ce qu'ils nous font. »

Toujours observateur, Vas remarqua aussitôt qu'elle semblait faire allusion à un fait récent et non aux événements de Basilica. Elle paraissait le croire au courant de circonstances qu'il ignorait. « Tu ne mériteras jamais ce qu'Elemak t'inflige », dit-il dans l'espoir de susciter une réponse révélatrice.

Il l'obtint. « Toi non plus, tu ne mérites pas ce que t'inflige Sevet, répondit-elle. On aurait cru qu'elle avait compris la leçon depuis longtemps, mais il y a des femmes qui n'apprennent rien tandis que d'autres retiennent tout. »

Vas se sentit pris de vertige. Il s'était polarisé sur le souvenir de la trahison de son épouse avec Obring depuis tant d'années qu'il n'avait pas imaginé qu'elle pût avoir ouvert son lit à un autre homme. Et pourtant, quand il était aux champs, ou quand venait son tour de monter la garde, ou encore les deux fois où il avait pris la navette avec Zdorab pour cartographier les environs, Sevet aurait très bien pu... Mais non, même elle n'aurait pas osé... pas une deuxième fois, après qu'il lui en avait tant coûté, sa voix...

Oui, mais ce n'est pas moi qui l'ai privée de sa voix, n'est-ce pas ? C'est Kokor, et le temps qu'elle guérisse, nous avions quitté Basilica. Sevet a peut-être appris à se méfier de la colère de Kokor, mais comment aurait-elle appris à craindre la mienne ?

Vas comprit que l'heure avait sonné. Plus question de patience ; cette fois, il n'y aurait pas d'Elemak pour retenir son bras. Sevet et Obring allaient mourir, puis il s'occuperait d'Elemak ; il débarrasserait pour toujours Eiadh du poids de ce monstrueux époux. Alors, sans plus d'obstacle sur son chemin, elle se tournerait enfin vers l'homme qui l'avait libérée.

Ou pas. Mais quelle importance pour Vas qu'on l'aime ou qu'on approuve son geste ? La seule personne dont il recherchait l'amour et l'admiration, c'était lui-même. Il y avait trop longtemps qu'il en était privé, il était temps de les goûter à nouveau.

« J'ai du mal à croire qu'elle trouve encore quelque chose à Obring, dit-il. On imaginerait qu'elle n'a plus d'illusions sur lui, maintenant qu'il a perdu son charme adolescent – s'il en a jamais eu. »

Eiadh se mit à rire, mais d'un air intrigué. Allons bon ! Qu'est-ce que cela signifie encore ? se demanda Vas.

Cela signifiait que ce n'était pas Obring. Sevet le trompait, mais pas avec Obring !

Une expression d'Eiadh lui revint soudain, à propos du point commun qu'ils avaient. « En dehors de ce qui est évident », avait-elle dit. Qu'est-ce qui était évident ? Si évident que cela n'avait échappé qu'à Vas ? Tout le monde devait être au courant. Tout le monde.

Elle dut lire sur son visage qu'il avait compris, car ce fut à son tour de prendre un air bouleversé. « Oh, Vas, je croyais que tu savais, que c'est pour ça que tu venais, pour leur rendre la monnaie de leur pièce. Mais moi, je ne cherche pas à me venger de lui, tu comprends, parce que je ne veux pas de lui dans mon lit, de toute façon ; ça m'est bien égal de savoir où il va traîner sa carcasse pleine de sueur ; alors, je croyais... J'ignore pourquoi, mais je supposais que tu avais la même attitude... Mais je vois que c'est faux, tu n'étais pas au courant, je regrette, je... »

Il n'entendit pas la fin de la phrase : il se leva et sortit de chez Eiadh. De chez Elemak.

« Ne fais pas de bêtise, Vas », murmura-t-elle. Puis, sachant pertinemment qu'il y avait toutes les chances qu'il en fasse une, elle alla chercher de l'aide. Il fallait prévenir Volemak de la querelle à venir ; il saurait l'empêcher. C'est ce qu'elle aurait dû faire depuis bien longtemps. L'adultère était un désastre dans leur minuscule communauté – c'était Elemak lui-même qui avait édicté une loi contre ce fléau des années plus tôt, dans le désert. Eiadh ne s'était jamais plainte parce qu'en toute honnêteté, elle était heureuse qu'il ne l'approche plus avec ses mains brutales qui avaient brisé un être innocent et sans défense, ces mains qui avaient violenté et terrorisé tout le monde à bord du vaisseau. Mieux valait dormir seule et rêver du seul homme authentique qu'elle eût jamais connu, un homme qui, adolescent, l'avait aimée ou du moins désirée, un homme qui ne la regardait même plus avec seulement un peu de plaisir.

Empêtrée dans son amour puéril pour Nafai, elle n'avait pas pris le temps de réfléchir que si Vas n'avait jamais dénoncé la liaison entre Elemak et Sevet, c'était parce qu'il l'ignorait. Mais comment était-ce possible ? Les hommes étaient-ils tellement plus aveugles que les femmes ? Ou bien s'était-il imaginé que, son épouse ne se sentant plus aimée de lui, elle avait perdu tout appétit sexuel ?

La situation allait dégénérer et quelqu'un y trouver la mort, elle en avait maintenant la certitude, car jamais elle n'avait vu pareille expression de rage froide sur le visage de Vas. Sur celui d'Elemak, oui, mais ce genre d'émotions lui étaient familières et il savait les brider. Vas, lui, n'avait pas son expérience.

En se précipitant chez Volemak, elle passa devant Mebbekew occupé à tendre sur des piquets la peau d'une chèvre qu'il avait chassée en compagnie de quelques fouisseurs le matin même, dans les collines. « Qu'est-ce qui te presse tant ? demanda-t-il.

— Il vaudrait peut-être mieux que tu viennes donner un coup de main. Vas vient de découvrir que Sevet le trompe et j'ai peur qu'il ne devienne dangereux. »

A la pâleur soudaine du visage de Meb, Eiadh comprit que Sevet avait laissé plus d'un fermier labourer son champ. « Pas toi, dit-elle. Il n'est pas au courant pour toi.

— Mais qui, alors ? » Il avait l'air ahuri.

Elle lui éclata de rire au nez. « Tous les hommes sont-ils donc aussi bêtes que Vas et toi ? Chacun d'entre vous croit posséder la lune parce qu'il ne voit pas les autres la regarder ! »

Meb sourit. « Ainsi, Vas a décidé de tuer Elemak.

— Je vais chercher Volemak. Il faut l'en empêcher.

— Et je serai là pour vous aider, sois tranquille ! Je ne manquerais ça pour rien au monde ! »

Mais Mebbekew ne suivit pas Eiadh chez Volemak. Son lourd maillet à la main, il essaya d'imaginer où Vas avait pu aller. D'abord à la remise, sans doute, pour y prendre un instrument contondant : Vas n'irait sûrement pas se battre à mains nues s'il avait l'intention de tuer. Il connaissait ses limites. Meb aussi. Vas prendrait un outil pointu avec un long manche, Meb avait un très gros maillet. Vas qui avait de l'orgueil parlerait à sa future victime, l'appellerait par son nom, se planterait face à elle ; et Meb qui n'avait aucun amour-propre sauterait sur Vas par-derrière. Il n'en éprouvait aucune vergogne : en combat loyal, il ne faisait pas le poids devant un adversaire résolu et il le savait très bien. Il n'avait jamais essayé d'apprendre à se battre ; sa vocation, c'était le théâtre, et s'il avait existé un véritable dieu au lieu d'un ordinateur grotesque, il habiterait toujours à Basilica où il se ferait un nom sur scène et de nouveaux amis et de nouvelles maîtresses tous les soirs. Mais non : il vivait ici, dans la crasse de ce village répugnant, couvert de sueur, de poussière, de terre et de piqûres d'insectes ; et voilà que surgissait un mari furieux dont, qu'il le sache ou non, Meb était le plus récent remplaçant auprès de sa femme.

Il va aller voir Sevet, naturellement. Chez lui.

Mais il n'y avait personne chez Vas. Sevet était ailleurs, avec les femmes. Ah oui, c'est vrai, elle faisait l'école ; c'était son heure de faire la classe aux mômes, comme si savoir lire avait encore de l'importance. Pour lire quoi ? Le dernier roman pondu par un rat au fond de son trou ? Mais enfin, puisque ça sauvait la vie de Sevet pour l'instant, ce n'était pas complètement inutile. Sevet était une amante très agréable. Et puis elle avait acquis du savoir-faire depuis ses jours de gloire, si bien que c'était un vrai soulagement de coucher avec elle après Dolya, dévorante jusqu'à l'écœurement, insatiable, suppliante, égoïste, incapable...

Ce qui ne veut pas dire que Meb renâclait à coucher avec Dol quand elle en avait envie. Il était encore jeune et, maintenant qu'Elemak n'essayait plus de faire appliquer la loi sur l'adultère, forniquer hors du mariage ne semblait plus intéresser personne, sinon les adultères eux-mêmes. C'est ça qui était pratique avec les gens qui croyaient vraiment aux lois : dans leur innocence, ils avaient beaucoup de mal à imaginer qu'on pût les enfreindre tant ce genre d'attitude leur était étrangère.

Si Sevet échappait momentanément à Vas et s'il n'était pas au courant pour Meb, c'est qu'il allait s'en prendre à Elemak. Donc, il devait se rendre au vaisseau où Elemak travaillait avec l'otage.

Mais en chemin, Meb passa devant la maison d'Obring ; la porte était ouverte. Pourtant, Obring devait faire la grasse matinée, après sa nuit de garde... Etait-ce possible ? Vas lui en voulait-il encore tant d'années après ? Ou bien imaginait-il que Sevet ait pu recoucher avec lui à la suite de cette sordide soirée où Kokor leur était tombée dessus ? Ou, tout simplement, la nouvelle infidélité de sa femme aurait-elle rafraîchi le souvenir de l'ancienne ?

Même s'il dormait tranquillement, Obring aurait envie de participer à la fête, et Meb, lui, se sentirait plus rassuré accompagné d'un autre homme, même s'il s'agissait d'Obring, donc d'un pleutre indigne de confiance. Mais comme c'est aussi mon cas, songea Meb, je peux difficilement le lui reprocher.

Il entra. Obring était étendu sur le lit, les yeux grands ouverts, les mains reposant sur la blessure béante de sa poitrine ; ce n'était pourtant probablement pas de celle-ci qu'il était mort. C'était la profonde entaille qu'il portait à la gorge qui avait dû lui régler son compte. Du travail très propre. La blessure à la poitrine provenait sans doute d'un coup de pic ou de hache ; sûrement pas de houe. D'après la plaie à la gorge, il s'agissait d'un instrument tranchant. Une faux ? Non. Une hache. Assez de fil pour ouvrir la gorge, mais aussi du poids pour défoncer les côtes. Pauvre Obring. Pauvre de moi, si Vas décide de s'en prendre à moi. Une hache contre un maillet ? Il vaut peut-être mieux attendre que Père trouve une solution, ou que Nafai entre dans la danse avec son manteau magique pour flanquer un coup de jus à Vas.

Et après, qu'est-ce qu'ils vont bien pouvoir foutre d'un assassin ?

Une clameur montait au loin, du côté de chez Volemak, mais, s'en désintéressant, Meb gagna rapidement le vaisseau. Vas est pressé et Elemak attend. Sur quel pont est-ce qu'il a installé le fouisseur ? J'aurais dû faire plus gaffe. Elemak me remerciera si j'arrive à temps pour lui sauver la vie ; sinon, je pourrai peut-être tendre une petite embuscade à Vas. Ça résoudrait parfaitement le problème de Père si le meurtrier avait la bonne idée de mourir.

Elemak et Fusum s'entraînaient mutuellement à coups de discussions, l'humain parlant la langue des fouisseurs, le fils du roi du sang se débrouillant tant bien que mal avec les mots des hommes. Cela faisait partie du marché qu'ils avaient conclu : Fusum acceptait d'enseigner à Elemak les nuances les plus subtiles de son langage à condition de parvenir à comprendre les conversations des humains. « Si vous n'êtes pas des dieux, avait-il argué, votre langue n'est pas sacrée et je ne commets pas de péché en l'apprenant, n'est-ce pas ? » Elemak n'avait pu qu'en convenir.

Fusum n'avait toutefois pas comme Elemak le don ni l'expérience des langues, et il avait passé toute la matinée plongé dans la jalousie et la morosité devant l'éloquence fluide de l'homme à laquelle il ne savait répondre que par un baragouin rudimentaire. De temps à autre, à bout de patience, il déversait un torrent d'arguments dans sa langue natale, puis finissait par se taire devant le sourire supérieur d'Elemak et se résignait à se colleter de nouveau avec le vocabulaire humain. Ces bruits qu'ils produisaient ! La moitié d'entre eux ressemblaient à ceux des viandes-du-ciel ! Des animaux, voilà ce qu'ils étaient ! C'est du moins ce qu'affirmait Fusum dans ses crises de fureur impuissante.

Elemak nageait dans le bonheur.

Jusqu'au moment où Vas apparut à la porte, une hache couverte de sang à la main. Cela ne faisait pas partie des plans d'Elemak pour la journée. « Qu'est-ce que tu as fait avec cette hache ? » demanda-t-il. Ce triste taré n'aurait pas déjà tué Sevet, tout de même ? Elle devait être en train de faire la classe ; il ne l'aurait pas assassinée devant les gosses, si ? Et puis qui l'avait mis au courant ? Au bout de tant de mois, pourquoi l'avoir averti maintenant, justement ?

« J'avais prévu de te tuer quoi qu'il arrive, déclara Vas, parce que tu m'as empêché de me venger d'Obring et de Sevet il y a bien longtemps. Je n'ai jamais oublié l'humiliation que tu m'as infligée, Elemak. Mais en plus, tu couches avec ma femme ! Pourquoi n'es-tu pas allé baiser une fouisseuse si Eiadh ne voulait plus de toi dans son lit ? Mais ce n'est pas ton genre, hein, Elemak ? Tu ne sautes pas les petits animaux sans défense, hein ? »

Elemak s'adressa au fouisseur dans sa langue : « Tu ne peux pas intervenir, j'imagine ?

— Parle de façon compréhensible ! aboya Vas.

— Comment, tu n'as pas étudié le langage des fouisseurs, un bon petit gars comme toi ? » fit Elemak.

Entre-temps, avec son vocabulaire humain limité, Fusum avait élaboré une réponse à la question d'Elemak. « Je voudrais bien t'aider, mais l'homme fou tient une hache. »

Vas lui jeta un regard glacial. « Excellente décision, le rat. Parce que ça ne me dérangerait pas de répandre ta cervelle par terre.

— En réalité, rectifia Elemak dans la langue des fouisseurs, il te tuera juste après moi ; ensuite, il prétendra que c'est toi qui m'as assassiné avec la hache, mais qu'il a réussi à te l'arracher des mains et qu'il s'en est servi pour t'abattre. »

Fusum lui lança un regard mauvais, puis répondit de façon que Vas le comprenne : « La hache est déjà sanglante. Il a déjà tué quelqu'un hors du vaisseau.

— Qui as-tu tué, Vas ? Quelqu'un que je connais ?

— Obring. Je lui ai ouvert la gorge. Après, je lui ai défoncé le cœur.

— Bien vu : tu lui as défoncé le cœur comme il avait brisé le tien ! » Elemak éclata de rire comme s'il ne croyait pas Vas capable de le tuer. Pourtant, au contraire, il s'attendait à une tentative et dans la position où il se trouvait, assis par terre sans véritable point d'appui pour se relever, il risquait de ne pas pouvoir réagir avant que Vas ne l'étende raide.

« Ça t'amuse ? demanda Vas.

— Ça m'attriste aussi, naturellement. Pauvre Sevet : une fois que je serai mort, elle devra de nouveau se contenter de tes épisodiques et pitoyables efforts copulatoires.

— Je la tuerai aussi.

— Et qui encore ? Tout le monde, pendant que tu y es ? Tu es foutu, Vas. Si tu avais été plus malin, tu aurais attendu le bon moment pour agir.

— J'attends depuis assez longtemps.

— Tu aurais dû maquiller ça en accident, ou mieux encore, faire croire que tu avais essayé de me sauver la vie. Il fallait nous liquider un par un, pas tous en même temps avec une hache. En plus, tu es couvert du sang d'Obring ; grosse boulette, ça, Vas. C'est l'exécution garantie, tu sais ; les autres ne laisseront pas un meurtrier en liberté.

— Tu seras mort avant.

— Ah, c'est évident. Ça te fera une belle consolation au moment où on te... quoi ? On t'étranglera ? On te noiera ? A moins que Shedemei n'ait une drogue qui t'emportera sans douleur pendant ton sommeil. Tu pourras rêver de moi en émettant ton dernier râle.

— Je n'ai pas peur de mourir.

— Dommage. Parce que moi, si. Et tu sais pourquoi ? Parce que s'il y a une vie après la mort, je redoute d'être obligé de continuer à vivre, mais privé de ce corps si confortable. Et si je me réincarne ? Si je reviens dans un corps comme... le tien ? »

Il mit tout son mépris dans ce dernier mot. Sans résultat.

« Tu ne me pousseras pas à un geste irréfléchi, dit Vas. Tu te creuses la cervelle pour trouver comment m'arracher la hache avant que je ne te défonce le crâne, je le sais. Mais pourquoi viserais-je la tête ? Regarde tes jambes, déployées comme les branches d'un arbre ; d'un seul coup de hache, j'arrive à trancher un bout de bois de cinq centimètres d'épaisseur. Je ferais aussi bien avec ta cheville, à ton avis ?

— Non, ça m'étonnerait.

— Tu te crois assez vif pour m'en empêcher ? Assis par terre comme ça ? Pauvre crétin prétentieux !

— Je n'ai pas à t'en empêcher.

— Tant mieux ; de toute manière, tu ne peux pas.

— Moi, non ; Meb, si, dit Elemak. Il est derrière toi, un énorme maillet à la main, et je pense qu'il a l'intention de t'enfoncer la tête dans les épaules. »

Vas ne se donna même pas la peine de se retourner. « Tant que tu en es à évoquer des fantômes pour m'effrayer, appelle plutôt Nafai. De toute la bande, c'est le seul qui soit vraiment un homme. Meb ne me fait pas peur.

— Je suis bien d'accord avec toi, répondit Elemak. La seule occasion où Meb peut faire peur, c'est quand il se trouve derrière toi avec un maillet à la main. Le reste du temps, il ne vaut pas mieux qu'une crotte de fouisseur. Mais ça ne marchera pas, Meb. Tu n'arriveras pas à lui enfoncer le crâne entre les épaules ; il a la tête trop molle. Elle va éclater comme un melon en éclaboussant toute la pièce.

— Arrête de fantasmer sur ma tête, le coupa Vas. Ce sont tes jambes qui vont sauter. » Il leva la hache.

« Si ça peut te consoler, dit Elemak, Meb aussi couche avec Sevet. »

Vas hésita, la hache en l'air, sans l'abattre.

Elemak continua de parler. « Apparemment, ta pauvre épouse se sent tellement seule qu'elle se rabat sur tout ce qui peut passer pour masculin, y compris Meb, qui finalement n'a pas le cran de te tuer par-derrière. Il te sert à quoi, alors, ton maillet, Meb ? A soigner tes démangeaisons rectales ? »

Meb lui lança un regard de pur dégoût. Il détestait, Elemak le savait très bien, qu'on se moque de lui et qu'on le manipule.

« Allez, Meb ! reprit Elemak. Sers-toi de ce foutu maillet et qu'on en finisse ! »

Ce qui fut fait. Elemak s'aperçut alors que Meb avait beaucoup plus de force qu'il ne l'imaginait. Mais pour les éclaboussures, il ne s'était pas trompé. La scène devint particulièrement répugnante lorsque Vas eut percuté le plancher et que Meb continua de lui pilonner le crâne à coups de maillet, trois, quatre, cinq fois, jusqu'à ce qu'il soit réduit en bouillie et toute la salle parsemée de petits bouts de cervelle et d'os. Naturellement, une fois calmé, il vit ce qu'il avait fait et se mit aussitôt à vomir, comme si le crâne de Vas avait explosé par magie et non de son fait. Mais Elemak ne se souciait pas de Meb ; c'était Fusum qui le fascinait, en train de cueillir des morceaux du cerveau de Vas qui avaient jailli sur lui et de les manger.

« Evite d'y prendre goût, Fusum, dit-il dans la langue du fouisseur.

— Ce n'est pas très différent de la cervelle de pécari, répondit Fusum. Et j'aime déjà ça, de toute façon.

— Si jamais tu fais du mal à un humain, je te découpe en tout petits morceaux.

— Même s'il s'agit de Nafai ? » demanda Fusum d'un ton sarcastique.

Ainsi, les conflits internes de la communauté humaine ne lui avaient pas échappé – alors pourtant que Nafai était à l'autre bout du canyon la plupart du temps, en train d'essayer d'apprendre l'agriculture aux viandes-du-ciel.

« Surtout s'il s'agit de Nafai, répondit Elemak. Je me le réserve. »

Meb avait fini de vomir. « De quoi vous parliez ? Je vous ai entendus mentionner Nafai.

— Oh, nous trouvions simplement dommage que le seul geste utile que tu accompliras jamais l'ait été en pure perte sur Vas.

— En pure perte ? Je tue mon ami pour te sauver la vie et tu prétends que c'est en pure perte ?

— Je l'aurais désarmé avant qu'il me touche », dit Elemak. En réalité, ce n'était pas du tout certain, mais ce qui l'était, en revanche, c'est que Meb le croirait. « Quant à ton amitié pour Vas... ne compte pas sur moi pour te plaindre, alors qu'on sent encore d'hier soir le parfum de Sevet sur toi, pendant la garde de Vas.

— Ah ! Comme quoi tu ne sais pas tout : hier soir, je n'avais pas de temps à consacrer à Sevet. Après des mois à me faire harceler, j'ai fini par céder et j'ai permis à Eiadh de me... »

Meb n'acheva pas sa phrase. Il se retrouva soudain plaqué au mur, étranglé par le manche de la hache.

« Je sais que c'est un mensonge, dit Elemak. Mais si un jour je pensais que c'est vrai, crois-moi, tu finirais par me supplier de te tuer comme tu as tué Vas : rapidement. Mais ce serait trop doux pour toi, Meb.

— Je rigolais, crétin ! s'exclama Meb quand il put de nouveau parler.

— Ne me fatigue pas avec tes excuses ; je dois expliquer la mort de Vas à ceux que j'entends en ce moment même monter l'échelle.

— Qu'est-ce que tu veux expliquer ? Je t'ai sauvé la vie, c'est tout.

— Oui, mais pourquoi Vas voulait-il me l'ôter ? Et pourquoi t'es-tu si aimablement interposé ?

— Il essayait de te tuer parce que tu sautais sa femme, et moi, je me suis interposé parce que tu es mon grand frère et que je t'aime.

— C'est ça, ton meilleur jeu d'acteur, Meb ? demanda Eiadh qui arrivait à grands pas dans le couloir. Une chance pour toi que nous ayons quitté Basilica : tu n'as pas eu le temps de t'humilier en jouant la comédie en public ! »

Volemak, Oykib et Padarok arrivèrent à la porte avec elle, tous munis d'outils qui auraient fait des armes très convaincantes entre les mains d'individus moins doux et moins pacifiques. « Qu'est-ce que c'est que tout ce gâchis ? reprit Eiadh. Où est Vas ? » Elle vit alors le cadavre étendu par terre, avec sa tête écrasée encore accrochée de guingois aux épaules. Elle recula, horrifiée. « Qu'as-tu fait ? dit-elle dans un souffle en regardant Elemak.

— C'est moi qui l'ai fait, intervint Meb. Juste au moment où il allait couper le pied d'Elemak. »

Mais Eiadh ne l'écoutait pas. Elle avait planté un regard glacial dans les yeux d'Elemak. « Cet homme est mort parce que tu étais incapable de tenir un mois sans mettre une femme dans ton lit. »

Elemak sourit. « Erreur. Depuis que je suis marié avec toi, mon amour, il n'y a jamais eu de femme dans mon lit.

— Tu as vraiment le mal en toi. Tu aimes détruire. Et ce n'est même pas un mal majestueux, un mal spectaculaire, capable de ravager un monde, dont on pourrait faire une épopée ; non, ce qu'il y a au fond de ton cœur, c'est juste un petit mal larvaire et pleurnichard !

— Vas-y, crache ton venin, dit Elemak. Je sais qu'au fond tu es soulagée que je sois toujours vivant.

— J'ai fait deux épouvantables bévues dans ma vie ; l'une, c'est de t'avoir laissé engendrer mes pauvres enfants innocents. – Et l'autre ? demanda Elemak. Allez, dis-le ; je suis fort et courageux. Je suis déjà couvert du sang et de la cervelle de Vas, je peux tout encaisser. »

Eiadh lui sourit, car elle s'apprêtait à prononcer les paroles les plus terribles qu'il entendrait jamais. « L'autre, c'est la pire : c'est de ne pas avoir épousé Nafai quand je me suis rendu compte, chez Rasa, qu'il était amoureux de moi. J'avais compris mon erreur bien avant de me marier avec toi, Elemak. Mais je me suis entêtée uniquement pour pouvoir rester près de lui. Je faisais le vœu que tous mes fils deviennent un jour comme lui, et pas comme toi. Et chaque fois que tu me faisais l'amour, je m'imaginais que c'était lui. Il fallait que je me retienne pour ne pas crier son nom.

— Ça suffit, intervint Volemak. Des événements monstrueux se sont déroulés ici aujourd'hui et vous nous faites perdre notre temps avec vos querelles domestiques. »

Elemak abandonna docilement la discussion et se soumit à l'interrogatoire de son père. Mais il avait entendu les paroles d'Eiadh. Il avait entendu et il n'oublierait pas.

C'est Oykib qui reçut la mission de remonter le canyon pour annoncer les meurtres. Shedemei aurait pu se servir des ordinateurs du vaisseau pour mettre Issib au courant par le biais de l'Index, mais Volemak soutint que ce devait être fait de vive voix. On avait d'abord pensé envoyer Chveya porter le message à ses parents, mais elle était près d'accoucher de son premier enfant, et c'est son époux qui fut choisi. Il ne cacha pas son mécontentement. « Je suis inquiet de m'en aller avec l'atmosphère de violence qui règne ici.

— Je crois que les assassinats sont terminés, dit Volemak.

— Mais si vous vous trompiez ?

— Soyons logiques, intervint Zdorab : si Elemak n'a rien fait quand il avait Obring et Vas à sa botte, agira-t-il maintenant qu'il n'a plus d'autre adulte que Meb auprès de lui ? Non, c'est bien fini. »

Mais Rasa avait son mot à dire :

« Les meurtres continueront tant que les adultères se poursuivront et resteront impunis.

— Pardon, répondit Volemak, mais j'ai l'impression que nous avons eu un exemple éclatant de la peine encourue pour le délit d'adultère.

— Et moi, je ne le pense pas. Vos deux fils aînés pratiquent l'adultère, ils l'ont reconnu eux-mêmes, et leur témoignage condamne du même coup mes deux filles.

— Et que voulez-vous que j'y fasse ? Que je les exécute ? Des seize adultes qui composaient l'expédition à l'origine, faut-il en mettre six à mort ?

— Qu'est-ce qui est le pire, Volemak ? Six morts qui réaffirment la loi, ou deux qui l'infirment ?

— Vous êtes dure, Mère, dit Oykib. La peine de mort pour crime d'adultère se justifiait dans le désert, mais plus ici.

— Parce que nous vivons au milieu d'arbres et de rivières, l'adultère serait moins désastreux pour notre communauté ? Je croyais t'avoir appris à mieux raisonner que ça, Oykib.

— Le débat est clos, trancha Volemak. Oykib doit remonter le canyon porter la nouvelle.

— Il devrait emmener Eiadh », dit Rasa.

Tous la regardèrent comme si elle était devenue folle. « Après ce qu'elle a sorti à Elemak ? fit Oykib. Voulez-vous signer son arrêt de mort ?

— Est-elle vraiment plus en sécurité ici ?

— Oui, affirma Volemak. En allant rejoindre Nafai, elle confirmerait aux yeux d'Elemak l'existence d'une liaison entre eux, ce qui est faux. Rasa, êtes-vous donc décidée à jeter de l'huile sur le feu ? »

Elle fulminait. « Je suis décidée à rendre la situation vivable d'ici cinq ans, tandis que vous paraissez vouloir l'améliorer sur l'instant et après vous le déluge ! » Elle sortit de la bibliothèque comme une furie.

Volemak poussa un soupir. « Tous les dirigeants ont leurs critiques, mais d'habitude ils ne les retrouvent pas à la maison le soir.

— Ce qu'elle a dit était juste, déclara Shedemei. Mais ce que vous avez décidé était également juste. »

Volemak eut un rire lugubre. « Parfois, Shedya, il n'existe pas de voie moyenne.

— Je n'emprunte pas la voie moyenne. Vous aviez raison : en la circonstance, vous ne pouviez rien décider d'autre que ce que vous avez décidé ; mais elle avait raison, elle, quant aux conséquences : Sevet et Kokor vont continuer à coucher avec Elemak et Mebbekew, et, allez savoir, avec tous les fouisseurs en rut qui passeront devant chez elles. Elemak et Mebbekew continueront à tromper leurs épouses et à détester ces mêmes femmes qu'ils font souffrir.

— Et qu'attend-on que je fasse ?

— Rien. Rien, à part regarder notre ordre social se désagréger.

— Il y a des moments où tu te veux trop objective, Shedya, dit Oykib.

— Impossible, répondit Shedemei. Et tu oublies que mes propres enfants doivent vivre dans l'ordre social que nous avons établi. Quand on y réfléchit, ce qui vient de se passer marque la victoire d'Elemak sur son père. Malgré le serment, malgré ses multiples défaites, il a finalement réussi à détruire toute l'œuvre de Volemak. Désormais, notre société est celle d'Elemak parce que de notre côté nous ne sommes pas assez insensibles pour appliquer la loi et le mettre à mort.

— C'est exact, dit Volemak. Nous ne sommes pas assez insensibles. L'es-tu, toi ?

— Non, répondit Shedemei sans hésiter. Comme je l'ai dit, vos décisions étaient les seules possibles, aussi désastreuses soient-elles. Maintenant, qu'Oykib s'en aille et, vous autres, occupez-vous de préparer les corps pour la crémation. Moi, un gros travail de nettoyage m'attend dans l'autre salle. »

Oykib se leva. « Je pars dans la montagne, mais cela m'inquiète de quitter Chveya dans un moment pareil.

— Ça ira, murmura son épouse.

— Et mes craintes n'ont rien à voir avec Elemak, ni Mebbekew, ni l'adultère ni rien, ajouta-t-il.

— Ah ! Et de quoi s'agit-il, alors ? demanda Volemak. C'est toujours avec plaisir que j'apprends des choses qui m'empêchent de dormir.

— Fusum a vu Vas mourir.

— Nous n'avons jamais prétendu être immortels », rétorqua son père.

Oykib secoua la tête. « Fusum a vu Vas mourir. Un jour, nous nous apercevrons que c'est ce qui est arrivé de plus grave aujourd'hui. »

Il passa chez lui se munir d'un peu de pain à croûte épaisse pour le trajet. La sente qui menait en haut du canyon s'était muée en chemin et prenait même des allures de route, à mesure que les hommes coupaient dans les taillis et aplanissaient les passages difficiles à coups de pic et de pelle. Deux heures de marche suffisaient désormais pour atteindre le col par où débouchait le canyon, et encore une heure par la forêt pour arriver au village.

Il s'était transformé depuis que Nafai et ses compagnons collaboraient avec les anges pour leur apprendre comment améliorer leur existence. Naguère, les anges savaient l'emplacement de toutes les plantes utiles dans un rayon de vingt kilomètres ; aujourd'hui, ils avaient abattu assez d'arbres pour créer des champs où l'igname, le manioc, les melons et le maïs pouvaient se développer en plein soleil. Ils maintenaient autrefois les herbivores à distance de leurs plantes et les prédateurs de leurs abris en installant des pièges sur tous les chemins et toutes les pistes autour de leur territoire ; aujourd'hui, leurs champs étaient enclos et les dindes et les chèvres parqués pour la nuit. Déjà, ils produisaient de quoi nourrir le double de leur population présente et l'on pouvait stocker la plus grande partie des surplus.

Mais ce n'était pas la seule révolution. Les anges paraissaient vouloir imiter les humains en tout. Nombre d'entre eux avaient bâti des maisons au sol, bien qu'ils n'eussent pas la force de construire très solide et qu'au premier vent puissant elles dussent sûrement s'écrouler. Ils en avaient conscience et en cas de mauvais temps ils continuaient à dormir suspendus aux arbres. Mais pour eux il était important de posséder une maison à l'humaine, et Nafai avait depuis longtemps renoncé à leur en faire comprendre l'inutilité.

Oykib tomba sur Nyef et Hushidh qui travaillaient avec des fabricants d'outils de la tribu.

« Qu'est-ce qui ne va pas ? demanda instantanément Hushidh. Qui est mort ?

— Mais comment es-tu au courant ? fit Oykib, désarçonné.

— Ton visage. Ta peur de nous parler.

— C'est Père ? » intervint Nafai. Et c'était en effet la question la plus pertinente : à la mort de Volemak, tout basculerait.

« Non, ce n'est pas Père. Vas a tué Obring, probablement pour se venger de ce qu'il y avait eu entre Sevet et lui à Basilica. Et quand il a voulu assassiner Elemak pour une tromperie plus récente, Meb a réussi à l'avoir par-derrière.

— Elemak n'a tué personne ?

— Il aurait pu, mais il n'en a pas eu l'occasion. Et autre chose : Fusum était là quand Mebbekew a abattu Vas. Ça s'est passé devant lui, avec le maillet dont Meb se servait pour tendre des peaux.

— Et comment Vas a-t-il tué Obring ?

— Un coup de hache dans la poitrine d'abord, dans la gorge ensuite, répondit Oykib. La façon de procéder a de l'importance ?

— Ce qui importe, c'est ce que les fouisseurs ont appris sur la manière de nous tuer », dit Nafai.

Oykib eut un sourire sinistre. « Tu lis dans mes pensées.

— Mais ce n'est pas tout, n'est-ce pas ? fit Hushidh. Il y a autre chose.

— En effet. » Et il leur raconta ce qu'Eiadh avait dit à Elemak, son air moqueur en lui révélant qu'elle était amoureuse de Nafai tout le temps de son mariage avec lui et qu'elle souhaitait que ses fils ressemblent un jour à Nafai.

« Elle aurait gagné du temps en me tranchant carrément la gorge, conclut l'intéressé.

— Et la sienne ensuite, renchérit Hushidh. Aux yeux d'Elemak, c'est comme si vous aviez commis l'adultère, Eiadh et toi. Et personne n'abhorre autant être trompé que le trompeur lui-même.

— C'est quand même drôle, reprit Nafai, de voir le peu d'années qu'il nous aura fallu pour oublier les coutumes basilicaines. Là-bas, Eiadh se serait contentée de ne pas renouveler le contrat d'Elemak, Sevet et Kokor en seraient maintenant à leurs sixièmes ou dixièmes époux depuis l'histoire d'Obring, et personne n'en serait mort.

— C'était plus civilisé, crois-tu ? demanda Hushidh. Les mêmes violences bouillonnaient sous la surface, le même désir de fidélité de la part d'un mari ou d'une épouse. Obring n'est pas mort pour une bêtise commise dans le désert, mais bien à cause de ce qui s'est passé dans la cité.

— Mais il n'a pas été assassiné dans la cité, répliqua Nafai. Enfin, peu importe. Si les fouisseurs savent qu'on peut tuer les humains, nous ferions bien de raconter aussi l'histoire aux anges. Heureusement, je n'ai pas été obligé de jouer les dieux chez eux, le choc sera moins rude. Naturellement, nous nous rendrons aux funérailles, et nous y emmènerons quelques anges. Il faut qu'ils voient un corps humain disparaître dans les flammes.

— Ce n'est peut-être pas une bonne leçon à leur apprendre, objecta Hushidh.

— Pourquoi ? Tu imagines que certains anges nourrissent la secrète envie de massacrer tous les humains ?

— Pas du tout ; mais je crois que certains espèrent que nous empêcherons les fouisseurs de les attaquer et de leur voler leurs bébés pour les dévorer et bâtir des piédestaux avec leurs os. Je ne tiens pas à ce qu'ils constatent qu'on peut nous mutiler et nous tuer.

— Etant donné surtout la façon dont Vas est mort », dit Oykib. Ils insistèrent alors pour qu'il décrive ce qui était arrivé, après quoi ils le regrettèrent visiblement.

« Mieux vaut que les anges sachent nos faiblesses, répéta Nafai. C'est sur leur propre force qu'ils doivent compter, et aussi sur l'attention et la sagesse du Gardien de la Terre.

— Le Gardien ? s'étonna Oykib. Ils le connaissaient déjà ?

— Oui, mais pas sous ce nom ; c'est nous qui le leur avons appris. Il y a toujours eu des rêveurs chez eux, et Luet en a trouvé plusieurs qui réagissent bien à des transes du type de celles où elle se plongeait quand elle était la sibylle de l'eau de Basilica. Le Gardien communique avec eux. Et de mon côté, j'essaye d'imaginer quelles armes pourraient leur permettre de résister aux fouisseurs si jamais la guerre éclatait.

— Tu ne nous crois pas capables de maintenir la paix entre eux ?

— Je ne nous crois déjà pas capables de la maintenir entre nous ! La preuve : les deux premiers meurtres ont eu lieu chez nous.

— Est-ce que je vais vous paraître horrible, demanda Hushidh, si je vous dis qu'Obring ne va pas me manquer du tout ?

— C'est le contraire qui serait surprenant, répondit Nafai. Mais Vas aurait voulu être quelqu'un de bien, je pense. »

Oykib ricana. « S'il l'avait vraiment voulu, il y serait arrivé, Nafai. On est ce qu'on veut être.

— Voilà un point de vue bien peu charitable, fit Hushidh. A t'entendre, on dirait que les gens sont entièrement responsables de leur conduite.

— Et c'est faux ?

— Tu n'as jamais observé un petit de trois ans qui fait une bêtise ? Il se tourne vers la personne la plus proche, enfant ou adulte, et il lui crie : « Regarde ce que tu m'as fait faire ! » C'est ça, l'univers moral dans lequel vivaient Vas et Obring et où vivent encore Sevet et Kokor. »

Aux funérailles, Kokor surveilla étroitement Sevet afin de ne se laisser distancer ni d'une larme ni d'un sanglot. Pas question que cette vieille garce fasse davantage ses choux gras de son veuvage que moi, songeait-elle. Après tout, c'est son mari qui a tué le mien ; et c'est elle qui l'y a poussé parce qu'elle a été assez maladroite pour se faire pincer. Moi, j'ai couché avec Elemak avant même d'embarquer dans le vaisseau et personne ne s'est douté de rien ! Mais Sevet est incapable de garder ses petites liaisons secrètes. Naturellement, c'est peut-être volontaire ; si ça se trouve, c'est comme ça qu'elle prend son pied, à voir les gens devenir fous de malheur et jeter feu et flamme devant ce qu'elle a fait et avec qui !

Avec moi, en tout cas, ça a marché, à Basilica. Ça, on peut dire qu'elle a réussi à me faire sortir de mes gonds ! Et depuis, ça lui permet de jouer les victimes incapables de chanter alors que sa voix est revenue exactement comme avant dès la première année ! Elle m'écrase de son aphonie musicale lorsque Mère la regarde en se rappelant sa façon de chanter jadis *le Rêve d'amour de Sogliadatai* ou *la Mort du moineau empoisonné* !

On alluma les bûchers et les anges se mirent à pousser des espèces de gémissements épouvantables. Sales bestioles ! Qu'est-ce qu'elles connaissaient au chagrin ?

Mais leur chant – s'il s'agissait bien de cela – donna une idée à Kokor et elle la mit aussitôt à exécution. *La mort du moineau empoisonné* était la chanson phare de Sevet et elle collait magnifiquement à la situation, même si elle ne parlait pas vraiment de mort, mais de la fin d'une belle et impossible histoire d'amour. Elle avait trouvé un de ses meilleurs arrangements dans un duo entre Sevet et une flûte ; Kokor l'avait écoutée, réécoutée, et l'avait convoitée de tout son cœur, mais elle n'avait évidemment jamais osé la chanter en public : on l'aurait prétendue jalouse de sa sœur et avide de rivaliser avec elle. Mais elle en connaissait chaque note ; d'ailleurs, elle s'en aperçut au bout de quelques instants, elle se rappelait tout aussi précisément la partition de la flûte.

Et c'est ce qu'elle entreprit de fredonner, en suivant de la voix les variations mélodiques de l'instrument. Elle ne pouvait pas chanter dans une tessiture aussi aiguë que la flûte, naturellement, mais de son côté Sevet n'était sans doute plus capable d'atteindre les notes de son adolescence, surtout sans pratique. Une fois qu'elle se fut lancée, Kokor n'osa plus jeter le moindre coup d'œil à sa sœur : on aurait l'impression qu'elle voulait l'obliger à la suivre et non qu'elle exprimait son chagrin à voir son époux disparaître dans les flammes.

Elle chanta toute la partition sans que Sevet joigne sa voix à la sienne. Mais le silence de l'assistance – même les anges s'étaient tus pour l'écouter – lui disait qu'elle avait fait le bon choix, que pour une fois on approuvait son geste, voire qu'on l'appréciait. Et quand elle reprit la mélodie du début, la voix de Sevet s'éleva enfin pour amorcer l'air principal. Alors, l'étrangeté du thème que chantait Kokor prit son sens en s'harmonisant à celui de Sevet et les paroles de la complainte firent monter aux yeux de l'assistance des larmes que n'aurait jamais su leur tirer la disparition de deux parasites comme Obring et Vas. On pleurait déjà dans les salles quand elle la chantait, sans que personne eût passé l'arme à gauche ; comment les villageois auraient-ils pu se retenir de sangloter lamentablement, au milieu de l'odeur de viande grillée, avec les petits derniers de Vas et d'Obring aux pauvres yeux rougis de larmes parce que leurs papas n'étaient que des meurtriers minables, de sales fouisseurs libidineux. Kokor trouvait splendide l'harmonie de sa voix avec celle de Sevet ; car la voix de sa sœur avait changé, gagné en richesse et en maturité, tandis que la sienne avait conservé la simplicité flûtée et la pureté de la jeunesse. Kokor n'était plus obligée désormais de chercher à imiter Sevet, ni celle-ci de s'en irriter : leurs voix étaient différentes mais elles pouvaient néanmoins se marier harmonieusement.

Une fois le duo achevé, Kokor savait qu'il y avait un geste évident à faire, et Sevet ne lui fit pas faux bond : elles tombèrent dans les bras l'une de l'autre en pleurant copieusement. Les gens autour d'elles poussèrent un soupir collectif qui remplit Kokor d'aise. Les deux sœurs enfin réconciliées ! Elle voyait d'ici sa mère pressant la main de Volemak, et son époux lui murmurant par la suite : Ah ! Si seulement mes fils pouvaient faire la paix entre eux comme vos filles !

Toujours accrochée à Kokor dans leur étreinte de deuil et de pardon, Sevet lui souffla : « Maintenant, je vais être la maîtresse d'Elemak, sœurette, et n'essaye pas de m'en empêcher. »

A quoi Kokor répondit sur le même ton : « Moi aussi. Il est assez viril pour nous satisfaire toutes les deux, tu ne crois pas ?

— Parts égales, alors ?

— Je parie que j'attends un bébé de lui avant toi ! » répondit Kokor. Naturellement, elle n'en avait nullement l'intention, mais ce serait chouette si Sevet, elle, portait un enfant de lui : elle s'abîmerait sa grosse carcasse encore plus qu'avec ses trois premiers ! Qu'elle s'imagine que nous faisons la course pour mettre au monde les bâtards d'Elya, la pauvre garce : je la laisserai « gagner » et c'est moi qui remporterai le vrai trophée :

mon physique de jeune fille que j'ai conservé malgré les cinq gosses qu'Obring m'a faits. Si les cinq sont bien de lui.

Elles relâchèrent leur étreinte et s'écartèrent légèrement l'une de l'autre. « Oh, Kokor, s'écria Sevet. Ma sœur ! » Et elle éclata en sanglots.

Zut ! Ça n'allait pas être facile de faire mieux.

Tendant la main, Kokor recueillit une larme sur la joue de Sevet et la plaça dans la lumière, perle luisante sur le bout de son doigt. « Plus jamais tu n'en verseras d'autre à cause de moi, je te le jure, ma bien-aimée Sevya ! »

Le soupir général qui monta de l'assistance valait tous les applaudissements. C'est encore moi qui gagne, Sevet. Tu n'es vraiment pas de taille.

Fusum apprit deux choses de la mort d'Obring et de Vas.

D'abord, que les humains étaient effectivement mortels et qu'on pouvait les tuer à l'aide d'une arme appropriée et d'une force suffisante convenablement appliquée. Il n'avait pas de plan immédiat pour utiliser ce renseignement, mais il comptait bien y réfléchir longuement au cours des mois et des années à venir.

Ensuite, il comprit que le meurtre constituait un outil puissant dont il ne fallait pas user à tort et à travers. Il s'agit de tuer le bon individu, au bon moment, et toujours dans l'optique d'atteindre un but important. C'est pourquoi, une fois jugé apte à retourner parmi les siens, Fusum s'attacha à devenir l'ami de Nen. Brillant sujet et fils aîné d'Emiizem et de Mufrujuuj, respectivement mère des cavernes et roi-guerrier, Nen représentait le grand espoir de la nouvelle génération. Il parlait la langue des humains presque aussi couramment que Fusum lui-même grâce à son étroite collaboration avec Oykib, et quand Emiizem et Mufrujuuj contraignirent Shossiimem, le roi du sang et le propre père de Fusum, à s'allier à eux pour interdire l'enlèvement et la consommation de nourrissons de viandes-du-ciel, c'est Nen qui s'avança pour balayer d'un coup le piédestal d'ossements sur lequel reposait le Dieu Intact. Et c'est Nen encore qui déclara : « Qu'une éternelle amitié règne désormais entre notre peuple et le peuple du ciel ! » Ah, Fusum avait applaudi des deux mains comme tout le monde, ce jour-là ; et puis il s'était acharné à se ménager une place aux côtés de Nen, celle d'unique ami de confiance.

Enfin, un matin, ils étaient partis ensemble à la chasse, avec dans une main la lance traditionnelle à pointe de silex et dans l'autre une massue de bois noueux. Ils suivaient un pécari dans les taillis, d'assez près pour l'entendre grogner de temps en temps, quand soudain Fusum vit l'occasion qu'il attendait. Une panthère convoitait elle aussi le pécari, mais, comme chacun sait, ces bêtes se régalent de la première proie venue ; il faut néanmoins que ce soit une proie vivante. C'est pourquoi, lorsque Fusum frappa, son coup ne fut pas assez fort pour tuer – du moins l'espéra-t-il. Nen s'écroula comme une masse, mais il se redressa presque aussitôt sur les coudes en gémissant. Fusum n'eut même pas besoin de jeter un caillou pour attirer l'attention de la panthère : en un instant, elle fut sur Nen et lui déchira la gorge. Alors Fusum fonça sur elle et lui enfonça sa lance entre les côtes, droit dans le cœur. Je suis vraiment doué pour ça ! songea-t-il. Puis il écrasa la tête de l'animal à coups de massue redoublés afin que personne n'aille chercher des traces de sang et de cheveux de Nen sur son arme.

Quelques minutes plus tard, il rentrait d'un pas vacillant dans la cité des fouisseurs, pleurant à chaudes larmes, clamant son chagrin de la mort de son ami et se reprochant de n'avoir pu sauver le juste, le magnifique Nen. « Personne n'a jamais eu pire ami que moi ! criait-il. Qu'on me tue, par pitié ! Je ne veux pas vivre avec le sang de Nen sur les mains ! » Mais quand ils arrivèrent sur la scène de l'« accident », les hommes de la cité dégagèrent Fusum de toute responsabilité et le récit de son immense peine à la mort de son ami bien-aimé fit le tour de toute la population. Ainsi, un peu de la gloire de Nen demeura associée à Fusum, et beaucoup, à présent que Nen n'était plus, commencèrent à placer en lui leurs espérances pour l'avenir.

14

PAROLES

Nafai ignorait si son rêve provenait du Gardien ou de Surâme, ou encore s'il était issu de ses propres inquiétudes. Peut-être la cause en était-elle toute simple : il s'était aperçu que dans tout ce qu'ils enseignaient, aussi bien aux anges et aux fouisseurs qu'à leurs enfants, aucune raison valable n'émergeait pour qu'ils apprennent à lire et à écrire.

A quoi bon ? Est-ce que ça faisait pousser plus vite les récoltes ? Est-ce que ça permettait de maintenir les troupeaux dans leurs enclos, la nuit ? Est-ce que ça aidait à faire fuir les prédateurs ? Est-ce que ça empêchait les enfants de tomber malades ?

Quand il s'en ouvrit à Luet, elle resta sereine. « Nyef, nous n'essayons pas de recréer Basilica. C'est impossible. Il va manquer une foule de choses à la prochaine génération ; il faut apprendre aux enfants les plantes qui soignent telle et telle infection, celles qui guérissent différentes maladies ; il faut leur enseigner les principes de l'hygiène pour qu'ils évitent de polluer leurs réserves d'eau ; il faut...

— Il faut qu'ils demeurent humains.

— Ce n'est pas l'écriture qui fait de nous des humains.

— Ah bon ? Et c'est quoi, alors ?

— Les fouisseurs et les anges sont intelligents. Ce sont des gens au même titre que nous. Et pourtant ils ne savent ni lire ni écrire. »

L'argument était imparable, et, au ton de Luet, c'était un problème qui ne méritait pas qu'on s'inquiète. Cependant, ils avaient bien appris à leurs propres enfants à lire et à écrire, non ? Ils avaient risqué la mort durant le voyage pour leur enseigner l'usage des ordinateurs, pour qu'ils s'absorbent dans les millions de volumes où se concentraient le savoir et l'histoire de l'humanité, et tout cela aurait disparu dès la prochaine génération.

Laquelle était déjà là. Au cours des cinq ans qui avaient suivi l'arrivée, les jeunes gens dans les âges de Chveya et Oykib avaient tous fondé des familles. Leurs enfants grandissaient et lorsqu'ils auraient six, sept ou huit ans, existerait-il seulement une école pour les accueillir ? Non, ils se mettraient à l'étude des techniques de survie ; ils travailleraient côte à côte avec les fouisseurs et les anges à labourer les champs, à cueillir des baies dans la forêt, à construire des enclos et des murs, à glaner, à éliminer les mauvaises herbes, à planter et à moissonner, à tanner des peaux et à ciseler le cuir, à carder la laine et à la filer... Où irait se glisser au milieu de toutes ces activités un moment où ils auraient besoin de savoir lire ? Les passagers du vaisseau s'étaient préparés une vie nouvelle en apprenant à l'avance ce qu'il leur faudrait savoir pour survivre sur un nouveau monde ; aujourd'hui, ils y étaient installés et la génération suivante s'instruisait auprès des adultes et non plus dans les livres.

C'était très bien ainsi. Ça ne faisait de tort à personne. Ce qu'il fallait savoir pour survivre était enseigné. Que désirer de plus ?

Et pourtant Nafai ne pouvait se défaire d'un certain malaise. Tout au long des quarante millions d'années qu'avait duré l'histoire de l'humanité sur Harmonie, les hommes avaient su lire et écrire. Les langues subissaient des dérives, des transformations avec les siècles et les mouvements de populations, mais l'écriture demeurait. On pouvait retrouver le passé, en tirer des leçons. C'était l'écriture qui permettait à une communauté de conserver sa mémoire en dehors des individus qui la constituaient.

Combien de temps faudra-t-il avant qu'on m'oublie, moi, et Luet, Père et Mère ?

Il eut soudain un rire de dérision : quelle vanité de vouloir obliger les gens à savoir lire et écrire uniquement pour qu'ils se rappellent qu'il avait vécu ! Dans dix générations, ça n'aurait plus aucune importance.

C'est au début de la sixième année qu'il fit le rêve. Il vit un homme à la tête d'une grande nation d'anges et d'humains ; des fermes s'étendaient de part et d'autre d'un large fleuve, sur des kilomètres et des kilomètres, à perte de vue. Des anges volaient çà et là, des chèvres et des chiens tiraient des charrettes et des traîneaux sur les routes. Des bateaux circulaient sur le fleuve, certains avec des fouisseurs, d'autres des anges comme équipage. Et un peu partout, au sommet de hautes tours qui dépassaient la cime des arbres, des guetteurs surveillaient la région si bien que nul ne pouvait s'en approcher sans être repéré.

Celui qui dirigeait cette grande nation était las et inquiet. Des ennemis le cernaient de toute part et, chez lui, des factions menaçaient de déchirer le tissu de la communauté. Des villes jadis indépendantes oubliaient qu'en ce temps-là elles avaient faim aussi ; des gens dont les ancêtres avaient régné oubliaient que ces aïeux avaient péri sous les coups de leurs ennemis et que leurs peuples n'avaient survécu qu'en se plaçant sous la protection de la grande nation. Des gens cupides accumulaient les richesses par tous les moyens possibles, le complot, la tromperie, la violence et même le meurtre de leurs concurrents. C'était une contrée magnifique, mais l'empêcher de sombrer apparaissait chaque année plus difficile, et l'homme était au désespoir.

Seul et rempli de crainte, il se rendit dans sa petite maison et ouvrit une boîte qu'il gardait cachée dans une jarre de maïs sec. Il en sortit une liasse épaisse de feuilles de métal reliées d'un côté par des anneaux. Nafai comprit qu'il s'agissait d'un livre : on y voyait des inscriptions, et l'homme l'ouvrit puis se mit à en tourner les pages.

Sans comprendre comment, Nafai sut ce que les mots exprimaient, les images que leur lecture évoquait à l'homme. Il lisait l'histoire de Volemak, lorsqu'il avait vu un pilier de feu dans le désert et s'était précipité à Basilica pour avertir la population de sa destruction prochaine ; puis il passa à l'épisode où Nafai et ses frères revinrent à la cité pour y récupérer l'Index ; il vit Nafai dressé au-dessus du cadavre de Gaballufix et il hocha la tête. Parfois, celui qui s'occupe d'une communauté doit agir d'une façon qui nuit à l'individu. L'homme intègre n'y voit jamais une solution de facilité et l'évite quand il le peut ; mais quand il doit se montrer impitoyable, il l'est sans renâcler et il opère au grand jour, en personne.

C'est de moi qu'il a appris ça, songea Nafai, et soudain il comprit que c'était lui l'auteur du livre, qu'il y avait écrit l'histoire de sa vie, de la vie et des actes de tous les membres de sa communauté, leurs gestes malveillants et leurs faits héroïques, leurs heures de doute et leurs succès éclatants. Et cet homme, ce chef, ce roi se plongeait dedans, il y trouvait des récits, des anecdotes qui lui portaient conseil, une sagesse qui consolidait sa résolution, un amour qui lui enseignait la compassion, une espérance qui entraînait de nobles actions, même si les espoirs eux-mêmes ne se réalisaient pas.

Nafai se réveilla et se dit : Pour être aussi net, ce rêve doit me venir de Surâme. Ou du Gardien de la Terre, peut-être.

Oui, mais il colle si parfaitement avec mon désir de voir la lecture et l'écriture perdurer parmi les miens qu'il peut très bien aussi en découler.

Certes, mais alors d'où lui venait ce désir ? Pourquoi vouloir si fort préserver le langage écrit chez ses descendants ? Ce désir ne pouvait-il pas avoir sa source chez le Gardien ?

Non, pensa-t-il. Il est né de mon souvenir du cadavre de Gaballufix étendu à mes pieds, tué par moi pour lui prendre l'Index. Et à quoi l'Index servait-il ? C'était mon moyen – notre moyen – d'accès aux immenses connaissances contenues dans le vaisseau qui nous a conduits jusqu'ici. C'était la clé qui permettait de s'immerger dans tout le savoir de Surâme. Qu'en aurions-nous fait si aucun d'entre nous n'avait su lire ni écrire ? Pour des illettrés, l'Index n'aurait eu aucune valeur ; par conséquent, personne n'aurait eu à mourir pour que je puisse m'en emparer. J'ai fait ce rêve pour justifier mes actes à mes propres yeux.

Mais alors même qu'il rejetait ce songe comme sans intérêt, il sut pourtant qu'il s'y conformerait.

Sans rien expliquer à personne, il prit congé de Volemak et de Luet, puis se rendit à bord de la navette sur un site où les cartes signalaient la présence d'or. La veine, riche, avait été poussée à la surface de la terre lors des vastes plissements et des soulèvements qui s'étaient produits au cours des quarante derniers millions d'années. En deux journées de travail solitaire, Nafai, armé d'outils solides choisis dans les entrepôts du vaisseau, eut extrait plusieurs kilos d'or massif de la veine à nu qui courait sur le flanc de la montagne. Il passa encore un jour à raffiner le métal jusqu'à l'épurer totalement ; puis il le martela en feuilles lisses, en se servant de la coque dure de la navette comme d'une enclume. Même en plaques très fines, le métal restait lourd une fois empilé. Il fallut trois jours à Nafai pour fabriquer les feuilles d'or, et pendant ce temps il ne s'arrêta que brièvement pour manger ce qui lui tombait sous la main. Il avait faim, mais l'œuvre qu'il accomplissait comptait plus pour lui que ses repas.

Ses premières expériences lui prouvèrent que les arabesques élégantes de l'alphabet en usage depuis des milliers d'années sur Harmonie se prêtaient très mal au traçage à la main sur de l'or. Il fallait trouver des formes plus carrées aux lettres tout en évitant les ressemblances entre elles. De plus, l'orthographe de certains sons exigeait trop de lettres ; il la modifia en inventant cinq nouvelles lettres pour représenter des sons qui en réclamaient auparavant deux chacun. Il en résulta une nette compression du langage écrit et, tout en gravant son texte, Nafai le réduisit encore en ne se servant que de quelques lettres pour remplacer les mots les plus courants.

Je suis vraiment gonflé de modifier la langue comme ça ! se dit-il. Qui pourrait comprendre un pareil charabia ?

A l'évidence, les seules personnes capables de déchiffrer aisément ce texte seraient celles auxquelles il aurait appris à lire et à écrire et qui sauraient donc ce que signifiaient les symboles. Autre aspect important : celui qui saurait reconnaître l'écriture utilisée sur les feuilles d'or décoderait sans mal l'alphabet de la langue de Basilica, donc de la bibliothèque de l'ordinateur de bord. Tant que la langue n'aurait pas trop évolué, ses descendants ne seraient pas coupés de leur héritage littéraire si l'occasion se présentait à eux de le récupérer.

L'or ! Quel support approprié pour le trésor que constituerait son livre, comme il l'espérait ! Cependant, ce n'était pas pour sa valeur d'échange qu'il avait choisi ce métal, mais pour les mêmes raisons qu'on l'avait utilisé pour battre monnaie dans la majorité des cultures, presque tout au long de l'histoire humaine. Mou et facile à modeler, il était néanmoins assez ferme pour garder la forme qu'on lui donnait ; de plus, il n'était sujet ni à la corrosion, ni à la corruption, il ne se ternissait pas, bref il ne se dégradait en aucune manière. Longtemps après la mort de Nafai, les lettres perdureraient sur les pages de son livre de métal.

Il chargea les feuilles dans la navette ainsi que l'or en surplus et rentra au village. Là, il ne donna aucune explication sur son trajet ni sur ce qu'il avait fait ; ce n'était pas qu'il voulût tromper ses amis ni qu'il n'eût pas confiance en son père, en sa mère, en Luet ou en personne d'autre, mais il était gêné d'en parler, de paraître ridicule.

Non, ce n'était pas ça, pas ça du tout, et il le savait. Tout en travaillant à la flamme tremblotante d'une lampe d'argile dont la mèche flottait sur de la graisse fondue, il sentait du pouvoir dans l'œuvre qu'il accomplissait. Je suis en train de me projeter dans l'avenir, et du même coup j'y projette ma vision de tout ce qui nous est arrivé. Plus tard, on ne connaîtra de ces événements que la version que j'en aurai rédigée ; nos descendants nous verront par mes seuls yeux. C'est moi qui vivrai dans leur souvenir, moi qui parlerai à l'oreille de ce grand chef – s'il existe un jour, si mon livre survit, s'il s'y trouve la moindre parcelle de sagesse.

C'est ce texte gravé sur ces pages d'or qui me rend immortel. Quand tous les autres seront morts, moi je serai toujours vivant, toujours lumineux. Voilà pourquoi je garde le secret, pourquoi je n'en parle pas. C'est de l'égoïsme pur et simple.

Non.

Je me connais bien. Je n'ai pas honte d'avouer que mes motifs sont impurs.

Ce n'est pas de l'égoïsme mais de la générosité. Tu transmets à tes enfants de la dixième et de la vingtième génération une certaine intelligence de leur passé. Tu leur permets de comprendre pourquoi les humains, les fouisseurs et les anges cohabitent ici.

Et si c'était Elemak qui écrivait ce livre ? Est-ce qu'il ne serait pas complètement différent ?

Ce serait un tissu de mensonges.

Un conteur ne peut s'empêcher de déformer ce qu'il raconte. Inconsciemment, moi aussi je mens en donnant aux événements une tournure qui me les rend compréhensibles. Quelqu'un d'autre les décrirait différemment. Mon point de vue n'est pas obligatoirement le meilleur.

Ce que tu es en train de créer aura plus tard valeur d'objet sacré, de symbole d'autorité qui se transmettra de génération en génération. Comme l'Index ; il a duré quarante millions d'années.

Nafai étouffa un éclat de rire afin de ne pas réveiller Luet ni les trois derniers, nés depuis leur installation chez les anges, ni les jumeaux qui dormaient dans la soupente en rêvant de nouveaux tours et de nouveaux accidents à inventer pour obliger leurs parents à vivre dans une terreur perpétuelle.

Tu ris, mais tu sais que c'est la vérité.

Dis-moi, Surâme, mon vieil ami, est-ce toi qui m'as envoyé ce rêve ?

Non.

C'est le Gardien, alors ?

Tu sais bien que j'ignore ce que le Gardien fait ou ne fait pas.

Donc, ce pourrait n'être que le fantasme personnel d'un homme qui atteint l'âge mûr et sent la mort commencer à le rattraper.

Quand ce ne serait que cela, en quoi serait-ce un acte moins sage ? Un présent moins beau à léguer à l'avenir ?

Il faudra que j'enseigne à quelqu'un à déchiffrer mon alphabet ; que je trouve quelqu'un à qui donner mon livre pour le transmettre à son tour.

Tu trouveras quelqu'un. Peut-être n'est-ce encore qu'un enfant, aujourd'hui. Mais quand le moment sera venu, tu sauras sans hésitation qui doit hériter du livre.

Je ne cache rien, dedans. S'ils le lisent, mes enfants diront : « Mais pourquoi a-t-il raconté tout ça ? Il ne pouvait pas nous laisser tranquilles ? » Mes erreurs seront étalées au grand jour et ils me mépriseront.

Et alors ? Tu seras mort.

Et si Elemak le lit, il me tuera et détruira le livre. Tu le sais, ça.

Je te conseille donc de ne pas le lui montrer.

Ni à lui ni à personne. Toutes ces heures de travail, est-ce pour rien ?

A ton avis ?

Nafai ne sut que répondre. Mais il continua d'écrire et d'écrire encore, de plus en plus petit, avec un alphabet toujours plus compact, parvenant ainsi à insérer toujours davantage de mots dans une page. Son texte se dépouillait chaque jour un peu plus.

Et qu'écrivait-il ? D'abord, ce fut un récit très personnel, un compte rendu le plus précis possible de la vie à Basilica, de la traversée du désert, de la découverte de l'astroport de Vusadka. Mais à partir de l'arrivée sur Terre, le point de vue se fit plus général ; il décrivit ce qu'ils avaient appris sur les fouisseurs et les anges dans l'ordre où les divers éléments avaient été découverts ou percés à jour ; les résultats des expéditions qu'avait faites Zdorab à bord de la navette pour cartographier le pays et rapporter des échantillons de plantes et d'animaux à Shedemei ; la culture des anges et celle des fouisseurs ainsi que leur façon de réagir aux innovations qu'y apportaient les humains ; les intrigues politiques nées de la disparition des dieux et de la déstabilisation des deux communautés indigènes, anges et fouisseurs.

Car les anciens dieux disparaissaient. On ne peut pas cohabiter avec des dieux en continuant à croire en eux, estimait Nafai. Et il avait eu beau expliquer aux uns et aux autres, une fois passées les tensions du début, que ni lui ni Volemak n'avaient jamais été des dieux, que leurs pouvoirs ne procédaient que d'un mélange de technologie et de science, qu'aucun humain des temps modernes n'avait la capacité de reproduire même la plus simple des machines du vaisseau, malgré tout il sentait que beaucoup lui reprochaient de leur avoir ouvert les yeux. Emiizem la première : quand il lui avait révélé que la figure d'argile qu'elle avait adorée et chérie presque toute sa vie n'était, en ce qui le concernait, qu'une sculpture remarquablement réalisée par un ange de talent nommé Kiti, elle ne l'avait pas remercié ; elle avait réagi comme s'il l'avait giflée. « Dois-je détruire cette statue, alors ? avait-elle demandé d'un ton amer.

— Détruire un objet d'une telle facture ? s'était écrié Nafai. Détruire quelque chose qui vous a aidée à devenir la noble prêtresse que vous êtes ? »

Mais elle avait refusé de se laisser adoucir par ces louanges ; toutes sincères qu'elles fussent, ce n'était plus pour elle que des flatteries. En repoussant sa vénération, Nafai lui avait porté le coup le plus cruel de son existence. Il l'avait vue se faner peu à peu ; certes, elle continuait à vivre et à diriger son peuple avec sagesse et fermeté, mais le cœur n'y était plus. Ce n'était pas seulement la foi qu'elle avait perdue, mais aussi l'espoir.

Les anges n'avaient pas connu ces difficultés. Etant donné que leur premier contact avec les humains avait été le spectacle de la fureur d'Elemak, ç'avait été un soulagement pour eux d'apprendre que ce n'étaient pas des dieux. Mais les humains connaissaient tant de secrets et leur savoir, mis au service des anges, sauvait tant de vies et améliorait tant la santé de chacun que leur relation se teintait encore d'adoration, et par conséquent d'un peu – ou de beaucoup, peut-être – de déception quand un humain faillissait à sa tâche, donnait un mauvais conseil ou faisait une prédiction qui se révélait fausse.

Nafai comprit que ce qui manquait à tous, fouisseurs, anges et humains, c'était quelqu'un d'extérieur en qui placer sa soif de sagesse et de vertu. Il devenait nécessaire que chacun voie dans le Gardien de la Terre celui qui ne pouvait pas se tromper.

Nafai n'avait pourtant aucune certitude sur son infaillibilité. Il était loin d'entendre la voix du Gardien avec la même clarté que celle de Surâme ; à vrai dire, il ignorait même si les rêves et les paroles qui lui venaient étaient bien du Gardien. Quant à sa nature, il n'en avait aucune idée. Cependant, sa réalité ne faisait pas de doute : rien d'autre ne pouvait expliquer la statue à l'exacte ressemblance de Nafai sculptée à l'époque où il embarquait sur le vaisseau à destination de la Terre, ni les rêves que tant des siens avaient faits sur Harmonie, rêves où ils voyaient des fouisseurs et des anges alors que Surâme ignorait totalement que c'étaient là les créatures qui peuplaient la Terre. Toutefois, ces rêves restaient toujours équivoques et marqués par les espoirs, les craintes et les souvenirs personnels du rêveur, si bien qu'on ne savait jamais où finissait le message du Gardien et où commençait le fantasme.

Pourtant, Nafai avait beau n'avoir qu'une perception limitée du Gardien, il savait que la foi placée en cette entité remplirait une fonction sociale. Le Gardien représenterait l'autorité supérieure, l'être infaillible, le dépositaire de la Vérité. Quand il serait évident que les humains, même les plus sages, en savaient bien peu, que les miracles les plus merveilleux n'étaient que le produit du travail d'une machine ou de l'exploitation d'un savoir ordinaire, personne n'en ressentirait de déception car chacun saurait que les humains, les anges et les fouisseurs étaient finalement tous égaux aux yeux du Gardien de la Terre, tous également ignorants, faibles et dépourvus de sagesse comparés à lui.

Nafai fit part de ses réflexions à Luet qui se déclara d'accord. Elle entreprit de parler du Gardien aux femmes anges, en adaptant leur ancienne mythologie en un récit cohérent qui remplaçait tous les dieux bénins par divers aspects du Gardien. Avec les hommes, Nafai s'y prit de façon un peu plus brutale : il éjecta carrément tous les dieux et ne conserva que quelques légendes d'origine ; les autres ne disparaîtraient pas, naturellement, mais il voulait que les anges repartent sur un noyau pur de connaissances concernant le Gardien, même si ces connaissances étaient en vérité fort minimes.

Cela fait, Oykib et Chveya furent mis dans la confidence, et ils enseignèrent sans tarder, l'un aux fouisseurs mâles, l'autre aux fouisseuses, à connaître le Gardien de la Terre. A leur tour, ils adaptèrent les croyances de ce peuple ; à leur tour, ils avouèrent franchement ne pas en savoir long sur le Gardien. Mais ils savaient au moins ceci : le Gardien voulait que les humains, les fouisseurs et les anges cohabitent en paix.

L'ennui, c'est qu'à mesure que l'ancienne religion s'effaçait, à mesure que les fouisseurs prenaient de moins en moins part au raid annuel pour s'emparer des statues des anges en période d'accouplement, leur taux de natalité semblait lui aussi en recul, tandis que les anges prospéraient et que leur population se développait à une vitesse presque alarmante. On commença de murmurer chez les fouisseurs que la nouvelle religion du Gardien de la Terre s'intégrait en réalité dans une conspiration visant à les éliminer afin que les anges et les humains puissent se partager le monde. Ces fables n'obtenaient pas une large audience, mais suffisante tout de même pour qu'on s'en préoccupe : il y avait toujours des gens pour exploiter ce genre de rumeurs. Et de fait, lorsqu'il arriva aux oreilles de Nafai que ce n'étaient pas tous les humains mais seulement ses partisans et lui qui complotaient la perte des fouisseurs, il comprit que quelqu'un cherchait déjà à tourner ces inquiétudes à son profit.

En attendant, le nombre des naissances continuait à tomber, bien que le niveau nutritionnel ne cessât de grimper. De plus, les anges devaient continuellement agrandir leur territoire et ils brûlaient constamment de nouvelles parcelles de forêt pour accroître la surface cultivable. Des jumeaux naissaient chaque jour dont aucun n'était plus tué à l'âge du nourrisson ; tous les adultes étaient en parfaite santé et plus un seul ne se faisait éliminer par les fouisseurs en maraude.

Les humains se trouvaient sur Terre depuis douze ans lorsque Shedemei convoqua les adultes à une réunion. Les mystères étaient enfin résolus, dit-elle, mais de nouvelles énigmes étaient apparues et il fallait prendre certaines décisions.

« Nous avons joué les apprentis sorciers, déclara Shedemei. Comme vous le savez tous, la chute des naissances crée chez les fouisseurs de sérieuses inquiétudes.

— Cela nous préoccupe, nous aussi, dit Volemak.

— Eh bien, je sais aujourd'hui ce qui se passe. C'était notre faute ; et ça l'est encore. »

Ils attendirent qu'elle poursuive. Comme elle se taisait toujours, Mebbekew lança : « J'ignorais que tu avais un tel sens du suspense, Shedya. On va attendre encore combien de temps que tu enlèves le bas ?

— Je tiens encore le haut. » Il y eut quelques rires nerveux. « Le problème, voyez-vous, c'est que nous avons empêché les fouisseurs de croire en leurs dieux ; ils ne leur rendent donc plus de culte, et ils ne volent même plus les statues des anges. C'est pour ça qu'ils n'ont plus d'enfants.

— Tu veux dire que leur religion est fondée ? demanda Elemak, moqueur.

— Pour aller vite, oui. Nous disposons d'une douzaine d'années d'observation rapprochée des tribus locales de fouisseurs et d'anges. Zdorab et moi avons aussi fait quelques visites d'étude à d'autres colonies de ces deux espèces et nous sommes à peu près certains d'avoir découvert un schéma général. D'abord, on ne trouve jamais un village d'anges sans une cité de fouisseurs à proximité et réciproquement. Cela n'a rien de fortuit. Les fouisseurs ne peuvent pas survivre sans les anges ; plus précisément, ils sont incapables de se reproduire sans adorer les statues que fabriquent les anges mâles lors de leur rituel d'accouplement.

— Arrête-moi si je me trompe, mais j'ai l'impression que la raison en est davantage biologique que théologique, intervint Rasa.

— Naturellement, même si l'on a du mal à voir dans des figurines d'argile la clé d'un mécanisme biologique. C'est Zdorab qui me l'a fait remarquer, l'important n'était peut-être pas l'aspect artistique de la création de ces statues. Et de fait, c'est la salive. Les anges mâles prennent l'argile dans leur bouche et l'humectent pour en faire un bloc malléable qui deviendra une statue ; ils répètent l'opération fréquemment et la salive coule à flots. »

Les auditeurs réfléchissaient furieusement pour emboîter les pièces du puzzle. « Ça veut dire que les fouisseurs doivent s'enduire de salive d'ange pour se reproduire ? demanda Dza.

— Pas exactement. La première fois que nous avons examiné l'organisme des anges et des fouisseurs, nous avons découvert un petit organe, une glande, près du scrotum. Elle est identique chez les deux espèces, alors qu'ils ne possèdent pas d'ancêtre commun doté d'un organe similaire. Nous étions très intrigués, vous l'imaginez. Mais aujourd'hui, nous en connaissons la fonction : cette glande sécrète en continu des quantités infimes d'une hormone qui neutralise la production de sperme. Tant que l'organe est actif, les mâles sont absolument stériles.

— Très pratique, ce petit organe », dit Oykib à voix basse. Puis, plus haut : « Qu'est-ce qui fait que la situation change, alors ?

— Qu'elle empire, plutôt, fit Zdorab entre haut et bas.

— Eh bien, il existe un tout petit ver plat, microscopique, la planaire, qui vit dans toutes les rivières d'eau douce du massif où nous sommes. Pendant la saison des pluies, alors que les cours d'eau sont en crue, ce ver s'enfouit dans des couches d'argile dense et pond des millions d'œufs minuscules. Tant qu'ils sont exposés à l'eau, ils ne bougent pas ; mais quand vient la saison sèche, ils sécrètent une petite enveloppe dure qui retient l'humidité qu'ils contiennent. Les embryons sont tout prêts à naître, mais ils ne le peuvent pas parce qu'ils sont incapables de briser leur coquille. Alors ils hibernent en se nourrissant de leur liquide vitellin, et l'absorbent si lentement qu'ils peuvent survivre ainsi entre vingt et trente ans. A la saison des pluies, ils n'éclosent pas car l'eau ne dissout pas leur coquille ; je vous laisse deviner quel est le dissolvant idéal.

— La salive d'ange, répondit aussitôt Oykib.

— Petit génie, va ! Mon meilleur élève. » Il y eut quelques rires, mais tous attendaient impatiemment la suite de l'histoire. « Aucun autre composé ne convient, parce que les cellules productrices de salive dans la bouche des anges contiennent de minuscules organites, lesquels sécrètent une enzyme dépourvue de toute fonction dans l'organisme des anges – mais qui dissout la coquille des œufs de planaire. Donc, lorsque les mâles s'enfournent l'argile dans la bouche, ce n'est pas seulement pour la rendre malléable ; ils dissolvent également la coquille de millions de petites planaires. Et il se trouve que les coquilles dissoutes contiennent justement le produit qui neutralise l'action de la glande prophylactique située près du scrotum chez les anges et les fouisseurs. Ce produit ne disparaît que très lentement et se maintient dans les statues en quantité efficace pendant peut-être dix ans, en tout cas sûrement cinq. »

Tout le monde avait compris, désormais. « Donc, quand les fouisseurs se passaient les statues sur tout le corps... » « Est-ce que les anges en avalaient ? » « Quelle dose du produit fécondant faut-il ? »

Shedemei leva les mains pour calmer le concert de questions et de commentaires. « Oui, vous y êtes. Les anges mâles absorbent l'enzyme de fécondité par la bouche. Il n'en faut pas beaucoup pour juguler l'effet de la glande prophylactique, qui ne se remet en activité qu'au bout de deux semaines, voire trois. Cela laisse donc une fenêtre pendant laquelle la reproduction peut avoir lieu. Quant aux fouisseurs mâles, ils possèdent sur le ventre, près de l'aine, une plaque absorbante par laquelle le produit passe directement dans le sang. En frottant les statues sur leur ventre couvert de transpiration, ils dissolvent l'argile, sur quoi l'enzyme fécondante se transmet au sang qui inhibe la glande, exactement comme chez les anges, ce qui rend les fouisseurs mâles fertiles. Mais comme ils absorbent finalement beaucoup moins de produit que les anges, la fenêtre de fécondité n'est chez eux que de quelques jours. Ça n'a d'ailleurs aucune importance : les anges ne sculptent leurs statues qu'une fois par an et ils doivent parvenir à se reproduire à ce moment précis, tandis que les fouisseurs, par leur culture, peuvent adorer les statues quand ils le veulent, et elles leur permettent de se reproduire à l'époque qui leur convient. Il leur suffit de prier.

— Je n'ai jamais entendu parler d'un système d'une complexité aussi invraisemblable ! s'exclama Issib. C'est ridicule !

— Tout à fait, répondit Shedemei. Il est impossible qu'il se soit développé naturellement. Pourquoi les fouisseurs et les anges auraient-ils acquis indépendamment des organes qui les rendent stériles ? Ça ne présente aucun intérêt du point de vue de l'évolution. Et d'ailleurs, pourquoi les anges ne se sont-ils pas éteints avant de commencer à sculpter des statues, tout simplement ? Comment se fait-il que les fouisseurs n'aient pas disparu avant d'avoir découvert les vertus des statues quand on les frotte sur soi ? Et pourquoi une espèce de planaire aurait-elle justement besoin d'un agent chimique particulier à la salive des anges pour faire éclore ses œufs ? Et pourquoi les anges auraient-ils acquis une enzyme qui ne leur sert à rien sinon à dissoudre la coquille des vers ?

— Il y a beaucoup de choses bizarres dans la nature, dit Oykib.

— Bien sûr. Quand je disais qu'il n'y avait aucune chance que ce système soit apparu naturellement, j'entendais que, à mon sens du moins, la coïncidence est telle que je ne peux pas y voir une cause naturelle. Ce système a été imposé aux fouisseurs et aux anges.

— Pour le moment, ce n'est pas le sujet, intervint Zdorab. Shedya a une réponse à cette question, mais ce qui nous intéresse actuellement, c'est qu'il faut révéler la vérité aux fouisseurs. Ils doivent se resservir des statues et en obtenir de nouvelles.

— On pourrait convaincre les anges de leur donner les leurs, proposa Padarok. Après tout, une fois que les femmes ont jugé le travail des hommes, ils n'en ont plus l'usage.

— Peut-être, acquiesça Shedemei. Mais il n'y a pas que les fouisseurs qui souffrent de notre ingérence. Cette relation, ce rapport entre eux et les anges dure depuis des millions d'années. Quarante, pour être précise. Et au long de toutes les générations que cela représente, certains schémas ont émergé. La gémellité chez les anges, par exemple : toutes les grossesses sont doubles. Ce n'est pas par hasard. Quand il se produit une naissance unique – nous ne l'avons observé que deux fois, et jamais dans notre village d'anges – l'enfant est tué et la mère définitivement interdite d'accouplement. En d'autres termes, les naissances uniques sont impitoyablement éliminées de leur société. Pour moi, il s'agit d'une réaction au fait que les fouisseurs suivent les anges où qu'ils aillent. Ils y sont obligés pour se fournir en statues ; mais en même temps, ils ne peuvent s'empêcher de voir dans les anges une source commode de viande, surtout quand les petits sont à l'âge difficile où ils volent encore très mal, mais déjà trop lourds pour que leurs parents puissent les emporter ensemble dans les airs. De fait, grâce au système des jumeaux, chaque génération d'anges voyait le bilan s'établir aux alentours d'un mort pour un survivant. Bon an mal an, la coopération au sein de la communauté permettait aux deux tiers, voire aux trois quarts des paires de jumeaux de passer le cap indemnes. Mais aujourd'hui, dans notre village, tous les jumeaux atteignent l'âge adulte, et tous les anges handicapés, chétifs ou malades survivent, alors que, dans les autres villages, les fouisseurs se chargent de les éliminer. Bref, les anges ont mis au point une stratégie de reproduction qui dépasse de loin leur capacité démographique maximum, ceci afin de résister aux coupes franches opérées par leurs prédateurs. Mais quand ces derniers font défaut, c'est aussitôt une explosion anarchique de population.

— Un équilibre délicat, ajouta Zdorab. J'ai découvert un village où la situation avait atteint un stade critique. Les fouisseurs avaient aboli toute discipline et ne se contentaient plus de dévorer les bébés et les inadaptés : ils éliminaient systématiquement tous les anges de leur secteur. A mon arrivée, seules quelques familles d'anges survivaient en état de siège. Mais les fouisseurs payaient déjà leurs excès : ils possédaient naturellement une foule de vieilles statues, mais pas une seule nouvelle depuis cinq ans, si bien que leur taux de natalité dégringolait, exactement comme chez nous. Pas aussi brutalement, bien sûr, puisqu'ils vénéraient encore leurs statues, mais elles contenaient de moins en moins d'enzymes. Les naissances se raréfiaient donc, et avec la réduction du nombre de prédateurs, la population des anges n'allait pas tarder à se remettre à augmenter. A ce moment, celle des fouisseurs survivants se rétablirait aussi. »

Shedemei reprit la parole. « Comme vous le voyez, c'est une question d'équilibre social. Les fouisseurs ne doivent pas chasser trop d'anges pour les manger, sans quoi ils perdent leur capacité de reproduction. C'est un système d'auto-compensation.

— Qu'est-ce qui empêche les anges de s'en aller fonder une colonie là où il n'y a pas de fouisseurs ? demanda Protchnu.

— Rien, répondit Shedemei, et je pense que c'est souvent arrivé. Mais ils ne peuvent s'installer que là où l'on trouve de l'argile contenant les fameuses planaires, c'est-à-dire uniquement dans une région avec un régime de crues saisonnières et à une altitude où les planaires survivent. La fourchette est rudement étroite ; elle est assez courante dans le massif où nous sommes, mais pas ailleurs. Quant aux fouisseurs, ils se répandent très loin ; à mon avis, les anges peuvent bien s'en aller où ils veulent, un fouisseur finira toujours par tomber sur eux. A ce moment-là, il rentre chez lui annoncer qu'il a découvert un nouveau site béni des dieux et on y envoie une colonie. Mais le système fonctionne en réalité au bénéfice des anges. Sans fouisseurs pour dévorer les petits, leur population atteint rapidement sa limite.

— Il faudrait donc, demanda Nafai, laisser les fouisseurs recommencer à manger les bébés des anges ? C'est ça que tu suggères ?

— C'est la question, répondit la généticienne. C'est toute la question. »

Chveya intervint : « Est-ce que ce système est en rapport avec l'évolution de l'intelligence chez les deux espèces ?

— En partie, je pense. Les anges femelles choisissent leurs compagnons en se fondant sur la complexité, la beauté, l'originalité et la précision de leurs sculptures. Manifestement, plus un mâle est intelligent et créatif, plus il a de chances de se reproduire tôt et fréquemment. Pour les fouisseurs, c'est un peu différent ; pour tuer des anges, ils doivent se montrer astucieux et retors. Nous ne nous en sommes pas bien rendu compte, naturellement, parce qu'ils étaient devenus tellement rusés que les anges avaient presque renoncé à déjouer leurs manœuvres. Mais nous avons tous vu les pièges que les anges installaient autour de leurs villages ; les fouisseurs les moins intelligents s'y laissaient peut-être prendre. Aujourd'hui, ils les reconnaissent et les évitent facilement. Mais il est possible justement que leur intelligence ait évolué parce que seuls les plus futés échappaient aux pièges et parvenaient à voler des statues et des bébés anges.

— Autrement dit, fit Chveya, leur intelligence a évolué naturellement. C'est cette relation symbiotique qui est anormale.

— Elle n'est pas seulement anormale, rectifia Shedemei : elle est d'origine humaine.

— Comment l'avez-vous découvert ? demanda Protchnu.

— En partant de la conviction que ça ne pouvait pas être naturel. Nous savions aussi que les humains avaient disparu de la Terre à l'époque de l'émigration vers Harmonie et probablement vers d'autres mondes. En menant des recherches grâce à l'Index, nous avons découvert que le seul chapitre sur lequel la bibliothèque du vaisseau ne possède pas d'informations utiles, c'est celui qui porte sur l'état de l'humanité au moment de l'émigration. »

L'archiviste enchaîna : « Nous avions toujours imaginé que c'était une époque si affreuse que les hommes avaient préféré l'oublier ; il y avait de vagues allusions à des guerres où l'on se serait servi d'armes formidables, puissantes au point d'avoir transformé pendant quelque temps la Terre en une boule de glace. C'est ce que Surâme lui-même croyait. Et puis, un jour, Nafai a fait une réflexion, et j'ai compris que ça ne tenait pas debout ; il avait dit : "Comment ceux qui ont sauvé l'humanité en quittant la Terre ont-ils pu se laisser oublier aussi complètement ?" Alors, j'ai pensé : C'est impossible, naturellement. J'ai donc entrepris de fouiller la mémoire des ordinateurs du vaisseau, ceux qui ne sont pas liés à Surâme. Et je suis tombé sur ce que je cherchais : une base de données à laquelle Surâme n'avait pas d'accès conscient. Son titre, traduit le plus littéralement possible, est *le Livre des péchés de l'espèce humaine.*

— Les péchés ? répéta Mebbekew.

— C'est la traduction la plus économique ; en réalité, le terme signifie "erreurs volontaires" ; "crimes de négligence évitable", peut-être. J'ai trouvé que "péchés" résumait bien tous ces sens.

— Et que contient ce livre ? demanda Nafai.

— Je viens de le trouver ; je ne l'ai pas lu en entier et ça m'arrangerait que ceux qui ont du temps et que le sujet intéresse m'aident à le traduire. La langue est proche de plusieurs autres connues mais elle est extrêmement archaïque et Surâme n'a jamais remis le texte à jour puisqu'il n'avait pas conscience de son existence. Quoi qu'il en soit, une de mes premières découvertes a été l'explication de l'origine des anges et des fouisseurs. Ça fait partie des fameux "péchés". »

Il appela sur l'écran le plus proche un document qu'il lut à haute voix :

« Nous avons péché en manipulant les gènes des animaux, en leur donnant l'intelligence sans la liberté, le talent sans le pouvoir, le désir sans l'espoir. Nous en avons usé pour notre divertissement, nous jouissions de leurs peintures, de leurs sculptures, de leur musique, de leurs danses tout en gardant les peintres, les sculpteurs, les musiciens et les danseurs en prison. S'ils s'échappaient, leur liberté demeurait sans valeur car ils ne pouvaient avoir d'enfants qu'en captivité. C'était une abomination et le Gardien de la Terre s'est dressé là contre, il a chassé les fabricants et les propriétaires d'esclaves et il a libéré les petites espèces. »

Shedemei prit la parole. « A mon avis, le rapport avec les fouisseurs est évident. Les anges seuls perpétuent une forme d'art, mais c'est peut-être pour cela qu'ils ont été créés. Quant aux fouisseurs, ni Zdorab ni moi ne voyons à quoi ils pouvaient servir à l'origine.

— A fouir, dit Elemak.

— C'est possible. Ce n'est pas parce que le *Livre des péchés* ne mentionne que les animaux intelligents produits pour le divertissement des humains qu'il n'en existait pas certains qu'on avait génétiquement améliorés pour accomplir des tâches plus triviales, comme chercher des dépôts souterrains de minéraux, par exemple, ou creuser des tunnels, tout bêtement.

— Ou s'occuper des égouts, fit encore Elemak.

— Je vous l'ai dit, nous n'en savons rien. Pour moi, il y a des chances que les ancêtres des fouisseurs n'aient pas été très intelligents ; améliorés physiquement, oui, mais pas mentalement. Pourtant, ils ont survécu parce qu'ils ont tout de même été assez malins, ou assez chanceux, pour s'installer près d'une tribu d'anges, à moins que, par un pur hasard, ils se soient frottés contre les statues.

— Il se peut aussi qu'ils aient survécu, intervint Zdorab, parce que leurs ancêtres vivaient dans des terriers et ceux des anges dans des cavernes, si bien que lorsque la planète s'est trouvée plongée dans un âge glaciaire rigoureux, les deux espèces l'ont passé sous terre, et c'est là qu'elles ont mis au point leur symbiose.

— A moins qu'elles ne l'aient apprise en rêve, dit Luet.

— Eh oui, on y revient, fit Shedemei. Tout le processus répond peut-être à un plan préalable. Quand le Gardien de la Terre a chassé les humains de la planète, allez savoir s'il n'avait pas déjà prévu de remplacer nos ancêtres par de nouvelles espèces ? Et peut-être les avait-il déjà manipulées pour qu'elles accèdent à l'intelligence.

— Et en attendant ce stade, renchérit Zdorab, il les aurait rendues symbiotiques si bien qu'elles ne pourraient plus survivre l'une sans l'autre. Nos ancêtres avaient créé les planaires et imposé des conditions telles que les ancêtres des anges étaient obligés de sculpter l'argile sous peine de ne pas pouvoir se reproduire. Peut-être n'avaient-ils fourni à aucun de leurs animaux un mécanisme leur permettant de se passer d'une intervention humaine pour obtenir les agents chimiques dont ils avaient besoin, et seuls les fouisseurs ont trouvé le moyen de se raccrocher à la méthode de survie des anges. Qui sait si le Gardien n'aurait pas pu tout manigancer ? C'est peut-être à cause de lui que les humains ont inventé la planaire comme vecteur pour créer l'enzyme dont les anges ont besoin. Il est peut-être à l'origine de tout.

— Sauf qu'on ne sait toujours pas qui c'est, insinua Meb.

— J'ai une autre idée, déclara Elemak. Et s'il n'existait pas de Gardien ? Ces rêves que vous avez faits sur Harmonie, vous aviez la certitude qu'ils venaient de ce Gardien fantôme parce que Surâme ignorait tout des fouisseurs et des anges. Or on vient de découvrir qu'il possédait tous ces renseignements dans sa banque de données, mais qu'il n'y avait pas accès consciemment. Vos rêves auraient donc très bien pu provenir de lui sans qu'il s'en rende compte, d'accord ? A partir de là, plus besoin d'un mécanisme quelconque capable de transmettre des rêves plus vite que la lumière entre la Terre et Harmonie !

— Excellente théorie, dit Shedemei. Mais elle n'explique pas le portrait parfait de Nafai qu'a exécuté Kiti cent ans avant notre arrivée. »

Volemak intervint d'une voix glaciale :

« Je ne crois pas très constructif d'imaginer avoir prouvé la non-existence du Gardien de la Terre simplement parce qu'on a découvert le mécanisme naturel par lequel certains phénomènes se sont produits. Nous ignorons quels sont ses pouvoirs et jusqu'où ils s'étendent ; peut-être s'arrêtent-ils à transmettre des rêves aux gens. Prendre leurs désirs pour des réalités fournit de faux dieux à ceux qui ont soif de mysticisme, mais ceux qui souhaitent un monde sans dieu risquent tout autant de tomber victimes de leur propre volonté d'illusion.

— Celle-là, il faut que je m'en souvienne, Père, dit Meb. Quelle profondeur ! »

Elemak sourit mais se tint coi.

« Si nous pouvions laisser de côté la théologie spéculative, reprit Shedemei, je voudrais vous exposer deux possibilités. Voici la première : nous expliquons tout aux anges et aux fouisseurs, après quoi les fouisseurs recommencent à utiliser les sculptures tandis que les anges essayent de maîtriser leur démographie en se reproduisant moins souvent - simplement, peut-être, en obligeant les hommes à ne faire une sculpture qu'une fois tous les deux ans. Il n'y a aucune raison d'en revenir aux massacres de bébés anges. Le problème, c'est que même si ça marche ici, ça n'aura aucun effet ailleurs. Mais c'est peut-être pour ça que le Gardien de la Terre nous a fait venir : pour apprendre aux fouisseurs et aux anges à cohabiter sans tuerie.

— Je croyais qu'on laissait de côté la théologie spéculative, fit Meb.

— L'autre possibilité, poursuivit Shedemei, c'est d'éliminer la glande prophylactique.

— L'éliminer ? s'étonna Volemak.

— J'ai découvert le gène qui la crée. Il est artificiel : on l'a introduit exprès. En procédant par analogie avec les gènes de rats et de chauves-souris non modifiés, nous avons retrouvé tous les gènes rapportés ; ils sont parfaitement identifiables. Pour isoler la clé génétique qui code pour la glande, nous avons introduit chez des rats et des chauves-souris communs toutes les clés artificielles que nous avons découvertes et nous avons attendu de voir chez lesquels se développait la fameuse glande. Sachant désormais quel gène en est responsable, nous pouvons l'éradiquer.

— Comment ? demanda Volemak.

— Par une infection bactérienne porteuse d'une enzyme dont l'unique fonction est de débusquer cette clé avant de la détruire. C'est d'ailleurs la méthode que j'utilise habituellement pour provoquer des modifications génétiques. Simplement, cette fois je me servirai d'une bactérie infectieuse plutôt que des bénignes avec lesquelles je travaille d'ordinaire. Les symptômes sont minimes : chez les fouisseurs, ce seront une légère raideur des articulations et une petite inflammation nasale ; les anges auront peut-être aussi les yeux larmoyants pendant quelques jours. Une fois l'infection disséminée dans l'ensemble des populations d'anges et de fouisseurs, la reproduction ne dépendra plus des planaires. Les anges pourront continuer à sculpter tant qu'ils voudront, bien entendu, mais s'ils arrêtent, ça n'aura aucune importance. La mutation ne concernera que les enfants conçus après l'épidémie, laquelle peut provoquer l'avortement spontané d'embryons de mâles des deux espèces s'ils en sont aux premières semaines de leur développement au moment de l'infection. Mais en une seule génération, la glande prophylactique disparaîtra.

— Ça ne me plaît pas, dit Oykib. Le Gardien de la Terre a mis en place un mécanisme qui maintient l'équilibre et nous allons le détruire.

— Ce n'est pas certain, Okya, répondit Chveya. Ce sont en réalité les humains qui l'ont mis en place, ce mécanisme. C'est indiqué dans le *Livre des péchés* ; et c'est une des choses que le Gardien abhorrait. On nous a peut-être ramenés ici uniquement pour l'éliminer.

— Pour en revenir à ce que je disais, reprit Shedemei, nous sommes face à un choix. Personnellement, je vote pour l'intervention ; pour moi, éradiquer cette glande, c'est libérer un esclave de ses chaînes. Au bout de quarante millions d'années, il serait temps, non ?

— Eh bien, allons-y, dit Elemak. Ne perdons pas notre temps à discutailler sur ce que le Gardien veut ou ne veut pas. Nous avons la capacité de le faire, nous savons que c'est un acte généreux, alors allons-y et qu'on en finisse ! » Là-dessus, il quitta la pièce.

Plusieurs heures de palabre s'ensuivirent, mais finalement le point de vue d'Elemak l'emporta. S'il fallut si longtemps, c'est à cause de la proposition de Protchnu de demander aux fouisseurs et aux anges leur avis sur la question. Mais tous comprirent vite que ni les uns ni les autres ne possédaient le cadre conceptuel nécessaire pour saisir les implications du problème. « Pour eux, ce ne sera pas de la science parce qu'il n'ont pas de science, déclara Volemak en prenant sa décision. Ils y verront une affaire religieuse qui déclenchera des divisions et des polémiques et qui risque même d'entraîner une véritable haine envers nous, voire une guerre civile au sein de leurs communautés. Je suis partisan de permettre aux gens de choisir à leur guise quand ils ont les moyens d'appréhender les termes du choix. Mais on ne laisse pas un tout petit décider s'il est prêt ou non à s'aventurer dans la rivière. On l'empêche simplement de s'approcher de l'eau sans même chercher à lui expliquer la notion de noyade. On la lui explique plus tard, quand il est plus grand.

— Alors, comme ça, les anges et les fouisseurs sont nos enfants ? demanda Meb d'un ton moqueur.

— Je préfère les traiter comme nos enfants, répliqua Volemak, qu'à la façon de nos ancêtres, en esclaves et en jouets. La décision est donc prise : nous ne leur expliquerons que ce qu'ils sont capables de comprendre. Oykib se chargera des fouisseurs et Nafai des anges.

J'aimerais que personne d'autre n'aborde le sujet avec eux. Shedemei, il faudra que tu introduises la bactérie le plus vite possible dans les deux communautés.

— C'est très facile : il me suffit d'y exposer dès maintenant toutes les personnes présentes. Vous aurez le nez qui coule un peu, peut-être une légère fièvre dans quelques cas. Ensuite, vous n'avez qu'à poursuivre vos relations habituelles avec nos voisins et la maladie se répandra naturellement. Venez par ici et enduisez-vous l'intérieur du nez avec une noisette de ce gel.

— C'est dégoûtant ! s'exclama une des jeunes femmes.

— Mais non, sauf si tu prends une noisette qui a déjà servi, répondit Protchnu.

— Moi, ce qui m'inquiète, dit Mebbekew, c'est ce que vont devenir ces pauvres planaires. Tout le monde a l'air de s'en taper. J'ai l'impression qu'on a un préjugé en faveur des grosses bêtes ; pourtant, les créatures microscopiques n'ont-elles pas des droits comme les autres ? » Puis il sourit largement et tout le monde éclata de rire.

Pendant la réunion, Elemak, lui, avait un tête-à-tête à part. Il était allé trouver Fusum, récemment couronné roi du sang après la mort de son père.

« J'ai un cadeau pour toi, lui dit Elemak.

— Que pourrais-je bien vouloir de ta part ? répliqua Fusum.

— Holà, mais on est tout gonflé de son importance, on dirait, maintenant qu'on est roi ! »

Fusum émit un grondement. « J'ai ma vie à moi, Elemak. Je ne suis plus un otage ; j'ai des responsabilités.

— Tu as aussi du pouvoir, et, à mon avis, ça ne t'ennuierait pas d'en obtenir un peu plus. Eh bien, c'est ça, mon cadeau : davantage de pouvoir.

— Tiens donc. J'ignorais que tu avais du pouvoir à donner.

— La connaissance, c'est du pouvoir, du moins à ce que j'ai entendu dire. Mais il y a une condition ; tu dois me promettre de dire à ton peuple que l'idée vient de moi.

— Quelle idée ?

— Promets, d'abord.

— Je promets, dit Fusum.

— Mais est-ce que c'est vraiment sincère ?

— Si tu as l'intention de te moquer de moi, tu peux garder ton cadeau !

— Allons ! Maintenant que tu es roi du sang, tu ne supportes plus les taquineries d'un ami ?

— Tu n'es pas un ami, Elemak ; tu es une source profitable de connaissances.

— Mais peut-être qu'aujourd'hui nous pouvons être amis.

— Dis-moi ton idée ou ne me la dis pas, mais décide-toi !

— Bon ; rends-toi tout de suite auprès de la statue du Dieu Intact.

— Tu parles de celle qui ressemble à ton frère Nafai, le lumineux ? »

Elemak refusa de se laisser provoquer. « C'est ça. Vas-y et, devant autant de témoins que possible, déclare que si les naissances sont si rares, c'est parce qu'on n'adore pas la statue comme il faut. Ensuite, fais ce que vous faites habituellement, passe-la-toi sur tout le corps.

— Mais on risque de me tuer pour ça !

— Ils ne tueront pas le roi du sang ; pas tout de suite, en tout cas. Surtout si tu annonces ceci : maintenant que tu as rendu son culte au Dieu Intact et que tu as effacé le visage de Nafai l'usurpateur, le vrai dieu va déclencher une peste bénigne pour expurger les dernières traces de mal du peuple. Quelques fausses couches de bébés mâles risquent de se produire parce qu'ils n'étaient pas purs. Tous devront adorer les dieux à l'ancienne manière jusqu'à leur mort ; mais les enfants nés après la maladie ne seront plus obligés de vénérer les dieux. Ils seront nés purs et seront éternellement bénis.

— Quelle espèce de champignon essayes-tu de me faire avaler ? gronda Fusum. Tu m'as dit toi-même que toutes ces histoires religieuses n'étaient que des absurdités !

— Oui, mais le peuple y croit. Alors préviens-le de ne pas écouter les discours d'Oykib ou Chveya, et proclame que tu tiens la vérité de moi, toi et personne d'autre, et que c'est grâce à toi qu'il ne sera désormais plus nécessaire d'aller de l'autre côté du canyon chercher vos dieux chez les viandes-du-ciel. Vous ne dépendrez plus des viandes-du-ciel ; alors, vos enfants et vos petits-enfants pourront les tuer tous et ça n'aura aucune importance parce qu'ils seront purs et que les dieux ne les forceront plus à s'humilier en vénérant des objets fabriqués par les viandes-du-ciel.

— Pourquoi devrais-je avaler toutes ces histoires ?

— Ça m'est égal, répondit Elemak. Doute, perds du temps ; en attendant, Oykib viendra faire une déclaration et tout le pouvoir, toute l'influence lui reviendront ainsi qu'à Emiizem, à travers lui. Ou bien fais-moi confiance et agis sans perdre un instant, avant que quiconque ait pu dire un seul mot. Alors, c'est toi et moi qui serons les libérateurs des fouisseurs. Ce que je t'ai raconté arrivera de toute façon ; la petite comédie avec la statue de Nafai n'aura aucun effet réel, sinon de convaincre ton peuple que tu détiens des pouvoirs mystiques comme aucun roi du sang avant toi. Et par la même occasion, tu battras en brèche l'interdit d'Emiizem de toucher au Dieu Intact : quand tes prophéties se réaliseront, elle sera discréditée. Mais tu as le droit de laisser passer l'occasion, Fusum. Tu as le droit de regretter pour le restant de tes jours de n'avoir pas saisi la perche que je te tends. Ça m'est complètement indifférent.

— Ça m'étonnerait, répliqua Fusum. En tout cas, je me servirai de ton nom, sois tranquille, et je dirai à tous que je tiens mes déclarations de toi. Parce que si ça rate, j'arriverai peut-être à m'en tirer en rejetant la faute sur toi.

— Et si ça marche... non, quand ça aura marché, ton peuple saura qui est son ami sincère parmi les humains.

— Et moi, je saurai que tu es un menteur qui projette de trahir son propre peuple et que tu veux les fouisseurs derrière toi quand tu frapperas.

— Ça te pose un problème ?

— Aucun, non. Du moment que tu n'oublies pas qui est le roi des fouisseurs lorsque l'heure aura sonné.

— Je ne l'oublierai pas, dit Elemak. Je n'oublie jamais rien. »

Et Fusum descendit au temple du Dieu Intact, fit son discours et accomplit son culte blasphématoire. Emiizem le fit aussitôt enchaîner et enfermer ; cependant, peu après, Oykib s'en vint réunir les anciens des fouisseurs et leur expliqua qu'une maladie bénigne allait se déclarer parmi le peuple, mais que tous les enfants conçus par la suite ne seraient plus obligés d'adorer les statues. « Le Gardien de la Terre vous a libérés de vos dieux de naguère », dit-il. Mais nombreux furent ceux qui se dirent entre eux : c'est Fusum qui nous a libérés. Et Emiizem ne put rien faire pour les empêcher de le sortir de prison et de le rétablir dans sa dignité de roi du sang.

La maladie apparut quelques jours plus tard comme Fusum l'avait prédit ; mais son geste sacrilège envers le Dieu Intact n'eut pas de conséquences plus graves. Et maintenant que la statue ne ressemblait plus à Nafai, les gens commençaient à dire : c'est Elemak qui nous a enseigné ce secret, le secret que Nafai n'est pas un dieu et qu'il n'a même pas le pouvoir de rendre ses traits à la sculpture. Fusum est un vrai roi du sang, mais Emiizem, notre prétendue mère des cavernes, ignorait la vérité sur le Dieu Intact.

A la mort de Mufrujuuj, peu après, le peuple désigna Fusum comme nouveau roi-guerrier en raisonnant ainsi : C'était le meilleur ami de Nen et il a tué la panthère qui l'avait mis en pièces. Il a aussi libéré nos enfants des dieux des viandes-du-ciel. Qu'il soit notre roi-guerrier et notre roi du sang tout à la fois.

Ce jour marqua la fin de l'autorité d'Emiizem sur la cité des fouisseurs. Elle conservait une profonde influence sur les femmes, mais les hommes tombèrent sous la coupe de Fusum qui entreprit de les former à la guerre.

Des mois durant, Nafai et Oykib se plongèrent dans l'étude du *Livre des péchés de l'espèce humaine* pour en apprendre le plus possible. Ils y trouvèrent les secrets de l'évolution de l'homme, du développement des technologies et de l'usage cruel qu'en firent les humains ; ils y lurent des récits de guerre et de massacre, de pauvreté accablante, prix de la richesse de quelques privilégiés, de pays dépecés et saccagés, de ressources fossiles épuisées ou dilapidées.

A la fin, ils déchiffrèrent ces mots :

C'est la rébellion des hommes qui fut cause de ces péchés, car ils refusaient de prêter attention aux rêves sages du Gardien de la Terre, jusqu'au jour où, las de leurs sacrilèges, il décida d'en purger le monde. Alors les grands continents flottants frémirent, la terre trembla et les volcans éclatèrent en mille lieux. Le ciel s'emplit de fumée et les plantes périrent ; la Terre se refroidit et la glace la recouvrit au cours de l'âge glaciaire le plus rigoureux qu'on eût jamais connu. Les rares humains qui survécurent comprirent que le Gardien ne voulait plus d'eux. Il n'y avait plus place sur Terre pour les hommes et, s'ils désiraient continuer à vivre, il leur fallait s'en aller ailleurs. Sept flottes furent assemblées, sept colonies partirent ; de six d'entre elles, nous ne savons rien.

Nous ne savons que ceci : sur notre nouveau monde, Harmonie, nous fabriquerons un ordinateur, Surâme, qui sera le serviteur du Gardien de la Terre, et sous son œil vigilant la race humaine ne retrouvera jamais les moyens de pécher à si monstrueuse échelle. Quant à la Terre, elle appartient désormais au Gardien et les hommes n'y vivront plus jamais, à moins que le Gardien ne nous pardonne et nous rappelle.

Chacun de son côté, Nafai et Oykib achevèrent de traduire ce dernier passage, puis ils confrontèrent leurs textes. « Qui en est l'auteur ? demanda Oykib. Comment savait-il quels étaient les pouvoirs du Gardien ? Déclencher des tremblements de terre, réveiller des volcans, changer le cours de la dérive des continents...

— Peut-être a-t-il un rapport avec les courants de convection du magma fluide sur lequel flotte la croûte terrestre. Qui sait à quelle vitesse ils peuvent se modifier ? dit Nafai.

— En tout cas, une chose est sûre : il faut parler de ce livre aux autres, les mettre au courant de ses avertissements. Il faut leur dire ce que le Gardien attend de nous, même si on ne sait pas qui il est.

— Quand tu dis "les autres", il s'agit seulement des humains ?

— Bien sûr que non. Et si ça se trouve, le Gardien nous a justement fait revenir sur Terre non seulement pour libérer les anges et les fouisseurs de leur longue servitude, mais aussi pour leur enseigner une façon de vivre qui n'obligera pas le Gardien à rendre la planète de nouveau inhabitable.

— Je crois que tu as raison. Mais de quelque manière qu'on présente le sujet, ils en feront une religion. Même nos explications les plus matérialistes leur paraîtront mystiques. Après tout, ce que nos ancêtres ont écrit dans le *Livre des péchés* nous semble bien mystique, à nous.

— Et c'est grave ? demanda Oykib.

— En soi, non. Mais les religions ont tendance à perdre de vue la vérité qui les fonde. Celle des fouisseurs les poussait à s'enduire d'une argile contenant un produit dérivé des coquilles de planaires et de la salive d'ange, mais comme ils l'ignoraient, c'était un asservissement. Et nous, nous ne ferons pas autre chose qu'enseigner à nos enfants et nos petits-enfants des règles arbitraires ; les vraies raisons auront disparu ou se seront changées en mythes.

— Que peut-on y faire ? demanda Oykib.

— Ecrire un livre, par exemple.

— Comme celui que tu écris en ce moment, tu veux dire ? »

Nafai lui lança un regard noir. « J'aurais dû me douter que ce secret ne t'échapperait pas.

— En effet, dit Oykib ; surtout que tu en discutes avec Surâme presque sans arrêt depuis des semaines. J'ai supposé que tu m'en parlerais quand tu en aurais envie.

— Eh bien, c'est le moment, parce que nos descendants, j'en ai la conviction, n'auront pas accès à l'ordinateur du vaisseau. La plupart ne sauront plus lire ni écrire. Mais on l'enseignera à quelques-uns afin de conserver une trace de ce que nous avons appris. Le plus clairement possible, nous rédigerons un texte racontant notre voyage et tout ce que nous avons vu et fait. Puis nous ferons en sorte qu'il se transmette de parent à enfant, et sans déformation, puisqu'il est écrit.

— On peut déformer n'importe quoi.

— Oui, mais tant que le texte original existera, on pourra, à la génération suivante ou même après, y retourner pour retrouver la vérité, tout comme nous avons étudié, avec profit, le *Livre des péchés*.

— Eh bien, c'est parfait, dit Oykib, puisque tu as déjà commencé un compte rendu.

— Un compte rendu, oui ; mais il nous en faut un autre. Le premier contient notre histoire, avec tous les détails, tout ce dont je me souviens. Mais j'ai fait un rêve la nuit dernière...

— Ah, encore un !

— Je sais, tu voudrais en faire, toi aussi, Oykib, mais...

— Je n'ai pas besoin de rêves personnels, le coupa Oykib : j'ai les vôtres. Dans le tien, tu écrivais un livre que tu comptais nous donner, à Chveya et moi, plutôt qu'à Jyat et Netsya.

— Oui, un livre qui contiendrait entre autres tout le *Livre des péchés*, gravé dans l'or pour qu'on n'ait pas besoin d'ordinateur pour le lire et qu'il ne se corrode pas. Cette partie-là, on pourrait la mettre à l'abri de façon que personne ne puisse rien y rajouter ni rien y changer. Mais le reste serait un récit, pas de toute l'histoire de notre peuple, mais seulement de nos rapports avec Surâme et avec le Gardien de la Terre. Juste...

— Juste la théologie, termina Oykib.

— Pour les fouisseurs et pour les anges, ce sera de la théologie, oui.

— Et pour nos descendants aussi. Ils n'auront pas vécu dans le vaisseau, eux ; ils ne se seront jamais servi de la grande bibliothèque ; ils n'auront aucune idée de ce qu'est un ordinateur. »

Nafai hocha la tête. « Tu en arrives donc à la même conclusion que moi.

— Non, je vous ai simplement tous vus, Luet, Chveya et toi, faire le même rêve. Il faut que le vaisseau s'en aille ; nous devons couper les ponts avec les machines du passé et vivre avec la technologie du présent. Il faut envoyer le vaisseau en orbite.

— C'est vrai. Nous n'avons plus la technologie nécessaire pour le cacher à la surface de la planète comme nos ancêtres l'avaient fait sur Harmonie.

— Je te donnerai un coup de main pour le deuxième livre, dit Oykib. En ce qui concerne le début, c'est à toi de t'en occuper, en tout cas pour les épisodes d'avant ma naissance. Pour la suite, je prendrai la relève quand tu voudras. Mais en attendant, je peux toujours recopier *le Livre des péchés.*

— *Le Livre des péchés*, oui. Et tu pourrais peut-être aussi commencer une compilation des rêves que nous a envoyés le Gardien. Surtout de ceux qui n'ont pas l'air de s'être encore réalisés en entier. Ce sont nos seuls indices quant à ce que le Gardien nous réserve.

— *Le Livre des péchés* et *le Livre des rêves*, dit Oykib. D'accord, je m'y mets ; et toi, tu écris *le Livre de Nafai.*

— En même temps, je vais réfléchir à une arme que les anges pourraient utiliser en vol, un truc susceptible de tuer un fouisseur malgré leur énorme différence de force. »

Oykib hocha la tête. « Donc, tes rêves de guerre entre fouisseurs et anges, tu crois qu'ils viennent du Gardien de la Terre ?

— Du Gardien ou de mes propres craintes, peu importe : il faut que je me tienne prêt. Il faut que je prépare mon peuple, au cas où. »

Oykib hocha de nouveau la tête. « J'aime les fouisseurs, Nafai. Je n'ai pas envie d'être obligé de choisir entre les anges et eux.

— Ce n'est pas ce choix-là que tu auras à faire, Oykib. Ce sera toujours le même : tu devras choisir entre Elemak et moi, après la mort de Père.

— On en est encore là ? Alors qu'Elemak est au fond du trou ?

— Il n'est pas fini, Oykib. Il a seulement appris la patience, qui permet d'attendre le bon moment. Et Hushidh m'a dit que son lien avec Fusum était très fort, bien que teinté de mépris de part et d'autre. Je suis sûr que Chveya l'a remarqué aussi, à force de vivre depuis des années au milieu des fouisseurs.

— Elle l'a remarqué, en effet. Mais je ne vois pas en quoi il pourrait en tirer profit.

— Mais si : les fouisseurs le suivront s'il les mène là où ils ont envie d'aller.

— A savoir ?

— Au massacre des anges. Ils ne sont plus tenus d'en laisser vivre aucun, maintenant qu'ils peuvent se reproduire sans l'aide des statues. »

Oykib fronça les sourcils. « Nous aurions donc eu tort d'éliminer leur fameuse glande ?

— Non. Il fallait libérer ces deux peuples. Mais nous devons désormais les aider à trouver un nouvel équilibre, fondé sur le respect et la tolérance.

— Je n'y compterais pas trop dans un avenir proche ; du moins tant que les fouisseurs considéreront les anges comme de la viande et les anges les fouisseurs comme des diables.

— Je sais, dit Nafai. C'est toute la tâche qui nous est dévolue. Ce sont des vies entières passées à enseigner qui nous attendent, nous et ceux qui voudront servir le Gardien de la Terre après nous. En attendant, je vais imaginer des armes pour rééquilibrer les forces entre les anges et les fouisseurs, qui refouleront les fouisseurs dans leurs terriers quand ils voudront faire la guerre aux anges.

— Ce seront donc les anges qui domineront. C'est mieux ?

— Ils ne pourchassent pas les fouisseurs pour les manger, dit Nafai. Ils ne cherchent pas à se battre avec eux. Tout ce qu'ils veulent, c'est qu'on les laisse tranquilles. En ce qui me concerne, moralement, la balance penche largement en leur faveur.

— Les fouisseurs ne sont pas des monstres, protesta Oykib. Ils sont le produit de leur héritage génétique et culturel. Ils ne méritent pas qu'on les massacre du haut du ciel.

— Je le sais bien ; c'est pourquoi il faut faire notre possible pour les éduquer, les uns comme les autres. Et en attendant, nous efforcer de maintenir l'équilibre entre eux.

— Je n'ai pas envie de choisir.

— Il le faudra bien pourtant. Quand Elemak poussera les fouisseurs à la guerre, tu seras l'un de ceux qu'il cherchera à tuer. Alors, tu te rallieras aux anges parce que tu n'auras pas d'autre choix.

— Ce sont tes rêves qui te l'ont dit ?

— Je n'ai pas besoin des rêves du Gardien pour m'expliquer ce que je peux comprendre tout seul. »

D'un geste rageur, Oykib essuya une larme sur sa joue. « On n'était pas obligés d'en arriver là ! s'exclama-t-il. Pourquoi n'as-tu pas tué Elemak quand tu en avais l'occasion ?

— Parce que je l'aime.

— Et combien de mes amis parmi les fouisseurs et des tiens chez les anges vont-ils devoir mourir à cause de ton amour ?

— Elemak n'est certes pas étranger à la situation, convint Nafai, mais si tu crois que Fusum ou un autre n'aurait pas incité les fouisseurs à se révolter contre nous ou à s'attaquer aux anges, c'est que tu ne connais rien à la nature humaine.

— Les fouisseurs ne sont pas humains, objecta Oykib.

— En ce qui concerne la haine, la colère et la jalousie, oh que si !

— N'oublions pas l'amour et la générosité, dit Oykib, et aussi la confiance, la sagesse, la dignité, la...

— Oui, le coupa Nafai. Ils sont humains dans tous ces sens-là. Comme les anges.

— Alors, en quoi sommes-nous différents de nos ancêtres, ceux qui ont été chassés d'ici il y a quarante millions d'années ?

— Je n'en sais rien. Cependant, peut-être qu'avec le temps, les fouisseurs, les anges et nous, nous parviendrons à la paix.

— Mais en attendant, tu vas inventer des armes.

— J'ai pensé à des sarbacanes, avec des fléchettes empennées. Ce que j'ignore, c'est s'il faut que les projectiles soient empoisonnés pour être efficaces.

— Ce sont mes amis que tu parles de tuer, je te signale !

— Eh bien, débrouille-toi pour leur apprendre à détester la guerre et à refuser d'y participer, apprends-leur à vomir l'idée même de manger un bébé viande-du-ciel, et jamais la fléchette d'un ange ne les abattra.

15

DIVISIONS

Quand la paix dépend de la vie d'un seul homme, chaque jour qui passe devient une veillée mortuaire. A chaque projet doit s'ajouter cette pensée : Le mènera-t-on à son terme avant qu'il meure ? Chaque enfant qui naît est accueilli par cette prière : Puisse la trêve durer encore un an. Encore un mois, encore une semaine.

Mais on en parlait rarement ; on évitait d'évoquer le grand âge de Volemak, ses épaules qui se voûtaient, ses grimaces de douleur quand il marchait, son essoufflement après un dur labeur, les réunions qu'il tenait désormais dans l'école et non plus dans le vaisseau, dans la salle en haut de l'échelle. Tout cela, on le constatait, on le regrettait, on le redoutait, mais on le gardait pour soi en se persuadant que ce n'était pas si grave, qu'il avait encore du temps devant lui, qu'il n'y avait pas à s'inquiéter.

Puis Emiizem mourut et Fusum s'empara de tous les pouvoirs chez les fouisseurs. Elle avait vu son cœur se flétrir lorsque son fils Nen était mort à la chasse sous la griffe d'une panthère ; la profanation du Dieu Intact avait porté le coup de grâce ; après cela, le décès de son époux, Mufrujuuj, n'avait plus été qu'une péripétie supplémentaire. Le monde s'est arrêté, Emiizem ; ah, et puis ton époux est mort, et puis ce garçon agressif qui prétend avoir voulu sauver ton fils est aujourd'hui à la fois roi du sang et roi-guerrier, et quand tu mourras il anéantira la paix qui règne parmi ton peuple ; et tu ne peux rien y faire sauf enseigner aux femmes à espérer la fraternité dans un avenir lointain ; mais les femmes n'écoutent presque plus, de toute façon, et le seul qui te respecte, c'est Nafai, l'humain dont le visage a fait ton salut il y a bien longtemps. Quand la mort vint enfin l'emporter, couchée dans sa chambre souterraine, toussant et crachant, veillée dans l'obscurité par des femmes silencieuses et quelques hommes qui guettaient l'instant de son trépas pour entreprendre d'effacer son souvenir, quand la mort vint, elle l'accueillit avec un soulagement amer. Pourquoi as-tu tant tardé ? Et où sont Nen et Mufrujuuj ? Et aussi ma mère ? Pourquoi ma vie a-t-elle été finalement si vaine ?

Mais au seuil de la mort, un rêve lui apparut alors qu'elle se croyait éveillée. Elle vit un humain, un fouisseur et un ange debout en haut d'une côte tandis qu'une multitude com-posée des trois espèces se rassemblait autour d'eux, pleurant, riant, se précipitant pour les toucher, et chacun de ceux qui les touchaient se mettait à chanter, toujours la même chanson joyeuse ; puis l'humain, le fouisseur et l'ange se tournèrent vers elle, Emiizem, la mère des cavernes qui se mou-rait, et ils lui dirent : Merci d'avoir mené ton peuple sur cette route.

Le songe ne ramenait pas son fils Nen à la vie, il ne lui donnait pas l'espoir que le règne de Fusum ne serait pas sanglant ni terrible et il n'écartait pas non plus sa mort imminente. Son seul effet fut de lui faire franchir le seuil et s'enfoncer dans le noir inconnu le sourire aux lèvres et la fierté au cœur. Sa mort en fut adoucie.

Fusum prit soin qu'on lui rende grand hommage, et dans son oraison funèbre il la loua d'avoir préparé le peuple à la venue des humains – même si elle n'avait pas compris ce que les dieux attendaient du peuple. Puis, au cours des jours qui suivirent, tous ses rivaux et tous ses opposants disparurent sans laisser de traces. Le message était clair : l'autorité suprême du peuple des fouisseurs, c'était Fusum, car Fusum était roi du sang, roi-guerrier, mère des cavernes et dieu, oui, dieu, réunis en une seule personne et pour toujours. La plupart des jeunes s'en réjouirent car, grâce à lui, ils allaient enfin redevenir des guerriers, après être restés des années dans l'ombre des humains et sous la loi des femmes. Et comme les jeunes étaient satisfaits, personne d'autre n'osa se montrer mécontent.

Respectueusement, Fusum demanda qu'Oykib cesse d'enseigner ses idées ridicules sur le Gardien de la Terre. Il prit Chveya à part et lui annonça que sa présence intimidait les fouisseuses et qu'elles ne s'en porteraient que mieux si elle arrêtait ses leçons sur le stockage et la conservation des aliments. L'un après l'autre, les humains se virent aimablement enjoints de se retirer, jusqu'au moment où seuls Elemak, Mebbekew et Protchnu eurent encore le droit de se mêler aux fouisseurs.

Qu'y pouvait Volemak ? Il chargea Elemak d'aller présenter ses protestations à Fusum. Elemak accepta, puis revint en rapportant l'assurance de Fusum que rien n'avait changé, sinon que les fouisseurs s'occupaient désormais de leur propre éducation. « Il a dit que nous devions en être soulagés, Père, parce que dorénavant nous aurions davantage de temps à consacrer à nos familles. »

L'affaire avait été menée si paisiblement, si poliment que Volemak était impuissant à intervenir. Il savait, comme tout le monde, que les fouisseurs étaient entrés de fait en révolte contre la domination humaine, bien que les humains ne se fussent jamais considérés comme des maîtres. Chacun savait aussi qu'Elemak venait de réussir un coup audacieux, car il contrôlait à présent tous les contacts avec les fouisseurs, alors que c'étaient jusque-là Oykib et Chveya les principales figures humaines parmi le peuple souterrain. Elemak devait mûrir son plan depuis des années et il avait vraisemblablement passé un marché avec Fusum vingt ans auparavant, lorsque le fils du roi du sang était retenu en otage et qu'Elemak apprenait sa langue tout en essayant d'en faire un ami des humains, du moins le croyait-on.

« Mais Fusum avait enlevé la fille d'Elemak ! s'exclama Chveya, incrédule. Comment auraient-ils pu devenir amis ?

— A mon avis, répondit Oykib, Elemak a compris qu'il n'y avait rien de personnel dans le choix de la victime ; de plus, je ne pense pas que ni toi ni moi parlerions d'amitié pour décrire ce qui existe entre eux. »

Mais peu importait leur opinion. C'était un fait.

C'est alors qu'ils commencèrent à s'intéresser de près à la santé de Volemak. Lui-même se mit à en parler, sans tapage, à quelques personnes.

Il réunit Nafai, Hushidh et Chveya pour dresser une liste des gens clairement fidèles aux Nafari et des affidés d'Elemak. « Nous revoilà divisés en Elemaki et Nafari, dit Chveya. J'ai espéré un temps que ces jours étaient derrière nous. »

Volemak avait l'air triste mais pas étonné. « Je savais qu'Elemak avait changé ; mais ce qu'il a appris, c'est la patience, non la générosité, et Surâme le sait depuis le début. »

En nombre, les Nafari écrasaient largement les Elemaki et l'issue d'une bataille entre les seuls humains ne faisait pas de doute. Mais naturellement, le combat, s'il devait avoir lieu, opposerait les humains de Nafai et l'armée de fouisseurs de Fusum. Dans cette optique, les soldats de Nafai n'étaient qu'une petite poignée et nul n'imaginait un instant que les anges, aussi ardents fussent-ils, puissent faire front aux fouisseurs dans une guerre ouverte. Il fallait absolument éviter la confrontation. Nafai et les siens allaient devoir s'exiler.

Cependant, même parmi les enfants de Kokor et de Sevet, plus de la moitié se déclaraient loyaux à Nafai – en partie à cause du secret de Polichinelle que constituait la liaison de leurs mères avec Elemak. « La vraie complication, dit Hushidh, c'est qu'Eiadh est peut-être la plus loyale de tous à Nafai et qu'elle voudra emmener le plus grand nombre de ses enfants et petits-enfants.

— Combien accepteraient ? demanda Nafai.

— La majorité. La majorité de ceux d'Elemak, à l'exception de Protchnu, de Nadya et de leurs enfants. Mais Elemak ne supportera pas que tu lui prennes un membre de sa famille, fût-ce seulement Eiadh. Il nous poursuivrait jusqu'au bout du monde. Pas question d'emmener Eiadh si nous voulons garder un espoir de paix. »

Volemak écouta leur discussion de bout en bout, puis il prit sa décision. « Vous accepterez tous ceux qui éprouvent une fidélité enracinée pour Nafai, s'ils souhaitent partir. Vous devrez vous en remettre à la grâce du Gardien de la Terre. »

Si quelqu'un eut l'idée de lui répondre : « C'est facile à dire pour vous, Volemak ; vous serez mort avant que la guerre n'éclate ! », il garda ses réflexions pour lui.

Sa santé déclinant, Volemak entreprit de recevoir un par un les membres du village. Une simple conversation, disait-il, mais tous en sortaient ébranlés. Il s'asseyait avec chacun et lui assenait avec une franchise brutale ce qu'il pensait de lui. Il pouvait se montrer cinglant, mais quand il louait ce qu'il y avait de bon chez son visiteur – ses talents, ses vertus, ses réussites – ses paroles valaient de l'or. Certains retenaient surtout les critiques, bien entendu, d'autres les éloges, mais chacune de ces visites fut enregistrée et, plus tard, Nafai et Oykib les transcrirent sur les feuilles d'or du livre. Lorsqu'ils voudraient un jour se rappeler ce qu'avait dit Volemak, ses paroles les attendraient là.

Nul n'ignorait que le patriarche faisait ses adieux. Et quand il tomba malade, le rythme s'accéléra.

Il reçut pTo et Poto, qui avaient descendu le canyon pour le voir parce que, même en navette, il n'aurait pas supporté un nouveau trajet jusqu'à leur village. « Nous nous battrons et nous mourrons pour Nafai, lui dirent-ils.

— Je ne veux pas que vous mouriez, et vous ne devez vous battre que si vous y êtes forcés. Voici la vraie question, mes amis : voulez-vous, vous et tout votre peuple, suivre Nafai dans l'inconnu pour tout recommencer, pour fonder une nouvelle colonie dans une autre contrée ?

— Nous préférerions combattre les fouisseurs, dit pTo, nous battre comme des hommes. Nafai nous a appris à manier de nouvelles armes. Nous pouvons maintenant tuer des panthères en pleine course, nous pouvons les tuer du haut des airs en restant hors d'atteinte.

— Les fouisseurs sont plus intelligents que les panthères, fit remarquer Volemak.

— Mais les anges sont plus intelligents que les fouisseurs, rétorqua Poto.

— Vous ne m'avez pas compris. Si je dis que les fouisseurs sont plus intelligents que les panthères, ça signifie que leur vie est plus précieuse. Vous n'avez pas à vous vanter de pouvoir abattre des fouisseurs : ce sont des hommes, non des animaux. »

Mortifiés, pTo et Poto se turent.

« Etes-vous prêts, vous et votre peuple, à suivre Nafai plus haut dans les montagnes ?

— Je puis vous assurer en toute certitude, Père Volemak, répondit pTo, que non seulement notre peuple suivra Nafai jusque dans la lune ou dans les abîmes de l'enfer, mais qu'il le suppliera de devenir son roi et de le gouverner, car alors il se saura en sécurité.

— En irait-il de même s'il ne portait pas le manteau du pilote stellaire ? » demanda Volemak.

Les deux anges se regardèrent, un instant perplexes. Puis la mémoire revint à Poto. « Ah, vous parlez de cette chose qui lui permet de briller comme une luciole à volonté ?

— Cela n'a pas d'importance à nos yeux, enchaîna pTo. Ce n'est pas parce qu'il détient des pouvoirs magiques que nous voulons son autorité ; nous souhaitons qu'il nous gouverne parce que lui, ainsi que Luet, Issib et Hushidh sont les êtres les meilleurs et les plus sages que nous connaissions, qu'ils nous aiment et que nous les aimons. »

Volemak hocha la tête. « Alors vous serez mes enfants pour toujours, même après ma mort. »

Les deux anges rentrèrent chez eux et ordonnèrent à leur peuple de se préparer au départ. Tous alors rassemblèrent leurs biens et y firent leur tri. Ils empaquetèrent leurs semences et des boutures de plantes qui ne se multipliaient pas par semis ; ils prévirent des vivres pour le voyage et pour le temps de maturation de leurs nouveaux champs ; puis ils déplacèrent leurs enfants à une journée de voyage plus loin dans la vallée, de l'autre côté du sommet le plus proche, afin qu'ils soient déjà hors d'atteinte des fouisseurs si le départ se transformait en fuite.

« Combien de temps Père Volemak va-t-il encore vivre ? » demandaient-ils tous aux deux anges.

Que répondre ? « Pas assez longtemps », répétaient-ils.

Enfin Volemak en eut fini de ses adieux, il donna sa dernière bénédiction, exprima une ultime fois ses espoirs, ses souvenirs, son amour ; mais il ne mourait pas. Rasa se rendit chez Shedemei : « Volya et Nyef veulent te voir, Shedya. Viens vite, s'il te plaît. » Elle sourit à Zdorab. « Sans toi, cette fois, je regrette. » Zdorab acquiesça.

Shedemei suivit la vieille femme dans la maison où Volemak reposait, les yeux clos, la poitrine immobile.

« Il est..., fit Shedemei.

— Pas encore », répondit Volemak dans un souffle.

Nafai se tenait sur un tabouret, dans un coin. Rasa sortit en disant seulement : « Faites vite. » Ils comprirent qu'elle ne voulait pas être dehors lorsque son époux passerait.

« Nafai, chuchota Volemak, donne-lui le manteau du pilote.

— Comment ? s'étonna Shedemei.

— Shedemei, reprit Volemak, prends le manteau. Apprends à t'en servir. Emmène le vaisseau dans le ciel, où nul ne pourra le toucher ni s'en servir. Vis longtemps ; le manteau entretiendra ton organisme. Veille sur la Terre.

— C'est le travail du Gardien, pas le mien ! » protesta la généticienne, mais en vérité le cœur n'y était pas. Volemak veut que je prenne le vaisseau, que moi, moi, je prenne le vaisseau ! Il veut me donner le seul laboratoire de valeur de ce monde et tout le temps pour m'en servir !

« Toute aide sera la bienvenue pour le Gardien de la Terre, poursuivit Volemak. S'il était capable de se débrouiller seul, il ne nous aurait pas fait venir. »

Nafai se leva tout en commençant à se déshabiller. « Le manteau va passer de ma peau à la tienne, dit-il, si tu acceptes de le prendre. Et si j'accepte de te le donner.

— Acceptes-tu ? demanda Shedemei.

— Soigne ce monde comme si c'était ton jardin, répondit Nafai. Et veille sur mon peuple quand je dormirai. »

Volemak mourut dans la nuit avec Rasa pour seule compagnie. A l'aube, la nouvelle de sa mort s'était répandue des salles les plus profondes de la cité des fouisseurs jusqu'aux nids les plus hauts des anges. Ce fut un chagrin immédiat et sincère pour les anges et pour tous les fouisseurs que ne tenaillait pas la soif de la guerre. Tous savaient que la paix n'existait plus ; et puis ils avaient aimé et honoré l'homme, pour son autorité, certes, mais surtout pour l'usage qu'il en faisait.

A la demande de Rasa, au lieu de brûler son corps, on l'inhuma selon la coutume des fouisseurs.

Ce n'est que deux jours plus tard que se produisit l'épreuve de force. Nafai se préparait à regagner le village des anges où Luet l'attendait déjà. Elemak, flanqué de Meb et de Protchnu et suivi d'une dizaine de soldats fouisseurs, l'intercepta à l'orée de la forêt. « Ne t'en va pas, s'il te plaît, dit-il.

— Luet m'attend, répondit Nafai. C'est urgent ?

— J'aimerais que tu ne t'en ailles pas. Je ferai demander à Luet de revenir ici. Je préfère que vous viviez dans notre village, désormais. Les viandes-du-ciel n'ont plus besoin de vous. »

Paroles et manières étaient courtoises et si Nafai montrait le moindre signe de résistance, c'est lui qui passerait pour l'agresseur. Mais le message était clair : Elemak prenait le pouvoir et Nafai était son prisonnier.

« Je suis content de l'apprendre, fit Nafai. Je croyais qu'il me restait beaucoup de travail chez eux, mais on dirait que je peux prendre ma retraite, maintenant.

— Oh non, il y a encore de quoi faire, ici, protesta Elemak. Des champs à débroussailler, des tunnels à creuser ; il y a du travail. Et tu as le dos solide, Nafai. Tu peux encore abattre de l'ouvrage, à mon avis. »

On l'emmena chez Volemak. Rasa saisit aussitôt la situation et réagit vivement : « Tu as toujours été un serpent, Elemak, mais je croyais que tu avais compris depuis longtemps qu'emprisonner Nafai ne te mènerait nulle part.

— Ce n'est pas mon prisonnier. C'est un citoyen comme les autres qui remplit son devoir envers la communauté.

— Et tu espères que mes bonnes manières vont me contraindre à faire semblant d'avaler tes mensonges ?

— Dame Rasa, Nafai est mon frère. Mais vous, vous n'êtes pas ma mère.

— Ce dont je rends grâce à Surâme, sois-en sûr ! »

Nafai rompit enfin son silence. « Mère, s'il vous plaît, restez calme. Elemak croit tenir le pouvoir, mais ce monde appartient au Gardien, pas à lui ni à personne d'autre. Il ne peut rien. »

En d'autres temps, à ces mots, Elemak se serait mis en fureur, aurait lancé des menaces à la cantonade ou frappé aveuglément. Mais il avait changé, son caractère s'était tempéré, il avait acquis de la discipline et une sagesse réservée, impitoyable. Sans rien dire, il regarda Nafai pénétrer dans la maison de son père. Puis il posta deux soldats fouisseurs à l'entrée.

Rasa alla voir Shedemei au vaisseau. « Elemak ignore encore que tu as le manteau, je crois, Shedemei. Tu pourrais t'en servir pour l'abattre. »

La biologiste fit non de la tête. « Je ne sais pas encore si bien l'utiliser ; j'apprends. C'est un fardeau terrible, ce manteau. Je me demande comment Nafai faisait pour le supporter.

— Mais ne vois-tu pas qu'il est sans défense, ici ? Elemak va le tuer, ce soir sans doute. Il ne le laissera pas vivre jusqu'au matin.

— Je sais, répondit Shedemei. J'ai reçu un message d'Issib par le biais de l'Index. Je l'entends directement, maintenant, avec le manteau. Il dit que Luet a eu un vrai rêve la nuit dernière ; elle voyait tous les soldats fouisseurs et tous les partisans d'Elemak endormis, pendant que vous, Nafai et tous les hommes, les femmes et les enfants loyaux remontiez le canyon et continuiez toujours plus loin dans les montagnes jusqu'à une terre nouvelle.

— Et comment l'interprètes-tu ?

— Je pense – Luet et Issib aussi, et Surâme est d'accord – que c'est un vrai rêve. Surâme est assez puissante pour endormir les humains. Mais comme le rêve provient du Gardien, il faut peut-être croire qu'il a lui aussi ce pouvoir. » Shedemei détourna les yeux. « Je m'y connais mal. Je n'avais pas de visions, moi. Je n'ai eu qu'un rêve, d'ailleurs, celui d'un jardin. »

Zdorab était assis dans un coin, la mine sombre. « Elle ne veut pas m'emmener, dit-il. Elle prétend que je dois accompagner Nafai pour l'aider à fonder une nouvelle saleté de colonie !

— Tu n'y es pas obligé, fit Shedemei.

— C'est ça : je peux rester avec Elemak ! Tu appelles ça un choix ? Raisonnez-la, Rasa ; je suis archiviste, moi.

— Je me contente de suivre les conseils de Surâme, répondit la généticienne. Elle dit qu'on aura besoin de Zdorab.

— Mais est-ce que Surâme s'occupe de ce que je veux, moi ? s'exclama son mari. Dame Rasa, n'ai-je pas été fidèle toutes ces années au serment que j'avais fait à Nafai ? Ne l'ai-je pas soutenu ?

— C'est peut-être l'occasion, dit Rasa, de payer de retour le pardon qu'il vous a accordé pour votre erreur durant le voyage. »

Zdorab détourna le regard.

« Tu ne peux pas l'emmener ? demanda Rasa.

— Je voudrais bien, murmura Shedemei, mais Surâme s'y oppose pour l'instant.

— Eh bien, dis-le-lui. Dis-lui que c'est provisoire. Il croit que c'est définitif. »

De son coin, Zdorab reprit la parole, et il pleurait. « Tu ne sais donc pas, Shedemei, que je t'aime ? Tu ne sais pas que je ne veux pas vivre sans toi ? »

Les larmes montèrent aux yeux de la biologiste. Se tournant vers Rasa, elle chuchota : « Je n'aurais jamais cru qu'il...

— Qu'il t'aimait ? Tu t'imagines toujours que personne ne t'aime, mais c'est faux. Nous t'aimons tous. Laisse-le t'accompagner, Shedya. Surâme n'est pas omnisciente. Ce n'est qu'un ordinateur, n'oublie pas. »

Shedemei acquiesça gravement, parfaitement consciente qu'en réalité Rasa ne prêtait pas un instant une nature purement mécanique à Surâme. « Zdorab, dit-elle, veux-tu prendre la navette du vaisseau pour transporter dame Rasa et le matériel lourd en haut du canyon ? Et après, embarquer Issib avec son fauteuil et encore une fois dame Rasa pour les déposer là où les Nafari installeront leur colonie ?

— Très bien, répondit Zdorab.

— Ensuite, quand Nafai te dira qu'il n'a plus besoin de la navette, aurais-tu la gentillesse de me la rapporter, pour que le vaisseau puisse nous emmener en orbite, toi et moi ? »

Le visage de Zdorab s'illumina. Il prit Shedemei dans ses bras.

« Tu sais que le manteau me maintiendra en vie plus longtemps que la normale, dit-elle ; de plus, j'ai l'intention d'hiberner, pour me donner le temps d'étudier un grand nombre de générations et de réunir un maximum de données.

— Ça ne me dérange pas de mourir avant toi ; à vrai dire, je préfère, même.

— Je travaillerai sans arrêt.

— Et tu auras d'autant plus besoin d'un secrétaire et d'un documentaliste.

— C'est mal payé, tu sais.

— J'ai déjà reçu mon salaire », répondit-il.

A la tombée de la nuit, les fouisseurs qui gardaient la maison de Volemak s'assoupirent. Nafai sortit presque aussitôt et, allant de porte en porte, avertit à voix basse ses partisans de se rassembler à la lisière de la forêt. Ils s'efforçaient de ne pas faire de bruit, mais en vain : pas moyen d'empêcher les petits enfants de parler ou, dans certains cas, de pleurer ou de se plaindre. Pourtant, personne ne s'éveilla parmi les dormeurs.

Aux côtés de Nafai, Chveya observait les attaches qui le liaient encore à ceux qu'il abandonnait. « S'ils continuent à dormir, dit-elle, cela ne signifie-t-il pas que Surâme n'en veut pas pour t'accompagner ?

— Cette fois, il ne s'agit pas de ce que Surâme veut ou ne veut pas. J'emmènerai tous ceux qui voudront se joindre à moi. »

Chveya hocha la tête. « Alors je dois te signaler que tu es toujours lié à Eiadh et à trois de ses enfants. »

Nafai acquiesça. « Mais je n'ai pas besoin d'aller lui parler, dit-il. Tiens, tu vois ? La voici. »

C'était exact. Elle était accompagnée de ses deux fils, Yistina et Peremenya, et de sa fille, Jivoya, celle-là même qui avait été enlevée vingt ans plus tôt. Les deux hommes avaient leurs épouses à leurs côtés, mais le mari de Jivoya, Mujestvo, n'était pas venu. « Il dort et je n'arrive pas à le réveiller, expliqua-t-elle, les larmes aux yeux.

— Tu peux rester avec lui, dit Nafai. Personne ne t'en voudra. »

Elle fit non de la tête. « Je sais ce qu'il est ; je l'ignorais en me mariant, mais plus maintenant. Il est de l'autre camp, corps et âme. » Elle posa les mains sur son ventre. « Mais le bébé reste avec moi. »

Eiadh toucha le bras de Nafai. « Tu n'es pas obligé de nous accepter, Nafai. Je sais le risque que ça te fait courir. Il ne nous le pardonnera jamais ; il croira que toi et moi...

— Il croira que toi et moi avons fait ce qu'il a fait avec Kokor, avec Sevet et probablement avec Dol aussi. » Nafai hocha la tête. « Mais nous savons, toi et moi, que c'est faux et que ça n'arrivera jamais. »

Eiadh sourit à regret : il venait d'établir avec douceur qu'elle l'accompagnait en tant que concitoyenne et non en tant que maîtresse.

« Eh bien, nous sommes au complet, dit Chveya.

— Non, répondit Nafai. Je dois encore inviter mes sœurs à venir.

— Mais elles couchent avec lui, Père ! Sans parler du fait qu'on trouve quand même plus digne de confiance qu'elles !

— Alors, nous n'emmènerions que les gens à la vertu inébranlable ? Leurs époux sont morts et, tu l'as dit, la morale n'a jamais été leur fort. Mais ce sont mes sœurs. » Et il repartit.

C'était un village fantôme, avec ses portes béantes, ses habitants disparus ou, dans quelques rares maisons, plongés dans un sommeil profond. Mais quand Nafai arriva devant chez Sevet, elle était à l'entrée, l'air à la fois endormie et abasourdie. « J'ai fait un rêve, dit-elle quand Nafai s'approcha. Je ne me le rappelle plus, mais ça m'a obligée à me lever et voilà que je te trouve ici !

— Nous partons, expliqua Nafai. Nous partons avant qu'Elemak ait l'occasion de me tuer ; tous ceux qui refusent de vivre sous sa loi nous accompagnent. Nous emmenons tous les anges et nous allons nous installer sur une nouvelle terre, loin d'ici.

— Il va te pourchasser et te tuer s'il le peut, répondit Sevet. Tu n'as pas idée de la haine qui bout en lui.

— Si. Veux-tu venir ? »

Elle fondit en larmes. « Tu accepterais que je te suive après tout ce que j'ai fait ?

— Tu accepterais de me suivre ? Tu te mettrais vraiment de mon côté, maintenant ?

— J'ai peur de lui ; et mon Vasnaminanya et mon Umya ne jurent que par lui.

— Mais Panimanya est avec nous.

— Alors, moi aussi. »

Ils se rendirent chez Kokor. Sa porte était ouverte, mais elle n'était pas devant comme Sevet. Ils entrèrent sans bruit et s'aperçurent qu'elle n'était pas seule dans son lit. Mebbekew était allongé à côté d'elle, nu et trempé de sueur dans la moiteur de la nuit. Mais il dormait, tandis que Kokor avait les yeux ouverts à leur arrivée.

Ils ne prononcèrent pas une parole, de peur de réveiller Meb. Kokor les regarda, battant des paupières dans la pénombre. Nafai lui adressa un hochement de tête, puis lui fit signe de le suivre et précéda Sevet à l'extérieur. Ils attendirent à plusieurs pas de la maison. Elle apparut bientôt, ajustant sa toilette. « Vous partez, dit-elle à mi-voix. Je l'ai vu en rêve.

— Veux-tu nous accompagner ? » demanda Nafai.

Kokor se tourna vers Sevet, les yeux écarquillés. « Nous ?

— Tu peux rester avec lui si tu veux, Kokor, fit Sevet. Je crois qu'il t'aime pour de bon.

— Il n'aime personne, répondit Kokor.

— Je ne parlais pas de Meb.

— Je sais. Mais je veux vous accompagner ; je peux ?

— Il n'y aura pas de retour, la prévint Nafai. Et dans notre nouvelle cité, les lois seront respectées. »

Le sens de ses paroles ne leur échappa point. « Nous avons eu notre content, je pense », dit Sevet.

Kokor fit la grimace. « Jamais je ne serai rassasiée. Mais je sais que ce ne sera pas Basilica. Je me tiendrai à carreau.

— Vous êtes sûres que vous ne seriez pas plus heureuses ici ? demanda Nafai.

— Veux-tu de nous ? répliqua Kokor.

— Bien sûr !

— Alors, ne nous prends pas pour des idiotes achevées, Nafai. Nous savons faire la différence entre Elemak et toi. Nous sommes capables de distinguer l'acier du fer-blanc.

— Alors, allons-y, dit Nafai. Un long trajet nous attend cette nuit. »

Oykib menait déjà la procession le long du chemin forestier, si bien qu'il ne restait qu'une poignée de personnes au retour de Nafai, dont Rasa et Zdorab installés dans la navette. Shedemei était présente aussi.

« Verrouille le vaisseau, dit Nafai. Ils ne pourront pas y entrer sans ton accord.

— Je sais, répondit-elle. Le vaisseau ne risquera rien.

— Ne joue pas les héroïnes. Tout ira bien pour nous.

— Il va vous falloir davantage qu'une seule nuit d'avance. »

Nafai secoua la tête, s'apprêtant manifestement à discuter. Mais elle lui posa un doigt sur les lèvres. « Nyef, mon ami très cher, c'est moi le pilote stellaire, désormais. Conduis ton expédition dans les montagnes ; de mon côté, je m'occuperai du vaisseau et je déciderai de l'usage qu'il faut faire du manteau. »

Shedemei étreignit Rasa et Zdorab, puis les salua de la main tandis que la navette s'élevait au-dessus des arbres, dépassant les voyageurs qui piétinaient sur le sentier. Enfin, la généticienne embrassa Nafai et regagna le vaisseau.

Nafai fut le dernier à prendre la route. Il se croyait seul lorsque soudain il se retrouva entouré par une dizaine de fouisseurs. Il pensa aussitôt que le Gardien avait échoué, que Surâme avait eu beau maintenir ses ennemis humains dans le sommeil, les fouisseurs avaient réussi à se réveiller. C'est donc ainsi que je dois mourir, songea-t-il.

Puis il s'aperçut qu'ils n'étaient pas armés et que la moitié d'entre eux étaient des femmes.

« Emmène-nous avec toi », dit l'une d'elles dans leur langue.

Nafai ne la parlait pas aussi couramment qu'Oykib, mais il la comprenait. « Pour vivre au milieu des anges ? demanda-t-il. Vous n'aurez jamais leur confiance.

— Nous préférons encore nous faire les serviteurs des... anges », déclara celle qui parlait au nom du groupe. Elle n'avait pas employé le terme de « viandes-du-ciel », remarqua Nafai ; elle avait formé, non sans difficulté, les sons inhabituels du mot qu'utilisaient les anges pour désigner leur peuple. « Fusum est un dieu terrible. »

Nafai hocha la tête. « Vous n'aurez pas l'existence facile parmi les anges, mais vous bénéficierez de ma protection et de ma confiance tant que vous ne m'aurez pas démontré mon erreur. Prêtez-vous tous serment de m'obéir et de ne nuire à personne de mon peuple, humain comme ange ? »

Ils jurèrent et il leur permit de le suivre. Leur arrivée jeta la consternation chez les anges, mais les garanties de Nafai et leurs humbles suppliques emportèrent le consentement réticent du peuple des airs. Il faisait encore nuit quand ils abandonnèrent le village des anges en direction d'une terre nouvelle pour y bâtir une cité nouvelle, différente des autres.

Quand, après bien des jours de voyage, ils parvinrent au site que Nafai avait choisi des années plus tôt dans l'éventualité d'une telle situation, pTo et Poto organisèrent une petite cérémonie. « Il faut un nom à un pays, dirent-ils. Et puisqu'on nous connaîtra sous celui de Nafari (dans leur bouche, on entendait plutôt " Dapati ", mais tous comprirent), nous pensons que notre terre doit s'appeler le pays de Nafai (" Dapai "), et tu es celui que nous choisissons à l'unanimité pour nous gouverner. »

L'approbation générale fut telle que Nafai dut se contenter de sourire en disant : « Quel plus beau compliment des amis peuvent-ils faire à un homme que de donner son nom à leur foyer ? » Mais malgré la modestie de la réponse, tous savaient ce que signifiait cette cérémonie : Nafai était leur roi, leur roi-guerrier, et ils se feraient tuer pour lui avec joie.

16

LE PILOTE STELLAIRE

Shedemei écoutait Issib qui lui parlait par le biais de l'Index. « C'est l'aube et nous sommes déjà loin du village ; mais nous avançons lentement, Shedya, et une armée de fouisseurs pourrait facilement nous rattraper avant midi. »

La biologiste répondit : « Il n'y aura aucune armée ni aujourd'hui ni demain.

— N'oublie pas, Shedya : tu es toute seule pour nous protéger ; alors, pas de grands sentiments, pas de scrupules : gagne, un point c'est tout.

— Excellent conseil, Issya. Et maintenant, laisse-moi l'appliquer. »

Malgré l'assurance qu'elle affichait, c'est à regret qu'elle quitta la sécurité du vaisseau et qu'elle laissa la porte se verrouiller derrière elle. Le manteau qu'elle portait lui donnait un sentiment de proximité, de contact intime avec tous les éléments de l'appareil, mais à vrai dire, cela ne la changeait guère. C'était dans le vaisseau que se trouvaient ses instruments, ses archives, son travail, son métier, en un mot : elle-même. Aussi, en s'avançant dans le village – dans ce qu'il en restait, des maisons désertes pour la plupart – elle se sentait devenir quelqu'un d'autre. Nafai devait goûter, se dit-elle, ce sentiment de pouvoir, de maîtrise. Mais pas moi. Ça ne m'intéresse pas de savoir quelle puissance je puis concentrer dans mon corps. Je n'ai aucune envie de découvrir quelle charge d'électricité je puis envoyer à quelqu'un sans le tuer.

Pour être juste, peut-être cela n'avait-il pas davantage enthousiasmé Nafai. Mais malgré tout son bon cœur, c'était un homme, et les hommes, semblait-il, prenaient un plaisir quasiment obscène à dominer, à vaincre. *A contrario*, Shedemei ne recherchait que la connaissance. Cependant, ce n'était peut-être pas une question de sexe, mais de relation avec les autres ; le lien de Shedemei avec ses contemporains n'avait jamais été très solide à côté de son amour pour son travail, de sa volonté de comprendre les mécanismes de la vie. Les deux points de vue sont-ils si différents, finalement ? se demanda-t-elle. Elemak et Nafai sont des meneurs nés et chacun est résolu à l'emporter sur l'autre. Mais moi aussi je me sens née pour manipuler, non des hommes et des femmes, mais des organismes, des codes génétiques, des systèmes vitaux, des ensembles écologiques. Et, tout comme Elemak et Nafai, j'y parviendrai quel qu'en soit le prix.

Néanmoins, le vrai problème aujourd'hui, ce n'était pas Elemak, mais les fouisseurs. Elle n'aurait aucun mal à bloquer Elemak et ses partisans humains ; mais pas question de faire obstacle à tous les soldats fouisseurs en même temps, et c'étaient eux qui massacreraient la troupe de Nafai, embarrassée qu'elle était d'enfants, de vivres et de troupeaux.

Quoi qu'il arrive, donc, il fallait persuader les fouisseurs d'attendre ; s'ils n'agissaient pas, Elemak resterait pieds et poings liés.

C'est ainsi que Shedemei traversa le village sans prêter attention aux cris d'Elemak, de Mebbekew et de Protchnu qui fouillaient les maisons, ou plutôt les mettaient sens dessus dessous, avec force jurons sur les colons disparus et la trahison dont ils étaient victimes. Mebbekew l'aperçut, l'interpella, puis courut chercher Elemak en hurlant que Shedemei était restée, qu'elle n'avait pas pu abandonner le vaisseau. « On a les laboratoires ! On a les ordinateurs ! On a Surâme ! » Le temps ne manquerait pas pour le détromper.

Elle se rendit auprès des fouisseurs qui montaient la garde cette nuit-là et qui se demandaient, terrorisés, quel sort les attendait quand Fusum apprendrait qu'ils s'étaient endormis, laissant la plupart des humains s'échapper sans rien voir ni rien entendre. « Fusum va vous tuer », baragouina-t-elle dans leur langue.

Ils répondirent dans la sienne, à son grand soulagement. « Que pouvons-nous faire ? Que nous est-il arrivé ? Quelqu'un nous a drogués !

— C'est le Gardien de la Terre, dit-elle. Le Gardien de la Terre vous a reniés parce que vous obéissez à un assassin. Vous avez choisi un meurtrier comme roi du sang et roi-guerrier. » Puis, non sans mal, elle fit luire sa peau. « Pensiez-vous que la profanation de Fusum sur le Dieu Intact passerait inaperçue ? »

Elle se faisait horreur. Tant d'efforts pour les libérer de leurs superstitions, et voilà qu'elle ranimait leurs anciennes peurs et leurs anciennes croyances ! Mais comment les tenir autrement, avec les maigres pouvoirs dont elle disposait ?

Ils se jetèrent sur le dos à ses pieds, le ventre offert en signe de soumission.

« Je ne veux pas de vos ventres nus, déclara-t-elle. Tenez-vous droits, comme des hommes, pour une fois ! Si vous y aviez pensé avant, le Gardien de la Terre ne serait pas si furieux contre vous !

— Que devons-nous faire, très-grande ?

— Amenez-moi l'ami assassin, le fourbe qui a tué Nen à la chasse. »

L'accusation fit l'effet d'une décharge électrique sur les fouisseurs. « Ce n'était donc pas la panthère ! Pas la panthère !

— Il y avait bien une panthère, dit Shedemei, mais elle a égorgé un homme à terre, assommé par son ami d'un coup de massue. » Tout en parlant, elle se demandait si c'était bien vrai et, en ce cas, comment elle le savait.

Je me pose la même question. La voix de Surâme retentit, claire et forte, dans sa tête.

Est-ce exact, à ton avis ? demanda Shedemei

Je ne surveille que les humains. Vous seuls avez été modifiés pour que nous puissions communiquer.

Mais nous avons placé douze satellites en orbite ; tu dois pouvoir observer ce qui se passe, même si tu ne captes pas les pensées.

Je n'ai pas été programmée pour surveiller les animaux.

Shedemei répondit avec violence : Eh bien, je te programme maintenant pour traiter les fouisseurs et les anges comme des humains !

Ils ne sont pas humains ; je ne peux donc pas les considérer comme tels.

Alors, écoute-moi : rappelle-toi que les humains doivent vivre au milieu des anges et des fouisseurs ; notre sécurité et notre survie dépendent de la surveillance que tu exerceras sur ces deux espèces intelligentes. Il faut que tu sois au courant de leurs moindres faits et gestes.

Je ne possède pas les moyens que j'avais sur Harmonie. Je n'ai pas l'énergie, la mémoire, la vitesse, l'étendue de vision nécessaires pour les surveiller tous.

Fais de ton mieux.

Et quand tu me mets au travail sur des problèmes mathématiques ou sur des recherches comparatives, Shedemei, je ne peux pratiquement plus tenir personne à l'œil.

Débrouille-toi en fonction de tes limitations et d'un ensemble raisonnable de priorités.

Il faudra que nous ayons une longue discussion sur les priorités, un de ces jours.

Ne me fais pas croire que tu es impotente. Je sais ce que tu es, qui tu es, et tu n'as pas besoin de moi pour percevoir clairement la situation. Et maintenant, aide-moi à déchiffrer Elemak.

Ne le tue pas.

Shedemei faillit répondre qu'elle n'en avait pas l'intention. Mais au même instant elle s'aperçut qu'au fond, c'est bien ce qu'elle avait prévu : Elemak et Fusum morts, les Nafari seraient en sécurité.

Pourquoi pas ? demanda-t-elle.

Il faut quelqu'un pour tenir les fouisseurs ; c'est d'ailleurs ce qu'Oykib est en train d'expliquer à Nafai et Issib. Sans un chef autoritaire pour les mater, ils vont devenir incontrôlables et ils massacreront les anges et les humains sans distinction. La colère et la soif du sang bouillent en eux, après avoir été si longtemps réprimées. Fusum ne les incitait pas à rêver de guerre, il se servait seulement de leurs rêves pour se maintenir au pouvoir. Il chevauchait la panthère, mais il ne la maîtrisait pas, et aujourd'hui tu l'as jeté à terre.

Mais je ne lui ai encore rien fait !

La cité des fouisseurs est en train de se soulever parce qu'on raconte partout que toi, la femme de la tour, tu es apparue nimbée de lumière et pleine de fureur pour les condamner tous à cause de la trahison de Fusum.

Et comment le sais-tu ?

Par Oykib. Il capte les prières et les malédictions. Je te l'ai dit, je ne vois pas ce que font les fouisseurs sous terre.

Ainsi, d'après Nafai, j'aurais besoin d'Elemak pour tenir la bride aux fouisseurs.

Il dit que lorsque lui et sa troupe seront arrivés, ils pourront repousser tous les assauts grâce aux défenses naturelles du pays ; les voies d'accès sont escarpées et les fouisseurs seront exposés aux fléchettes des anges ; cela devrait suffire s'ils parviennent à s'y réfugier.

Nafai avait tout prévu depuis le début, n'est-ce pas ? Quand il m'a remis le manteau, il savait qu'il aurait besoin de moi pour accomplir cette besogne.

Oui, naturellement. En vérité, c'était mon idée. S'il avait essayé de faire ce que tu fais, Shedemei, il aurait sans doute dû tuer Elemak : pour son frère, s'incliner encore une fois devant lui aurait été la goutte qui fait déborder le vase. Mais si c'est toi qui portes le manteau, Elemak devrait pouvoir supporter une nouvelle défaite, surtout si l'on considère que tu lui offres en même temps une victoire sur un plateau.

Une victoire ?

Oui, sur son seul rival sérieux dans la course au pouvoir.

On tira Fusum d'un terrier et on le jeta aux pieds de la biologiste, les bras en croix, où il se mit à la maudire dans un concert de sifflements rageurs. Elle lui décocha une secousse minime et le fouisseur se convulsa. « Tais-toi », dit-elle.

Il se tut.

Elle le fit mener dans le village des hommes, au milieu duquel se tenaient à présent immobiles Elemak et Protchnu, et derrière eux la troupe grossissante des humains.

Mebbekew s'apprête à t'attaquer par-derrière.

Shedemei s'adressa à Elemak : « Dis à Mebbekew de venir te rejoindre, Elya, sinon je vais devoir me servir de lui pour faire un exemple et ce ne sera pas joli. »

Elemak éclata de rire. « Alors, comme ça, sous ses allures timides et réservées, notre Shedemei cachait une reine qui n'attendait que l'occasion de se révéler ! Un brin de pouvoir et te voilà devant nous, souveraine universelle ! »

Pendant ce temps, Mebbekew était sorti furtivement de derrière une maison et se tenait maintenant en retrait d'Elemak. « Nafai nous a pris nos femmes, geignit-il.

— Si tu le lui demandes, Protchnu te montrera sûrement comment rendre la privation supportable », lança Shedemei. Protchnu prit l'air mauvais. Mebbekew aussi, une fois qu'il eut compris.

« Tu as déjà le contrôle des fouisseurs, je vois, dit Elemak en indiquant Fusum solidement encadré.

— Au contraire, rétorqua Shedemei. Je n'ai le contrôle de rien du tout. Je me suis contentée d'accuser cet homme, Fusum, d'avoir assassiné son ami Nen.

— Je ne l'ai pas tué, fit Fusum.

— Il l'a frappé d'un coup de massue alors qu'il savait qu'une panthère les suivait, expliqua Shedemei. Ce n'est qu'une fois certain de la mort de Nen qu'il a éliminé la panthère.

— Pourquoi me raconter tout ça ? demanda Elemak.

— N'est-ce pas toi qui as été choisi pour unir les humains et les fouisseurs en un seul peuple ? N'est-ce pas toi qui dois fonder la nation des Elemaki ? »

Elemak rit dans sa barbe. « Oh oui, naturellement ! Depuis toujours, le pilote stellaire souhaite me voir gouverner, c'est bien connu !

— Le pilote stellaire a l'intention de partir dans l'espace à bord du vaisseau au retour de son époux avec la navette.

— Et quand viendra ce jour béni ?

— Quand la grande nation des Nafari sera en sécurité.

— Tant que je vivrai, ce jour n'existera pas », déclara Elemak.

En effet, Nafai aurait presque certainement été obligé de le tuer ! « Ils seront quand même en sécurité, dit Shedemei ; parce que, tu le sais comme moi, tu ne pourras pas lancer éternellement tes soldats à l'assaut de leur redoute ; ils finiront par refuser de t'obéir. Tu es un meneur d'hommes, Elemak. Tu sentiras jusqu'où tu peux les pousser, les aiguillonner, les persuader. Et ça ne suffira pas. Nafai et les siens seront à l'abri.

— Combien de jours ? » demanda Elemak. Il avait compris le marché.

« A mon sens, il t'en faudra bien huit pour examiner les crimes de ce traître, trouver des témoins parmi les soldats qui accepteront de raconter publiquement tous les autres assassinats qu'il a perpétrés après la mort d'Emiizem. La justice est lente.

— Huit jours.

— Ou jusqu'au retour de la navette. Il faut aussi que tu t'occupes de déplacer ton village afin que je ne tue personne en faisant décoller le vaisseau.

— Tu m'as mâché la besogne, à ce que je vois. »

Protchnu était furieux. « Vous n'allez tout de même pas accepter ce marché répugnant, Père ? Ce serpent de Nafai a enlevé la moitié de votre famille, de ma famille... »

Shedemei l'interrompit. « Tous ceux qui sont partis avec Nafai l'ont fait de leur plein gré.

— Et tu t'imagines qu'on va croire ça ? s'écria Protchnu. Père acceptera peut-être ton marché pour commander à ça (il eut un geste dédaigneux en direction des fouisseurs), mais moi, je les chercherai, je les rattraperai et j'arracherai le cœur de Nafai avec ma lance !

— Et celui de ta mère aussi ? Parce qu'elle ne reviendra auprès d'Elemak que morte.

— Elle est déjà morte ! cria Protchnu. Elle n'a pas d'âme !

— Pardonne au gamin, intervint Elemak. Il est bouleversé.

— Mais non, il ne sait pas de quoi il parle, tout simplement », répondit Shedemei. Elle tendit la main vers Protchnu.

« Non ! » s'écria Elemak. Mais déjà l'air crépitait d'énergie, et Protchnu fit un bond en l'air, bras et jambes battant follement ; puis il s'écroula, agité de spasmes, et de longs soupirs gémissants s'échappèrent de sa gorge.

« Tu es vraiment une catin, finalement ! murmura Elemak.

— Ce n'était pas inutile : ainsi, tout le monde constate que le Gardien de la Terre ne laisse pas sa servante démunie, dit Shedemei. Et maintenant, que chacun voie comment Elemak rend la justice. Convoque tes témoins, confère avec les chefs des fouisseurs et quand, dans une huitaine, tu auras formé ta conviction, nous saurons tous si tu es apte à porter le titre de roi-guerrier des Elemaki. Si les fouisseurs et les humains demandent à l'unisson que tu les gouvernes, je te couronnerai et tu dirigeras ce peuple avec autorité. »

Elemak lui sourit, car il savait pertinemment qu'en réalité elle sacrifiait la liberté des fouisseurs à la sécurité des Nafari. Il se baissa pour aider son fils encore frissonnant à se relever.

« Mais n'oublie pas, poursuivit Shedemei : j'ai dit " roi-guerrier ". Il n'y aura plus de roi du sang dans ce peuple. M'entendez-vous, tous ? »

Ils entendaient.

« Celui-ci a souillé cette fonction que personne ne pourra plus exercer dignement. Il est désormais interdit de manger de la chair d'ange ou d'humain. Celui qui mangera de ces chairs défendues sera aussi coupable que s'il avait dévoré celle de son propre enfant. Telle est maintenant la loi de tous les peuples, partout dans le monde ! Et vous l'appliquerez à tous les fouisseurs de toutes les contrées !

— Merci pour la mission, fit Elemak à mi-voix.

— Tu percevras un jour, je pense, qu'il est sage de leur apprendre à ne pas considérer les humains comme un repas en puissance, répondit Shedemei sur le même ton. S'ils mangent tes ennemis, combien de temps leur faudra-t-il avant de te regarder sous l'angle alimentaire ?

— J'avais compris, répliqua Elemak. As-tu fini ?

— Pas de fouisseurs à la poursuite des Nafari, nous sommes d'accord ?

— Nous crois-tu incapables de relever une piste ?

— Et pas d'assassins sur la route.

— Je connais les termes du marché. Je me suis fait encore humilier, je le sais, et cette fois Nafai m'a pris ma femme et la moitié de ma famille ; toi, tu as assommé mon fils. Mais je peux le supporter parce que tu m'as donné une nation. Une nation d'affreux rongeurs qui vivent dans la terre, mais j'ai eu affaire à bien pire dans les caravanes d'Harmonie, même si c'était sous forme humaine. Un jour, je foulerai le cadavre de Nafai à mes pieds, Shedemei, quoi que tu en penses. Mais si ça peut te consoler, je ne le dévorerai pas ; et je ne permettrai à personne d'y toucher non plus. Sauf peut-être aux corbeaux et aux vautours.

— Je me réjouis de ton esprit de conciliation. »

Il sourit. Puis, s'écartant de Shedemei, il s'adressa aux fouisseurs qui tenaient Fusum. « Emmenez le prisonnier chez moi. Et amenez-moi tous ceux qui estiment détenir des renseignements sur ses crimes. » Il se retourna vers la généticienne. « Ça devrait prendre toute la première journée, j'imagine. »

Shedemei regarda Protchnu dont les joues étaient sillonnées de larmes. « Tu n'aurais pas dû me faire ça, chuchota-t-il. Tu as fait une erreur.

— Tu étais un enfant très prometteur, répliqua-t-elle avec tendresse. De toutes les tragédies que cette guerre fratricide a entraînées, la plus triste, c'est ce qu'elle a fait de toi. »

Il devint livide. « Je le tuerai, Shedya. Je les tuerai tous. Sans en oublier un seul.

— Tu es donc certain que ton père va échouer, c'est ce que tu veux dire ?

— Non, je veux dire que je tuerai ceux qu'il aura laissés.

— Allons, tu sais la vérité, Protchnu. Cesse de ruminer la vengeance et apprends à devenir un chef. Ces gens ont beaucoup plus besoin d'un roi que ton père d'un champion. Tous ses agissements visaient à obtenir le pouvoir. Eh bien, il l'a. Tu verras : il lancera sûrement une guerre, mais il la perdra parce que ses appétits ont été rassasiés.

— Tu ne connais pas Père, répliqua orgueilleusement Protchnu. Tu ne me connais pas non plus.

— Et je ne suis pas la seule. Tu vas peut-être tous nous étonner, dans ce cas. »

Huit jours plus tard, Zdorab revint au vaisseau à bord de la navette, juste à temps pour assister à l'exécution de Fusum dont l'un de ses soldats trancha la gorge. On pendit ensuite son corps à la branche d'un arbre afin qu'il ne touche plus la terre sacrée. Alors Shedemei s'avança, toute brillante, et procéda au couronnement d'Elemak en tant que roi-guerrier. Le peuple le salua, l'acclama, puis se tut pour regarder Shedemei et Zdorab s'envoler avec la navette et pénétrer dans la tour par la vaste baie où l'on rangeait l'appareil.

Le panneau se referma sur eux et, sans perdre une seconde, Elemak se mit en route avec deux cents soldats, laissant Mujestvo – le dernier fils de Mebbekew, âgé de vingt-trois ans – gouverner en son absence. Son armée avait déjà parcouru la moitié du canyon quand le vaisseau s'éveilla en rugissant et s'éleva dans le ciel.

On baptisa *Basilica* cette nouvelle étoile qui tournait éternellement dans la nuit en changeant parfois de position, mais avec le temps tout le monde oublia d'où venait ce nom, ce qu'était ce point de lumière, tour jadis dressée près du premier village humain bâti sur Terre depuis quarante millions d'années.

L'armée d'Elemak suivit la large piste de la migration des Nafari, mais quand elle atteignit la falaise rocheuse qui barrait l'accès méridional de la haute et vaste vallée du pays de Nafai, des anges l'attaquèrent par les airs et tirèrent des fléchettes dans le dos des soldats. Vingt fouisseurs moururent lors de l'assaut et quarante autres furent blessés. Ils regagnèrent leur cité clopin-clopant, et Elemak leur apprit à fabriquer des armures afin de pouvoir recommencer l'année suivante.

Et les ans s'écoulèrent ainsi ; mais entre les escarmouches futiles, les deux nations prospérèrent et grandirent, toutes deux envoyèrent des marchands et des enseignants répandre les nouvelles méthodes d'agriculture et de combat, les nouveaux mythes, légendes et religions dans toutes les cités de fouisseurs et les villages d'anges.

Les générations passèrent et les hommes se multiplièrent par centaines, par milliers, puis par dizaines de milliers ; pas une cité de fouisseurs qui n'eût des maisons à la surface, pas un village d'anges où les humains ne joignissent leurs voix au chant du soir. Dans les deux sociétés, on prit l'habitude de les désigner par l'expression « peuple du milieu », parce qu'ils se tenaient entre les anges qui vivaient dans le ciel et les fouisseurs qui résidaient sous terre.

En orbite, le vaisseau tournait sans cesse, et il abritait toujours de la vie. Zdorab et Shedemei dormaient longtemps et souvent, mais entre les périodes de sommeil, ils sortaient la navette pour explorer la planète, recueillir des spécimens, introduire de nouveaux changements, donner forme, résistance et variété aux jardins de la Terre. Avec le temps, le corps de Zdorab finit par s'user et Shedemei l'ensevelit dans un champ de fleurs qu'elle avait apportées d'Harmonie. Alors, seule, elle s'éveilla moins souvent. Mais elle continuait de visiter le monde de temps en temps, de recueillir des échantillons, de soigner la faune et la flore, et elle observait discrètement les hommes qui se répandaient sur la face de la Terre, toujours plus ingénieux à chaque fois qu'elle les voyait, mais aussi plus violents et toujours en guerre.

Qu'espérer d'autre ? L'espèce humaine était revenue chez elle.

TABLE

7751

Composition PCA à Rezé
Achevé d'imprimer en France (La Flèche)
par Brodard et Taupin
le 16 septembre 2005. 31515
Dépôt légal septembre 2005. ISBN 2-290-32975-4

Éditions J'ai lu
87, quai Panhard-et-Levassor, 75013 Paris
Diffusion France et étranger : Flammarion